U0835572

80后AA制婚约

80 HOU AA ZHI HUN YUE

梦十一◎著

同心出版社

图书在版编目（CIP）数据

80后AA制婚约 / 梦十一著. — 北京：同心出版社，
2012.2（2013.11重印）
ISBN 978-7-5477-0410-3

Ⅰ.①8… Ⅱ.①梦… Ⅲ.①长篇小说－中国－当代
Ⅳ.①I247.5

中国版本图书馆CIP数据核字（2013）第250851号

80后AA制婚约

出版发行：同心出版社
地　　址：北京市东城区东单三条8-16号　东方广场东配楼四层
邮　　编：100005
电　　话：发行部：（010）65255876
　　　　　总编室：（010）65252135-8015
网　　址：www. beijingtongxin. com
印　　刷：北京艺堂印刷有限公司
经　　销：各地新华书店
版　　次：2012年 4 月第 1 版
　　　　　2014年 1 月第 2 次印刷
开　　本：710mm×1000mm　1/16
印　　张：17
字　　数：260 千字
定　　价：32.00元

目　录

第一章　你所结婚的对象是你在最脆弱时觉得最适合于你的人

1

苏州，8月，不同往年的炎热，今年的秋天来得格外爽快。焦寒熙站在民政局门口，再次朝包里看了一眼，确认自己的户口本及其他资料都带了，手心微微有些汗湿。她踮起脚尖，望着远处停车场的出口，想着唐煜也该停好车了吧。

心里忐忑更甚，她一边深呼吸一边抚着自己的小腹，拿出手机拨了死党徐雯的电话："雯雯，我紧张……"

"紧张？这是什么玩意？紧张的话就去掐唐煜一把，他要是痛得哇哇叫了你就会放松了，这是哥儿们行医多年的经验之谈啊！每次看新来的护士一紧张扎不到病人血管把病人疼得哇哇叫之后，必然能果断地找到血管。放松心情对我干儿子的健康成长有好处，掐吧！"

"他去停车了，还没过来。我现在需要你最后再告诉我一次，我的选择没有错。"她看到唐煜的身影出现了，并且正在向自己慢慢走过来。

"寒熙，要相信自己的选择，勇敢点，我支持你。"

"谢谢你，雯雯。"挂掉电话，焦寒熙的心跳已经恢复正常了，呼出一口气，微笑着等着已经快走到门口的唐煜。

唐煜走到她身前，握住她的手，问道："等得累不累，怎么不先进去等？"

"不累，想等你一起进去，咱们走吧。"十指紧扣，唐煜的手掌很大很温暖，像是可以握得起整个世界的双手。

民政局里边人不少，离婚的，结婚的，带着各种各样的表情。唐煜找了个座位让她先坐下，说:“妈刚打电话来说要过来，看来她老人家还是很喜欢你的，想要见证咱们领证的这一刻呢。”

听到这个，焦寒熙的手心又开始出汗了。她每次紧张的时候面色虽然很镇定，可是手掌却是骗不了自己的。动了下嘴角笑了一下，她不知道自己的笑有几分真心，但是她很清楚，唐煜的母亲绝对不会“很喜欢”自己，虽然只去他家吃过几次饭，但是女人天生具备的直觉以及很明显的事实表明，未来婆婆“很不喜欢”自己。这直觉又告诉她，今天他们是没法领证的。隐隐的，焦寒熙心里被刺了一下，却又有种如释重负的感觉。

没过几分钟唐煜的母亲王淑便到了，匆匆地推开民政局的玻璃门，一进来就看见她的脸色差得厉害，一眼看见他们两个在等候区便径直走了过来，冲着唐煜问道:“还没领吧?”

“妈，你不是让我们等你来了再办吗？那我们一起过去吧。”唐煜看出妈妈心情不好的样子，有点儿惴惴不安，忙起身恭敬地答道。

谁知，王淑突然拦住了他，一把夺过他手里的户口本，道:“你跟我回家去。”

“妈，你这是什么意思?”唐煜语调都变得有些颤抖，下意识回头看了看焦寒熙，她的脸色果然白了。一阵心疼，他握住她的手，放缓了语气对王淑说道:“妈，今天是个好日子。我们先把证领了，有事情回去慢慢说好吗?”

“唐煜！你眼里还有没有我这个妈?”王淑的声音陡然尖锐起来，“你也不想想，你爸走得早，我一个女人把你拉扯大容易吗？你现在大了有能耐了翅膀就硬了？连结婚这种事都可以自说自话了?”

焦寒熙在一边听得气极反笑，她索性一句话也不说。

“妈，我不是跟你说过要跟寒熙结婚嘛，你也没反对啊。之前不是谈得差不多了吗，你现在这样说话寒熙听了得多难受啊。”说完就过去握着焦寒熙的手道歉，“寒熙，我妈不太会说话，你别放在心上。”

焦寒熙按了按微微发疼的太阳穴，“我以为，你已经……”“搞定了你妈”，话没出口，她相信他能懂，认识的人里边，除了徐雯，最懂她的就是唐煜了。

唐煜还没来得及回答就被王淑抢白了:“不太会说话？我做的哪件事不是为了你着想？原来在你眼里就是这样看你妈的。好啊，好啊，现在找到老婆了就连妈都不要了。行，你们马上去领证，我再也不会来管你任何事情，你以后也不要再叫我妈了。”说着王淑的声音就高了出来，开始抹眼泪。来民政局里结婚登记处的人们显然都是带着愉快的心情来的，出现这样的情景显得非常不协调，纷纷投来了好奇的目光。

一看到妈妈的眼泪，唐煜就不敢再说话了。她把唐煜拉扯大又安排到一份好工作有多不容易他是懂的。被“孝顺”两个字压着，也不知道说什么。焦寒熙看了看周围，他们已经引起别人注意了，不想成为闹剧，就想着打圆场吧。张了张嘴，“妈”字怎么也说不出口，只能改口说:“阿姨，您别生气，我以为唐煜今天跟我领证您是知道的。”

她刚说了一句，王淑双目一瞪，就接过话阴阳怪气道:“我怎么会知道。我这好儿子现在可是事事向你报告了，和我这老太婆有什么好说的!”

焦寒熙握了握拳，心里暗暗警告自己对方是长辈，不能和她一般见识，良好的教养让她保持平静的语调:“既然阿姨不同意我和你儿子结婚的，那就这样吧。”说完就去拿唐煜手上的户口本和身份证。

唐煜一把抓紧她的手，不让她拿回去，他急得眼眶都红了。他心里实在矛盾，一边是含辛茹苦地把他拉扯大的亲妈，一边是自己最爱的女人，实在是难以取舍。

看到儿子那个着急的没出息样，王淑心里恨极了,“你这话也不是这么说的。说得好像我老太婆要棒打鸳鸯似的。我不是不同意你们在一起，只是你们什么都没有置备就领证，也太草率了吧。我们家可不比别人家，我们做父母的总是希望看小辈过得好。只要中规中矩地按照流程来，我哪有拆散自己儿子婚姻的道理。”

焦寒熙耐着性子站在那里听王淑不停地讲，渐渐地听出些意味来了。

“那阿姨您告诉我，什么是中规中矩的流程呢?”

“房子啊！你们连房子都没有谈什么结婚!”王淑冷眼看着她。

“所以呢?”

“所以，你至少要拿出个首付的钱出来才能结婚!”

“呵呵，敢情您是来卖儿子的。”焦寒熙只想笑了，“是你儿子唐煜要跟我结婚，不是我非君不嫁，希望您清楚这个事实。”嘴角笑意更深，转向唐煜，继续说道：“唐煜，如果跟你结婚是要面对这样的闹剧，你所说的幸福，可能不是我想要的。你再考虑考虑吧，我先回去了。”说完就挣脱唐煜抓着他的手朝外面走去，也不管自己那些证件了。

唐煜急着快流泪了，他不明白为什么好好的喜事会出现这样的僵局。现在的形势也容不得犹豫了，先稳住寒熙吧，母亲那边回去再慢慢安抚。他立马追了出去，在民政局门外抓住了焦寒熙的手，不让她离开，说：“寒熙，对不起，我代我妈向你道歉，她思想封建你别跟她计较。老人家年纪大了都有些这样的，咱不生气，乖，生气了宝宝会不开心的，我会心疼的。”

“放手。唐煜，你也看到了，你妈妈根本不想我和你结婚，这样就算我们坚持结婚，以后也不会开心的，我也不想到时候你整天夹在我们中间受气。我想现在还可以放得下，我不想等我放不下了再承受被放弃的结局。我没有勇气去承担这种风险，希望你明白。”焦寒熙挣脱他的手，冷冷地望着他，仿佛看着一个普通朋友。

唐煜一下子觉得她好遥远，上前了一步，又不敢再去抓她的手，解释道：“我妈心地很好的，她只是比较担心我，毕竟她就我这么一个儿子，这么多年来她做的全部都是为我打算，所以比较……谨慎吧。她其实是刀子嘴豆腐心，这会儿肯定在后悔了。寒熙，你再给我一次机会好不好，我一定做好我妈的工作，绝不让你受委屈。”

“要么今天把结婚证领了，要么咱俩还是算了吧，毕竟，咱俩中间还隔着一个孩子。就算我相信你会对他视如己出，可是残酷的现实太强大，总有一天你的心态会变。”

唐煜的眼睛立马红了，再也不顾焦寒熙的防御的姿态，一把将她抱住：“再也不要说这样的话，我把真心都捧在你面前了，不要轻易践踏。寒熙，我承认自己不够优秀，可是我可以保证，我是这个世界除了你父母以外最爱你的人，而且永远都不会变。你可以不相信我，可是你要相信自己，我的真心，你感觉不到吗？”

“若是感觉不到，我今天会跟你来民政局吗。只是……”眼泪对她来说是种示弱的表现，所以不管多艰难，她都会努力让自己看上去坚强一点。她咬了咬嘴唇，继续说道:“我有点害怕……唐煜，我害怕我没有勇气……”

理了理她的刘海儿，过肩的中长发让她显得有些柔弱，反倒没有了长发飘飘时的凌厉，“寒熙，一切有我，你不用害怕，不用操心。再给我一点时间，等着我娶你，好不好？我一定不会让你失望的。好不好?”

就让我再妥协一次，再软弱一次吧。焦寒熙这么想着，靠在唐煜的怀里，放弃了抵抗。“这是最后一次了，我性格很差的，耐心不足，你可要考虑好了……”

“你就是个小坏蛋，怎么办呢，我就是喜欢这个小坏蛋……寒熙，把头发留长吧……”还有一句轻轻的“为了我……”消散在秋风里。

王淑气冲冲地从民政局出来的时候就看到门口他俩相拥的身影，顿时火冒三丈，冲着唐煜呵斥道:“光天化日下搂搂抱抱成什么体统，现在的年轻人都流行这一套吗？哼！唐煜，还不去开车回家?”

焦寒熙退出唐煜的怀抱，别有深意地望了一眼王淑，对唐煜说:“别让我失望了。”然后走到路边打车走了。

唐煜看着焦寒熙的背影离开了他的视野，记忆中无数次她离开的背影重叠在一起，都没有今日秋风中的这一个显得萧瑟。唐煜有种想要追上去的冲动，可是母亲还在身边，他不能让为他操劳了一辈子的母亲伤心。

焦寒熙从不会为了私情影响了自己的工作，以前不会，以后也不会。她深知，自己不是那种依附着男人而活的女人，她有自己的事业和梦想，并欣然为之努力，这才能构成她完整的生活。

她调整好自己的心情，吃过午餐之后便回到公司，周六的办公室里一个人也没有，这有点不寻常。平时不管是周末还是节日，基本上总有人留在这儿加班。工作日的时候晚上加班的人也多，通宵达旦也常见。

在设计研究院做建筑设计，永远没有把活干完的时候。唯一的优点就只有认真工作的时候能忘记这么多凡尘俗世，忙碌到你连自己是谁都不记得了，于是，天也就不知不觉地黑了。

外面的天色泛着暖暖的红色，她这才意识到下午都快过去了。焦寒熙把电脑和一些资料带着，准备回家。才走到门口，差点和一个正要冲进来的人撞个满怀。

“唐煜!”焦寒熙惊讶地叫出来。“你怎么……”

话还没说完就被唐煜紧紧抱在怀里。

“寒熙，相信我，给我一个机会好吗?”唐煜身体微微有些颤抖，仿佛只有抱着她才能有勇气继续说下去。

“寒熙，寒熙，寒熙。”他不住地叫着她的名字，一遍又一遍，生怕失去她一般。叫得她心里也酸酸的。

焦寒熙刚想开口，唐煜就用手轻轻掩住她的嘴:“不要，不要说那么残忍的话。什么算了，你可以放得下，我可放不下。”

“可是……”

“没有可是!”他态度强硬地牵起她的手:“今天不加班了，跟我来。”

黑色的英朗就停在公司外头的路边，唐煜替她打开车门，头偏了一下道:“还不上车，待会儿交警就来贴罚单了。”

焦寒熙听罢，连忙上了车。唐煜发动车子，看了眼反光镜，又看了眼焦寒熙，道:“系好安全带!”

车子驶出去，她不知道唐煜会开往哪里，也不想问。

“寒熙，不要对我失去信心。”唐煜目视前方，态度坚决。

“我不是对你失去信心……现在，我对自己没信心。”

唐煜一个急转弯，不像往日开得那么稳，继续说着心里话:“就算你能狠下心，你也要为肚子里的孩子想想。孩子不能没有爸爸，我不能没有你。你相信我一次好不好，这件事交给我。我会想出办法的。求你给我一点时间。我一定不会让你受到委屈。”唐煜作着保证，眼神诚恳，略带着哀求。

“好，我信你。”

唐煜一路把车开到了金鸡湖畔，焦寒熙还没弄明白他要做什么，就被拉着一路小跑到了一处售票点。

看清楚了门票，她失笑，“多大的人了，怎么来摩天轮公园呢?”

“我发现自从你答应跟我在一起后，咱俩都没有真正的约会过，我的意思是出来玩。今天无论如何也要好好约会一次，忘记眼下的烦恼。”说完推着她的肩膀催促她入场。

周末主题公园的人一般不少，尤其是七夕。排了很久的队才等到他们，唐煜一直很小心地保护着她，不让别人碰到她，尤其是肚子。登上摩天轮的时候，焦寒熙终于松了口气，她一向不喜欢这种人挤人的场面，她更偏爱荒僻的接近大自然的地方。

从玻璃窗向外看，整个金鸡湖的景色尽收眼底，阳光洒下的金色的波纹反射得很厉害，仿佛带着灼热的魔力。

唐煜忽然跪下来，“虽然这种情节很老套，可是还是会终身难忘的，上次的求婚不够浪漫，寒熙，嫁给我！”他从口袋里掏出一个钻戒，其实是他今天一大早跑到金店里买的，本打算在民政局的时候为她戴上，奈何……

唐煜伸出双手，握住她的左手，道：“你要嫁的人是我唐煜，一个真心爱你，没你不行的男人，论长相不差，论本事好歹是个吃公粮的，养老婆的本事还是有的。只要我唐煜有一口饭吃，就不会让你和宝宝饿肚子，只要我的银行卡里有钱，就存起来给你以后开店用。我知道你一直希望有一家自己的小店铺，卖一些你自己喜欢的东西，可以不用自己打理，但是累的时候可以进去坐坐，画画图，看看书。我现在虽然支付不起，但是我唐煜对着这摩天轮外面的金鸡湖发誓，这辈子要是做不到，就让我掉进这湖里好了。附加一句，我会为你改变，因为我对你最真心。”

焦寒熙的眼泪一下子没忍住，边哭边笑边骂，轻轻捶着唐煜的胸膛：“你以前没这么自恋的。”

“寒熙，不要哭，我要看到你笑，我喜欢你乐观的样子。和你在一起的人是我，不是别人。就算我妈反对，即使你的父母不同意，只要咱俩好了，做父母的迟早会谅解的。毕竟，父母总是希望自己的孩子过得幸福，对吗？”目光灼灼地看着焦寒熙，唐煜把钻戒套在她的无名指上。

焦寒熙依偎在他怀里看着窗外的景色，认真地问：“我们会很累吗，会不会比现在更甚？”

“可能。”唐煜吻了吻她的头发说道，“寒熙，你不要害怕，和我在一起就好，我喜欢你就行了。”

“我一直没有问过你，唐煜，你为什么喜欢我？”

唐煜凝视着她，眼睛闪着幽深的光，很明亮，“没有为什么，我就是爱你，十头牛都拉不回来。”

焦寒熙没有再问。爱情，婚姻，最讲究缘分，和慕岩相遇相爱最后相离，是他们有缘无分；遇见唐煜，希望这次她能抓住。世人都说，女人应该找一个爱自己的，这样自己会比较幸福，这么多人口口相传的道理，应该是真的吧。她不想去担心这担心那了，伸手抚摸着唐煜的脸颊。她凑过去，轻轻吻着他的额头，他的唇。

唐煜知道，这才是真正的允诺。

2

第二天一大早，唐煜就去她家里接她。睡眼惺忪的焦寒熙把工资卡塞到了他手里："喏，去跟你老妈交差吧。"

"寒熙。"唐煜艰难地叫道，觉得手里的工资卡无比烫手。然后，令他最难受的是，即使知道这样做很伤害她，作为一个男人很不齿，但在现实的打压下却不得不去做。"寒熙，我保证，这钱以后一定会还你的。"

看着工商银行的 VISA 卡，唐煜脑中浮现的尽是昨晚和母亲据理力争的那一幕……

他试图说服自己的母亲："妈，房子的事情不是谈好了吗，你让寒熙一下子拿出这么多钱也太仓促了，她事业也才稳定，又不是什么富二代，再说，咱家不也有些积蓄吗？一起凑凑首付就出来了，你说是吧？"

王淑当时正在厨房，放下手中的刀，语重心长地说道："咱家哪有钱掏房子首付呀，她赚的不少。如果她真心爱你，拿个首付钱又能怎么样？你妈我最了解你，你条件虽然好，但是对婚姻绝对忠贞，只要她不变心，房子以后不还是她的！你个傻孩子，说好的哪能当真啊，要有证据。就像妈以前在单位做会计的时候，财务报销也要管的，没有发票，或者发票不对，这些都不能报的。咱家的积蓄又没剩多少了，为了你那个工作花得差不多了，剩下的不得不以防万一啊，要是你俩真要办婚礼不还得一笔钱？儿子啊，妈告诉你，女人的话最不能信了。"

"妈，寒熙一向说话算数的。再说了，先领证不是一样的吗？又不影响什么，你就放我们一马吧，你儿子我这辈子非焦寒熙不娶了。"

接过唐煜洗好的菜，王淑继续切菜，说道："哪里一样了，让她付首付不就是为了跟你结婚吗，要是先把结婚证领了，她赖账怎么办。你们现在不是总在网上买东西吗，还有个什么支付宝的，就应该先付款，再确认收货，最后才能让做生意的人拿到钱。你说你这是怎么了，妈是觉得小焦没你说得那么好，你还能遇到更优秀的女孩子，你再多看看吧。以前你老说自己要先发展事业，叫你去相亲你也不去。现在随便找一个就要结婚，你是要气死我吗？”

“妈！我们是真心相爱的！”唐煜一向不会直接反驳母亲，只能使出哀求的手段。

王淑完全不为所动：“什么都别说了。要么咱俩断绝母子关系，老死不相往来，你俩爱干嘛干嘛去。要么等她拿出首付，我就同意你俩领证。妈也不是不讲理的人，这不是为了咱们家考虑吗。”

唐煜还想再劝说一番，立马被王淑打断了：“别再废话了，这是我的底线，辛苦了二十多年不舍得吃不舍得花，都是为了你，你总得体谅下妈的处境吧。厨房不是男人该呆的地方，出去等着吃饭吧。”

王淑的态度让唐煜知道，这事没有任何周旋的余地。他了解母亲，一旦坚持的事情是决计不肯松口的。那么，想娶焦寒熙就只能去说服她。可是作为一个男人，连买房这种事情都要女人付首付，让他实在没有脸开口。然而，家里的情况也确实想不出别的办法了。为了他现在这份工作花了家里大半的积蓄，自己虽说工资福利加起来赚得也不少，但毕竟刚起步，没有存下多少钱。

“唐煜，想什么呢这么出神。”焦寒熙从洗手间出来，只见唐煜正盯着自己的工资卡神游天外，“卡里有二十八万，我爸妈给我留的买房的二十万都在里边了，要是不够我再去向我哥借一些。”

唐煜的羞愧之色更重了，可是昨晚王淑说的是“四十万，一分都不能少”，公务员的工资普遍不高，他虽然省吃俭用，去掉日常开销人情账，只剩下将近两万的存款。要怎么开口跟她说，唐煜为难了。琢磨了半天说出一句：“我再去向同事借个十万吧。”

焦寒熙看着他变化的脸色就猜到了大概，摇了摇头：“还是向我哥借吧，要不你母亲还是不会点头。”

“我一定努力工作赶紧把欠大舅子的钱还了。”

焦寒熙笑笑没说话。

“寒熙，今天晚上回我家吃饭好吗？”唐煜从背后圈着她，把下巴轻轻抵在她头上，十指摩挲她肚子里的新生命。

“等我借到钱再说吧，要不我拿什么去见你的母亲大人。”略带调侃的眼神回头看着唐煜，看得他愈发得不好意思，只能把头埋进她的肩窝。

唐煜本想陪着焦寒熙在公寓画图的，可是突然接到单位的电话，让他去一趟单位里开会。

他依依不舍地看着焦寒熙，一脸不情愿。焦寒熙只觉得好笑：“好了，你现在就像个不愿上学的小孩。”

“要离开老婆孩子去单位加班的男人真是可怜。”唐煜粘着焦寒熙逗她开心。

焦寒熙把他推出门外，“赶紧去吧，养家糊口比甜言蜜语重要，路上小心点。”

在门边站了一会儿，确定唐煜已经离去后，焦寒熙才回到电脑桌前。怀孕以后因为不想总在单位苦熬太累影响到孩子，就把活带回家里做了，虽然有点麻烦，却也舒适了不少，累了就躺一躺，倒个水吃点东西。

唐煜从焦寒熙家里下来，还没走完楼梯，迎面碰到了徐雯，停下来打招呼。

“雯爷，你又来看我老婆了吗？真是好朋友，我一定要请你吃饭报答恩情。”心情愉悦地唐煜调侃着徐雯。

“哟，这还没过门呢，就开始叫得顺溜了。你们唐家不是门槛高么，我家寒熙还指不定能不能挤进门呢！”徐雯看见他就没好气，虽然焦寒熙只是简单地交代了一下为什么领证那天没有把证领回来，但是从她的只字片语和落寞神情里也猜得七七八八了。摊上这样的婆婆真是不幸，即使知道唐煜一心对寒熙好，还是忍不住出口讽刺。

唐煜被徐雯一番犀利的批评给堵得哑口无言，想解释却又无从说起。

徐雯看着唐煜尴尬的神色，一时间也觉得有些不好意思，好像有些说过头了。“啊，那个小唐啊你别生气，我讲话一直这么生冷不忌的，你懂的。我知道你对寒熙是好的，不然当初也不会帮你牵线了。”

唐煜也不恼，挤出一个笑容：“我怎么敢生你这大媒人的气呢，我还想靠着你这个闺蜜给我多说说好话呢。我单位有点事下次请你吃饭吧。”

徐雯一进门就把鞋子胡乱甩下，冲着沙发直直地倒下，嘴里号叫着：“这日子没法过了啊！三天两头搞医改。我们当医生的也不容易啊，救不回病人也不是医生的错，可以尽力的病人怎么可能不尽力。我趁乱逃走了。嗷嗷嗷！”

焦寒熙好笑地摇了摇头：“现在干哪一行容易啊，就我们这种干建筑设计的除了画图还要和甲方拼命周旋呢。现在这社会啊，哪有好糊弄的人。”

这道理徐雯也知道，只是习惯在焦寒熙面前做最轻松的自己。在沙发上躺了会，看焦寒熙静静地画图，专注而认真。她觉得，这样的女子值得一个极好的男人去照顾。

“对了，寒熙。我上来时遇到唐煜那家伙了。你们……现在的状况是……你妥协还是他妥协？”徐雯决定自行忽略讽刺了唐煜的那一段。

“还能怎么样，只能想着，钱财乃是身外之物，而且最后一切都是我宝宝的，抱着这种心态，还有什么过不去的坎？”焦寒熙停下了手头的活，神色有些忧郁。

徐雯看得出她一提起这件事心情就不善了，知道这个事即使解决了，但芥蒂必然存在。大家都是女人，其实很理解她。走过去抱住她，“寒熙，不管以后怎么样，我都会陪着你照顾你的。”

焦寒熙看着她认真的神色，顿了一会儿，突然笑出来，“噗！你是想和我搞同性恋吗？”

“咳咳……”一向生猛的徐雯被这句话给呛到了。

一个上午，就在这两个女人的玩笑和互损中度过了。中午的阳光还很灼热，完全看不到初秋的影子。

焦寒熙简单地往包里收拾了手机钱包钥匙，想了想，拿了把太阳伞放进去，对徐雯说：“一起吃饭？”

“不了，我家太后勒令我回家吃饭，最近我妈看我看得跟个犯人似的，民斗不过官啊，坐我的敞篷电动车送你去市中心吃饭？”

“我就在楼下随便找家饭店吧，待会还得去趟我堂哥那边借钱，有些事躲得了初一躲不过十五啊。”

徐雯心里听了不舒服，想讲点什么来缓解下气氛，却什么也说不出，只得暗暗握紧她的手，拉着她一起下楼。

整个下午，焦寒熙对着电脑，效率明显下降了，眼睛不时地瞟向床上那个纸袋，压得心里沉甸甸的。焦一新听到她的要求，二话没说就把家里的存款拿了出来，说剩下的过几天打到她卡上。

她自然知道这是堂哥自己留着准备买房的钱，如今，再省吃俭用，怎么也得一年才能把钱还了，不知道嫂子会不会介意……来不及多想，就被一通电话打断了。

“寒熙，快点来我家救命！快点快点！”电话一接通，她还没来得及开口，徐雯就噼里啪啦地讲起来，听声音还挺着急的。

焦寒熙一头雾水，搞不懂她是真着急还是夸张的，在家里能出什么事，问道：“你慢慢讲，怎么回事？”门铃响了，她一边接电话，一边打开门，是唐煜。“很急吗，我让唐煜送我过来？”

“你和唐煜在一起啊，那正好。快点马上出发，一起来我家。”听徐雯的声音像是火烧屁股一样，“马上来啊，不来我就死了。路上我再和你细说。”她不放心，补了一句。

焦寒熙看了一眼唐煜，徐雯的声音那么响，隔着手机很远也都听清楚了。

“走吧，我们去拯救你的好闺蜜。”唐煜没有丝毫不耐，习惯性地拉起她的手，朝电梯走去。

上车后，她拨通了徐雯的电话，让她仔细地把事情讲清楚。

“你还记得我有一个高中同学，叫……叫沈锦超的吗，现在是个刑警。”在她的催促下徐雯终于扭扭捏捏地开口了。

“哦，就是那个经常在你医院门口蹲点的小警察吗？挺不错的啊，你终于答应他了？”对于沈锦超，焦寒熙是知道一些的。据她所知，那男生追她很多年了。也不知道她是什么原因，始终不肯答应。不过，凭她对徐雯的了解，她心里是绝对有他的。

“咦？你怎么知道。哎，不是这个。是那个，你听我说。”徐雯一着急就语无伦次起来，“其实，其实我们在一起有段时间了。”

“好啊你，居然还瞒着我谈恋爱。太不够意思了。”焦寒熙佯装生气，其实她早就猜到了，只是徐雯不想光明正大公开，就由着她去搞高中生般的地下情好了。

“哎呀，你先别骂我。先帮我渡过眼前这个难关，过后任打任骂随你。”

“到底什么事啊？你家被外星人占领了？”

“比这还严重！他要来我家家访！”徐雯的声音像是快要哭出来的样子。

“大家都是成年人了，他去你家有什么关系？”如果徐雯在眼前，焦寒熙肯定揍她一顿，一件事讲了这么久还没讲清楚。

“其实……其实，我老娘是不同意他的，实在扛不住他软磨硬泡了。但是还没和家里说呢。他和我说了很多次要见我爸妈我不许，这次他就直接杀过来了。”

这下轮到焦寒熙傻眼了。她见过许多婆婆刁难媳妇的例子，第一次遇到丈母娘刁难女婿的。

“沈锦超不是警察吗，家里有房有车，综合条件挺优秀啊。你妈妈干嘛要反对？”

“问题就出在警察上，他一个小刑警，干的是有生命危险的活，拿的是廉价工资。我妈是不会入眼的。她整天嚷着要给我介绍她们单位里的小伙子，我靠，地税局哪里可能有年轻貌美的帅小伙存在，老子看中沈锦超的就是他的美色。”

“到了，你们两个见面慢慢聊吧。”车子停在了徐雯家小区里，唐煜无奈地看着自己家老婆。从她讲的话和偶尔手机那头爆出来的语句，他已经七七八八地了解了事情的大概。真是想不通，现在的人想要在一起怎么那么困难，是哪个说八〇后任性轻率的。顿时，他和徐雯产生了共鸣。

他们走到徐雯家门口，刚准备按门铃，门就开了。徐雯一见是他们松了一口气，赶紧欢迎他们进屋。

“你老爸老妈呢？”环顾了一下四周，发现家里只有徐雯一个。

“老头子被我怂恿出去打麻将了，我妈去买菜了，我跟她说要招待你们吃晚饭。估计也快回来了。完了完了，我估计沈锦超也快到了。寒熙你快帮我想想我要怎么说啊？”徐雯急得就差没跳来跳去了。

“你是想和他玩两年分手呢，还是想违抗母命和他在一起啊？”在旁听了许久的唐煜突然插话，他拉着焦寒熙在沙发上坐下，顺手塞了一个靠枕到她背后，让她坐得更舒服。

“姐姐我是玩玩的人吗?”徐雯双眼瞪得老圆朝唐煜怒目而视。

“既然是想在一起的，那不是迟早要上门见丈母娘的吗。人家现在这么主动，你高兴才对啊。”

“靠，你是站着说话不腰疼啊。”现在的徐雯看上去像是头抓狂的小狮子，毛发都竖起来。

几个人正说着话，听到了开门的声音，原来是徐雯妈妈回来了。见到焦寒熙，徐雯妈妈很是开心。

“你这孩子，好久也不来，阿姨一直惦记着你呢。今天烧好吃的给你吃。”徐雯妈妈拎着大包小包，看来是打算大展身手的。

“谢谢阿姨。”焦寒熙帮忙把菜拎到了厨房，有一搭没一搭地聊着，“对了阿姨，等会还有个朋友要过来呢。您多烧点菜，我们胃口大。”

听到这话，徐雯的心抖了抖，没敢说什么。

徐雯妈妈笑着应承，也没觉得奇怪。

然后，大家就陷入了诡异的等待中。对徐雯来说，每一秒心都如同在锅子里煎着一样。

不久，门铃响起，徐雯瞬间从沙发上跳了起来。然后又坐回去，捣了下焦寒熙,“你去开门。”

焦寒熙瞥了她一眼，用脚踢了下唐煜:“你去。”

唐煜鄙夷地看着他们，刚要去开门，徐雯妈妈付遥从厨房出来了:“你们这么几个人，没听到门铃响了吗?”一边把手上的水在围裙上擦干，一边把门打开。

“阿姨您好，我叫沈锦超。”众人这才看见，沈锦超手里拎着一堆东西，原来是去买礼物了。

“完了，这回打马虎眼都不行了。”徐雯在心里喊着。

付遥是新区地税局的副局长，一个成功的女强人。她的眼力何等犀利，一眼就看出来人不一般。沈锦超这名字她从徐雯嘴里听到过几次，是她的高中同学，看来徐雯早就试探过自己的口风了。

“哎呀，是雯雯的同学吧。快去沙发上坐会儿，马上就可以开饭了。”徐雯妈妈笑容满面，心里却暗暗有了算计。

“那就麻烦阿姨您了。”沈锦超也不着急，显得成竹在胸的样子。

把东西放下后，走到沙发边，坐到了徐雯旁边。徐雯立马弹起来，逃到了沙发的另一端，离沈锦超远远的。

焦寒熙他们两个笑了出来，沈锦超一脸无奈，起身走到徐雯那儿，揉揉她的脑袋，说道："相信我一次好不好？"

徐雯忙着把他的手拍开，没做声。

饭桌上，一干人各怀心思，但个个都是玲珑剔透的角色，一顿饭吃得倒也融洽。徐雯妈妈收拾碗筷进厨房的时候，沈锦超顺势跟进去了。徐雯的心又提了起来。

"阿姨，有件事我想和您说一下。"沈锦超一脸谦恭而诚恳地说道。

付遥神色淡淡地，让人猜不透心思："你说吧。"

"是这样的，我和雯雯在一起也有段时间了。我知道她一直没有告诉您和伯父，但是我想得到您和伯父的首肯，我对雯雯是真心的，我希望能娶她。"沈锦超鼓起勇气和徐雯妈妈对视着。

"呵呵，你们年轻人谈谈恋爱是正常的，用不着这么正儿八经的大阵仗。"付遥四两拨千斤，回避了沈锦超的问题。

"不，阿姨。请您相信我。我和雯雯是认真的，我们是打算结婚的，我会让她幸福的。"面对一个在官场混了那么多年的长辈，沈锦超心里其实一点胜算也没有，也不知道该用什么办法去取得她妈妈的同意，只能一遍遍表明自己的决心。

这边，徐雯一直都躲在厨房门外边偷听，焦寒熙躲在徐雯的背后一起听。徐雯这心里听的既是感动又是辛酸，焦急地等着妈妈的回答。没想到，徐雯妈妈像是察觉到外面有人偷听一样，过去把门关了。两个偷听的人再也听不到任何声音，急坏了徐雯。

唐煜过来把焦寒熙拉到自己身边坐下："好了老婆，你就不要跟着徐雯一起闹了，小心肚子里那个。"接着又对徐雯说，"你也这么大个人了，怎么搞得像小学生偷着谈恋爱一样。放心啦，把问题交给男人来解决。"

把问题交给男人来解决！听闻这句话，焦寒熙心里一揪，面色有些不自然了，有些话她深深地放在心里一个人承受着。为了不掩饰自己的不自然，她把注意力放到了宝宝身上，用欢快的语气说着："我家宝宝非常懂事，从来不闹我的。我看着有些孕妇会有什么妊娠反应，可是我不照样活蹦乱跳。这可是基因好啊！”

话一出口，她就后悔了，但出去的话泼出去的水没法收回来。也不好解释什么，怕欲盖弥彰让唐煜更不高兴。

有点惴惴不安地看唐煜的神色，他脸上倒也瞧不出什么，但焦寒熙心里总有那么点不安。这样的感觉让她也不好受，可是还能怎么办，只好以后自己多注意。

我到底是高攀还是低就啊？她心里迷茫着，像走入一片迷雾。

大约过了半个小时，厨房的门终于开了。外面的三个齐刷刷盯着里面走出的两个人，观察他们的神色。徐雯尤其紧张，生怕两个人一个不小心就言语不和，为她和沈锦超的漫漫结婚路增添障碍。她非常想问沈锦超和她妈妈聊了什么，但是又不敢。

没过多久，沈锦超就起身告辞，说是一会儿还要回局里审犯人。徐雯顶着妈妈严厉的目光出门送他。

在路上，她迫不及待地问沈锦超和她妈妈谈了什么。沈锦超却只是冲她温和地笑着，“没什么，和丈母娘拉拉家常而已，你别那么紧张过度。”

“死开死开，给我老实交代！”徐雯明显不相信自己家老妈会那么好相与。

可是沈锦超不管她怎么威逼利诱就是不肯露口风。

悻悻而归的徐雯回到家，颓废地倒在了沙发上。过了会儿才发现，就唐煜一个人坐着看电视，自己妈妈和焦寒熙在里面谈话。她也懒得去听了，她妈妈那调子不用听她都知道是怎样的。

又是过了许久，焦寒熙才从房间里出来，一脸神色莫测地看着徐雯。

徐雯被她看得心里发毛，刚想发问，被焦寒熙堵回去了。“没什么，随便拉拉家常而已。”

徐雯气结，话也讲不出了。

随后，他们两个人也离开了，留下徐雯一个人在家长吁短叹。

回家的路上，焦寒熙的神情恍惚，唐煜以为她累了，也没多问，毕竟孕妇的体力有限，又为徐雯劳心劳力，早就该休息了。

其实，只有焦寒熙自己心里清楚，她面色不善是因为徐雯妈妈说的一番话。付遥不知道孩子其实是慕岩的，只当自己和唐煜一时冲动。她的话像是一把钝钝的刀割在她心里，流不出血。很久，那些话都消散不去。

你想过什么样的生活，就得找什么样的男人。为了一时的冲动而委曲求全，就如同用一个漏洞去补另一个漏洞，永远也填不满。这么些年，我也算看着你从大一的小丫头变成现在事业成就不错的女子，你想要的生活决计不是那样平凡的暗淡一辈子。那么，你现在就输在了起跑线上。

焦寒熙翻来覆去睡不着，徐雯妈妈的一番话，一字一句地凌迟着她，让她不得安宁。天色发白的时候，她才勉强睡着，事已至此，她……还能怎么办呢？如果可以她宁可不做女强人，女人这一生，如果能遇到一个事事都为自己考虑周全的人，谁愿意去险恶的社会抛头露面呢？

3

“一新，你赶紧回家一趟，家里好像遭贼了！”周纯敏再次把保险箱翻了一遍，户口本、工资卡都在，独独少了那张十万块的存折，箱子外边也看不出被撬的痕迹，究竟是怎么回事呢？

焦一新犹豫了一下，道：“别着急，我马上回来。听我的，别着急。”

火速赶回家，周纯敏正在翻箱倒柜地找着存折，急得眼睛都红了。“我把家里都找遍了，还是没有，你的身份证还在吧，要不就完了……”

脸上的愧色一闪而逝，焦一新稳了稳心神，道：“刚电话里说不清楚，存折没丢，我把钱借给寒熙了，她急着结婚买房。”

她一下子愣住了，半天反应过来，斥道：“什么！你怎么可以不说一声就把钱借给别人了，你还把我当你老婆吗？”

“寒熙又不是别人，你也知道我就这一个妹妹，从小宠到大的，她现在有困难，我能不帮吗？”

“她困难我们就不困难了？你知不知道攒下这点钱多不容易，你说借就借了，都不跟我商量一声，这又不是你一个人的钱！”周纯敏越想越怒，挥起手想扇他一巴掌，却又生生地忍住了。

焦一新有些不悦，道:“我们不是打算明年才买房吗，寒熙的工资高，唐煜又是公务员，很快就能还清的。你也知道她现在为了结婚的事情焦头烂额，她婆婆是个不好相与的，把钱借给她好歹能在经济上给点支持，别让人看轻了去。”

周纯敏一跺脚，恨恨地道:“你眼里就只有你这个妹妹，我不管，你要是不把钱要回来，你别指望我会给她好脸色，你就更不用说了，我不会给你好果子吃的。”

心烦意乱的焦一新从口袋里摸出香烟和打火机，点燃了，猛吸了一口，道:“周末还得去跟亲家吃饭，你到时候可别摆出这副脸色，我焦一新丢不起这个人！毕竟在这边她就只有我们两个亲人。”

抢过他手中的烟扔在地上，狠狠地踩灭了。她望着自己的丈夫,“我还咽不下这口气呢，吃什么饭，八抬大轿请我去我都不屑，你也不准去，除非你能把钱拿回来，否则我就去他们家闹去!”

“你发什么疯？我是这个家的一家之主，这事就这么定了。周末去不去随便你，要是还是这种态度的话，还是不要去得好，我先回公司了。”说完转身出去，狠狠地带上了门。等电梯的时候，隐约能听到周纯敏嘤嘤的哭泣声，心头一紧，焦一新快步走进了电梯里，恨不得赶紧下楼。

周日，到了约定的时间，焦一新敲开了焦寒熙的公寓门，两人租住在同一个小区，方便兄妹间互相走动，多加照应。

“哥，嫂子呢，怎么没来?”焦寒熙已经整装待发，朝他身后看了一眼，没有人。

“她身体不太舒服，在家休息呢。”他自然不能跟妹妹说周纯敏现在还在跟他冷战，每天回家就只能看到她板着的脸，家务也不做了，晚饭也不准备了。

焦寒熙察觉到了堂哥脸上闪过的不悦，问道:“是不是因为我?”

“别多想，小唐快来接你了吧，咱们准备一下，带点礼物孝敬你未来婆婆。”说罢拉过她就进了电梯，企图把这事情的原委掩饰过去，毕竟，他不希望欺骗自己的妹妹。

唐煜家住在那种曾是职工宿舍的五层楼房里。楼方向朝南，是正正地朝南那种。整个楼方方的，从墙壁到楼顶，没有任何多余的装饰，就一个光秃秃的立方体。楼外面的墙灰灰的看不出原来的颜色，楼道外面的绿化倒是不错，种了很多高大的梧桐树，给人以深深的年代感。

可能与职业有关，从一个设计师的角度来看，焦寒熙对这栋楼非常没有好感。不仅没好感，简直就是难以忍受。记得第一次去唐煜家的时候，她的感觉就像是一个洁癖病人被扔进了垃圾场。即使是建造的年代很久远了，但是怎么会有这么糟糕的设计，建造了这么失败的房子呢？

楼梯口有一个大的水洼，昨天的雨水还积在那里，没有排掉也没有晒干。好吧，这样的房子真是没法住人的，买房子是明智的。她在心里暗暗念道。

在门口定了定神，调出一个笑容，敲开门："阿姨好！我和我哥带了点礼物过来，请收下。"

王淑看见她们没有丝毫意外，只是脸色依旧如往常般不善，接过礼物，淡淡地说道："进来坐吧。"

焦寒熙自动忽视了王淑的冷淡态度，在唐煜的引领下，带着焦一新进了屋，客厅很小，沙发自然也不大，两个人坐在沙发上，唐煜就只能去旁边搬了个凳子过来，陪着一起看看电视聊聊天。

看着王淑在厨房忙忙碌碌，焦寒熙想去帮忙，被唐煜制止了。"万一磕到碰到了怎么办，我可不希望我儿子有什么危险，你就乖乖在这儿和大舅子看电视，我去帮忙就好了。"

焦一新拉过妹妹的手，询问着："有了？"

焦寒熙点了一下头，欲言又止。

"小唐的？"他觉得这事蹊跷，就算跟慕岩分手找了别的男人也不至于这么快就结婚，犹豫着低声问出了口。

焦寒熙只来得及黯然地摇摇头，只见唐煜和王淑已经在往餐桌上端菜了。两人只能从沙发上起来，怀着一肚子不能说出口的疑问，等待开饭。

"今天叫你们来吃饭呢，首先是聚一聚，两家人互相认识一下，不过最主要的，还是要商量下买房子的事。毕竟我家小煜急着娶你家寒熙，这事就得早点上台面。这几天我到处看房子，比较下来挑了几处还算合适的，你们先看看介绍，挑几个中意的，吃好饭呢，叫小煜开车，我们再去售楼处看。"王淑的声音还挺正常的，没有像往常那般冷淡中透着敌意。

王淑很快就吃完了，趁着剩下的人都在吃饭的时候，她拿了一沓资料在桌子上，一份份地摆开。焦寒熙心里哀叹了一阵，这是不让人好好吃饭啊，看着资料谈事情还怎么吃得下饭！

“现在的房价真是高，地段稍微好一点就贵得离谱，地段不好一点的打着超低价广告的是七千八千，让老百姓哪买得起啊！”王淑指着其中几条抱怨着。

“嗯，现在全国房价都在涨，我们买个小一点的好了，差不多就可以了。”焦寒熙想着，怎么着都比这里好就行了，小点就小点，将就着住住，以后攒了钱再换大的好了。唐煜放下筷子，附和着点头。

“也不能太小，以后他们俩肯定会有孩子，报纸上说啊，空间小的房子对孩子的成长不好，容易造成狭隘的性格。”焦一新悄悄瞟了一眼她的肚子，皱了皱眉。他还不清楚唐家母亲知不知道孩子的存在，先这么说吧。如果还不知道那就当提前打个草稿，知道的话也不算打草惊蛇。

王淑作沉思状，似乎想到了有了孙子后的生活，咂巴了一下嘴，道:“也有一定道理，以后我还得帮你们带孩子的话，家里就要住四口人，可不能太小了。”

“呃……那您看着办吧。我们都上班忙，就多辛苦您了。”焦寒熙知道在婆婆面前尽量不要提建设性意见，真有什么想法还是私下和唐煜说，让唐煜说比较好。

三人陆陆续续地吃好了午饭，王淑收拾完后又选了几份资料仔细地看。每份资料都用夹子夹在一起，有户型图和外景图，每一个上都工工整整地写好了均价，最低价，首付，月供，还有小区旁边的公交车，菜场的距离。

真不愧是老会计啊，强迫症般地条理清晰。焦寒熙在心里感叹了下。唐煜想到的却是自己的母亲非常为这个家着想，还省去了他们花时间挑房子的过程。王淑看完资料，便开始聊起自己打探到的消息，经过一番研究，她初步选了新区科技城边叫水秀坊的社区:“虽然科技城现在这边什么设施也没有，但是投资方说这边很快要发展起来的，据说新区管委会要搬到这边来，周围的配套设施这几年也会造起来。你们年轻人不是流行发展的眼光吗，那就趁现在房子是一期的时候买好了。”

听着王淑噼里啪啦讲了一大堆，震得焦寒熙脑袋嗡嗡的，她刚才已经仔细看过了，科技城那边的房子造得是挺好的，就是地方实在太远了，在苏州的最西边。她在十全街上班，这从苏州最西边到苏州市区的距离会让人死的心都有的。而且，自己将来是想去园区那边发展的，园区在苏州的最东边，这房子真要买在科技城的话，她以后还是租房子得了。

但是她没有出声，等着唐煜的意见。这些房子在她眼里也就是可以住的房子而已，就房子而言都差不多。

唐煜翻了翻资料，说道：“我觉得这个也不错啊，天都花苑，靠市区还近点，公交车多。这个也不错，蓝山郡，房型很好，这是在浒关啊。哎妈，怎么都是新区的房子啊，没往园区那边看看吗？”

王淑瞪了他一眼，说道：“你是不知道园区的房子有多贵啊。我这阵子可是把整个苏州市都兜了过来了，园区基本没有一万五以下的房子，价格实在太高了。而且新闻里不是都说了吗，园区电子污染严重，天上连鸟都看不到。还是得买新区的房子，基本都是一万以下的。”

“嗯……寒熙你觉得呢？”唐煜点了点头，把一沓资料都递给了焦寒熙。

“我觉得这几处都挺好的，要不到现场去看看再决定，就光看着图也看不出什么。哥，你怎么看？”说实话这几处房子她一处也不喜欢，设计只是普通没什么出彩的，价格都差不多不是很贵。但交通全部不便利，都在新区，这是最大的问题。

焦一新一直没机会也没立场发表太多的看法，不过自己还是希望和妹妹住得近一些，要是在路上都得花个好几个小时，以后来往肯定不会特别密切。“我也觉得有些远了，以后走动都不方便，虽然有车，但不是还有堵车吗？而且油价一直在涨。不过这是你们买房子，我的意见权当参考，不用放在心上。”

原本也没打算光看着这几份广告就定下来买哪处房子，王淑坐了一会儿，对桌上的男人们都护着焦寒熙的状态有些不满意，冷声道：“你们再看看，等下就去售楼处转转，我先收拾桌子，再回房准备准备。”

这次焦一新自觉地坐了沙发边的椅子，把沙发让给了焦寒熙小两口。唐煜倒也不避讳，坐在焦寒熙旁边搂住她：“老婆，我们很快就有自己的小窝了。”

“哎呀，别这么肉麻，我怕痒。”焦寒熙轻轻挣脱开他，把声音压得低低的，生怕被他妈妈听见。而且在自家大哥面前，她觉得非常不好意思。

被推开的唐煜又把手放在她肚子上，问道：“怎么这么久了都没有动静的。一点也看不出来。”说着想把耳朵凑到肚子上听。

“别闹别闹，现在哪里看得出啊，要满五个月才渐渐显出来呢。”最近她买了好几本孕妇杂志，抽空翻了翻，了解了不少知识。

“对了，我希望我们的婚礼定在十月份，具体的日子等咱们买好房子领完证再找高人算一下，你也知道我妈信这个。上十月份天气肯定很舒服，你穿婚纱既不会太冷也不会太热。大舅子，你觉得如何？”把头转向焦一新的方向，问道。

焦一新忽然有种他和妹妹都是这个家的外人的感觉，愣了愣神，答道：“想法不错，具体的到时候再商量吧。”

在王淑准备出发之前，焦寒熙觉得先私底下和唐煜通个气是绝对有必要的。“唐煜，除了你妈说的这些，你自己还有什么想法？”

“一切服从老婆和老妈的旨意，老婆，你有什么想法，你比较倾向于哪一套？”唐煜猜到了，老婆肯定是在自己母亲面前不好意思开口，只能和他提。

“呃，这些房子是都不错，价格也合理。就是地理位置偏了点，离我公司实在太远。以后搬过去了我要怎么上班呢。”焦寒熙斟酌着开口，她知道唐煜是个大孝子，她妈妈找出这么几处房子也是花了不少精力的。

唐煜回想了一下那几处房子的地理位置，的确，都是在新区，去市里非常不方便。但是据他妈妈说，园区的房子也去看过，价格高得根本无法列入选择，市区就更不用说了。假如焦寒熙只是担心交通的话倒也无妨，“放心吧老婆，要是真买了，以后我每天接送你上下班，对了，以后你肚子也大了，坐公交危险的。”

焦寒熙也没法说太多，毕竟她只是这个家的未来媳妇，焦一新体会到了妹妹的想法，替她说道：“小唐你的单位在吴中区，送寒熙的话得绕路，市区天天堵车，这得在路上浪费多少时间啊。我觉得你们需要选一个靠近各自单位的小区，这样你上班顺路送寒熙，比较方便。我也比较放心。就算不顺路也不能绕太多，你要知道市民的平均出行时间在半小时以上就会造成不好的效果，尤其是对心理。寒熙现在的心理状态可是影响着肚子里的那个呢，可不能冒这个险。你说是吧，小唐?”

唐煜点点头，却也没拍手叫好。

焦寒熙补充了一句:“要不一时找不到合适的就再等等好了，反正我们也不急。”她在心里想的是，与其现在为了图便宜随便买个便宜的房子，还不如再攒两年钱买个好的，各方面都相对合适的，房子又不是衣服，说换就能换。而去直觉告诉她，买房子这事情也不会简单解决的，就像他们的婚姻一样。

“那等下先去看看。我妈这么急不就想让我们有个新房嘛。”

“知道知道，你妈妈的心意我都懂。这不是投资有风险，买房需谨慎么。”

“好好，都听老婆的。”

焦一新看着两人温馨的场面，这个唐煜应当是真心爱着自家妹妹的，想到此，心里放心了些。

生活就如一个大漩涡，一旦卷进去了就再也别想独善其身，只能不停地转。正如焦寒熙预感的那样，说好随便看看房子的，也没那么简单。

王淑指挥着这次行程，在三个备选方案中，迅速地看完了天都花苑和蓝山郡，然后领着他们到达了坐落在苏州最西北边的科技城地段。

浒关已经算是新区比较偏的地方了，科技城从浒关出发都开了近二十分钟，在车上，焦寒熙和堂哥坐在后排，望着窗外偏僻的郊区荒芜的环境，想到了徐雯最喜欢用的那个词“蛋疼”。

到了水秀坊的售楼处，一位售楼小姐一看见王淑就热情地迎了上来打招呼,“王阿姨，带您儿子媳妇一起来看啦。您放心，我会给您申请最大折扣的。”

王淑也笑着应声，然后让她带着他们去看样板间。

一进去焦一新就觉得不对劲了，王淑明显对这里比之前两处熟悉多了。那售楼小姐的态度更是说明了一切，王淑在这里肯定不止来了一次。他紧了紧妹妹的袖子，用眼神传达着自己的想法。

焦寒熙哪里能看不出来这其中的猫腻，难道真要住在这种鸟不拉屎的地方吗？她自己在这养老是不错，自己可是打算以后有机会跳槽去园区的。即便房子不买在园区，也得买在市区，这是底线。

换了鞋套在样板间参观，售楼小姐一面热情介绍，一面和王淑拉着家常。

莫非公务员的最佳搭配是售楼小姐？焦寒熙在心里菲薄着，王淑对待那姑娘的态度可比她这准儿媳春风和煦多了。那姑娘也是个人精啊，这般有眼色，知道这里做主的是老太婆拼命讨好，他们两个小的是傀儡可以无视。

“阿姨您看，这房子真的很不错，房型好，位置好，升值空间大，现在买的话正好有一个活动，可以打九八折，再赠送一万块装修抵用金。”那售楼姑娘讲话溜得很，说了一串都不用停顿喘气。

王淑貌似很满意地点着头，让焦寒熙心里凉了一片，这哪里带他们来一起看房子，分明是她看好了房子带她来走个过场的。她伸手拉住唐煜的手，用力握了握，又回头看了焦一新一眼，眼中尽是无助。

唐煜对着热情洋溢的售楼姑娘说：“谢谢你，我们再考虑考虑。”然后对王淑说道：“妈，买房子不能急的，我们再看看啊。”

听到儿子话里的意味是不满意，王淑的脸色有点变了：“这房子哪里不好，这个价钱在整个苏州市都是找不出的，要不是因为地方偏一点哪里能有这个价格。而且这里马上就要发展起来的，这也是投资。”

“妈，您别激动。这不是想多看看吗？这里是不错，我们放在备选里啊。”唐煜不想反驳母亲的意思，只能迂回地说着。

“哼，我刚才问过了，那个打折送装修抵用金的活动再过三天就结束了。算下来也能省两万多块钱，两万块钱你以为容易赚啊？”王淑有点生气地说道，这里是她那么多房子看下来她最满意的一处。

“这种打折活动其实都是噱头，开发商是不会放弃他的目标利润的。只是想营造一种让利的现象拉拢消费者选择偏好。”焦一新忍不住开口，他和周纯敏也是准备买房的，抽空也会在各个小区的售楼处转转，看得多了自然之道，这样的把戏多了去了。

焦寒熙想着有自家哥哥支持，就忍不住说了一句：“我们公司常年和开发商打交道，但凡价格低的房子内里都挺不堪的，不是偷工减料就是干脆连飘窗都不见了。”

气氛因这句话陡然静默下来，焦寒熙立刻意识到自己又错了。“叫你嘴贱说出来，叫你嘴贱说出来！”她仿佛看见一个徐雯化身的小人在她耳边骂。

“行，你们都是有文化的，懂得多。那要我这老太婆看什么。得，这房子也别看了，你们去决定吧。”王淑冷下脸就往外走。

“哎妈，寒熙不是这意思，就是说多看看。寒熙，你和妈说说。”唐煜急了，追上去拉住母亲，顺势扯了一下焦寒熙。

真是躺着也中枪啊！焦寒熙在心里哀嚎。这话根本就没有什么意思，她只是想揭发一下开发商丑恶的嘴脸而已，没想到这么一说就让未来婆婆多心了。正想上前解释，却被焦一新抢先了一步，他低眉顺目地跟王淑说道：“对不起，我家寒熙不是那个意思，她只是希望能选个好点的房子罢了，毕竟寒熙也算是个内行。亲家，你说对吧？”再多的话实在讲不出口了，把话头扔回给王淑才是最好的解决之道。

焦一新比焦寒熙更深谙为人处世之道，毕竟比她在社会上多打滚了两三年，打太极这一招是明哲保身的最佳方法。

“妈，你看寒熙都道歉了，您老人家别往心里去。”唐煜打着笑脸，心里急得很。怕母亲气坏身子，也心疼老婆受了委屈。

“那这房子到底怎么办吧。我就直说了吧，家里那些积蓄不仅要付首付，还要办婚礼订酒席，你以为我们家里是有多富裕啊？你去哪里找这么便宜又好的房子。”

“好好，妈，那我们把这里当成首选。等会儿再找他们详细确定下折扣优惠。”唐煜哄着母亲走出了样板房往售楼中心去了。

焦寒熙和焦一新默默地跟上，她心里竟然说不上多失望。也许这样的结果早在去唐家吃饭前就猜到了，只是心里对唐煜隐隐抱着一线希望，现在也不过是看到了一个预计的结果，她在心里憋着气，一句话也没说。之所以沉默，一半是想看看这婆婆到底是有多强势，另一半是不想在这种大庭广众丢人现眼，她知道，一旦现在提出异议，她这厉害的婆婆肯定会当场和她闹得下不了台。上次民政局那次已经足够了。

焦一新揽着妹妹的肩膀，轻声安慰道：“别跟老人家一般见识，慢慢说服呗，毕竟，做主的应当是小唐而不是她，别生气，我不希望我的小外甥心情不好哦。”

有了堂哥的这番话，焦寒熙觉得至少自己不是一个人。只要有个可以放心依靠的肩膀，她就有勇气继续这漫长的征途。

本以为王淑就算自己已经看中这里了，那起码也要再来一次交定金，没想到她找到那个能说会道的姑娘，直接掏出五千块现金就把定金交了。焦寒熙看得目瞪口呆，她还真没料到自己婆婆今天是设了个局，钱都准备好了，前面两处房子只是个幌子遮掩一下。她冷眼看着唐煜小心伺候着他妈，交定金也只讨论了几句就同意了。她在心里暗暗有了计较，唐煜显然是靠不住了，但是她绝对不要买这里的房子，她可是出了将近四十万了，可能还让大嫂不痛快了，付出了这么大的代价，凭什么一点发言权都没有。

回去的时候她推脱肚子有些不适，想回家睡觉，拒绝去唐煜家吃晚饭，打算过两天寻个机会再和唐煜谈房子的事。焦一新送她回到公寓，在他开口前焦寒熙制止了他，道:“哥，这事我自己来处理吧，你已经为我做得够多了，剩下的，我心里有数。你现在呢，抱我一下，给我点勇气吧。”

看着焦寒熙含笑的脸，他总觉得这样的笑容里，失去了好多本该有的美好。

第二章　世上有两根杠杆可以驱使人们行动——利益和恐惧

4

周一一早，唐煜上班的时候心里已经有了打算，大致就是水秀坊了。可惜确实远了点，焦寒熙总加班的要是在路上还花那么长时间，实在是……唐煜一想到焦寒熙的工作就禁不住皱起眉头，女孩子干这一行太累了，等肚子大起来了，难不成还挺着大肚子加班？一想到这个唐煜就直摇头。还是自己的工作好，上班看看文件，浏览一下网页，聊聊天，每天都很悠闲，待遇又不错，关键是福利好。

他一到公司，习惯性地打开电脑，脑中想着改天要劝焦寒熙去考公务员，如果需要钱去打点的话……到时候再想办法吧。

“唐煜，今天怎么来这么早？”同事兼哥们宋腾一向到得很早，因为车位太难抢了，晚来几分钟只能停到几公里外去了，或者吃罚单。唐煜在对面的另一个公司租了一个长期车位，宋腾虽然比唐煜早几年进单位，但最近才买车，不过车位早就没有了，只能每天早到抢那几个路边的位子。

唐煜关掉了网页上楼盘的信息窗口，道：“哥们要结婚了，在愁买房的事情呢。宋哥你是过来人，有没有什么经验之谈要相授？”

宋腾惊得目瞪口呆，一脸呆滞地问道：“唐煜，你竟然要结婚了？怎么一点消息都没透露，对方是谁，快说！”

提到这个，唐煜就笑得有点憨，“焦寒熙，我以前同你提过的，你记得吧？”

“这个焦寒熙，就是那个你喜欢了很久也没追上的女人？有没有照片给哥哥我看看，瞧你傻乐的，我倒是想见识一下究竟得美成什么样才能让你神魂颠倒。”

“等婚礼的时候就可以见到了吗，太优秀了也不好，被你瞄上了那不是完了，多伤和气，是吧？你先给我说说买房的事情，我现在心里没底啊。”唐煜跷着二郎腿，略有些得意地说道。

“啧啧，你小子究竟怎么把梦中情人骗到手的，赶快招。事前怎么一点风声都没有，枉我把你当兄弟，竟然快结婚了才通知我。太不够意思了。不招我是不会告诉你经验之谈的，哼哼！”

唐煜沉默了一下，斟酌着措辞，才回答：“这个……奉子成婚，你呢，就不用申请当干爹了，因为干妈的人选已经被预订掉了，提起那个女人，我真是觉得汗颜啊，简直是……爷们中的爷们，不说也罢。”

宋腾毕竟是唐煜多年的哥们，他总觉得这事不对劲。唐煜的性格，一向很保守，人也是循规蹈矩的，打死也不信他会做出“奉子成婚”的事情的。“别岔开话题，奉子成婚？你小子一撒谎就盯着别人看，当然了，一般人都以为说真话的时候才盯着别人，其实越撒谎越心虚。跟哥们还有什么好隐瞒的，究竟怎么一回事？”

“宋哥，我可不可以不说啊。”唐煜有些为难。

“跟我还有什么好隐瞒的，哥哥我是为了你好。我以一个已婚人士的身份告诉你，结婚这件事，还是要找已婚人士参谋参谋的，免得悔恨终身。”

看了一眼周围，暂时还没别的同事，唐煜有些赧然，顿了顿才把事情说出口：“其实，孩子……不是我的……”他简要地把这几个月的事情说了一遍，末了再强调了一句，“她是个好女人，我想给她幸福。”

听他说完整件事的经过，宋腾泡了杯龙井，吹了吹，再喝了一口，然后才慢悠悠地评论道：“我呢，也不是不看好你们。其实这种婚姻也有一个好处，一开始就是以责任为目的的话，稳定性倒是蛮大的。不过，万一……”

“万一什么？”唐煜虽然认定了焦寒熙，可是有些事情，还是希望得到别人的认同，自己母亲不能给予的认同，靠哥们也是可以的。

“这个……你呢，这么多年我也看出来了，就吊死在一朵花上了，所以，你这边是没问题的。那个焦……什么的女人，如果照你说的是为了孩子才跟你结婚，也把你当丈夫，那大约也是没问题的，但是万一哪天孩子的亲爹突然出现了，你有没有想过怎么办？”宋腾有老婆有孩子，对这种事情，眼光比唐煜长远多了。

唐煜愣住了，他确实没考虑过这种情况，至于慕岩和焦寒熙为何会分手他都不是太清楚。“寒熙是我老婆，孩子也是跟着我们的，就算那个男人出现又能怎样呢，难不成还能把孩子抢了？”

“如果只是把孩子抢了倒算了，毕竟孩子不是自己的，作为一个男人，心里面总会有疙瘩的。既然你女人会为了孩子嫁给你，那她到时候会不会为了孩子又离开你，回到孩子亲爹身边呢。这个你得防着点啊，女人为了孩子还真是什么都做得出来，这种事情我可见得多了。”又喝了一口茶，宋腾一副过来人的样子，叹了一口气。

“不至于吧。我看嫂子挺贤惠的样子，哪有你说得那么不靠谱。”

“怎么不至于，我家里那个，想想就觉得后悔，应该多玩几年再结婚的。一早就被套牢了，现在孩子也生了。她说孩子太小，不放心我妈看，非要自己带，然后就辞职了。我们这行就这么点工资又没有外快，我要养家养车还要养房子，现在别提多拮据了，前阵子把烟都戒了，就是因为没钱买好烟。叫我抽劣质烟，还不如去买包糖吃。”猛灌了几口茶，继续道，“她也不想想，我每天在外面拼死拼活的是为了谁，妈的还每天摆着一张脸，嫌我没出息。又嫌我对家里不关心，对孩子不关心。我是男人又不是奶妈，怎么可能懂得照顾孩子。她觉得我给不了孩子优越的条件，孩子不应该受这种罪，然后就跟我吵。吵得多了就会提到离婚，你猜猜看她说什么？”

唐煜看着说得激动的宋腾，不知道说什么：“猜不出来。”

“她竟然说，离就离呗，房子是婚后买的，房产证上有两人的名字，离婚的话她拿一半，给钱也成，我还得付抚养费。这个世道啊，真是世风日下，房贷可是我一个人在还，首付也是我父母家出的，她不上班就算了，还在算计我的财产，提到这个就一肚子气，想抽烟，但每次一摸口袋都没有烟。哎……”

“那现在……事情怎么样了，怎么都不听你提起的？”

“那点屁事谁愿意提啊，男人哪，打落牙齿往肚子里吞呗。这不遇上你的事儿才说出来吗，也好给你点启发，免得步了我的后尘。你们要结婚呢，我是很祝福你们的，不过你得给自己留点后路，以防万一。”他说得语重心长，说完还在唐煜肩膀上重重地拍了几下。

“这……怎么留后路?”不得不说，他被宋腾说得动心了，王淑也经常教育他凡事都要为自己多考虑，只要焦寒熙不离开他，这后路就都用不上了。

同事陆陆续续的来上班了，宋腾降低了音调，道:“别的可以无所谓，最重要的是，房子一定要写你的名字，或者你母亲的。你们还没领证吧？已经领了就不大好办了。”

他想到了焦寒熙交给他的工资卡，还有焦一新的那十万块，不由说道:“还没领……这好像对寒熙太不公平了，首付几乎都是她出的。”

“你傻呀，你肯定不会跟她离婚吧，那只要她不离婚这房子还是你俩的，她要是对不起你的话，那只能不好意思了，净身出户吧。你回去研究下新《婚姻法》，研究透彻了再买房，尤其是财产这一块。这是经验中的经验！先不说了，人都到了，有时间再替你合计合计。”

悠闲的一天又开始了，唐煜若有所思地看着电脑，忍不住百度了《婚姻法》，用纸打了出来，细细地研究起来。

下班前，请柬都发给同事了，宋腾一向是个活络的主，他提议道:“我们大伙都没见过小唐的未婚妻吧，是个大美女哦，一起出来聚聚如何，择日不如撞日，就今天吧。”

他们局里隔三差五地有聚餐，同事们也都习惯了，纷纷响应。唐煜想了想，道:“我给她打个电话，要是她太忙了咱就改天聚。”

“赶紧的，再忙也得来啊，这可是第一次见未来老公的同事啊，这么重要的场合怎么能不出席呢!”“我去翻翻电话订酒店包厢。”……

同事们使出劝酒的招数对唐煜威逼利诱，唐煜无奈之下拿出了电话。“喂，寒熙，晚上跟同事聚会，你也一起来吧，他们都想见见你。”

“我手头有个项目这周要去二轮汇报，有点抽不开身，能不能改天啊?”

“你要真的没时间就算了，但图画不完最多少拿点工资，别把自己累垮了。”

她最受不了唐煜的这种温柔攻势，想了想房子的事情如果不想有回旋的余地，还得从唐煜这边下手，不能冷落了他，便道："那我跟卿姐说一声等会先走，时间地点跟我说一下。"

"我们正在订酒店，下班后我来你公司接你。"

"好，待会见。"

"嗯，拜拜。"唐煜挂掉电话，忽然意识到好像每次都是焦寒熙先挂电话，算了，一个大男人计较这些做什么。跟同事们调侃着，一伙人准备出发去狂欢。

聚会的地点是在新开业的万达商业中心，焦寒熙一下车就听到一阵传说中的"千呼万唤"声，礼节性地微笑着，向大家打招呼："大家好，我是焦寒熙。"

李局长也出席了聚会，拍着唐煜的肩膀，道："小唐真是有眼光，天造地设的一对啊，不错不错。大家别在外面站着了，去楼上吃饭。"

一行人浩浩荡荡地上了五楼，经常来万达的几个人积极地去大堂点菜了，其余的人陆陆续续进了包厢。入座后，唐煜开始一一介绍起他的同事，这个圈子的男女比例比起自己的公司和谐多了，差不多是一比一的样子。

焦寒熙温婉地笑着，努力记住他们的名字和长相，免得婚礼的时候认不出来。要知道学设计的人只会对新奇的有特色的事物印象深刻，对人也一样，长得太大众的实在是不好记。

菜一个个地端上来了，唐煜帮她开了一瓶红豆饮料。没开车的人纷纷地倒了酒，黄的白的，觥筹交错。

酒过三巡，一群人喝开后就把端架子和装文雅抛到了脑后。大家开始聊起各种有意思的事，有些还是带点颜色的，往往猥琐的话题才能吸引众人的注意力，博得大家的笑声。焦寒熙默默地吃着菜，听着他们聊天。感觉越来越无聊，眼皮越来越沉重，只能靠不停地吃东西来提起精神。

"怎么了，累了？"唐煜发现了她的不在状态，凑近她，问道。

"有点，你们平时都聊这些话题吗，我有点跟不上，毕竟我既不会打麻将，也不炒股票，所以……"

局长见了他们讲悄悄话的样子打趣道："说什么私房话呢，小唐，当着同事们的面，交代一下你俩的罗曼史。"

宋腾见唐煜不知道怎么开口的样子，便发挥了哥们的作用："李局，待会还有后续活动呢，也不急着逼小唐说，你看他，脸都红了。等下去KTV让他俩唱歌，唱完了拿着麦克跟大家说，怎样？"他向唐煜投过去一个眼神，意思很明显：唐煜，兄弟我够照顾你了吧，还给你时间考虑怎么说。

"不错不错，小唐小焦，我敬你们一杯。"

"李局太客气了，今天还得开车，我就以茶代酒了，干杯干杯。"唐煜拿起茶杯，站了起来。

焦寒熙举起杯中饮料，跟着唐煜一起站起来，李局长收回酒杯，脸上摆出不可以的神情："哎，这怎么可以呢，今天你俩可是主角，这点面子总要给的，车子就停这里，打车公司报销。换酒换酒。小焦，一杯啤酒总要喝的吧。"

"我是确实不能喝，我一喝酒就过敏，要不我喝两杯饮料，您看这样成吗？"焦寒熙言笑晏晏地冲着局长说道，下意识地不希望他们知道自己怀孕了，总觉得唐煜的这些同事不是什么良善之辈，多一事不如少一事。

唐煜也没说破，帮衬道："寒熙从来不喝酒的，这样吧，我也喝两杯，我换酒。来，李局，我们敬你。"

如此这番，局长也不能再说什么。酒一轮接着一轮地喝，焦寒熙都快被饮料撑饱了，菜还在继续上着，可是几乎没什么人在动筷子了。这种内部的聚餐为什么也搞得跟对付客户似的，她早就厌倦了这种劝酒的饭局，毫无意义可言，笼罩着一股子官僚的气息。吃得不舒服，心情也不痛快。

等领导和下属们喝得差不多了，大家就都很自觉地起身，三三两两地往电梯的方向走去，预定的KTV在隔壁的大楼。唐煜一直等到最后才离开，因为他要去结账。李局长掏出一张卡递给他，"小唐，我正好有会员卡，能积分的。"

其实积个分也没什么，只是焦寒熙就是觉得很不舒服，非常地讨厌。跟着唐煜去结账的时候，一直微笑的表情终于放松下来，忍不住抱怨了一句："这个李局长怎么这个样子啊，总觉得不像领导。"

"你不喜欢李局吗？我觉得他人蛮好的，还挺器重我的。"

焦寒熙习惯了在唐煜面前展现真实的感情，不需要做作，于是就说出了心里的想法："说真的，不太喜欢。"

唐煜的脸色有些难看，嘀咕了一句："是不是我所有的亲人朋友都入不了你的眼？"

"你说什么？"

"没什么，咱赶紧去KTV吧，别让他们久等了。"揽过她的肩，唐煜掩去失落的神色，不过上午宋腾的话倒是又飘进了自己的脑海中，确实得好好合计合计。

一路上焦寒熙都皱着眉，她一向不爱这些，自己单位组织聚餐的时候总是吃好饭就先走了，单位里的人也知道她的脾气，不是不愿和大家一起玩，是真的不喜欢吵闹。可是没有办法，自己要是说走的话唐煜心里肯定会有想法的，不情愿也只能跟着一群人去KTV了。

大家一坐下来，几个活跃分子就抢了话筒冲到前面去点歌了。还好唐煜比较稳重，只是帮大家点好了饮料零食，就坐在她旁边陪着她。焦寒熙想像如果自己老公也是一副活宝样的话就太可怕了。

不知是因为觉得气氛不够热烈，还是刚才饭桌上没有喝够，他们又点了几瓶红酒。酒是最好的兴奋剂，原本有些拘束的人沾了酒就变得豪放起来。

局长显然对于刚才没有灌到焦寒熙不满，倒了一杯拿到他们前面，"小焦啊，你家唐煜可是个优秀的小伙子，虽然年轻但是做事稳重踏实，我可是很看好他的。来，给我这个小领导一点薄面喝一杯，以后都是自己人。"

焦寒熙知道今天不喝的话这局长是不会消停了，就接过酒杯说道："局长，多谢你的赏识。我确实不能喝酒，就只喝这一杯了，千万要见谅。"说罢就一口喝掉了。之前已经咨询过徐雯所在附一院的妇科圣手刘医生，三个月以后胎儿稳定，可以适当喝一些低酒精度的酒，不过保险起见，待会儿还是去洗手间都吐出来比较安全。

看着她一口喝完了一杯红酒，唐煜非常担心，正要问她怎么样，她摇了摇头示意他没事。唐煜便跟局长寒暄去了，局长貌似很满意焦寒熙这般爽快。

逞了一回英雄的焦寒熙放下酒杯就觉得胃里一阵恶心，她其实酒量还不错，就是这样乌烟瘴气的环境让她非常不适。特意一口气就喝完了一杯，让自己脸上红红的，顺势装作有点醉意的感觉。本来那群人闹着要他们小夫妻俩唱情歌什么的，都被焦寒熙半躺着喝醉的样子打退了。

焦寒熙脑子里乱糟糟的，隐约听到了唐煜的手机铃声，翻了下他的衣服口袋找到了手机。原来是唐煜他妈打来的。

看着还扎在公务员堆里觥筹交错的唐煜，焦寒熙放弃了去叫他，一边按下接听键，一边往外面走。

“阿姨，我是寒熙。”调整到一个比较温柔谦逊的语气后焦寒熙开口。

那边沉默了一下，然后开始扫射，“你们是在什么地方啊，怎么这么吵。这么晚了还在外面玩，唐煜一个男人就算了，你一个女人还这么半夜三更的在外头，我知道你们年轻人爱玩，但也要有节制！”王淑知道唐煜单位应酬聚餐多，公务员都这样她也习惯了。她的本意是想关照一下唐煜如果喝酒的话不要开车了，没想到是焦寒熙接的电话，很是生气，在她眼里，女人跟着大老爷们在外面应酬是极不正经的。

又来了，每次都是躺着也中枪。焦寒熙在心里呐喊，真想冲她吼一句，“你以为我想来啊，我也是被逼无奈。”心里呐喊过后组织了语言慢慢解释道：“是这样的，唐煜他们局长知道我们的事后想请大家吃饭给我们庆祝下，才特意叫上了我。唐煜在陪局长喝酒呢，要不我去叫他？”

王淑这才缓和了些，声音有点生硬地说：“那就不要叫他了。是李局长吧。当初唐煜这份工作就是找了他的关系，你们对他态度要恭敬些，知道吗？”

“嗯，局长很赏识唐煜的。”这时焦寒熙走出了KTV大门，在风口里站着被风一吹，感觉舒服了些。

“那就这样吧，叫唐煜不要开车。”一说完王淑就把电话挂了。

收好手机后她并没有马上回去，继续吹着风，看着这商圈一排闪耀着的霓虹灯颜色变幻莫测，就如世间百态一样。

先去了趟洗手间，再回到包厢里，唐煜就关切地迎上来：“怎么去了这么长时间，我都担心了正要去找你呢。”

“没事，刚才妈打电话过来，叫你等会儿别开车。”焦寒熙摇了摇头，把手机递给他。

“打车回去，明天再过来开车。你身体怎么样，要不我先送你回去吧，这帮家伙今天兴致高得很，一时半会儿完不了。”唐煜看了看时间，八点半，对他们来说这个时间点还早，他们肯定不会放他走的。

“也好，我在这里你们也碍手碍脚的。我先走，你们继续 High。”焦寒熙如蒙大赦。

两个人过去跟李局长打个招呼，李局长也没为难，只是调侃着说：“小唐啊，你可不能因为美娇娘在家了就一去不回了啊。”

走出 KTV 的时候，焦寒熙觉得自己的脸都要抽搐了，笑得太假还是得笑。KTV 外面停着很多出租车，她对唐煜说，你先回去吧，我自己打车走就好了。

唐煜想了想，还是不放心，说：“没事，不差这点时间，你今天还喝酒了，我会担心的。”

焦寒熙有些感动，上车后靠着他的肩，打算眯一会儿。

“师傅，去沁苑小区。”唐煜调整了下姿势，揽住她的肩膀，让她睡得更舒服。

车子开了不到十分钟，焦寒熙突然“哎呀”了声，坐直了身体，说道：“我差点忘了，有个图还没改好。师傅，去十全街。”

“什么图这么重要，明天画不行吗？”唐煜有点无法理解，他一直觉得焦寒熙这工作要没日没夜地画图，实在不是女孩子该做的。

“事情比较紧急嘛。明天那个方案的甲方要过来我们公司，我不改好明天怎么给他看啊。”焦寒熙也无奈，颜卿是今天下午才跟她说这件事的，她原本打算留下来加个班，也就个把小时的事情，后来唐煜这边有饭局闹了下，她竟然忘了。

“那公司也不止你一个员工吧，你就说有事推脱一下不行吗？你都怀孕了，不要事事都挡在前面。”

“问题是别人也在忙啊，我们所现在肯定依然灯火通明呢。每个人负责的项目不一样，突然交给别人也做不好，如果搞砸了再补救的话就要费更多精力了。”

“行行，你最有道理。师傅，往十全街开吧，到苏州规划设计研究院。”听到这个唐煜有些不高兴了。好几次晚上他过去找焦寒熙，都看见办公室里一群男人，就焦寒熙一个女人。她们所长叫颜卿的也是女的，人家毕竟是所长职责所在。

察觉到唐煜的情绪有些低落，焦寒熙想是不是刚才自己说想回家休息，现在又去加班，让唐煜误会她不想参与他的朋友圈子而不高兴，完全没有想过他是介意她和一群男人一起加班。的确，这行业大多是男人在干，即使有女人，也不会干太多活，像焦寒熙这样拼命工作，把自己当男人使唤的寥寥可数。

心里有些委屈，这次是真的临时想起有事，嘴上放软了语气："唐煜,支持一下我的事业嘛，你知道我的，我责任心最强了。下次一定好好陪你。"

难得见到她撒娇的一面，唐煜立刻投降："我这不是担心你身体吗？今天还喝了酒，下次可不许这么不把身体当回事了。"

十全街离他们吃饭的地方不远，晚上车也不多，没过多久就到她公司了。唐煜没下车，一面关照她不要累着，一面紧锁眉头。

回到办公室的焦寒熙感觉无比舒畅，从来没有哪次加班这么开心的。难道我就是这天生劳碌命吗？她自嘲地想着。

在办公室奋战的焦寒熙这会儿没有想到，一向能不加班就不加班的徐雯也在距离她不到一公里的附一院手术室奋战。

今天快下班时医院来了个重要病号，省里下来视察的某官员。在视察的饭桌上，不知道是下面的人伺候的太周到还是太不周到，晕倒了。急急忙忙送到了附一院一查，原来是脑溢血。

入冬后各种并发症多起来，医院的人手不够，不然也不会让徐雯这样的年轻女流医生上阵。徐雯作为手术一助，集中精神配合主刀医生做手术，一丝也不敢松懈，如果在这种时候出错可不是开玩笑的。

近三个小时的手术结束之后，徐雯这才感觉到疲惫，走出手术室，整个人像是要瘫掉一样。外面的天已经全部黑掉，肚子一阵猛叫，她突然想起一件事暗叫不好。

今天是沈锦超妈妈的生日，和他说好了下班后一起去他家帮他妈妈庆祝，结果临时来了尊大佛。所以说，当官从政什么的，最讨厌了。徐雯在心里咒骂着，一路奔回办公室。手机放在办公室里，她还没来得及和沈锦超说，这事有点大发了。

推开办公室的门，她来不及收住脚步一头撞进了一个人怀里。

“怎么老这么冒冒失失的，这样病人哪敢让你看病啊。”原来是沈锦超，他把徐雯扶正，理了理她外翻的衣领。

“我刚有个手术来不及和你说了。”徐雯赶紧解释道。

“好了走吧，我知道啦，刚听你同事说了。”沈锦超一手拿着徐雯的包，一手拉住她往外走，“我给你打了几个电话，没人接就猜你可能医院有急事。不放心就过来看看。”

徐雯把手机打开一看，果然有好几个未接电话，又是内疚又是感动，“对不起，下次一定先和你说一声。”

“没事，事出突然你也没办法。”到了车上，沈锦超递给她一个面包，“你肯定没吃饭，先垫垫肚子，等会儿去我家吃。”

“对了，阿姨的生日……”想到沈锦超妈妈的生日，徐雯有些心虚。

“放心吧，他们已经吃过了，现在在等你回去切蛋糕呢。”

到了沈锦超家里，他父母一点也没有不高兴的样子，对徐雯都非常热情。听沈锦超说徐雯快下班时来了一台手术，沈妈妈很是心疼地说道：“外科本来就吃苦，你一个女孩子家家太累了。肯定饿坏了吧，快尝尝阿姨的拿手菜可乐鸡翅，多吃点！”

听着沈妈妈温柔的话语，徐雯感动得眼睛里满是雾气。

5

等一群人玩得尽兴了散场，唐煜回到家已经快十一点了。到家里发现母亲房间的灯还亮着。正要过去看看，门开了，王淑披了衣服走出来。看见唐煜一脸倦色心疼得不得了。闻到他身上的酒气以后，不顾儿子阻拦，就到厨房煮米汤，她从别人那听来米汤醒酒是很好的。

“妈，辛苦你了。”看着母亲一把年纪了还为自己操心，唐煜又是感动又是内疚。

“说什么傻话。妈就只有你一个宝贝儿子，不为你辛苦为谁辛苦。”王淑麻利地煮好了汤让儿子喝。

她在一旁看着唐煜喝米汤，忍不住把白天从楼上张老太那听到的八卦讲出来，“今天楼下张老太跟我讲了她侄子的事情，真是不幸。那孩子你小时候见过的，还一起玩呢，挺好一孩子，就被一个女人给骗了。”

说着长长地叹了口气。

唐煜被母亲这么一说，勾起了好奇心，问道:“叫杨力的对吧，他还比我小三岁呢。他怎么了?”

“这孩子不是读了技校出来就到厂里去上班了吗，认识了一个厂里的打工妹，一个山东女人，谈了一年死活闹着要结婚。他爸妈也是宠着他，由他胡来。巴巴地买了新房装修，让小夫妻俩住。没想到啊，唉。”说到这里，王淑停了下来，去厨房给自己倒了杯热水。

“后来呢?”唐煜直觉地心里有些不舒服。苏州人，尤其是老一辈的，非常不喜欢外地媳妇。虽然母亲也没有说到自己，但焦寒熙是厦门人，这是无法更改的事实。

“后来两年多，孩子都一岁了，那女人闹离婚，不要孩子，就要房子。你说说，她一个外地人嫁过来什么钱也没出，把这个家折腾的。杨力他爸妈老两口都气得进医院了。”说完又是一阵欷歔。

唐煜听得一愣一愣的，半晌憋出来一句:“妈，寒熙不是那样的人。我们都是读过大学的，层次不一样。再说，她都拿出四十万来凑首付了。”

“妈不是说寒熙。哎，妈就是有些担心。毕竟不是本地人，这样的家庭很难一条心的。这种事情妈见了太多了。”王淑小心翼翼地说着，神色郁郁。

“不会的，我认识寒熙六七年了，还能不了解她吗。再说了，现在都出来新婚姻法了，对财产什么的规定得很清楚的，不会发生骗钱骗房子的事了。”唐煜蓦地想起白天研究了许久的新婚姻法，嘴快就说了出来。

“新婚姻法?讲了什么?好像在公交车的移动电视里见过。”

“啊，没什么。就规定，谁置备的财产就肯定归谁，不会出现结了婚能分走一半钱的事情的。也没什么，不离婚谁会用到啊。好了，妈，时间不早了。早点休息吧。”唐煜不想再继续这个话题了，他是要和焦寒熙过一辈子的。

洗漱完躺到床上，唐煜却是一点睡意也没有。这两年他的酒量也练出来了，今天喝得也不算多，意识清醒得很。脑子里盘旋着宋腾的话，母亲的话，心里被什么东西无形地折磨着，一夜无安。

早上起来，居然头疼得厉害，以前就算宿醉睡一觉醒来也就没事了。难道年纪大了？唐煜赶紧摇了摇头，把脑子里不切实际的想法赶出去，这才刚二十六，正是事业起步阶段，要好好奋斗，还房贷，让老婆孩子过上好日子。

外面王淑早就把早饭准备好了，烧了白米粥，煎了荷包蛋，还买了豆腐花，香味四溢，她的眼里还有一种异样的亢奋。

“哇，好香啊！妈，今天早饭怎么这么丰盛，有什么高兴事吗？”唐煜觉得母亲今天特别高兴，自从他和寒熙领证之后，很少见到母亲真正开心的时候。

“儿子啊，我昨天上网把新婚姻法仔细研究了一遍。”王淑的眼里满是得意之色，“这新婚姻法啊，真是不错，真真保护到我们的利益了。”

唐煜一阵愕然，没想到自己随口这么一提，母亲大晚上的还去研究：“什么新婚姻法旧婚姻法啊，一般人也用不到。”

“这是什么话。现在是法制社会，做什么都要把法律研究懂。何况是关于婚姻大事的，什么叫用不到。”王淑脸色一正，教育道。

“好好，母亲大人研究出什么来了？”

“我仔细权衡过了，这买房子啊可以，但是这房子的产权上写我的名字。新婚姻法都规定了，如果是一方父母给予的房子，就算你们离婚，这房子还是我们的。”王淑终于把想了一晚上的话说了出来，心里一阵舒坦。

“妈，我和寒熙好好的说什么离婚。”唐煜一口粥差点呛到，声音都提高了起来，莫名有些恼怒，母亲的话和宋腾讲的话几乎如出一辙，他虽然自己没有考虑过这个方法，但毕竟在脑子里盘旋过，如今被母亲再次说出，有种做坏事被旁人知道的羞恼。

“哎呀你这孩子，怎么死脑筋的。”王淑拍了一下他的头，“你妈我是几十年的老会计，算账比你清楚多了。你们如果好好地过一辈子自然是最好的。这房子也是买给你们当新房的，你以为我这老太婆还有多少光景啊。”

“妈，你身体好着呢，要颐养天年的。”听到母亲这话唐煜赶紧反驳，他从小是母亲独自把他抚养长大，这里的艰辛不是一般人能熬过来的。

“傻孩子，我是实话实说。你们两个如果好好的啊，就什么事也没有，产权在谁名下一点关系也没有。这不怕一万就怕万一是不是？”王淑继续给他洗脑。

“可是妈，这样对寒熙不公平啊！毕竟她都把这两年的工资和家底全拿出来了，她工作也不容易，昨天晚上还加班呢。”唐煜犹豫着，觉得这样做肯定会伤了她的心。

“什么！又去加班？这么晚了还在加班？真是，真是……”王淑把筷子往桌上一拍，非常不满意，“哪有正经女人晚上不好好在家的，那以后你们有了孩子她也这么加班不顾家里？”

王淑是完全不懂焦寒熙那个行业的，对她加班的事情有了好几次怨言了，她的观念里，女人总是要以家庭为重的。唐煜帮着焦寒熙解释：“这也不能怪她，实在是她这行业太累了。寒熙又是个上进的人，自然要做得多做得好。”

“哼，说到底就是野心大。一个女人要那么大野心做什么，到时候管都管不住。这事就这么定了，房子算在我一个人名下。”王淑收拾了自己的碗筷拿到厨房先洗起来，不再理会儿子。

这一整天，唐煜都过得浑浑噩噩的。心里有两个小人在打架，一个游说他听母亲的话凡事留个后招，一个劝说她焦寒熙即将成为他的老婆了，两个人要互相信任。

临下班的时候，宋腾过来拍了拍他的肩：“哥们，今天有心事啊，怎么魂不守舍的。难道昨天回去晚了，被弟妹关在门外了？”

唐煜推了他一把说道：“去去，少胡说。我们还没办酒席呢，现在还没住在一起。”

“那你这是怎么了？”宋腾一脸狐疑，唐煜在上班时候从来没有这么不在状态的，看来这次事情不简单。

“没什么，就是房子的事情啊。我妈也跟你说了一样的话，说要把房子放在她名下。我觉得这事不行，太对不起寒熙了。”唐煜想着反正宋腾也知道他的事情了，说出来多个人讨论一下也好。

本以为宋腾会对他说教一番的，没想到他听完之后什么评论都没发表，过了几分钟，一脸高深地说道：“这件事呢，该说的我昨天都已经说完了，剩下的就是你怎么去决定了。今天哥哥我再教你一句话，这女人啊，不能对她太好，你把她宠得上了天，她就把你当成地踩。好了，下班走人。”

宋腾的一句话，像一把大锤子一样，狠狠地敲击在了唐煜心上。他想起从焦寒熙认识开始，就一直是自己把她当女神一样迷恋。过了那么多年，他居然和自己喜欢了那么多年的女人结婚了，异常珍惜，对她是百般体贴万般讨好。不看别的，就拿两人见面来说，一直都是自己去找她，她好像从来不会主动找自己。这样的认知让他很挫败。

心里正颓丧着，突然接到电话，一看是焦寒熙打来了，顿时刚才的失落感都消散了，是自己多心了吧，唐煜对自己说。

和她通话的时候，唐煜的声音会不自觉地放柔和。焦寒熙是打电话叫他去家里吃饭的，她亲自下厨。接完这个电话，唐煜阴霾了一天的心情稍稍放晴了些。

焦寒熙做了不少菜，都是清淡的家常菜。在吃多了饭店的酒菜之后，家常菜反而更好。

“我老婆真是贤惠啊，有家的男人真幸福。”唐煜边吃边感叹。

焦寒熙被他逗乐了，给他碗里夹了一块排骨说道:“少贫嘴啊。”

一顿饭两个人边吃边说说笑笑很是愉快。

照例是唐煜收拾碗筷，家里王淑从不让他洗碗，第一次洗碗的时候他都不知道要放洗洁精，在这里洗了几次以后他也练得有模有样了。不错不错，焦寒熙眯着眼睛感叹道男人果然是要驯养的。

待他收拾完毕后，焦寒熙说:“唐煜啊，我想和你商量个事情。”

“嗯？老婆请指示?”唐煜坐在焦寒熙旁边，习惯性地摸她肚子。

“就是房子的事情。”她小心地开口道，“我知道妈为了房子花了不少精力，都是为了我们着想。不过把房子买在新区的话确实不方便。毕竟你在吴中区上班，我在市里上班，每天路上都要浪费好多时间，早高峰晚高峰还堵车。”顿了一下继续说道，“而且现在油价天天涨。”

这个是事实，唐煜仔细思考起来，那天他同意母亲付定金，一是为了安抚母亲，二是因为房价确实便宜不少。这样考虑下来的话，好像新区确实不太合适。有些为难地开口:“你说得也有道理，但是如果不买那里，我怕妈心里有想法。而且现在都交了五千定金，如果我们不买的话那就是白白损失五千啊。”

谁让你们急着交定金的！这话自然是焦寒熙在心里说的，她嘴上继续游说：“五千损失就损失吧，总比后患无穷的好。而且，你的公积金是交在吴中区的，我的是交在市区的。我问过公积金中心了，跨区的话公积金不能直接使用的，要取出来才能用。一年只能取两次，而且还要缴纳手续费，得不偿失啊。”

看着唐煜犹豫的神色，焦寒熙坚持不懈，最后加了一把火：“你不要老是你妈说什么就是什么啊，自己有点主见好不好？撇开你妈的意见让你选择的话，你也是不可能把房子买到科技城那里去的，对不对？”

“话也不能这么说，新区也有新区的好处……”其实从小到大，说他太听妈妈话的人不在少数，但他坚信那是别人不了解他们家的情况。母亲这一生太不容易了。而且，事实证明，他母亲的决定基本都是正确的。不是老话都说，不听老人言吃亏在眼前。就拿现在这份公务员的工作来说，要不是他母亲到处找关系是不可能得到的。

唐煜心里有些不舒服了，却也不想惹焦寒熙不开心，立马换了话题，问道：“对了寒熙，你们单位不是规划和建筑设计的吗，你知不知道哪里有合适的房子啊？”

“我们公司基本不接住宅小区的案子的，主要做大型公建，我也不清楚。不过我可以去打听一下，我有个学长现在进了一个房地产开发公司，可能信息比较多。”

“行，那我再回去试试说服我妈放弃科技城，前提还得有个更合适的房子，是吧？”

房子的事情算是暂时达成一致了，焦寒熙对唐煜这次处理事情的结果还是比较满意的。眼下还是先找到自己心仪的房子再说，希望学长那边能有好消息。

说来也巧，焦寒熙那天想起有一个本系比自己大两届的学长叫吴立翔，也是苏州人，貌似家里还挺有钱有势，难得的是他为人和气，从不摆有钱人架子，毕业后在设计院呆两年后就进了一家地产开发公司。两人不是很熟的朋友，就在学生会共事过半年，尽管没多大交情，但问问消息总是可以的。

从吴立翔的校内网上找到了他的联系方式，没想到这一联系，倒让焦寒熙找对了人。

一开始焦寒熙只是加了他的 QQ 想随便问一下，吴立翔听她讲了事情的缘由之后却非常热心，说他现在所在的吴中置地有限公司正是开发住宅小区的，而现在在售的在吴中区地段和房型都不错的有一处“石湖华城”。他对这小师妹非常热情，不但详细介绍了石湖华城,还说可以帮她搞到个最优惠内部价格，约她出来见一面，顺便叙叙旧。

焦寒熙立刻把事情和唐煜母子说了。王淑算是被唐煜说服了，过后又出去转了一天也没找到中意的房子，一直在抱怨房子的事。石湖华城她是知道的，但是价格超出预算才没考虑。现在听焦寒熙说可以拿到熟人内部价格，脸色这才好起来。

吴立翔约了她在名典咖啡厅见面。印象中的他一向是个八面玲珑非常绅士的人，即使两个人以前并不熟悉，他也能很快拉近距离，没多会儿两个人就聊得很自然愉快了。

她终于相信，吴立翔说的给她优惠价格并不只是忽悠自己，他提供了一个很大的折扣，折下来竟然和新区那处很偏的房子不差多少了。在那个地段的话这价格是正常买房子根本想也不敢想的。

焦寒熙有点惴惴不安:“学长，你给我这么优惠的价格真的没问题吗?”

对面的吴立翔笑起来:“其实就算是我们公司内部员工也是没有这个价格的。”喝了一口咖啡，面对焦寒熙疑惑的眼神继续道:“不瞒你说，这公司老总是我叔叔，我这也算家族企业吧，所以这点权利还是有的。”吴立翔觉得焦寒熙瞪得圆圆的眼睛一脸吃惊的样子很好玩。

“原来是太子爷啊，难怪这么大手笔。”焦寒熙终于完全相信了，而后又有些不安,“学长，你给我帮这么大的忙，我要怎么感谢你呢?”

吴立翔摆摆手,“我们做住宅开发的，一套两套房子让点利根本没多大事，我们怎么说都是同门师兄妹啊。”

焦寒熙被她的话逗乐了，心里感叹，原来世界上还有如此良善的人啊，真是难得。“那我记下你的大恩大德了，以后师兄如果有用得到我的地方一定义不容辞。”

“你要是真的要报恩也是可以的。来帮我们公司设计项目，在学校的时候我就很赏识你的能力了。”

“设计项目啊，可以是可以，不过我从来没做过住宅的案子，没经验。”

“哈哈，你这孩子怎么这么实在的。”吴立翔终于忍不住笑出声来，“你就不怕把自己给卖了啊。我先给你张名片，以后有机会的话可以合作。”

焦寒熙很不好意思的把名片收好了。两人聊完后吴立翔坚持他买单，又让她觉得很过意不去。

第二天早上焦寒熙就请了假去石湖华城的售楼中心把定金付了，约好一个礼拜后过来签合同交首付。

当天晚上她去了唐煜家告诉他们这件事，王淑第一次对焦寒熙露出笑脸，罕见地跟她讲了些家常话。从头到尾，谁也没提石湖华城那定金的事。

6

唐煜的车上坐的还是上次去看房子的阵容，一行人约好了今天交款，签合同。焦寒熙经过周六的加班，神色还是有些疲倦，靠在焦一新的肩上小憩着。王淑在后视镜里看到这一幕，不停地冷笑着。这毕竟不是亲兄妹，她还是很看不惯，觉得这个儿媳妇行为有失检点。

焦寒熙听到了她的冷笑，撇撇嘴，拽紧了自家堂哥的手，无视。

石湖华城在吴中区比较靠近市区的地段，交通很是便利，他们开车不多久就到了。

王淑先带着焦寒熙兄妹去他们选中的那套房子前兜了一圈。房子是期房，但已经进入尾期，不久就可以交房了。

焦寒熙这才想到，这边的房子应该早就停止出售了，该卖的都卖光了，剩下的就是留给开发商特殊用处的房子了吧。她在心里对学长吴立翔又感激了一番，想着下次一定请他吃饭好好谢谢他。

他们的那套房子位于小区东边，离门口不远的一栋，又是朝南，又是第六层，算是小高层中楼层最好的。

焦一新看着也觉得非常满意，对妹妹的买房和终身大事终于有点放下心来。

看过房子之后，又回到了售楼大厅，王淑准备去付款了，她早就把焦寒熙卡上的钱转到自己卡上。售楼处那边早已把相关的合同文件准备好，房子均价是一万出头，一共一百一十平方米。首付是四成，一共四十五万左右，贷二十年，月供差不多四千。他们几个都看了一眼后觉得没问题，随后准备签字刷卡。

突然，王淑“哎呀”了一声。这一声虽然轻但是如重磅一般掷在焦寒熙心头。

焦寒熙脑子里“嗡”的一声——终于来了。这是她潜意识里的最直接反应。她突然什么都明白了，明白了王淑今天一反常态的热情和善的原因。让她潜意识里反复不安的原因终于要浮出水面了，此时她什么也说不出来，眼睛一刻不离地就盯着王淑看。

只见王淑拿着卡问唐煜:“你身边能拿出来多少钱?”

唐煜一脸迷茫:“身边只带了日常用的钱啊，钱没带够吗？上次不是已经准备好首付打到卡里了。”

王淑捏着卡有些踌躇，慢吞吞地回答道:“你们不是马上要结婚办婚宴吗，我已经在联系饭店了，前几天东吴饭店打电话来说，物价不稳定一直在涨，要我们把七成尾款也付清，不然等婚宴结束后结账的话就要加价了。准备结婚用的那笔钱存了定期，还没到期，我就先用了这里的钱。”说着垂下脸，有些黯然的样子。

面对这一情景，焦寒熙和堂哥面面相觑，他们只是想不到，首付几乎全都由女方出了之后，竟然还不够。

王淑想了一下，对儿子说道:“小煜，你现在回家一趟，存折在左边床头柜里，你去把钱取出来。”

这时焦一新想开口了，被焦寒熙一脚踩在脚背上，焦寒熙急急忙忙道:“唐煜，你赶紧回家拿，今天都约好了签合同的事，学长帮了我们这么大的忙，我们不能失信于人。路上小心点!”

焦寒熙的话一出口，王淑呆住了，动了动嘴唇，发不出任何声音。她本想让焦一新再出点钱的，如今捏着“失信于人”的说法，王淑也没法多说什么，只能在心里不甘心着。

焦寒熙看着王淑的神色变化，她内心深处最隐秘的一个猜想成真了，那最最不堪的怀疑，压得她透不过气来。真是好险，嫂子今天还是没出现，只能说明她对哥哥借钱的事情心有怨气，要是今天还让堂哥拿钱出来，她还有什么脸面见大嫂。

唐煜迅速地驱车回家，又迅速地回来了。他自然知道家里的存折放在什么地方，不过不是王淑当着众人面说的左边的床头柜，而是在她的褥子下的席梦思底下压着。具体差了多少钱唐煜不太清楚，就拿了王淑的工资卡加几张定期的存折。看了一眼，心中一惊，母亲这些年暗自存下的钱似乎不少，怎么还拿寒熙的首付去付饭店的钱呢。“不会的。”他摇摇头，甩掉了自己心里的某个猜想。

待他回到石湖华城，售楼处的售楼小姐已经准备好合同了，就等着他们付款签字。王淑拿着两张卡去财务那边刷卡，心里开始飞快地计算着。

几个人把合同看了一下，大致没什么疑问，正准备签字，一个尖细的声音闯进来:“先别签!”

听到这个声音，焦一新暗道不妙，立马站起来正想拦住她，周纯敏动作比他快，冲过去夺过了桌上的合同:“今天不把话给我说清楚，谁都别想签!”

看着这一幕，焦寒熙想到的是月初在民政局的情景，不禁苦笑，暗叹自己真是个苦命，做什么事情都会遭遇这种砸场子的场面，这气场，都可以去演狗血八点档了。

王淑一拍桌子，怒道:“这是怎么个情况?”

周纯敏上前一步，一掌把合同拍到桌面上，把售楼小姐吓得后退了一步。她冷眼看着焦一新兄妹，对王淑说:“这位想必就是寒熙的未来婆婆吧，情况是这样的，你们买房问我们家借了十万块钱，可是我家现在也急需用钱，我老公不好意思开口问你们要回那十万块，那就只能由我做这个坏人了。”

人们都喜欢看热闹，售楼处的工作人员和看房子的人纷纷朝这边看来，一下子吸引了无数的好奇心。焦一新把她拽过来，动作很大，周纯敏差点就摔倒了，他在她耳边斥责道:“你这是干什么，故意丢我们的脸吗？你让寒熙以后怎么在唐家立足。她婆婆不是好相处的人，这下你满意了?”

“哼，她怎么立足是她的事情，我只管拿回我的钱，焦一新，不要以为我周纯敏是好欺负的，我嫁给你不是来受罪看你脸色的，你既然不肯开口把钱要回来，那我开口去要，这还不行吗？你还想怎样？”

焦寒熙走到她面前，微微低着头，道：“嫂子，别怪我哥，是我非要借这个钱的，我去跟唐煜妈妈说一下，钱先还给你们，我再想想办法吧，别生气了。”

“寒熙，我还是做得了这个主的，你就当你嫂子在放屁好了。别往心里去。”

“焦一新！你怎么说话的，我说的话是放屁，你妹妹的话就是圣旨？她只是你堂妹，又不是你亲妹妹，她自己生活得好着呢，也没见她来主动帮我们一把，你倒好，心心念念的都是这个妹妹，你该不会是有什么别的想法吧？”周纯敏一边说一边冷笑着看向焦一新。

刻薄的话语像一把刀子一样扎进了焦一新的心里，在焦寒熙意识到哥哥要动手之前，他的巴掌已经落在了周纯敏脸上，瞬间留下了深红的五指印。

焦寒熙忙过去看嫂子的伤势，眼泪立马就落了下来，谁会想到为了结个婚，会闹出这么多事情呢，还搞得一家人不和睦了。“嫂子，你没事吧？”

“谁要你假好心！”周纯敏猛地一推她，唐煜见状眼疾手快地抱住了往后退的焦寒熙，这要是摔下去，肚子里的孩子可怎么办。

唐煜不高兴了，就算借了他们家钱又怎样呢，最多把钱还给他们，怎么可以对一个孕妇动手！“嫂子，我现在这么称呼你是因为尊重你是寒熙的大嫂，你有不满冲我唐煜来好了，她肚子里有孩子呢，摔倒了怎么办？”

这句话对王淑的威力简直是一个重磅炸弹，她“噌”一下站起来，指着唐煜问道：“孩子？你……你们，好，好！”

两人原本打算这事情等领完证再慢慢透露给王淑，没想到在这样的场合下被发现了，王淑心里更讨厌她了，焦寒熙无奈地想。

唐煜这时发现自己情急之下说漏嘴了，也顾不上周纯敏那边，忙跟王淑解释道：“确实挺好的呀，妈，你看反正你也退休了，在家闲着也是闲着，我跟寒熙结婚了也是要生小孩的，现在这样不就是提前了几个月吗？你马上就能抱孙子了，多好啊。”

“你眼里还有我这个妈吗，做什么都一意孤行，跟我商量过了吗？

之前怎么不跟我说，别告诉我今天才知道的。你个兔崽子真是不知道洁身自好，怎么能这么草率呢？孩子是说生就能生的吗？你，你真是要气死我才甘心啊！”

她只是在指责唐煜，可是这些话落在焦寒熙耳朵里字字句句都是在讽刺她的不是，是她不够洁身自好勾引了唐煜，是她迷惑了唐煜让他不听妈妈的话一意孤行，反正都是她的错。冷笑了一下，问道：“孩子都怀上了，你希望我们怎么办？这婚不结了，还是堕胎？”

“唐煜，你听听都说的什么话，还没进门就这样，以后我这个妈在家里还有位子吗？你真是瞎了眼，这都是群什么人啊？你看看她大哥家里，钱还没花呢这就来讨债了，真是物以类聚。你爸要是还在，也得被你活活气死！”

焦寒熙从唐煜的怀抱里退出来，站定了，今天的局面太出乎她的意料，她有点掌控不了，不知如何自处，无助地看着焦一新，嫂子还在一边捂着脸哭着，周围看热闹的人一个比一个冷漠，也没人上来递个纸巾，更不用说劝架了。

“王阿姨，这钱呢是我借给寒熙的，您放心，一年之内绝不会收回的，而且钱都付完了，您就给句话，这房子，是买还是不买？”焦一新看都不看周纯敏一眼，眼下只希望这闹剧，赶紧快刀斩乱麻了。

王淑看了眼儿子，见唐煜眼里都是焦寒熙，关心着她有没有受伤，看样子这婚还是要结的。一咬牙，道：“买！”

“好。”焦一新奋力地从周纯敏手中拽过那份一直被她拿在手里的合同，递给王淑，“那我们就不打扰了，你们继续签合同，今天的事情是我们不好，我跟您道歉，还请原谅。”

说完，拉过周纯敏就往外面走，周纯敏奋力地挣脱着手腕的禁锢，嘴里在吼着：“焦一新，你再不放手我就跟你离婚……”

王淑盯着还愣着的儿子和未来媳妇，冷声道：“还不过来签字，还想继续被看笑话吗？”

焦寒熙心里担心着哥哥和嫂子，签过字之后就急着要回去看看情况。王淑看着这情景，道：“小煜，你送她去吧，剩下的事情我来处理。”

“行，那我待会儿再过来接你，谢谢妈。”

见两人匆匆离去之后，王淑拿着手上的合同对目瞪口呆的售楼小姐说:“给我重新再拿一份合同过来。”

“这……合同不是已经签完了吗?”还沉浸在刚才闹剧中的售楼小姐愣是没弄明白王淑的意图，怯怯地询问道。

王淑自嘲地一笑，问:“你也看到了，这房子是我儿子买的，我敢放心把她加到户主的名单里吗，这将来要是出点什么情况，我一个老太婆是没关系，但我得为我儿子筹谋筹谋?”

售楼小姐觉得这不太妥当，道:“您儿媳妇要是发现了她不是户主，这……恐怕不太好处理吧。”

王淑直接把合同撕了，盯着售楼小姐的眼睛，道:“重新签合同，或者我要求退款。你也看到了，钱是我付的，房子写在我的名下有什么问题吗?”

售楼小姐挣扎了一下，最近房市有些下滑，这个月的业绩和奖金……眨了眨眼，迅速进了办公室又打印了一份合同，交给了王淑。

这套过五关斩六将的房子，最后落在了王淑的名下。

第三章　爱情在利益面前单薄得比不过一张纸

7

再次踏入民政局的大门，已经是九月初了，这次再没有去挑个特殊的日子，只是选了个大家都有空的周末。街道上的梧桐树还是郁郁葱葱，秋风却已然吹黄了香樟的叶子。落叶层层叠叠铺在地上，形成另一道风景。

这次的流程很顺利，顺利地和出门买个菜充个话费一样，没有一丝波澜。红色的印章盖上去，从此她就是别人的妻了。焦寒熙揣着红色小本子，心里边沉甸甸的，喜悦的心情是有的，可是这背后未知的沉重却压在她心的另一端，不敢放肆喜悦。

“老婆，寒熙老婆，老婆大人，我终于娶到你了。”唐煜一边开车，一边在她耳边使劲地喊着她“老婆”。

压下心底隐约的不安，焦寒熙回了一个微笑，抿了抿唇，唤了一声:“老公。好肉麻啊，还是叫名字好了。”不经意间想起，跟慕岩在一起的那些年，他们从来不像一般情侣一样，称呼对方“老公”“老婆”，更多的是“死鬼”“婆娘”“男人”“喂”，也幸好是这样，喊着唐煜的时候不至于总想起慕岩。其实她最喜欢听慕岩深情地喊她“点点”，因为她的名字里的点太多，足足有十个。每次被这么叫着，都会有种十指连心的温馨。这些，她都不会告诉任何一个人。那种独一无二，大约随着今天的红本本一起告别了吧。

“你喜欢就好，不过我喜欢叫你老婆。今晚上咱去吃什么庆祝一下呢，王品的牛排？西餐不够健康，还是中餐吧。要不去松鹤楼？叫上我妈一起好了，老婆，要叫大哥大嫂吗？我们是不是应该主动修缮下姑嫂关系？”见她没说话，唐煜继续道，“是时候叫岳父岳母准备动身从厦门来苏州了，你说岳父大人会不会不喜欢我这个女婿？”

“怎么会呢，只要是我看上的，我爸妈从来不会反对。挑女婿也是，我说了算。不过我还没跟我爸妈说结婚的事，等办酒的时候再请他们过来吧。我们家没那么多规矩，我要是认定了一件事情，他们只会支持，不会阻挠的。”意识到自己说得有点过了，忙解释道：“我刚才的话没有别的意思。”

唐煜沉默了一会儿，安静地开着车。他虽然不太懂浪漫，不代表他不够敏感，他能感觉到寒熙还是防着他，没让他走进心里，只是发生了之前的事情，他也没太多立场去要求人家如何如何。

车里陷入了一阵诡异的沉默，焦寒熙先开口了：“我今天有点不舒服，就不去吃饭了，要庆祝，等婚礼的时候再庆祝吧。”

“好，都听你的。我送你回家，今天就别画图了，好好休息。”

焦寒熙点点头，把车窗开得更大一下，右手伸出窗外，疾驰的风流动得很快，就像一去不复返的青春年华，还有一去不复返的曾经的人和事。她在窗外抓紧了手，却还是手心空空，什么都抓不住。就让往事随风而去吧，前面还有很长的路要走。焦寒熙，勇敢点。收回手，她睁大了眼睛压下眼底的酸意，努力地向前看。

唐煜把车停到焦寒熙租的沁苑小区，走过去帮她打开车门。“寒熙，这几天你抽空请个假，咱俩去把准生证办下来，我妈现在还是有点介意孩子的事情，毕竟需要些时间缓冲缓冲，毕竟……她一个老人家，思想观念很传统。孩子的身世，咱们还是瞒着吧。不过你放心，我和妈都会对孩子加倍好的。”

焦寒熙听着他的解释，脸上带着笑，心底却是深深地落寞。她非常理解唐煜的想法，这样做是最好的方法。只是，挥之不去的是心里的酸涩。她摸着并无任何凸显迹象的肚子在心里默念，“宝宝，对不起，妈妈让你连身世都变成一个谎言，是妈妈没用。只是，更不希望你出生在一个不正常的家庭，被人嘲笑没有爸爸。”

她解开安全带，倒也不急于下车了，调侃道：“突然蹦出来一个儿媳妇她已经快抓狂了，要是再突然知道这孙子是别人的，我怕她直接过来掐死我。不对，说不定是同归于尽，唐煜，要是你妈拽着我要跳河，你千万别救我。知道吗?”

“为什么?”

“不救她你肯定会悔恨终身，带着罪孽和愧疚面对我，最后估计就变成怨恨了。就算你有本事两个都救，也没办法端平两碗水，你妈会觉得我的地位太高了，都高到可以跟她平起平坐了，这不天下大乱了吗。所以啊，不救我才是最好的选择。嘿嘿。”她笑得没心没肺，露出一排洁白的牙齿。

唐煜有点心惶惶，把她从车里用力地拽到自己怀里:“寒熙，我可以吻你吗?”

焦寒熙的眼睛闪了闪，点点头，道:“嗯，你要清楚，从今天起，你便是我丈夫了。”唐煜低下头，只浅浅地吻了下她的嘴唇，有些事情需要循序渐进，这至少是个良好的开端。

这个吻只维持了几秒，但是唐煜显得很高兴，理着她的刘海道:“以后别那么笑了，我看着心疼。我还是觉得需要庆祝一下，今天不行那就明天好了，我唐煜这辈子就结这么一次婚，老婆大人，愿意赏脸陪我庆祝一番吗?”

“可以啊，不过你老婆是个大忙人，要预约哦，亲。”

唐煜替她拿好包包，锁上车门，问:“可以预约一辈子吗？我想霸占你所有的空闲时间。只要你有，我都预约了。”

“你这是强买！不过，准奏了。快到下班高峰期了，你早点回去吧，路上小心点。吃饭的事情明天或者后天晚上吧。”她也没阻止唐煜送她上楼，告别过后关上门，径直倒在床上，什么也不愿意想，闭上眼就睡了。

梦里的她不停奔跑，很累很累也停不下来。

醒来的时候已经是晚上七点多，大汗淋漓。从包里翻出手机，上面许多个未接来电，都是唐煜打来的。然而更刺眼的是那红得惊心的结婚证。

食指一遍遍抚摸着凹下去的烫金的字样，这么一纸婚书，就把自己圈进了一个围城，为了这个围城的入场券，还搭上了自己所有的积蓄和堂哥一家的不和。她没让唐煜知道的是，现如今房价涨得厉害，首付的比例一而再再而三地提高，为了凑够她妈妈说的首付，她还把当年爸妈留给自己买房子的二十多万都放进去了，这可是父母的血汗钱。一个女孩子，又不是富二代，哪有这么容易一下子就能拿出这些钱。三十八万的结婚证，真贵重。焦寒熙小心翼翼地把它收进抽屉，压在首饰盒下边。

给唐煜回了条短信：下午睡过头了，没听到电话。再拨通家里的号码。听到父亲声音的时候，压抑了许多天的眼泪立马就泛滥了。努力忍住哽咽，说道："爸，你跟妈最近身体怎么样？"

"挺好的，小熙啊，你都大半年没回家了，工作也别太拼命了，女孩子家家的安稳点就好，家里也不缺这个钱，你只要赚得够花就行了。你妈妈在电话边呢，要和你说话。"

"妈妈。"

"熙宝啊，妈妈想死你了。最近在不在加班，要不妈过去看看你？你这孩子一年到头的加班，老是对着电脑，伤眼睛伤身体。多买点吃的，不要老是省钱。"

"知道了，妈。有空我会回去的。对了妈，我想和你们说件事。我打算结婚了。他叫唐煜，人很好。我到时候带着他一起回来给你们看看。"

电话那头突然没声音了，像是把话筒捂住了。这一刻焦寒熙感到恐慌，第一次为自己的任性不安。

许久，话筒那边传来声音，是爸爸："孩子，只要你开心就好。有空就一起回来，你要好好的。你妈有些激动，就不和你聊了。"

挂了电话，焦寒熙再也忍不住失声大哭起来。

这个世界会无条件爱你的人只有自己的父母，焦寒熙再次深深地体会到了。不管自己在外面闯了什么祸，爸妈总会包容自己。也只有这样，她才有勇气向前走。

玫瑰红打底，用白色勾勒出一个穿婚纱的女子的轮廓，再用银色加装饰点缀一下，另一半是银灰色打底，中间用红色的丝带串起来打个同心结。焦寒熙把 PS 文件导成图片，再次检查了一下有没有遗漏的内容，包括内页的装饰字，完成后便给打印公司发过去了。常合作的打印公司那边可以打印请柬，她就趁着午休的时候自己设计了两个不同的样式，另一个是需要自己动手裁剪，最后组装成一朵玫瑰花的样子，底图依旧是新郎新娘模样的轮廓。要是效率高点，下班前就可以看到样本了。

果然，请柬的样本很快便送来了。焦寒熙拿着请柬走到颜卿的办公桌边，递给她，问道："卿姐，挑一下，哪个好看，然后我就要去大规模印制了。"

"论新意的话，玫瑰的这个更特色一些，不过，这得裁了再粘吧，有点麻烦，要是家里有闲人动手的话推荐玫瑰的，要是没有的话，就选同心结的这个吧。"颜卿看了下手表，快下班了，提议道，"焦大美人今天愿不愿意赏光，跟所长我一起吃个晚饭呢？"

"荣幸之至。那就同心结的这个吧，我爸妈都在厦门呢，别的闲人……我也指使不动。晚上去哪儿吃可以我定吧，一定吃垮了你。等婚礼时间定下来了我就开始在里边写字了，到时候再通知你。"

"没问题，我一定参加。所长我一年到头加班，就是没时间花钱，任君吃垮，赶紧收拾东西，要不就要赶上下班高峰期了。"颜卿催促道。

"卿姐，我们去吃铁板烧吧，好久没吃了。"系好安全带，焦寒熙提议道。

颜卿发动车子，smart开在市区狭窄的路上很惬意，颜卿答道："行啊，我也好久没吃了，天天在公司吃食堂快餐倒是快把身体吃垮了，今晚上一定要狠狠地吃，那就去大渔铁板烧吧，你现在可是两个人，一定要把自助的价钱吃回来，听到了吗？"

"遵命，所长大人！"

车子开到印象城，找了个地方停车，焦寒熙感叹道："还是smart好啊，停车不成问题，随便哪个旮旯里都能停进去，可惜只能坐两个人。"

一边往楼上走一边问她："怎么，在考虑买车的事了？"

焦寒熙一脸苦笑："哪能啊，房子才买成，以后只能化身房奴了，再养辆车的话，这不是完了吗，还要养孩子呢。人啊，辛辛苦苦一辈子，就为了房子，车子，孩子，哎……"

颜卿搭着她的肩膀，道："都是个人的选择而已，既然选了，就别后悔。你看姐姐我，只要考虑房子车子，这些都解决了，不用考虑孩子，更不用担心多个孩子smart会坐不下的问题，自由自在，相应要承担的就是孤苦伶仃，茕茕孑立的责任咯。"

选定位子，焦寒熙劝道："卿姐，你这么优秀，总会等到合适的人。"

"说得轻巧，我不愿放低眼光，而我看得上的男人早就被别的女人抢先下手了。男人宁可找一个弱势一点温柔一点的女人，也不愿意找一个强势的让自己感到有压力。寒熙，你以前对我说的是我总会等到'对'的人，如今已经变成了'合适'的人，看，这就是现实的力量。为了努力让自己变得强大，当然要多吃点了，点菜点菜！你喝什么？"

"清酒！"大渔的清酒可是让她怀念了很久了，平时忙，也不能常来，难得来一次自然是要喝了。

颜卿眉一皱，对着服务员就说："给她一杯橙汁，我要清酒。"翻看着菜单继续点，"铁板鱿鱼须，北极贝刺身，唔……这个可以多来几份，再加一份蔬菜沙拉，寒熙，你再看看。"

焦寒熙瞪着颜卿，撒娇道："为什么不让我喝酒？已经过危险期了就让我喝一点吧……"

"不行，必须杜绝你的喝酒的念头，小心以后孩子恨你一辈子！"颜卿鄙夷地瞪回去了，继续道，"还有，不能喝茶，好在你没有喝茶的习惯，咖啡可以喝，但要少喝。还有好多忌讳的，我知道你对海鲜大闸蟹不过敏，这个没事，但也要尽量少吃。"看着焦寒熙越睁越大的眼睛，无奈地抚额问了一句，"不要告诉我这些你都不知道？这可是常识啊！"

"虽然知道一些……但大部分，不知道……"焦寒熙悻悻地答道，最近才开始三心二意地看看杂志，哪能都知道呢。边上的服务员忍不住掩嘴笑了起来，于是她也就不敢再要求喝酒了，就点了些平常的海鲜。

菜一个接着一个地上来了，两人一边吃着海鲜，一边聊着天。颜卿把自己记得的孕妇须知都告诉了她，焦寒熙不由得问道："卿姐，你该不会悄悄地生过一个孩子吧，怎么这么清楚？"

正在喝清酒的颜卿被呛到了，忙喝了几口饮料，无奈地瞪着她，斥责道："你的脑袋瓜里究竟都在想些什么呢，你觉得我身边的男人，有哪个配得上我给他生孩子的？我表妹前年生的孩子，我一直帮着照顾，她老公比较……仔细，还嘱咐照顾偶尔帮忙照顾的我也要熟记这些孕妇守则，这不，我就略知一二了。寒熙，我一直不明白，你怎么嫁给……叫什么，唐煜是吧？"

叉了一块北极贝，焦寒熙盯着叉子，没抬头，幽幽地说道："孩子不是他的，这其中的变故，我原本也没预料到。谁会想到，事情会变成这样呢……"

"我记得你跟小慕应该到了谈婚论嫁的时候了吧，怎么最后关头……"颜卿对慕岩的印象还是很深刻的，大家都是同行，慕岩的才华确实很耀眼，不是每个做建筑的人都有当大师的潜力的，可是她在慕岩身上看到了这种气质。

焦寒熙自嘲地一笑，吞下那块被她把玩了许久的北极贝，道："我也是到现在才明白，婚姻不是两个人的事情，是两个家庭的事情。即使两个人再相爱，在亲人的阻力下，再加上彼此都太年轻气盛气势凌人了，一点点不理解，一点点矛盾和心高气傲，最后都是一场空。我跟他分手以后，一直都吃不下饭，营养不良，也就肠胃不适，所以到后来姨妈没来我也没多想，以为是生理加上心理因素导致的，再然后我那个当医生的死党，徐雯，你记得的吧？非带我去医院体检，就发现怀孕了。"顿了一下，紧紧闭上了眼睛，把眼泪收回去，继续说道，"一方面是舍不得这段感情，另一方面是我对慕岩还心存幻想，心底还给他留了一条后路，也是给自己留的。所以想把孩子生下来，但那时候根本联系不上他。生孩子需要准生证，办准生证需要结婚证，这一切像是一个巨大的网，把我困住了。在我最困难的时候他都不在我身边，这样的男人怎么托付？你知道，人在困境时候对于帮助自己的人总会特别感谢，唐煜就像我的稻草一样。我……"说到这里，眼泪再也止不住了。

颜卿的神色变得严肃起来，说道："焦寒熙，你要知道，恩情不代表爱情，你这是用自己的婚姻来报答他吗？"

焦寒熙愣了愣，艰难地说道："不是那么简单啦，唐煜……他对我很好的。我也不全是因为感激。总之，我就是想找个稳定踏实的男人。他……很好。"

颜卿的神色缓和了点，大概也觉得刚才自己说得有些过了，递了纸巾给她，安慰道："先擦擦眼泪，慢慢说，说出来会好受些。"

"唐煜和我也是多年的朋友了。我知道他一直都喜欢我，只是我很早就和慕岩在一起了，我们就一直是朋友，也算比较谈得来。他对我很好，这一点上，他比慕岩强多了。后来是因为慕岩有点介意我才和他断了联系。之后就是我怀孕那阵子，在我人生最绝望的时候，他又出现了。于是，我被他感动了，决定嫁给他。不是以假结婚为目的，也不是报恩心理，而是真心诚意地嫁给他，想好好过日子。只不过……哎，总之结婚是个太令人头疼的事情，我觉得我都变成他妈妈的情敌了。想到这个太阳穴就开始发疼。”喝了一口饮料，她按着太阳穴望着颜卿，说不说出来其实并没有太大的差别，只是多个人替你分担这些包袱，而属于自己的那一份，还是在自己肩头，并不能减轻。

颜卿将一小杯清酒一饮而尽，眼神比平时柔和了很多，“寒熙，你要知道，这样的，不是爱情。你以后……会不会后悔？”

“不用等以后了，我现在就有一点了。只是木已成舟，日子吗，都是熬出来的。怀着感动和愧疚，我觉得这么过也没什么不可以。卿姐，如果我以后再有悔意，你就用今天我说的话来敲打我，路是我自己选的，我就应该承担。”

“要不是已经领证了，我一定会劝你不要这么做。说到底你还是太年轻了，也罢，我也知道现在劝你已经太迟了，那你就记着自己说过的话，但实在忍受不住的时候不要强求。”颜卿举起另一杯清酒，跟她碰了碰杯。

焦寒熙笑着说：“你看我们，好好地吃个饭，怎么尽是对未来的悲观看法，我们要向前看，我相信幸福是自己争取的，所以啊，努力点，就可以的。有个喜欢的歌手说过一句话，不忘了记念，不停止向前，明天会有怎样的遇见，都不再荒唐地想念。用在现在的我身上还是蛮合适的，干杯。”杯中的果汁饮尽，深呼了一口气，她扬起叉子，道：“我今天可是来大快朵颐的，卿姐，努力吃回本！”

“没问题，吃不回来我也得喝回来，不过待会儿得你来开车回公司，酒驾现在查得太严了，小心谨慎才是王道。”又点了好些个菜，亏待谁也不能亏待了自己。

两人吃得正欢，焦寒熙的电话响了，是焦一新。“哥，我和我们所长在外面吃饭，怎么了，和嫂子和好了没？”

“这个你就不用操心了，我是想约你抽空去置办些首饰，你什么时候有空？”

“不用了吧，我平时也不戴首饰的。再说钱都借给我买房了，你那边手头肯定吃紧，不需要的，真的，谢谢哥哥。”焦寒熙顿时想到这要真置备了，大嫂该更不高兴了。

“我就你这么一个妹妹，叔叔婶婶都不在你身边照顾你，做哥哥的替你置办些首饰是天经地义的。那咱们改天再约时间，你先好好吃饭。”

“嗯，哥……对自己好一些，也对嫂子好点。”

“知道了，那我先挂了，多吃点，别饿到我的小外甥！”

焦寒熙挂掉电话，心里暖暖的，连带着吃饭的力气都大了些。

此时的徐雯正在警察局外面徘徊。原本在家吃晚饭吃得好好的，母亲又开始唠叨起她的对象问题，一语不合她就扔下碗筷跑出来了。在警察局外面吹着冷风的时候她心里有些后悔，应该多吃几口再赌气的，白天站了两台手术忙得水都来不及喝，回家还没吃上几口饭就被气出来了，现在饿得头昏眼花。

门卫的大爷倒是愿意放她进去，毕竟见过好几次，沈锦超那小伙子他也挺喜欢的。只是徐雯自己不愿意。之前有一次也是在等他，经门卫同意去办公室里面等他，结果惹得沈锦超满脸不高兴。徐雯知道，沈锦超最讨厌公私不分明，连带着她这个私人出现在他的办公地点也会受到不欢迎。

也曾发火闹过，无奈沈锦超那耿直的性子，在这上面怎么也不肯让步。罢了，徐雯也不想和他计较这些细枝末节。好在只要不涉及他的工作，他什么都是听她的。

“雯雯，让你久等了。”正在胡思乱想中，听到沈锦超温厚的声音，接着一个温暖的怀抱拥住她。

在风口站了会儿的徐雯早有寒意，突然被沈锦超抱住，想及刚才在家受到的委屈眼泪竟然簌簌的掉下来。

看到一向大大咧咧的徐雯竟然掉眼泪，沈锦超被吓了一跳，连忙抚上她的脸帮她擦泪，轻声安慰道:“雯雯，怎么了？谁欺负你了？”

徐雯也不说话，只紧紧抱住他，压抑着心里的感情啜泣了一会，哭完心里舒坦了会。擦了擦泪，抬起头冲沈锦超露出一个笑脸道:“我饿了。”

听到徐雯说出这样的理由，沈锦超一愣，随即也松了一口气，无奈地揉了揉她的头:“怎么像个孩子一样。”

两个人说着话，吹出去的雾气变白又很快消散。微微的凉意让沈锦超心里微微的疼痛，这又让她受委屈了。

“我带你去吃好吃的。”说着大手紧紧抓住徐雯的手，往停车场走去。

徐雯也擦干眼泪，为自己刚才一瞬间的脆弱感到有些不好意思，愣愣地跟着沈锦超。

“我一定会给你幸福的。”沈锦超帮徐雯打开车门，轻轻地说了句。

“什么?”还在发呆的徐雯没有挺清楚，问道。

“我说，你想吃什么尽管提。”沈锦超带着笑意看着她说。

“只选贵的，不买贵的。我想吃王品牛排。”

“没问题，想吃人肉我都满足你。”

“去去去，少来花言巧语那一套……”

8

“你再敢动家里的一分钱我们马上离婚!”上次彻底大闹了一场之后周纯敏和焦一新陷入了前所未有的冷战局面，以前也经常吵架，不说话，可是这次是真的，两人心里都明白。周纯敏把保险箱的钥匙悄悄藏了起来，发现最近焦一新总是在翻箱倒柜地找钥匙。

焦一新没想到打破冷战状态的竟然是这么一句指责的话语，脸色立马沉了下来，“这是我赚的钱我为什么不能花?”

“你赚的都借给你的好妹妹了，现在剩的那点家底都是我的，你凭什么用?”

“你非要分这么清楚的话，我们来算一下。你那点工资，只够你一个月开销的，还不算房租，房租都是我在付。你倒是说说，保险箱里究竟有几分钱是你存下的?”焦一新看着自己妻子双目充血，用看仇人一样的眼光看着自己的时候，彻底不想再压抑自己的怒气了。

周纯敏没想到他会这么说，倒退了几步跌到床上，眼泪滚滚而下，默默地从钱包里掏出银行卡，往地上一掷，哭着说道:“行，是我欠了你，我都还给你行了吧!”

焦一新已经有点悔意了，可是碍于“大男人”的面子，拉不下脸主动和解。以往每次吵架都是周纯敏先低头，这次自然也应该这样。周纯敏的不低头让他更生气了。

争吵的气氛愈演愈烈，周纯敏心底一阵绝望，任由眼泪流满脸颊，心里已经做好了离婚的心理准备。“我明天就把离婚协议书给你拿过来，除非你签了，否则，保险箱的钥匙，你也别想拿到！”

事情发展到这个地步，有些难以收拾，焦一新点了根烟就出门吹风清醒去了，工资卡在保险箱里，平时的家用都用老婆的，这下就算想给妹妹置备首饰也没财力了。焦一新一脚踩灭了烟头，坐在花坛边，无奈地抱着头。婚姻这玩意，怎么一牵扯上利益，就什么都变味了。

面对这即将到来的婚礼，唐家又是另一番景象，唐煜忙着上班和送请柬，王淑则是忙于准备婚礼的具体事宜，本着“经济实惠”的原则。

不过婚礼要准备，正常的日子还是得过的。大清早，王淑提着菜篮子，站在车站和一堆上班族一起等车。公交车还没停到站台，她便迎面奔跑过去，找着缝隙往车上挤，看到后排仅存的几个空座忙推搡着前面的人冲上去了。

到达目的地的时候，原来的同事陈金凤已经在等她了。王淑理了理衣服道：“今天车上人多，路上耽搁了会儿，不过还好我上车的时候比较快，要不得站一路了。”

陈金凤回应道：“没座位确实受罪，现在的小年轻，都不知道要尊老让座，这个世道啊。对了，你昨天说这边市场哪几个蔬菜在特价来着？”

“主要是白菜和鲫鱼，咱边走边说吧。”

小小的菜市场，两人货比三家，加上砍价，买完菜的时候已经临近中午了。王淑看了看手表，提议道：“我请你吃饭吧，其实今天也不只是找你一起来买菜，心里面有事，睡不安稳，总得找人倾诉一下。哎，我怎么就培养出了个不孝子了呢。哎！”

陈金凤一脸惊诧，唐煜可是出了名的孝子，这怎么一回事？忙问道：“你儿子多优秀啊，我儿子要是有你家唐煜一半孝顺我就烧高香了，怎么了？”

“还不是被狐狸精迷了心窍，眼下也只能操办喜事了。”王淑一边叹气一边说。

陈金凤的嘴张得能吞下一个鸡蛋：“这事怎么事先一点口风都没透露呢，你也太不把我当朋友了吧。咱俩都多少年的老同事了，太过分了！”

“不要怪我事先没透露口风，我自己也一直被蒙在鼓里。咱找个地儿坐下慢慢说，今天一定要一吐为快。”

两人在东吴面馆坐下，各自点了一碗面，王淑几度张口，还是不知道从何说起，只能继续吃面。陈金凤的好奇心比以往更甚，急切地问道：“咱俩什么交情了，有什么说不出口的，说吧，我不会告诉别人的。”

喝了一口汤，王淑眼眶泛红，陈年往事像是这滚烫的汤水一般灼伤了她的眼，慢悠悠地倾诉道：“大家都只知道我丈夫走得早，一个人拉扯大小煜不容易，这其中的真正艰辛，又有几个人能知道呢。他……是我的命啊！”

陈金凤作为王淑的闺蜜，也是她这些年唯一相交密切的朋友，自然知道她这些年的不易。不过从一个旁观者的角度，她内心还是觉得，王淑对他儿子的感情，有些霸道得不正常。唐煜毕竟不是她的所有物，不过王淑对待唐煜的态度像是捍卫国家领土一般，容不得一丝侵犯。正常女人对老公都不至于防得这么严，对儿子这般专制……陈金凤觉得有些过了。

这个问题，陈金凤甚至还和自己老公讨论过，最后揣摩出来的原因大约就是唐煜对于王淑来讲，不仅仅是儿子，更是王淑生命里唯一的男人。因为没有丈夫，所以把儿子看得特别重，所有要跟她分享儿子的女人她都视作敌人。陈金凤自己也觉得，王淑其实心理有些问题，换句时兴的话，叫做恋子情结。但是回头想想也不能怪她，怪就怪她那早去的丈夫。

陈金凤虽然觉得她的做法不对，但毕竟是自己的好姐妹，说得直接了怕伤了王淑的面子。只能劝道：“你的难处我们都知道，不过苦呢，也只有你自己能体会。究竟怎么一回事，你倒是说啊？”

“小煜带回来一个外地女人，简直是从天而降，或者说是从石头缝里蹦出来的，突然说要结婚，我怎么都拦不住。也是……我一个老太婆，有什么资格拦住儿子呢……”说到这里，王淑的眼泪已经掉进了碗里，和着面汤，再也看不到踪迹。

“怎么回事，这女的何方神圣啊？你儿子是不是着了她的道啊，现在外头很多外地小姑娘在小伙子面前表现得娇滴滴又听话，骨子里算计的都是咱们的钱啊。我是告诫我儿子绝对不能娶一个外地女人，除非他跟我断绝母子关系，不拿我一分钱，不分我一平方米房子。”陈金凤脸上现出气愤的神色，有些恨恨地。

王淑失去抹了抹眼泪，附和道：“谁说不是呢，我也是这么教育小煜的，可结果呢。真是嫁出去的女儿泼出去的水，生出来的儿子拉出去的屎。关键是那个女的，也不乖巧，在我面前一副趾高气扬的样子，仿佛我们唐家根本入不了她的眼。要不是小煜非要娶她，凭她的家世背景，有什么资格巴望我儿子呢！”

两个妇人就这个话题讨论了大半个下午，面店的客人换了一波又一波，她们气愤填膺的心情也渐渐地随着时光的流逝而黯淡下来。王淑看了下手表，两点多了，差不多该告别了。她站起身，道：“今天还得去联系附近的厨子，婚礼的酒席我是打算请厨师做，现在的大饭店太不实惠了，菜色一般价钱还那么贵，还不如在外面摆个几十桌，剩下的菜还能让亲戚们带回家。赚钱不容易啊，我是打算干回老本行，以前认识的一个厂长想叫我去做会计，不签合同，我还能领退休工资……先不说了，到时候记得来喝喜酒吧。”

“你也不容易，要是有需要我帮忙的就只管说，我外甥去年结婚的时候我去帮忙的，还算有些经验，你可别跟我客气。知道吗？”

“行了，你的为人我还不清楚吗。下次再一起出来买菜吧，我得赶紧走了，今晚那个女人来家里吃饭，我还得多做几个菜呢。先走了，路上小心。”打完招呼，王淑拎着早上买的几袋子菜，往回去的车站走去。

“我找了高人算了下，婚礼就定在十月八号了。你们两个有什么意见吗？”王淑一吃完晚饭，就把碗筷往边上一放。

还有一个月，到时候肚子应该不会太明显，焦寒熙抬起眼，摇摇头表示没意见。唐煜给她加了一筷子鲫鱼，道：“日子挺不错，是周日吗？寒熙，多吃点鱼，听妈说这是野生的，你应该多补充些蛋白质。”

王淑忽然间就觉得有什么堵在了胸口，心里头很难受，道了一句：“这鱼可是花了不少钱的，希望你肚子里的是个男孩，要不对不起我买的鱼了。”

焦寒熙的胃口一下子就没了，匆匆地扒了几口饭就放下了筷子，安静地听着他们母子俩讨论着婚礼的筹备工程，听着听着就开始走神了。

隐约听到婆婆叫自己的名字，焦寒熙猛地清醒了。听到王淑已经略有不满地开始重复道:“我刚刚问你，结婚的首饰你家准备地怎么样了?”

本就不希望堂哥再破费，加上确实焦一新那边也没来消息，估计是嫂子不同意了。焦寒熙定了定神，低眉垂目地答道:“我平时不常戴首饰，挺累赘的，所以，家里也没准备置备。如果真的需要的话，可以去借一套。”

“这种东西能借吗?不吉利的，要不然你干脆借个新郎官或者借个婚礼得了。这是婚礼必须的，你那个哥哥不是对你还不错吗，叫他去买一些。”

攥着自己的手心，她不停地告诉自己别在意，面上说着:“我哥家境也不富裕，还得买房买车，唯一的存款借给了我，再叫他置备这些有些说不过去了。”

王淑接着问道:“那你就没别的亲戚了，你爸妈什么时候来?”

唐煜在一边拉了她一下，喊了一声:“妈，够了……”

焦寒熙忍不住在心底冷笑了一声，脸上还得微笑着回答:“我爸妈要婚礼前两天才会到，他们给我准备的嫁妆早就在首付里边了。”后面的话没有说下去，她相信王淑能明白。

又给我摆脸色!王淑心里恨恨地说着。碍于儿子的态度不明朗，她就不再多说了，端着自己的饭碗进了厨房，准备洗碗。

唐煜咳了一声，准备转移话题:“老婆，咱什么时候去拍婚纱照，一般照片出来得一个多月，就算加急咱也得赶紧去拍了。”

听到这话，焦寒熙怔住了，她是真忘了这茬。

也许是这段婚姻比较特殊，焦寒熙早已摒除了所有浪漫幻想，如果可以的话，她连婚礼都不想举办，自然也不会想到要去拍婚纱照。难得想到了一次，还因为这样那样的情况给搁置了，后来也就不了了之了。

“真的拍吗?”焦寒熙忽然觉得有点恐惧，说不出为什么。

“当然，你尽快挑个店，选好了我们就去拍。”唐煜一脸慎重。

“我担心一般婚纱店的化妆品金属含量太高，对宝宝不好，而且现在肚子已经有些凸出来了，会不会很丑啊?”

唐煜劝道:“不会不会，你天生丽质，就算怀胎十月还是大美人一个，你待会儿挑一家，提前预约下，就这周末去吧。”

晚上一到自己的公寓，焦寒熙就打开电脑搜索苏州地区的婚纱摄影店。虽然对拍婚纱照这事不热衷，但既然要拍了，那肯定要找个画面效果好的。可能是受行业影响，她在网上看了很多家婚纱摄影店的照片，都觉得不好，看来太挑剔最受累的还是自己。

最后，在颜卿表妹的推荐之下，她选定了一家山塘街上的婚纱摄影店，大美堂。那家店的别致之处在于古装摄影做的特别好，衣服做得很精致到位，拍摄基地选在山塘街和平江路一些古街，很有一番风韵。颜卿表妹在电话里形容的绘身绘色，她可是拍过很多写真的女孩子，所以比较了解行情，还跟焦寒熙说了不少注意事项。焦寒熙给唐煜看过大美堂的网站和作品之后就决定这家了。

唐煜时间比较多，说他立即就去那店里付钱预约时间。

星期天晚上，徐雯拎了她妈妈煲的老母鸡汤到焦寒熙那儿。喝着鸡汤，焦寒熙又有点伤感了。她很想念在老家的爸妈，可是厦门实在有些远，回去不方便。上次跟爸妈通过电话告诉了他们确定的婚期，二老说估计十月份出头就会到苏州来，帮她准备准备。

徐雯对焦寒熙也是足够了解，怕她胡思乱想，就不停地讲着医院的趣事。

一阵特别的手机铃声响起，是现在很热的一部电视剧《当婆婆遇上妈》的主题曲。徐雯一脸鄙视地看着她，说道：“没想到你和我妈一个品位，喜欢看家庭伦理剧。”

焦寒熙万般无奈，道：“这是我给我婆婆设置的VIP铃声啊，我就在百度铃声里搜‘婆婆’就跳出来这个了。”说着接起了电话。

徐雯一听来劲了，立刻竖起耳朵，兴致勃勃地想焦寒熙的婆婆打电话来干嘛。准没什么好事，她在心里腹诽。

大部分时间是对方在讲，焦寒熙不时地应着。讲着讲着，她的脸色变了，嘴唇有些轻微颤抖，像是隐忍了巨大的怒气。接着，就听到焦寒熙压抑着情绪说道：“我没有叫唐煜订最贵的那套，其实婚纱照也没必要拍，我马上打电话取消。”

听到这一句话，在旁的徐雯瞬间明白了王淑这通电话的意图，眼疾手快地一把抢过了焦寒熙的手机说道：“喂，王阿姨吗?”

焦寒熙被她的举动吓了一跳，想把手机拿回来，徐雯打手势示意她别动。

电话那头的王淑估计也吃了一惊，语气依旧不善："你是谁?"

"我是寒熙的好朋友，还没机会正式拜访您。我想跟您说一下这件事，这套最贵的婚纱摄影套餐是我送给寒熙的礼物，因为想给她一个惊喜，所以只告诉了唐煜一个人，唐煜连阿姨您也没告诉吗？保密工作做的可真不错，下次要好好夸夸他。"

电话那头沉默了许久，半晌才说："既然这是你们小年轻之间的事，那我就不来插手了。"说完直接挂了电话。

徐雯对着手机翻了好几个白眼才把手机还给焦寒熙，对着她震惊的眼神，撇了撇嘴："别看我，我一个正在考研路上的小医生还真送不出那么贵的礼物，吹牛谁不会啊。"

"噗……"焦寒熙先前的一番怒气也被徐雯的奇招给闹得烟消云散了。

冷静下来之后，像是解释一样对徐雯说："其实我这婆婆也没那么坏，就是对钱方面计较了点。估计是以前过得太苦了，她一个女人也确实不容易。"

徐雯也不理会她，沉默了好一会儿，冒出来一句："真是世风日下，人心不古！"

"什么跟什么啊，就你那点文化，别和我拽文。"焦寒熙呆呆地盯着手机，心里空空的。

徐雯摆出一副鄙视的样子开始说教："我警告你，这次拍婚纱照你一分钱也别拿出来。你是在嫁人，不是在包养小白脸。再说了，包养小白脸也不带顺带个娘的。"

"话不要说这么难听呢。唐煜又没花我的钱，房子是我们以后一起住的，共同财产。"

"哼，那就一半一半划分清楚。你拿了近四十万出来，你等到他还贷还完四十万了再说。"

"好了好了，一家人哪里要算得那么清楚。以后生活在一起的支出也不止房贷啊，还有吃住行的费用，孩子的抚养教育医疗。何况……何况这孩子还不是他的。"说着说着，焦寒熙的声音低了下去，这是她的软肋。

“靠，我就知道。你是为了孩子才对他们低声下气地对不对。那个混蛋。”说到孩子的事情，徐雯比焦寒熙自己还沉不住气。

焦寒熙生怕徐雯一冲动去找唐煜吵架，这家伙什么事情都干得出来，连忙解释：“没有没有，唐煜对我和孩子很好。就是他妈妈……其实也没什么，这一代和上一代的人总归是有代沟的。”

徐雯幽幽地看着她：“可是你原来不是这样的，你的骄傲自信被懦弱取代了。”她没有再多说，有些道理焦寒熙知道得比她更清楚，但是真正做决定是另一回事。

这一席话又是让焦寒熙一晚上没睡好，她在这个旋涡里越陷越深，深到都不愿意自救了。

拍婚纱照的日子就定在星期二，由于他们比较急，近期的周末早就没有空的档期了，两个人向单位请了假去拍的。焦寒熙手边的项目基本上不多了，仅有几个也已进入尾期了。颜卿照顾她，不再分给她新的任务，只是叫她好好休息，结完婚再跟几个相对轻松的项目，生完了孩子再大展身手。

整个流程焦寒熙只在拍摄当日露了下面，后期制作效果，选照片，看样片等琐事全权交给了唐煜去管。

看多了焦寒熙的烦心事，徐雯也跟着为这种谈婚论嫁的事情烦恼，见到沈锦超也不免迁怒。

窝在沈锦超家的沙发上，在吐完对唐煜的不满之后，徐雯用手指戳着沈锦超的胸膛凶悍地说着：“我警告你啊，如果你以后敢像唐煜一样，得到前一个样，得到后又一个样的话，我一把飞刀结束了你。”

沈锦超假装露出惊恐的神色，连忙保证道：“老婆饶命，小的对你忠心耿耿绝无二心。”

“噢，那上礼拜为何在逛街的时候看那个穿短裙黑丝的女人超过三秒钟？”徐雯作叉腰状，怒目审问。

“那……本警官看那女子穿着不良妖里妖气，怀疑是某不法分子，所以多看了两秒，下次一定直接上去逮捕。”

“这还差不多。咦，肩膀有点酸。”徐雯把沈锦超手里在看的材料扔到了一边，往他身上一歪。

被彻底打断了思路的沈锦超也不生气，把随手扔在茶几上的材料整理好，然后帮徐雯捏肩膀。“老婆还有什么要求一并说来。”

看着沈锦超如此贤惠，徐雯欺负他欺负地有些愧色，反过来给他捶背，沈锦超哪要她献殷勤，顺势把她拉到怀里，“让我抱抱。”

一向闹腾的徐雯难得这么温顺，任沈锦超抱着。她把沈锦超的努力和疲倦看在眼里，心疼着，又无奈着。

“超。”

“嗯？”

“我们会结婚的，对吧？”

沈锦超没有回答她，只拉过她狠狠地吻了下去。

日子走到九月份的尾巴上后，焦寒熙基本不加班了，肚子又圆润了点，不过目前为止她都没有感受过传说中的妊娠反应。很多时候她都怀疑，孩子到底在不在肚子里啊！

焦寒熙在手头的最后一个项目是在上海的一个写字楼。设计倒是不复杂，以简约和功能齐全为标准做下来进展十分快。加上焦寒熙一向对办公楼和会议中心类办公设施的项目比较拿手，从开始到完成一共也没花很多时间。对方这个项目的负责人十分挑剔，要求他们公司在交图之前派一个人去他们公司作个汇报，最后再看看有没有哪里需要改动。

颜卿和上海那甲方负责人打完电话就陷入了为难，虽然上海并不远，但毕竟是一番奔波。而焦寒熙她最擅长这块，项目本身也不大，这项目是她一个人全权负责的，现在就算自己代替她，也来不及对每个细节都了解了。

想了想，还是把焦寒熙叫到她的办公室里，和她说了甲方百德公司的要求。焦寒熙毫不犹豫地说道：“我过去一趟也好，趁这次机会把存在的问题都协商好，这项目很快就能结束了。”

看着焦寒熙初现圆润的肚子，颜卿有些不放心：“你身体可以吗？明天我也约了客户谈事情，不然就和你一起去。”想了想又道，“要不这样，让司机大徐跟你去上海，不然你去上海还要坐高铁，人挤人太危险了。再加上前不久高铁还出过事情，我总是不太放心。”

“哎呀好姐姐，你就放心吧。人家怀胎九个月的都敢坐火车，我哪有那么脆弱。大徐还是跟着你，你又不是不知道，我坐汽车时间一长就晕车呕吐。”焦寒熙连忙拒绝，公司就一个司机，她哪敢抢了所长的待遇，这可不好，而且也是真的会晕车。

颜卿无奈地摇了摇头，她的倔脾气上来的话谁也没法说服她。原本还以为她当了妈妈后好像有点变好，现在看来还是老样子。

“还有个问题。”颜卿再度皱起眉头，“好像这次会议还挺慎重，那公司是百利集团旗下的，到时候百利的一个总经理也会出席，总之挺正式的。这里有资料，你好好研究下公司背景和历史，省得被刁难。”

焦寒熙感激地看着她，她的风格是更偏向于自己的灵感，假如对方公司非常注重他们自己的文化或有些硬性要求的话，可能就不会那么容易了。“会议是几点？”

翻出记事本，颜卿一看三度皱起眉：“八点？怎么那么早。时间上来不及啊。第一班高铁到达上海都要七点半，还得从虹桥去浦东，这怎么来得及。”

会议八点开始确实有点困难，早上过去肯定来不及。焦寒熙看了一下手表，下午三点出头。“这样好了，反正我今天在公司也没什么事情了，我现在回去收拾一下，然后马上出发，今天晚上就住浦东，省得明天太赶。”

貌似这是最好的办法了。颜卿点点头说道：“那你自己小心点。不舒服就不要撑着。”末了还自我谴责了一番，“我这上司也太压榨下属了，连孕妇都不放过。”

焦寒熙笑了出来，“行了，上司大人，我等着你到时候给我的娃送几罐奶粉补偿我这万死不辞的好员工。”

“行了，快点回去收拾吧。要不要大徐送你去高铁站？”

“不用不用，晚点让唐煜送好了，那我就不打扰了。”说着焦寒熙拿了资料走出去。

颜卿看着她怀了孕还依旧瘦削的背影叹了口气，这孩子实在是苦了自己，真真让人心疼。

下班后，唐煜接到焦寒熙的电话跟他说出差的事：“什么？今天就去上海，怎么这么急？”

焦寒熙知道他对自己加班，“情况有点特殊，我下午提前下班回家收拾了下，你一会就送我去高铁站吧。但愿还有坐票。”

电话那天唐煜思考了一下，说："你在家等着，我很快就到。票的问题你就不用担心了，李局在铁路局有认识的人，我去问问他。"

挂了电话后，焦寒熙心情稍微放松了点，心里暖暖的，觉得唐煜还是很靠谱的。她在家里等着，一边随手翻着对方公司的资料。

唐煜没过多久就到了，还准备了一些干粮，让焦寒熙带着。他就是这样体贴，总是把生活里的小细节都考虑得很周全，让焦寒熙无法不动容。

他带着焦寒熙到了火车站，没有去窗口买票，打了个电话给那李局的朋友，之前李局已经打过招呼了。

李局的朋友把他们带进了员工内部等候室，远离了外面乱糟糟的人群。票已经准备好了，是20：06开往虹桥的一等座票。

在等候室的沙发里等待的时候，焦寒熙觉得有些犯困，就闭目养神。她听到唐煜在和李局的朋友交谈，说一些客套感谢的话。心里一阵疲惫，她最不擅长这种交际。从前慕岩总是说她太清高，在这现实的世界里迟早会头破血流，现在有一个圆滑的男人来保护自己，就弥补了吧。

"寒熙，你累吗？"唐煜坐到了他旁边，摸摸她的手冷不冷。

焦寒熙坐正了身体，打起精神来，说："没有啊。我是无聊才闭目养神的，顺便想想怎么对付甲方。"

唐煜却并不相信她的话，一脸担忧："要不我陪你一起去吧。虽然已经过了三个月危险期，但大了个肚子一个人跑那么远我怎么放心得下。"

"没事啦，我是去上海又不是出国。你前不久还为了拍照请假呢，虽然李局器重你，但老是为了私人理由请假也不好。放心吧，我不会让自己累倒。"

就算她再怎么保证，唐煜也不可能放下心来，有些埋怨道："你不是说你们所长很照顾你的吗？怎么会派你一个孕妇出差。"

"真的是因为这次情况特殊。卿姐现在都不给我分派任务了，这个是以前遗留下来的，只有我一个人在做。好啦好啦，你先回去吧，我到了上海再给你汇报。"这根本不是颜卿的错，焦寒熙不想他埋怨颜卿。

"我看着你上车再走。你一个人千万注意安全，有事就马上打电话给我。"唐煜千叮咛万嘱咐。

“遵命，老公大人！”

就这样，焦寒熙在唐煜的唠叨下上了高铁。只是闭上眼打了个盹就到上海了。

为了避免旅途劳累，她的箱子里就收拾了一个电脑两件衣服和一些资料，很轻便，完全在孕妇的承受范围内。

9

下车后，焦寒熙随着人流走出了高铁站，直接往地铁二号线走去。

她没有多耽搁时间，直接买好了地铁票就往入口走去。上海的交通很是便利，从火车站到地铁站就在地下直接可以相通，都不用多兜圈子。沿着标识走到二号线入口处时，她被一个人喊住了。

“焦寒熙小姐，你好。”说话的是一个身穿黑色西装的男子，容貌干净体面，个子很高，有些过分瘦削，脸是那种棱角分明的类型，让人感觉不是很随和的一个人。

焦寒熙着实被吓了一跳，在一个较为陌生的地方，被一个完全陌生的人清晰地叫出名字实在有些惊悚。

“请问你是?”她小心翼翼地开口。

那人似乎并不知道自己的突然出现会吓到别人，径自拉过焦寒熙的箱子就朝出口方向走去，边走边说:“车子停在外面的停车场。”走了几步发现焦寒熙并没有动，还处于一副震惊状态，不解地停下，想了想，然后有些歉意地说:“抱歉，我忘记自我介绍了。我叫卫子涵，就是“空中之楼”项目中与你直接联系的人，就是你们所谓的甲方。我们之前通过电话。是颜卿拜托我来接你的，她说……你身体不是很好，不放心你一个人。”

“啊，卫先生你好。”焦寒熙这才回过神来，见卫子涵站在前面等她，便跟上去，“原来你是颜卿的朋友，真是太感谢你了。”

两个人都是极讲究效率之人，边赶路边交谈，倒也合得上拍子。

“也算是老朋友了，合作的次数比较多，大家都对彼此放心。原本请你过来开会，也是要招待的，用不着说谢。”卫子涵说话言简意赅，并不热情客套，也不傲慢疏离。

他的态度不亢不卑，令焦寒熙直觉地明白不用和眼前之人虚与委蛇。她松了口气，可能由于自己这几年一直一直潜心画图看方案，对如何与人虚伪寒暄那一套越发不喜欢和不擅长。

“请问卫先生……”大概知道来龙去脉后，焦寒熙开口刚想问，“卫子涵，直接叫我卫子涵就可以了。”卫子涵打断她的话，说完后好像又察觉到自己的话有些突兀，解释道：“卫先生听起来很奇怪，嗯，很奇怪。”

你这人才是很奇怪，很奇怪。焦寒熙默默地想。“卫子涵，我们现在是去哪里，关于明天会议的具体安排是什么？”

“现在带你去我们公司附近的酒店，会议明天一早八点开始。不过……”迟疑了一下后，卫子涵继续说，“不知道颜卿有没有告诉你，明天我们董事长也会参加会议。按照以往经验，他肯定会提前半个小时就出现在会议室。当然，你不是我们公司的员工，只要八点能到就好。不过你能早点来的话，董事长会很高兴的。”

“明白了。我有点不明白，这项目不是不大吗？都是我一个人做，怎么，你们这方好像特别重视的样子。”这点让焦寒熙十分不解，有些不安。

卫子涵思考了一下，开口道：“原本是个不重要的小项目，不过因为公司的经营方向做了改变，这个‘空中之楼’恰好变成了重要的项目而已。你不必紧张，你的方案我看过，不存在什么问题，就算要改动也只是一些细节而已。”

“原来如此。”其实焦寒熙对自己的设计方面没有太多担心，她相信自己的专业水平，不安的是这一不寻常的会议。“对了，你怎么知道在那里等我，还一下子认出了我。”

“呵呵，颜卿跟我讲了一下你的特征。我猜你一下高铁必然会去买地铁票先赶去浦东，所以在二号线出口处等你肯定能等到。”

“万一我没有直接去浦东而是逛个街吃点东西什么的你不就白等了。”

“不会，一个人的作品能直接反映出他的性格。我看过你的好些设计，你必然会先去浦东。”

焦寒熙在心里给了他一个白眼，这人未免有些狂妄，虽然他猜对了。难道自己就这么容易被看穿吗？

一番交谈下来，焦寒熙觉得这卫子涵倒也不像他看上去那么难相处，不知道他在百德公司里是什么职位。一般和规划所那边直接联系的也就是个项目负责人，小主管什么的。但是看眼前之人的干练和眼力能力应该不止于此。

卫子涵开了一辆奥迪 Q7。见到那车，焦寒熙更是肯定，他的职位可不止于一个主管。

在车上，两人不再交谈。焦寒熙已经搞清楚了自己的疑惑，此时真有点犯困了，上车后就眯上了眼。卫子涵开车很稳，使得她朦朦胧胧地有点睡过去了。

在半梦半醒之间，焦寒熙被自己的手机吵醒。一看是家里打来的，心里一涩。看了一眼在前面专心开车的卫子涵，慢慢接起了电话。

原来是焦寒熙的爸妈已经从厦门过来到达苏州了。之前只是告诉她，近期就来苏州了，没有想到这么快。他们下了火车才给她打电话，却赶上她正好到上海出差。她妈妈听到后心疼得跟什么一样，几乎要去上海找她，被他爸爸劝住了。他们就在市里找了个宾馆住下，等焦寒熙明天回来再说。她想让唐煜先过去给他们安排下，被她爸爸制止了。

挂了电话后焦寒熙彻底醒了，鼻子有些酸酸的。她的任性已经让爸妈操心了，还没告诉爸妈她怀孕的事情，他们知道后肯定会更伤心。

前面的卫子涵一声不响，仿佛隔离了视听。他把焦寒熙带到了浦东锦江大酒店，并且指给她看公司的位置，确实很近。在大堂里，他定了个商务房，然后招呼一个服务生把焦寒熙的箱子拿过去。从酒店的大堂面积和装潢，焦寒熙一下子就看出至少是四星级，正在进行中的苏州饭店的项目让她对酒店的规格特别敏感。一般甲方只给安排三星左右的宾馆，这个百德还是很大方的。

“这是门牌，明天早上见。”他把门牌递给焦寒熙，并没有一句多余的话。

“谢谢你。明天见。”焦寒熙也没力气说多余的话了。

她给唐煜发了一个短信，告诉他安全到达之后便关机了。

洗漱整理完毕后，躺在床上的焦寒熙像是被抽光了所有的力气。这个城市，让她太疲倦。

和慕岩的初识就是在上海，这里是他的家乡，他们的那么多回忆都是在这座活色生香的城市。那通明的霓虹灯原本是焦寒熙最喜欢的，现在却只是刺痛。

她强迫自己不去回忆，心里装着第二天的会议，旅途的疲劳也使得她很快睡去。

第二天她早早来到了百德公司，并没有马上见到卫子涵。到了会议正式开始的时候，才见到了董事长，一个头发有些花白的中年男子，长着一对鹰眼，看了就让人不敢轻视。坐在董事长右下手的就是卫子涵，她听见有人叫他卫总，心下了然。

会议开得很快，焦寒熙把“空中之楼”的构思、功能、优势详细地介绍了一下，那董事长忖度了一番，对焦寒熙的设计作出了肯定，但是总觉得哪里不够。他要求焦寒熙能再留一天，明天给她答复具体的修改意见。

焦寒熙虽然放心不下爸妈，但也没有办法。她回到宾馆，给唐煜打了电话，告诉他爸妈到苏州了，让他先照顾一下，随后就窝在宾馆里。卫子涵大概是出于礼貌提出请她吃饭她也直接拒绝了，并没有找任何理由，她觉得对他用不着。

第二次会议订在二十九号的下午。那董事长又提了不少要求，虽然烦琐，但并不难做。焦寒熙与他们达成一致后就立刻回宾馆收拾准备回去。对于上海这个城市的恐惧，和在对爸妈的思念，让她只想尽快逃离这个地方。

还没走出客房的大门，百德那边又来电话，是业务部的经理，说照规矩开发商和设计人员是要一起吃个饭，难得总公司的董事长也来了，特意邀请她。焦寒熙很清楚这个项目要是合作得愉快，百德以后的建筑单体项目十有八九会落到自己公司，这可是个大客户，根本得罪不起。昨天已经拒绝过一次卫子涵，人家再三邀请也不能太高傲，万般无奈之下只能去参加饭局。本来想坐浦东的机场大巴直接到海关大楼，离自己租的房子很近，不过照现在的情形，吃过晚饭大巴都没了，动车的话，后天就是“十一”了，不知道车上得拥挤到什么程度。实在不行，就打车吧。

那个鹰眼的汪董事长倒并不崇尚酒文化，这次的饭局还是相对比较惬意的。大家聊聊天，谈谈方案，吹吹抱负，焦寒熙不时地喝着饮料，偶尔看看手表，卫子涵坐在她右手边，低声问道:“你明天怎么走?”

焦寒熙愣了一下才意识到他在跟自己说话:“我今晚就走，我父母从老家过来看我，昨天就到了，所以今天必须回家了。”

“时间有点晚了，你也不能挤火车。”卫子涵皱起眉，看了一眼她的肚子。

焦寒熙被他看得有些紧张，没做声。心想既然颜卿和他有些私交，那可能告诉过他一些自己的情况。

卫子涵转着手里的杯子，目不斜视，继续道,“打车也危险，毕竟路程不短。明天一早我送你到浦东机场的大巴站，有直达苏州的车。也不差这一晚。”

“我再想想……”焦寒熙有些不情愿，她是真的太久没看见父母亲了，知道他们已经到苏州后，真的连一刻也等不及了。

卫子涵也不再多说，和桌上一些人应酬。

焦寒熙趁着上洗手间的时候给父亲打了电话。父亲听说她想连夜赶回来，立马阻止说:“我们又不是没地方住。你啊好好休息一晚，明天再回来。大晚上的，多不安全。”语气严厉不容置疑。

“爸……那我明天就回来，你们好好研究下这几天想吃什么，想玩什么，我带你们好好玩。”

母亲夺过了父亲的手机听到了那一句，道:“熙宝，都要结婚的人了还想着玩，我看你什么都没置备，嫁妆都没有这不是让人家看笑话吗。我跟你爸呢，就趁着这几天赶紧帮你把这些事情办妥当了，让你顺顺利利轻轻松松地当新娘子。晚饭吃好了没，少喝点酒哦!”

“今天没喝酒，快结束了，我待会儿就回酒店。”

“哎，早点休息，总这么累多让人操心啊。妈不跟你说了，你路上小心点。”

“妈妈，你跟爸也早点休息，再见。”

回到包厢，她冲着卫子涵点了点头，继续饭局，再轻松的宴会，即使没有人来灌你，考虑到与你同桌的都是压榨你的人，总是会小心翼翼，生怕多说一个字，说错一句话，让人精疲力竭。焦寒熙回到酒店的时候已经有些脚步漂了，肚子，似乎越来越重了，多走几步就累。

洗完澡之后，她躺在酒店的床上，身体累到了极致，可是精神就是放松不下来。睁大着眼睛盯着天花板，在上海这个熟悉的城市，感觉即将涌来的回忆像是爆炸的玻璃碎片，将会一片片刺进血脉里，再痛苦再难受，不拔掉的话，总也流不出血和泪。她蜷缩起来，强迫自己想些别的事情，工作，唐煜、父母、大哥和嫂子，徐雯和小警察以及徐雯妈之间的矛盾，以抵挡这强大的压迫力。

在上海的三个晚上焦寒熙都睡得不踏实，天还没亮就醒了，早早地收拾完简单的包裹，在酒店吃了早餐。上网查了一下浦东的机场大巴的发车时间，她看了眼酒店大堂的时钟，差不多可以出发了。五星级的酒店，却没心情享受它的星级的服务，再见，上海。

下了出租车，她径直走到长途汽车站售票点买车票，这条路线太过熟悉，这么多年车票价钱只涨过一次，现在依旧是八十四元，售票处的人还是那个看着眼熟的阿姨。她拿了票就上车，对着号码找到了座位，今年的秋天很舒服，没有太多的雨，不过窗外的天空看着阴沉沉的，却又不像是有魄力下一场暴雨的样子。

上车的人渐渐地多了，嘈杂的声音让她昏昏欲睡，眼皮越来越沉。忽然一个尖锐的声音刺透她的耳膜："对啊，这不十月份了吗，我们两口子就去苏州吃大闸蟹呀，别看苏州这个乡下地方那么小，好吃的倒是不少，不过怕一号过去人多，我就跟老慕今天就出发了，你记得老慕的司机小刘吗，他请假回老家了，这不，我们两口子只能坐大巴去了，倒也别有一番情调。车开了，先不说了，到了再联系你。"

焦寒熙的睡意顿时消散无踪，这个声音，无数次进入噩梦里，怎么也忘不掉。她下意识地往窗边靠了靠，尽可能远离这个声源。听起来似乎就在自己的前面，真是冤家路窄，回去应该烧烧香，怎么坐个大巴都能遇上他们，早知道昨天应该坚持打车回苏州的。

说话的是正是慕岩的母亲韩静，据说她的父亲是个地主，后来被共产党抄家了，不过靠着埋在地下的金条作为本钱做了几笔生意，不知怎么就当了个官，慕岩的父亲慕呈祥正是靠着老丈人的人脉和资金起步，一步步开始了自己的从政生涯。

"老慕啊，我们今年还去阳澄湖大酒店吗，要不换一家试试?"韩静五十出头的人了，保养得比较好，看着也只有四十多的样子。

慕呈祥的嗓音很低沉，不像慕岩那么清亮，"换了你要是不满意怎么办，既然原来那家不错，那就不要随便换，免得自己后悔。选饭店跟买股票一样的，不能朝三暮四。你要是不擅长，就别玩股票了，真要是无聊就跟你的那帮子朋友搓麻将去。”

“她们几个又不舍得玩大一点的，每次输赢就那么几百块没意思。想出去玩么你又总是那么忙，难得放个假也只能来这么近的地方，哎，要是小岩在家就好了……”

“这不是我们儿子有远大理想吗！你要是闲得无聊可以养养小猫小狗什么的。”慕呈祥语气里透着无奈，自己老婆最是宠爱儿子。慕岩不在以后她整个人时不时就精神有些不正常。

焦寒熙本不想听的，奈何坐得实在是近，想不听都做不到。只听韩静说道:“唉，早知道当初把那女孩子留下来就好了。说不定儿子就不想出国了，也不会让我这老太婆想的人都要倒下了。”

慕呈祥叹气，当年由于自己老婆看不上儿子的那个女朋友，暗地里也使了一些手段。虽然不清楚他们最后分手到底是不是韩静造成的，多少也脱不了关系。其实他倒是挺喜欢那孩子，眼神干净，不卑不亢，为人努力。他这一辈子见多了心思剔透八面玲珑的人，反而希望家里多一个直率的。奈何自己老婆坚持要找个门当户对的，白白拆散了一对好姻缘。

“老慕啊，你说，我是不是真的做错了。那女孩叫什么来着，什么熙的。”韩静压低了声音，不再似刚刚那般张扬，但就在后面相隔不到半米的焦寒熙仍是听得清清楚楚。

韩静说着:“老头子，我现在想想有些后怕。小岩是不是知道什么了，故意不回来啊。就算回来，也不知几时肯让我抱孙子。那时候那什么熙的女孩离开后，小岩也不肯接受林家那丫头。人家条件多好啊，人又漂亮嘴巴又甜。老林家条件那么好就这么一个宝贝女儿。哎，真是可惜了，这木头疙瘩。”

幕呈祥听着她在耳边聒噪不停，只是哼了一声就独自闭目养神，再也不接话。

韩静一个人讲了一会儿也觉得无趣就安静了。

焦寒熙喉咙发紧，心里有些堵得慌，反复思考刚刚那些话。虽然一早就知道他妈妈不是很喜欢自己，但她对自己也一直挺热情，根本无法想象她在背后竟是这样的人，如今听到这些话，仿佛里面还有秘密。韩静还提到了一个姓林的女孩，难道就是那个女人吗？她心里有着说不出的难受，隐隐觉得当初的事情有些蹊跷。但是想到这一层后，再也不敢细想。与其让她发现真相，还不如一辈子被蒙在鼓里。当事情演变到现在这个局面的时候，她无法承受起那样一个结果。

回头看了看，最后几排还有空座，悄悄地往后挪去。

好在车里还挺嘈杂的，每个人都在做自己的事情，打电话，哄小孩，交谈。没有人注意到她。换好座位后，她松了口气，煎熬地等着汽车到达目的地。明明自己什么错都没有，现在还要像个做贼的一样躲着。焦寒熙苦笑着鄙视自己。

为了压下心里的不适，她拿出包里的手机给唐煜打电话："喂，是我。嗯，已经出发了。"

"小心手机钱包什么的，把包抱紧点，打会瞌睡就到家了，我待会儿去哪里接你，海关大楼还是干将路?"

"现在好像取消干将路那边的停车了，海关大楼吧，我直接回家里睡觉。"

"好，那我等会带着岳父岳母大人恭候老婆大驾了。"

"油嘴滑舌，越来越不正经了?"

"嘿嘿，你喜欢就行。这几天累着了吧，我等会儿帮你按按。那一会儿见啦。"

"一会儿见。"

挂掉电话，对着窗外出神了一会儿，回过神的时候，愕然发现韩静坐到了她旁边。她心中大骇，没有任何心理准备，原以为换到了后面不会被发现了。

"小熙，怎么看到叔叔阿姨都不打个招呼呢，怎么没过多久就生疏了呢?"韩静表面上一如当年的热情，标准一个温柔的上海妈妈。

"真巧啊，是韩阿姨啊。真是抱歉，我今天身体不太舒服，刚只顾着睡觉都没注意到。"焦寒熙觉得自己撒谎的功夫越来越炉火纯青了，不知道会不会影响宝宝的健康成长，罪过罪过。她下意识地把西装的下摆往下扯了扯，把肚子遮得严点。

"身体不舒服啊，怎么不小心点啊。你是来上海出差吧，都不过来拜访你慕叔叔和我，真是的。下次到上海一定来我们家玩啊，虽然慕岩去法国了，你也可以来陪陪我们两个老人家嘛。”韩静笑得很慈爱，又显示着优雅。这种气质真不是短时间能培养出来的，而是一天天一年年沉淀起来的。如果没听到刚才那些话，焦寒熙一定会被感动。

但是她和慕岩之间，牵扯的太复杂，理也理不清。何况她现在有了唐煜了，也不想回去了，便敷衍着答道:“有机会我一定去的，谢谢阿姨。”

“现在还在苏州那家设计院上班呢?”看到焦寒熙点点头，韩静脸上表现出心疼之色,“一个女孩子干这行，真是不容易。我都劝慕岩转行，这死小孩，就是不听大人的话，心野了，做父母的根本管不住啊，也只能放他出去闯了。”

她不希望从韩静的嘴里听到慕岩的近况，本想说“我马上要结婚了”,话到嘴边又说不出来了，最后只能化作一个微笑，点点头。

韩静跟她聊了几句家常,便又回到了自己的座位上。苏州跟上海的距离说近不近，说远不远，焦寒熙没有一次比如今更恨它的遥远，恨不得立马就到站。

终于，熬过了一个多小时的心理压力之后，已经到高速公路收费口了，她松了一口气，不停地深呼吸调整心情，自己马上就要见到唐煜了，要保持好心情。而且父母都来了，更要开心一点。

到站的时候，她特意假寐着等慕家二老都下车了再慢悠悠地往车门走去，

这一场上海之行，真像做梦一般。如果可以，她希望再也不要遇到和慕岩有关的人和事。

第四章　世上最肮脏的，莫过于自尊心

10

走到路边，唐煜早已在那边等着，旁边站着的，正是她那许久未见的父母。

“爸爸，妈妈！”焦寒熙一下子就眼泪涌出来，扑到了妈妈的怀里。

焦寒熙的母亲沈秀梅见到了心里惦念的女儿，此时也早已泣不成声。一旁的父亲轻轻拍了拍她们两人，也是红了眼眶。

见到这样的情景，唐煜也很动容。到底比较理性，他便上前劝他们，先回家再好好聊。

一行人上了车，焦寒熙和母亲坐在后座，她腻在母亲怀里怎么也不肯放。沈秀梅无奈地看着她，对唐煜说道：“小唐啊，我们家熙熙不大懂事，你要多担待些。她要是哪里不好，尽管说好了。”

“妈，哪有你这样编排自己女儿的，要是遭人退货就惨了。”焦寒熙不依，反驳道。

一车人都笑出来。唐煜帮她辩解着：“寒熙很好，对我也体贴，平时还是她照顾我多点。”

又引来两个大人的一阵笑。

就这样一路说说笑笑，倒是冲淡了刚才的伤感。

到了焦寒熙的住处，唐煜知道他们一家三口肯定有许多话要说，自己在反而不方便，坐了会就告辞了，说是今天先让他们好好聚聚，明天一起吃饭，到时候再来接他们。

送走了唐煜之后，焦寒熙的父母才真正有机会好好打量这不在身边许久的女儿。

看到焦寒熙脱了风衣之后，显露出来微微隆起的肚子，沈秀梅脸色一白，几乎要晕过去，哆嗦着嘴唇问道："你，你，这到底是怎么一回事？"

这件事压在焦寒熙心里几个月，每每到嘴边又咽回去了，此时她再也忍不住，一边努力把在眼眶里打转的泪水憋回去，一边完完全全地把这几个月发生的事情说了一遍。

两个人听得一个不住地掉泪，一个不住地叹气，心里满满的全是后悔。焦寒熙从小能干有主意，一直让他们感到骄傲，他们也由此特别放心她在外面闯荡。现在看来，女孩子太有主意也不是什么好事。

"熙熙你老实告诉妈妈，你和慕岩现在是什么关系，他毕竟是孩子的爹，他知道你已经……"沈秀梅收起了伤心，开始理性地思考一些事情。

"不，他不知道。"焦寒熙急急地打断母亲的话，想到慕岩心里又是一阵抽痛，"他告诉我要去法国后，我们就大吵了一架就分手了。直到他走的那天都没联系过，后来我才发现自己怀孕了，想找他可是联系不上。妈，我也有我的尊严。我宁可一个人把孩子生下来，也不会去低声下气求他的。"说到激动之处，她的情绪有些无法控制，身体都开始颤抖起来。

她父亲一直在旁听着，有些话也不像母亲那么可以直接说，见到女儿身体有些异样赶紧把她搂在怀里轻拍，心疼早就大过了一切。一向不善言辞的他开口劝慰道："咱们不说了，不说了。不管以前如何，只要现在好好的就成，怀了孩子情绪不能这么大起大落。"

焦寒熙在父亲的怀抱里慢慢平静下来，调整好情绪后继续说："我和慕岩已经结束了。现在唐煜对我很好，我们很好。"

"唐煜那孩子知道……知道你的事吗？"做母亲的无论如何也不可能放心下来。

"知道的，他和我是大学校友，校学生会一个部门的，因为我俩是一届的，所以比较熟，慕岩的事情他都清楚。也是因为他不介意我肚子里的孩子，一如既往地对我好，我才下决心嫁给他的。"

焦寒熙把全部的事情交代清楚后，沉沉地补觉去了。也许是因为放下了心中的一件事，也许是因为在父母身边，这一个回笼觉她睡得特别踏实。

看着女儿的睡眼，沈秀梅忍不住默默垂泪，其实她早就察觉女儿发生了什么事，但是多年来对她的信任和尊重使得他们两个做父母的没有第一时间赶到她身边陪着她。当初熙熙该有多么彷徨和无措啊，想到这里，沈秀梅就心疼得无法自抑。

她和焦寒熙父亲又合计了一番，如今女儿和那唐煜领过证，就差个婚礼。唐煜那小伙子接触下来也确实不错，为人老实周到，不像一般年轻人那么骄躁，难得他待熙熙一番真心，不介意孩子。小伙子是好的，就是不知道他家里人如何，有必要好好了解一下。在男方这边办过婚礼之后，自己家那边也要办个仪式，那就要抓紧点置备起来。

睡醒的时候就到中午了，吃了妈妈做的饭菜后又开始昏睡，这一觉直接睡到了第二天，十一就这么来临了。充足的睡眠让焦寒熙连日来的疲惫一扫而空，她告诫自己不能沉浸在凄凄艾艾之中回忆过去，只有抓住当下，奔向未来才是社会主义好青年。今天约了唐煜和他母亲一起见面吃饭，两亲家第一次见面，这也算是一件大事，她提醒自己，千万不能懈怠了。

让焦寒熙感到意外的是，唐煜的母亲态度十分友好，拉着自己母亲说一些拉家常的话，还破天荒地夸了夸自己，说她懂事，一个人只身在外地工作努力。让焦寒熙有点忐忑，自己这准婆婆该不是被什么附体了吧。

唐煜的表现也很好，谦恭而礼貌，和焦寒熙的父亲谈谈国事家事，一副老丈人女婿投机的样子，还发现两人都喜欢下象棋，已经约好了改天好好杀几盘，这一下子又变成棋友了。焦寒熙忐忑了好几天的心终于彻底放了下来。

不管王淑转变的原因是什么，到底是真心还是假意，她在焦寒熙父母面前是真的做到了一个慈爱的母亲通情达理的婆婆模样。这就够了，她向来是个报喜不报忧的孩子，最怕父母过来看到自己过得不好。

一顿饭吃得其乐融融十分和谐，最后唐煜说什么都拦住了要付钱的老丈人，自己结了账。一直到走出饭店的门，王淑还和沈秀梅聊得非常欢快，从买菜做饭织毛衣到带孩子，这让平时见多了王淑冷淡一面的焦寒熙怎么看都觉得怪异。

忽然，三个长辈站住不动了，半天，父亲焦宗林道：“大姐，还缺多少钱，我们带了点钱来了。我们呢远在厦门，也没给她准备嫁妆，这家具是给孩子们用的，我们来吧。”

父亲的话一出口，焦寒熙呆住了，动了动嘴唇，发不出任何声音。她内心深处最隐秘的一个猜想成真了，那最最不堪的怀疑，压得她透不过气来。

“这，钱都花在婚礼酒席上了，家具什么的眼下是一分钱都没了，如果要买好些的电器什么的，怎么也得七八万的样子。”王淑倒也开得了口。

忠厚的父亲已经拿出卡准备找家银行了，焦寒熙很想冲上去阻止，却悲哀地发现没有任何理由去阻止。他们领过证了，法律上已经是合法夫妻了。现在自己父亲主动愿意拿出来一部分钱购置家具，她能说什么。

焦寒熙认为，既然已经结婚了，这么算计钱也不行。可是不计较不代表没脑子，王淑今天这一出显然是有预谋，她觉得有必要和唐煜谈谈。

取了七万块钱交给王淑，沈秀梅想给焦寒熙和唐煜买几件衣服。焦寒熙推说身体不好，便催促他们回家了。时值国庆期间，商场里、大街上挤满了人，实在不是挑东西的好时机。

唐煜把他们送到沁苑小区，刚停下车，焦寒熙开口对他说：“唐煜，你陪了我们一天了。会不会耽误你自己的事情啊？国庆期间你们单位肯定也有活动的吧，你忙你的好了，没事的。”

话刚说完，就招来母亲的一顿批评：“你这孩子怎么说话的，你这是要把人赶走啊。亏得小唐这几日一直陪着我们两个老家伙，你这没良心的孩子。”

唐煜赶紧帮焦寒熙辩解：“阿姨您别怪寒熙，她这是体贴我。我还真有事呢，要去拜访下局里的领导。这大过节的，总要表示下敬意。那我就不上去了。叔叔阿姨你们好好休息。寒熙，你也要多休息，注意身体。”

打完招呼唐煜就带着王淑驱车离去了。焦寒熙木着脸回到了家里。

看着女儿忧虑的样子，焦寒熙的父母对视了一眼，用眼神交流了一番，彼此心知肚明。

还是母亲先开口："熙宝啊，你这婆婆，是个能干的女人吧。"

焦寒熙一惊，抬起头看向母亲。

沈秀梅神色平静，波澜不惊地说着自己的看法："你婆婆虽然热情，但是从她的言谈举止中可以看出她是个强势的女人，再加上你说的他们家的经历，是个厉害的人物啊。"

这些焦寒熙早已明白，她沉默着，不知道该怎么说。

听母亲的意思，她应当是不太高兴了，可是焦寒熙觉得自己已经走到这一步了，再也没法回头了。

母女两个都沉默着，焦寒熙的父亲出来打圆场："厉害又怎么了，想想她一个女人拉扯大一个孩子也不容易。她就这么个宝贝儿子，再怎么厉害那也是对外人的。我说老太婆啊，你就不要多操心了。反正我们两个老家伙攒了钱也没处用，不都是给他们小的吗？你也看到了我们那女婿，着实不错了。"

提起唐煜，沈秀梅的神情柔和了一些，唐煜对焦寒熙的宠爱是谁都看得到的。最后她叹了口气："哎，女儿大了也不由当爸妈的做主。凡是能用钱解决的事都是小事，我也不是心疼那十万块钱，我是怕你以后被欺负啊。"

"妈！"焦寒熙抱住母亲撒娇，"不会被欺负的，你女儿又不是软柿子。再说了，不是都说男人都是娶了媳妇忘了娘的吗？以后唐煜肯定向着我的。"

"你这个死丫头啊！"沈秀梅被逗乐了，不再纠结于这个问题，但是眼底的担忧始终挥散不去。她整了整神色，异常严肃地说道："熙宝，妈妈和你说正经的。以后一旦他们对你有任何不好，你就回到妈妈身边来知道吗？不管发生了什么，你都是妈妈心头的宝。"

焦寒熙被母亲的一番话又感动地想哭，连连答应。

一向不大会说话的父亲也开口了："熙宝啊，不管以后发生了什么，你的家，永远都在我们身边。"

焦寒熙终于真真切切地感受到，世界上最伟大的感情是父爱和母爱。有了他们做坚强后盾，前方不管有什么困难她都不怕了。

叔叔一家过来，还住在同一个小区，焦一新自然是要来拜访的。只是焦寒熙父母看到只有他一个人来的时候就意识到不对劲了。“一新，你媳妇呢?”

“身体不舒服，在家休息。”焦一新说完嘴角一抽，现在说谎似乎只会拿这个做借口了，其实她身体好着呢，天天跟他吵架，昨晚甚至还打起来了。

沈秀梅把他迎进屋里，问道:“要紧吗，要不我去照看照看?”

焦一新连忙摆摆手，“没事，躺躺就好了，婶婶，你还得忙寒熙的婚事呢，我的事您就别操心了。”

“熙宝的婚事不是还有你叔叔吗，纯敏病了总得去看看吧，那我待会儿做好晚饭我给她带一份过去。”沈秀梅很积极，以往只有过年的时候才能见到这些小辈，周纯敏更是不常去亲戚家走动的。

“婶婶，纯敏晚上可能要出去吃，改天我再带她一起过来吧。对了，上次说给寒熙买首饰一直没时间，要不咱们今天一起去?”真要让她见到周纯敏了这事必然要穿帮了，马上要办喜事，还是不要给他们添堵的好。

焦寒熙从屋里走出来，抢在他们继续这个话题之前道:“我都跟唐煜妈妈说过了不买首饰，现在如果去买显得我不守信用。哥如果还当我是你妹妹，那就不准买首饰!”

她很少会说得这么决绝，看来是铁了心了。沈秀梅和焦一新对望一眼，凭着对焦寒熙的了解，看来这首饰是买不成了。

11

颜卿给焦寒熙放了个大长假，国庆长假加婚假一共二十天。

忽然闲下来的焦寒熙觉得有些无所适从，又不想去找唐煜，他那边只会更忙。

拿起她记日程的小笔记本翻开，发现自己在这几天的任务就是购物。婚纱，首饰，还要去婚庆公司那边确认下流程、效果。

Shopping 这种事当然是找闺蜜的，焦寒熙把徐雯约了出来，打算把婚纱买了。

徐雯非常来劲，拉着她去虎丘的婚纱一条街。那边是规模经济下的婚纱市场，一条街全部都是婚纱以及相关产业。她正好把伴娘裙给买了，还有她家小警察的西装。

两人边逛边聊，免不了说起焦寒熙父母过来的事情。焦寒熙想起那天的事情就像喉咙口哽了根刺一样，拔不出也咽不下。“那天和唐煜一家一起吃饭的时候，我爸妈又拿了七万出来，我心里堵得慌。”

“你说什么？你之前不是早就付完首付了吗，怎么又坑你爸妈的钱了？”

“那天她说婚礼酒席钱不够，买房的那天就想让我哥出这个钱的，我爸心疼我就把钱拿出来了。总之一言难尽，我现在觉得自己最对不起的是爸妈。”

“以后存到钱了再还一部分给他们吧。算了算了，想开点，你爸妈就只有你一个女儿，不给你给谁。对了，一直忘记问你，房产证上有你的名字吧？”徐雯劝说着她，孕妇最忌忧心。

“房产证？那不是交房以后才能办的吗？我不懂那些……应该是吧，付款的时候我们都签字了。回头我问问去。”

“那老太婆真是欺人太甚，没想到唐煜一副温文尔雅的样子居然有个这样的妈！”徐雯义愤填膺地卷起袖子，做出要去找王淑拼命的样子。

焦寒熙摆摆手，“我也想开了，反正我嫁的是唐煜又不是他妈，能忍则忍吧。她那天是拿准备婚礼需要钱做借口，那婚礼结束后礼金收回来肯定会赚不少，到时候我再问她要回来，那是我爸妈的血汗钱，我都拿了他们二十万呢，不能把他们养老和以防万一的钱给花了，我焦寒熙还不至于不孝到这个地步。”

“大好的日子，咱不生气了。走，选婚纱和礼服去。我还要给我们家小警察选一件出席你婚礼的西装呢，嘿嘿。”招手拦了一辆出租，两人上车，决定去虎丘看看，那边的婚纱旗袍都是大规模高品质的，款式多价格也便宜。

逛了很多家，焦寒熙看中了一件款式比较有特色的，不是太繁复，在裙摆和领口做了一些修饰，整个透着一丝冷艳，最满意的就是最外层的薄纱可以隐约地遮住肚子，价格九百八十八元，中上水平。本来还计划买一件旗袍，大红色的既有中国风又是喜庆。但是想到自己现在的肚子，只好依依不舍地离开。回头看徐雯，她正站在一件米白色的伴娘礼服前端详。

“看上这件了，挺不错啊。这个款式的应该更能衬托出你的丰满的胸。”

“真的好看吗？我对这种没什么识别能力，我的审美早就被扼杀在白大褂下。”徐雯狐疑地拿起来在身上比划了一下。焦寒熙一个劲地点头，她还是有些犹豫地说道：“这种抹胸裙最可恨的就是，除了胸，更会衬出我粗壮的手臂。买不买呢？”

焦寒熙直接跟服务员说：“帮她拿一件这个款的。”她对徐雯说，“还有将近十天呢，你最近别吃饭了，不决绝点我看你是不会下决心减肥的。待会儿再去趟山塘吧，唐煜上次看完小样叫他们印婚纱照了，估计差不多好了。”

“我是喝凉水都长肉，哪像你天生丽质，吃那么多还长不出半斤肉，真可恨，跟那个礼服一样可恨。你们婚纱照有没有多的小样，送一张你的单人照给我珍藏下。”

两人各自选了喜欢的，焦寒熙才想起来唐煜似乎叫了他堂弟做伴郎，想着反正要陪徐雯去帮沈锦超买西装，顺便也给他堂弟买一套吧。拿出手机发了短信问唐煜：你堂弟穿什么码的衣服，我和徐雯在挑礼服呢，一起买了吧。

唐煜很快就回了：XXL，我在家里窝着呢，看天气好像快下雨了，你别在外面待太久了。

她记下了尺寸，还没来得及回复，唐煜的第二条短信又到了：妈刚跟我说，婚纱这种东西，就穿一次，没必要买的，租两套就行了。

好好的心情又被毁了，焦寒熙把手机递给徐雯看，徐雯气得吹胡子瞪眼了，“这才能省几百块钱啊，租婚纱也贵的好不好，而且租别人穿过的多不爽啊。寒熙，你再挑一下，我来回短信。”手指迅速舞动，手机蹦出一行字：你小子要是连婚纱都买不起就给哥滚蛋！

过了一会儿，唐煜就回过来：小的不敢了。徐雯才满意地收起手机，跟焦寒熙结账去。

跟婚纱店约好了过几天过来取礼服，她们走出婚纱店，天空已经开始飘起细细的雨丝，不太密，落在身上立马就有了凉意。“这天气……前几天天气预报总说下雨一直没下，今天报的是多云反倒下了，哎……"

焦寒熙一脸黑线，下雨天的市区打不到车，她站在路边觉得越来越冷了，开始跺跺脚活动活动。看到一辆空着的出租车，赶紧拽着焦寒熙冒着雨上车了。

还没来得及仔细看看婚纱照，外面的雨突然大了起来。等徐雯从工艺品店回到大美堂婚纱摄影会馆，已经快成落汤鸡了。

"我看咱们赶紧回去吧，你得换身衣服，要不肯定得感冒了，徐医生。"焦寒熙帮她擦掉脸上的雨水，看了看天，劝道。

作为一个医生，徐雯自然更加清楚身体的重要性和它的脆弱，只是……"寒熙，趁着现在外面，有件事情我要跟你坦白，不说出来我得活活憋死。"

焦寒熙示意她继续，徐雯一下子变得扭捏起来，半天才支吾着说出口："我前几天，和一个男人相亲了。他爸爸是一个什么局长，我妈这次是动真格了。这位还得罪不起。"

焦寒熙在心里感叹了一下，没想到徐雯妈妈这边铁血手腕，看来家长都是为了自己孩子什么手段都使得。"这事，沈锦超知道吗？你自己又是什么想法？"

"他还不知道，我打算过几天再跟他说。"徐雯想了想，继续道，"说来那个局长的儿子，叫什么李旭，这名字土得跟我的似的，那家伙也是被家里逼着来相亲的。他说，这一年他被他妈妈逼着见了不下十个女孩子了，对方女孩子倒是个个中意他，可惜他还没有结婚的心思就都回绝了。"

"他是官二代，当然个个中意他了。要是没他老子，谁会看上他。"焦寒熙愤愤不平道。

"哈，这我就不知道了。我压根就没细看他是个什么样的人。就在那边一起抱怨了一下被逼婚的痛苦，最后约定两个人假装相处试试，互相掩护，省得他被强迫到处相亲了。"

听到这里，焦寒熙再度惊呆了，忍不住怀疑："你确定那人不是看上你了，我怎么越听越像某个言情小说里的桥段啊。接下去是不是要上演，你们假戏真做真的发展出感情来，然后皆大欢喜。"

"滚！你才假戏真做呢。他一看就是个花花公子，哪会看上我这种乡野村妇。他是好不容易遇到一个不喜欢他，不会缠着他的女人，当然要好好利用一下。”

“好吧好吧，我姑且相信你。”焦寒熙突然想起了之前和慕岩在一起的时候，也是类似的情况。他爸妈逼他去相亲，他被烦怕了就去敷衍了一下。可是她还是介意得要命。虽然分手是他们两个人之间出了问题，这事却是个导火索，她补充了一句：“你家小警察那边你要好好处理，要不会被有心人利用的。”

“知道啦！我要的小样呢？”

“拿了，都在袋子里，回去慢慢选。你要是病了我怎么向警察叔叔交代啊，撤退。”焦寒熙一边催促着一边拉着她的手往雨里冲。徐雯的手掌散发着暖暖的温度，让她在这个下着雨的秋天，暖进了心里。

知己就是这样的一种存在，你可以调侃她，损她，嘲讽她，她都不会介意，这是一种基于信任的纵容，因为你知道，有那么一个人，可以让你毫无戒心地在她面前嘲笑自己，贬低自己，审视自己，你知道，她会一直站在你身边，支持你。

“叔叔阿姨，想死我啦！”徐雯一进门就给了两位家长一个大大的拥抱，几年前她跟焦寒熙去过厦门，在焦家住了大半个月，混得已经很熟了。沈锦超站在她身后腼腆地笑着，身上的警服还没换下来，微微有些湿，他是前脚才匆匆赶到的。

“徐雯啊，这个帅小伙是谁啊，怎么也不给我们介绍介绍？”沈秀梅问的是徐雯，眼睛看的可是沈锦超。

沈锦超立正之后行了个军礼：“叔叔阿姨好，我是徐雯的男朋友，沈锦超！是个人民警察。”

他的严肃把一群人惹得哈哈大笑。

“警察好，人民警察为人民，不错不错。别站着呀，熙宝，去给小沈同志泡杯茶。”招呼着他们在客厅的小沙发上坐着，转身去厨房忙活了。

焦寒熙的父亲陪着他们几个年轻人聊天。“徐雯啊，寒熙没少让你操心吧，她一个人在苏州总是会遇到些麻烦的，多亏有你这么个好朋友，让我跟她妈妈也才放心了不少。”

“叔叔，你说得我想钻地缝了，一直都是寒熙在照顾我的。哎呀呀，真是惭愧啊惭愧，我枉为一个东道主啊。”徐雯一说话，小小的客厅气氛一下子就暖洋洋起来，加上焦寒熙刚端上来的西湖龙井，更加温馨了。

焦寒熙的父亲坐在沈锦超边上的椅子上，问道：“警察这一行挺累的吧，年轻人，能吃苦的可不多，小伙子，我看好你。”

“谢谢叔叔，好在这一行付出了还是会有收获的，这样会比较有干劲，我还得努力赚钱才能养得起徐雯这个小猪崽呢。”他看了徐雯一眼，再看了一眼她的小肚腩。

“谁是小猪崽，你这不是真的逼我绝食吗，呜呜呜，没天理啊……”

沈秀梅从厨房里冒出来一句：“徐雯你确实该减肥了，要不小心人家小沈不要你。不过今天一定要好好吃，阿姨我难得做这么多好吃的，露两手给你们瞧瞧。”

“谁都不能阻挡我奔向美食的脚步。阿超，你也不能哦！”她向沈锦超挤眉弄眼。

警察同志温柔地对她笑了一下，说：“你再胖我都养你。”

他们的耍宝又是惹得一阵笑。焦寒熙忍不住叹道：“你俩真是天生一对！”

五个人便开吃了。徐雯觉得这倒像是她理想中见家长的模式，可惜这不是自己的父母，正所谓家家有本难念的经，每个人都有要面对的困难，自己跟沈锦超只能再坚强一点，勇敢一点。别的嘛，尽力而为就行。

在婚纱照里挑了一张昆曲系列的放在自己公寓的墙上，婚礼那天新娘子就是从这里出发。剩下的她都交给王淑了，至于具体怎么布置她不想管了，也管不了。顺便跟王淑提了一下礼金的事情：“阿姨，等礼金拿到，可以把上次我爸垫上的钱还给他们吗？”一想到婚礼后要喊她“妈”，焦寒熙不由得抖了一下。

王淑听了默不作声。

焦寒熙继续说道：“那毕竟是他们养老的钱，他们年纪大了，万一生个病什么的，我不在他们身边，留点钱我才能放心。”

“他们要养老那我就不用养老吗？”

“您不是有我和唐煜一起养着吗，我们以后会孝敬您的。”

“那到时候再说吧，都不知道能拿到多少礼金。”王淑语气生硬，显然不愿再继续这个话题。

焦寒熙心里一沉，又是一场拉锯战吗？往后要一起过的日子还长着呢，慢慢来吧。

看着倒计时的数字越来越小，她心里却是愈发地惶恐起来，像是一个黑洞，汲取着自己的精力和信心。

沈秀梅还是能感觉到女儿的心理变化的，都说母女连心，此话一点都不假。该说的话她也说过了，女儿坚持要嫁，那他们当爸妈的只能为她做最充分的准备。

婚礼前的最后一个晚上，本来徐雯要过来陪她一起睡，被她拒绝了。她想要自己一个人感受这夜晚的度过。明天，她就是唐煜的新娘了，再多的不甘，伤痛，悔恨，都将随着这个深秋的夜晚随风而去。

只开了书桌上的一盏台灯，幽幽的白色冷光散射在墙上，隐隐约约地能看清楚婚纱照上两人的轮廓，她不知道是自己眼睛酸了，有眼泪了？还是光线不好，看不清楚？

她只能看到照片里的女子，画着浓妆，掩盖住本身的面容，可是她彻底想不起来，这妆容后面的本来面貌究竟是怎样。惶恐地冲进厕所，打开灯，看着镜子里的自己，只觉得陌生。只是几个月而已，为什么像是过了好几年，镜子里的人眼神已经开始浮现出一种叫做“麻木”的神情，她立马关了灯，躲进房间蒙在被子里。

黑洞洞的深夜里，回忆又如同在上海的那几夜那般汹涌而至，伴随着滚烫的眼泪，焦寒熙抱着自己的膝盖，全然不顾满脸纵横交错的泪痕，就当是跟过去正式做个告别吧。

曾经他们相爱，如每一对相爱的恋人一般刻画过属于他们的未来。他们说着非君不嫁非卿不娶的誓言，在苏州和上海的各个角落刻下了很多美好的回忆。回忆渗透到生活里的每一个细节，甚至每一次做方案，都会时不时地想起他曾教导她的细节。对焦寒熙来说，慕岩像是她的一盏明灯，指引她追逐他的脚步，她迷恋慕岩唤她点点的时候眼里充斥的温暖和欢喜。

曾经的她怎么也不会想像到，明天，她将嫁给另一个男子。

也许年轻真的是爱情最大的敌人，两个同样骄傲的人谁也不肯为了对方低下头。从误会到争吵再演变成无法调和的矛盾，天堂和地狱仅一步之遥。

焦寒熙不敢问自己有没有后悔，不管当年是什么真相，都是她现在承受不起的。

良久，久到窗外的世界不再喧嚣，房间里只能听到闹钟指针走动的声音，她飞快地从床上跳下来，匆匆忙忙找到手机，拨下一串号码。她发誓要遗忘，却刻在脑子里的号码。

“嘟嘟”的声音响了八次，然后变成了机械的女声：Sorry，the number you dialed is busy now，please dial later. 她拨了第二次，想到第七声的时候，她放弃了。按下了停止键，对着空气道：“慕岩，你的点点明天要嫁人了。以后，我就只是焦寒熙了。”

把电话扔在一边，她蜷在床上，抚摸着肚子，说：“宝宝，妈妈明天就能给你一个家了，幸福吗，我们会更幸福的。”

扬起一个淡淡的笑容，外面依旧是漆黑的深夜，可是她知道，这个最后一夜，已经过去了。

12

婚礼终于到来。

女方的宾客并不很多，只有至亲的那几个来了，剩下的就是同学、朋友、同事。好在她们那设计所里人员众多，增加了点气势。母亲说过，在自己家那边也要办一次酒，宴请一下旁支的亲戚和他们的朋友。焦寒熙心里莫名有些抗拒，加上她现在怀孕四个月多，无法长途跋涉了，正好把这事拖延了。

男方这边人要多些，唐煜的同事朋友也多，王淑的一些老朋友旧同事也都到场了，亲戚的话也没有很多。因为唐煜爸爸走得早的关系，好些亲戚也不来往了。

作为伴娘，徐雯很尽职地一大早就到了焦寒熙那儿，化妆师是全程跟着的，也早早地到了，给新娘、伴娘化妆。

徐雯像个无头苍蝇一般一会儿看婚礼流程，一会儿担心等会儿挡酒要怎么挡，还抽空关照下她那小警察。沈锦超说是今天有任务的，虽然关照他请假早走，也不知道几点能到。

“我说伴娘大人啊!”焦寒熙实在受不住徐雯在旁边转来转去,“结婚的人是我，你急个什么劲啊。”

徐雯白了她一眼，坐定下来，稍稍放松了些:“这不是第一次当伴娘吗，我紧张啊。”

“我还是第一次当新娘的，也没见像你一样乱的。”焦寒熙没话找话，想转移她的注意力，免得她等会儿出状况。其实选徐雯做伴娘是有一定风险的，在不太靠谱的她身上发生什么都是有可能。不过即使有别的更适合的人当伴娘，焦寒熙还是会选徐雯，因为她才是最亲的那个，于是只能冒这个险了。

“呸呸呸，什么叫第一次当新娘，你想当几次啊，今天大喜的日子不能乱说话。”徐雯又急了，赶紧截住她的话。

焦寒熙不以为意，继续让化妆师在她脸上摆弄。

她今天穿的婚纱就是跟徐雯一起去虎丘婚纱一条街定做的，量身定做的婚纱穿在身上非常服帖，完全不是租赁的能比的。徐雯穿上了那条粉色的伴娘礼服，在一个多星期的“饿魔训练”后，胳膊上的肉已经不太突兀了，效果很不错，刚穿上的时候她还不习惯，常年牛仔裤白大褂的她早就忘了上次穿裙子是什么时候。

王淑之前试图劝说焦寒熙租一套婚纱的，在她的观念中婚纱这种只用一次的东西为什么要买？她见过的许多人结婚礼服都是租的，很多摄影馆就有租。不过后来焦寒熙说定做的婚纱很便宜，买的并不比租一套贵多少，而且她这四个多月的身子很难找到合适的了，加上这笔钱不是从她的账上出去的，王淑这才没说什么。

一早上焦寒熙的母亲就去王淑家帮忙了，反正她们自己这儿没什么要忙的，父亲则赶到酒店去再看一下。

妆化到一半的时候，手机突然响了。焦寒熙定了定神接通了电话，轻轻地喊了声妈。

“寒熙啊，有件事忘记关照你了。”王淑的声音听起来也是有些激动的，毕竟唯一的宝贝儿子结婚,“等会儿见到了客人，你当心一点，不要让大家看出有身子了。”

听到这话，焦寒熙心里一阵不舒服，沉默着。虽然自己这种情况不在按部就班的范畴内，但她并不觉得这有多见不得人。

大概是王淑自己也意识到刚才那句话不是很妥，语气难得地软了下来，解释一般说道："孩子啊，你不要怪妈。小煜的爸爸在我怀着小煜的时候就走了，我一个人把小煜生下来，抚养长大，最艰难的不只是条件困难，还有那些风言风语。你们这代人可能不懂，但……本来现在的年轻人奉子成婚的也多，可是我们家情况特殊，你和小煜的婚礼也仓促，如果现在就说有孩子了……"

"我知道了妈，我不会让客人看出来的。"焦寒熙连忙答应。婆婆说得也有道理，让她积攒的气愤一下子就泄气了。她回想了下，从第一次去唐煜家里见到婆婆以来，自己一直像是被摆布一样。不是她太懦弱什么都忍气吞声，实在是每每想据理力争一次的时候，王淑的艰难经历大山一样压下来，让她透不过气。

接下来就是婚礼的整个流程，焦寒熙从家里出来之前头脑还是清醒的，之后就浑浑噩噩，只知道按着别人的摆布。在吉时坐上婚车，对着摄像镜头微笑，到男方家里对着一下唐家自家亲戚微笑。在家里要举行一个简单的小仪式叫祭祖，焚香叩头跪谢长辈。她觉得自己像是行尸走肉一样。下一刻都记不得上一刻做了什么，好在向来不大靠谱的徐雯今天超长发挥，事事都关照好她，也帮忙应付着一些热情的客人。

忙碌之中一个白天一下子就过去了。晚上在东吴饭店门口迎接客人的时候，焦寒熙累得都想一屁股坐在地上不动了。

可能由于今天太累的原因，焦寒熙感受到自己肚子里的一向乖巧的小家伙也不安分了。时不时地动一下，这让焦寒熙很心慌，生怕会出事，但目前这情形也容不得她半路离开。只得咬牙忍着，自己鼓励自己一定要坚持住。

徐雯陪在她旁边看得一清二楚，心疼得不行，也想不出什么办法，只能在她旁边站得很近好让她能倚靠自己一下，节省一点力气。

一拨客人进来后的间隙，焦寒熙暂时松了口气："放心吧，我没事，撑得住。"她扯出一个笑容，感激地看着徐雯。

徐雯握了握她的手说道："跟我就不要硬撑了。等会儿迎接完了客人，仪式开始前可以休息会儿。"

焦寒熙点点头，不再说话，转过头去看唐煜。唐煜招呼着一群客人往里面走去了，好像是他单位的一些同事，还有几个领导，所以必须格外周到。他自己都忙不过来，也没时间照顾焦寒熙。

终于熬到了迎接完客人，焦寒熙瘫倒在休息室的椅子上时已经累得手都抬不起来了，看了一下时间，已经六点了。婚礼开始的吉时是18：18，那就是还有十八分钟的休息时间。为什么哥哥和嫂子还没来，她心里有些发慌。

打了好几个电话都没人接，不安的感觉更严重了。看了眼徐雯，她也一脸焦急的样子，沈锦超似乎还没来。焦寒熙深吸一口气，准备过几分钟再打电话。

徐雯看着焦寒熙倚在沙发上发力的样子，就给她披好衣服守着她。忍不住发了条短信给沈锦超，"婚礼马上开始了，你什么时候到?"

今天的婚礼特意邀请了徐雯的妈妈一起到，平时她也很照顾焦寒熙，一直开玩笑的说是她的干妈。焦寒熙想借这个机会给沈锦超创造点机会，至少多露露脸。说不定徐雯妈妈看着今天一对新人结婚场景羡慕一下，再看一起出现的女儿和沈锦超也会有些好感。

然而令徐雯感到生气的是沈锦超自己都不好好把握机会，已经关照了他好几遍让他早点到场，可他还是没有到。

焦寒熙一闭上眼睛就睡过去了，她实在是太累了。昨天晚上思绪不停地浮动，根本没有休息好。今天又一大早就起来，忙到现在才停下来。这婚根本不是人结的。这是焦寒熙睡过去之前脑子里唯一能想到的。

听到徐雯叫自己的时候，焦寒熙睁开眼睛，脑子里空空的，一瞬间什么也想不起来。不知道自己为什么睡在这里，不知道出了什么事情，身体累得都不像自己的了。下一秒，记忆才慢慢涌进来，原来真的结婚了。

18：18马上就到了，司仪过来和她们打了个招呼，就走到台上去准备等吉时一到就宣布开始。焦寒熙在休息室门口等着，终于，这一刻终于到来了。朝里边望了一眼，大哥大嫂还是没到，忍不住又打了一遍电话，这次终于通了。"哥，你和嫂子在哪儿呢，怎么还没到?"

"寒熙，纯敏出了点事，我们今天没法过来了，你好好结婚，哥祝你新婚快乐。"说完匆匆地挂了。

焦寒熙发现自己浑身都在颤抖，堂哥简洁的话语掩盖不了这背后的恐慌，她被徐雯推着进场了。

正如所有婚礼现场一般，走过一条红地毯，新郎从新娘父亲的手里接过新娘，承诺一生一世照顾她，不离不弃；证婚人宣读证词，他们请的是唐煜单位的李局长，千篇一律的祝福词；两方父母发言，字字包含了对新人的祝福和希望；新人谢词，感谢到场的亲友，感谢大家的祝福，最主要的是感谢父母的养育之恩。唐煜一席对母亲的感恩之话，让在场所有宾客都要落泪。

焦寒熙被唐煜的一席话唤回了一丝清醒，好歹是听进去了，眼眶红红的，每个做人儿女的都是心疼父母的。自己婆婆不容易，再联想到她自己的父母，尤其是想到自己的任性让父母操了多少心，她怎么也控制不住情绪了。碍于自己是今晚的主角，不能在台上失态，才努力忍住没有哭出来。

最后是交换戒指，宣读誓言，台下的宾客发出了热烈的掌声，祝福这对新人。

仪式结束后能休息一段时间再去各桌敬酒，趁这段时间他们也能吃点东西。她急着给焦一新打电话，对方这下直接关机了，打嫂子的电话也是无人接听。这种不安战胜了压倒了其余的一切情感，她一回到休息室，就赶紧让徐雯把父亲找了过来，让他试着联系焦一新。

焦宗华叫她别担心，他会处理，现在的心思应该放在婚礼上。父亲的拥抱让她多了一些勇气，姑且把堂哥的事情放一下，一件一件来吧。

唐煜心情十分激动，中国人的传统毕竟是举行过婚礼才算夫妻，现在焦寒熙终于在法律上和传统意义上都是他名正言顺的妻子了。这个大学以来就梦寐以求的女人，是他的妻子了。今天他忙的都没时间关心下焦寒熙的身体能不能吃得消，一脸内疚的帮她捏了捏肩，问道："老婆，你还好吗？"

面对唐煜的温柔体贴，焦寒熙的心柔和下来。摇了摇头回答："没事，我撑得住。"看了一眼外间的喧哗，和休息室的寂静形成鲜明对比。焦寒熙只觉得一切尘埃落定，世界寂静了。至此，她的所有怀疑和念想彻底斩断。

唐煜轻轻抱住他，眼里有感激有庆幸，"老婆，辛苦你了。老婆，老婆……"一遍又一遍，不厌其烦地叫她老婆，比领结婚证的那天还激动。

徐雯早就识趣地离开了，把这狭小而温暖的空间留给他们单独相处。她不想在最好的姐妹结婚这天发火，但是沈锦超实在让他太生气了。已经六点三刻了，他连条短信都没回。亏的她还煞费苦心的和焦寒熙商量在这天给他创造机会给丈母娘留个好印象。

看着母亲身边空着的一个位子，徐雯再也忍不住给沈锦超打了电话，“你在哪里，就算是工作日也应该下班了啊，不是跟你说了好几遍，今天寒熙结婚要你早点来的吗！”徐雯的声音一开始充满怒气，讲到后来委屈地有些想哭了。

沈锦超的声音压的低低的，透着浓浓的疲惫：“雯雯对不起，我真的走不开。有个犯人已经连续审了十多个小时了，现在刚有些松口的意思。眼看就要成功了，我实在没法走开啊。”

徐雯心里一酸，语气已经放软了：“那不是还有别的同事吗，你就说有事，先走一会儿不行吗？”

“这个犯人真的很重要，可能涉及一个毒品走私案件。中途换警员很容易引起犯人的抗拒感，尤其是现在已经看到希望了，我们局长点名要我跟他一起审的。”

“好了好了，你先忙自己的事情，结束了打电话给我。如果来得及就过来。”话到这里，徐雯的什么怒气都发不出来了。沈锦超也没有办法，活着就是无奈。

上个月有一阵子徐雯被沈锦超冷落了好几个礼拜，找他的时候一直说自己忙，在警局，这样那样的任务。她忍了几回后忍不下去就爆发了，找他大吵一架，这才知道那次沈锦超去她家里，和她母亲在厨房的对话。原来徐雯妈妈对他说，如果他在两年内能升到队长职位，就同意他们在一起。所以沈锦超就每次出任务都冲在前面，主动要求放弃假期周末去加班。

想到这个徐雯就心疼他，他是当真冲着这个去的。熟知自己母亲性格的徐雯不忍心告诉他，这是她妈妈一贯的拖延手段，背后她可没少安排相亲活动。这不前阵子斗不过太后又去了一回。

给客人敬酒要稍微轻松一点，作为新娘要的就是羞怯矜持，不需要开口周旋，也不需要应对宾客的调侃。喝酒的任务基本都交给徐雯和伴郎了，当然，新郎他们也是不放过的。

敬到唐煜单位的那桌的时候，就没那么好过关了。

也许是上次一起吃饭唱歌，焦寒熙百般推辞不愿意喝酒驳了他们的面子，在KTV还先行离开，这次机会怎么着都会被好好利用大灌一番。

唐煜周旋着，被他们说出刚结婚就妻管严了，他倒也大大方方承认，惹得众人一顿哄笑。徐雯也硬着头皮喝了几杯，最后众人调侃够了，让焦寒熙只喝一小杯就放过他们。

无奈之下，焦寒熙一口喝完了高脚杯里的半杯红酒。喝完她一阵恶心，攥紧了拳头生生忍住才没当场吐出来。

离开那桌以后，面色惨白的焦寒熙冲到卫生间，对着水池一顿吐。本来就没吃什么东西，就吐出来一些水，吐得她筋疲力尽。

唐煜跟过来，心疼地扶起她："要不你先去休息吧，接下来的客人我一个人去敬。"

焦寒熙稳了稳心神，摇头拒绝："不行，哪有结婚新郎一个人敬酒的。我一会儿就好。"

靠着唐煜稍微休息了一下后，焦寒熙再次调整好笑容，去给剩下的几桌客人敬酒致谢。唐煜只能关照她，说什么都不能再喝酒了。

重新回到明亮的大堂，焦寒熙又是一阵恍惚。她拿出最优雅的姿态去应付每一个人。看着唐煜跟他们觥筹交错的样子，她一个出神想到了在上海的那顿饭局。可以说那是她第一次在中国参加只谈事不拼酒的饭局，难得那个董事长不推崇这种酒文化，那个卫总经理更是连啤酒都不喝。

一场婚礼办下来，不死也脱一层皮。重新回到唐煜家里的时候，焦寒熙难受地都想哭了。父母回到她住的地方去了，还得问清堂哥的情况。婚礼过后他们还会在这留几天，但是她不能回去那边陪父母了。今晚，她是唐家的新娘。

喧哗过后的宁静格外静，静到让焦寒熙有些不知所措。唐煜被灌了很多酒，勉强撑到家里，吐了一番后沉沉睡去。焦寒熙也想就这么闷头睡觉，但是看过的那些电视剧和小说让她明白，她的任务还没结束。

王淑搅了热毛巾在给唐煜擦拭。她就来到厨房，找出水壶烧了点热水，倒了一杯热腾腾的白开水给王淑端过去。

秋天的夜晚气温有些凉，倒满热水的杯子捂在手里，让焦寒熙感受到一丝暖意。看了看这个曾经很恐惧的房子，竟成了自己的洞房。

待王淑帮唐煜擦拭好，焦寒熙有些不自然地开口道："妈，喝口热水吧。今天辛苦了。"

王淑有些诧异，接过水杯，吹了一下，刚想喝又抬起头，说道："正好，我有些事关照你。"

早有心理准备的焦寒熙点头，坐下来认真听。

"说实话，我当初是不喜欢你的。"王淑开门见山，一上来就很直接地说道。

焦寒熙心里一阵苦涩，就算她再迟钝，这点认知总归有的。

王淑喝了一口水，继续说："可是小煜他很喜欢你，坚持要娶你。你也不要怪我当初的态度不好，以后你有了孩子就能明白我那时的心情了。一向乖巧的儿子突然之间带回来一个之前提也没提起过的女人，还一下子就怀了孩子，换做哪个当妈的都不乐意。"

这一番话又是一把尖刀扎在焦寒熙身上，更令人刺痛的是，她一句也无法反驳。

"现在接触下来也有一段时间了，我知道你也是个好孩子。我就当你们一时糊涂。但是以后要时刻注意言行举止检点。"王淑板起脸，摆足了姿态，"我是个寡妇，唐煜是遗腹子。我这辈子最痛恨的就是那些风言风语。所以我要求做人一定要行得正坐得直，不能给别人拿到一丝话柄。你现在已经是我们唐家的媳妇了，那就要懂得守规矩，守本分。我不要你有多孝敬我，你只要尽好一个做妻子的责任就可以了。"

"我知道了。"木然地回答着，她已经快分不清大脑和身体究竟在表达着什么情感了。

王淑接着道："还有一件事，我今天怎么没看到你大哥大嫂呢？"

"大嫂好像出了事，大哥抽不开身。"

"多大的事能不来参加妹妹的婚礼呢。不来也没关系，你得关照他们把礼金补上。好了，时间也不早了，你去休息吧。要记住我今天的话。"

焦寒熙甚至都不知道怎么回的房间，脑子里王淑的话嗡嗡作响。新婚老公喝醉在旁边沉睡，她在漆黑的房间里尽情流泪。

13

焦寒熙本以为这一夜会睡不着，或者忍不住想起慕岩。她很怕那些回忆会漫上来，曾经认为已经铭刻在心里的回忆。

没想到一夜安睡，甚至连梦都没有做一个。第二天，她心情复杂地睁开了眼，半是失望，半是欣慰，原来再深刻的记忆都可以一朝舍去。

她一睁眼就看见了尽在咫尺的唐煜的脸，正目不转睛地看着他。一时有些不习惯，瞪圆了双目，说道："看什么？"

唐煜看着她瞪人的样子忍俊不禁，上前环住她的腰把她搂在怀里，身体紧紧地贴着她，用他的下巴蹭着她的头顶，说："我看看我美丽的新娘都不行吗。寒熙，寒熙，你真的是我的了。"

这么亲密的举动还是第一次，焦寒熙身体有些僵硬，不安地扭了一下，调整着自己的姿势，努力放松自己。

唐煜似乎没有意识到焦寒熙的不适，感受着怀里的温香软玉有些心猿意马。然而她还不肯乖乖的让他抱着，在那里扭动，气氛渐渐升温了。

"寒熙，不要动。"唐煜按住她不让她动，声音变得有些沙哑，"你不知道男人经不起挑逗吗，尤其是在早上。"

听闻这话焦寒熙彻底僵住，她不是未解情事的少女，此前的状况她也不是没有想过，真正面对的时候却依旧不知所措。

唐煜当察觉到焦寒熙身体的僵硬，有些无奈，惩罚性地在她肩头轻轻咬了一口："傻瓜，你昨天那么累，这阵子要好好休养。"

说着想起昨天的情景，自己喝得大醉都照顾不到焦寒熙，心里很是内疚，道歉道："对不起，昨天没有照顾到你，你辛苦了。"他早上醒得比焦寒熙早，看见她睡着时一直紧锁着眉头，猜想可能是昨天太累了，导致她身体不舒服，毕竟宝宝都四个月了。

对于唐煜的体贴，焦寒熙很是感动，唐煜总是把她放在第一位考虑。

他们就这样静静地躺着说了一会儿话，焦寒熙不知道现在几点了，看从窗帘里透进来的光觉得已经不早了，就打算起床。

唐煜不肯放开她，耍赖般的抱住她不肯放开："再陪我睡会儿，人家皇帝新婚第二天都可以不早朝呢。”

焦寒熙失笑，此时的唐煜像个要糖吃的小朋友，哪里有平时的严谨沉稳样啊。刚想嘲笑他几句，突然响起了一阵敲门声。

随后唐煜母亲的声音响起：“你们醒了没？早饭已经烧好了，晚了就凉了。”

一句话就打破了房里的春意融融。焦寒熙也不在意，推开唐煜自己先起来，穿好衣服，对唐煜说：“太后发话你敢不起来？”

唐煜装作可怜的样子重重地叹了口气，再慢慢起来。

餐桌上，热腾腾的粥已经盛在碗里摆好在桌上了。王淑自己已经吃完，开始忙着打扫收拾。

如此勤快的婆婆让焦寒熙一阵感叹，有了这样的高标准怕是自己无论也赶不上了。可惜心里面还装着大哥大嫂的事情，她也没心情细细品着这粥究竟有多美味了，就想赶紧吃完了赶回公寓看看究竟什么情况。

唐煜吃着早饭，突然想起来，就随口问道：“妈，那个房子的贷款什么时候办啊，售楼处那边没消息吗？”

听到唐煜的提问，王淑愣了一下，答道：“哪有那么快，前不久不是国庆么，大家都休息，扣除假期也没过几天，急什么。”

唐煜有些奇怪，自己母亲是个急性子，一件事不做完悬在那里的话她比谁都急，肯定三催四问了，这回反而叫自己不要急。

过了一会儿，王淑又补充道：“你把公积金卡和身份证给我，我今天去那边问问。”

听到这里焦寒熙也有些奇怪，问了句：“我的公积金卡不要吗？跨区应该也可以办的，就是要折算一下而已。”

“噢，我今天先去问一下而已，要不你的也一起给我。”

他们想着，估计这个也不急，要急的话也是售楼处那边先急的。两个人就把公积金卡和身份证都交给了王淑。

匆匆地吃完了早饭焦寒熙跟他们打了个招呼就打车出门了，赶到沁苑的时候发现只有父亲一人在家，脸色很凝重。“爸，哥哥那边怎么了？”

焦宗林不想瞒着女儿，他也知道瞒不住，叹了口气道：“你嫂子的孩子，昨天没了。现在你妈和他们都在医院呢。”

脚下一个踉跄，被父亲扶住了，焦寒熙觉得顿时失了所有的力气，哑着嗓子问道:“怎么会……在哪个医院，我马上过去。”

“你哥不让你过去，说你是新婚，会犯了忌讳。我也觉得你还是乖乖在家待着，要不亲家母该怎么想，你嫂子的事情就交给爸爸和妈妈吧。”

“不行，嫂子这样都是因为我的关系，我才是罪魁祸首……我这就给徐雯打电话让她帮忙安排一下，看有没有认识的妇产科医生。都是我的错……爸，都是我不好……”她在父亲的怀里泣不成声，内心的自责即将将她压垮。

医院里，周纯敏皱着眉躺在病床上，睡着了。脸色惨白惨白的，嘴唇干裂，焦寒熙握紧了父亲的手，就怕自己没勇气看下去。

焦一新的下巴上已经出了一层胡碴，眼睛下面是两个深深的黑眼圈。焦寒熙上前抱住自己的哥哥，轻声说着:“对不起……”

他把妹妹带出了病房，坐在走廊的椅子上，眼中满是悔意。甩了自己一巴掌，道:“我简直不是人！纯敏说她身体不舒服，我还以为她是跟我置气，要逼我离婚才撒谎的。我真是瞎了眼，怎么能没看出来她身体真的不对劲呢！”

“哥……”看着焦一新自责的样子，任何话语都显得很无助，只能抓着他还在捶打自己的手牢牢地握紧。

他握着妹妹的手，低头埋进了她的怀抱。哭泣对他来讲不是一个男人该有的表现，可是眼下的他，实在是需要一个怀抱。

徐雯匆匆赶到了，还拽着妇科的刘医生，看着垂泪的焦寒熙问道:“医生怎么说，要老刘再帮她检查检查吗?”

焦一新抬起头，双眼血红，道:“因为是第一个孩子，我们都没察觉，加上这阵子情绪起伏太大，营养也没跟上，就……没了。才一个多月……”

刘医生喘着气，可怜他一大把年纪，主攻的是产科不是妇科，还得被拽着一阵飞跑，这时候插话道:“才一个多月？第一个的话挺危险的，等她康复了过来好好检查一下，以后要多多调理了，不然就把底子损了。徐雯，是不是应该让我先去看看病人了?”

“对对对，您老赶紧进去看看，看还缺啥不?”

刘医生嘱咐了护士和家属一番，让她们注意病人的情绪，看了下病房里还挺周到的，就告辞离开了，让她们有事再找他。

焦寒熙浑浑噩噩地送走刘医生，恍惚中走到了收银台把剩下的住院费交了，她现在唯一能想到的就是自己能不能为大哥大嫂做些什么补偿一下，经济上的这点帮助实在是微不足道。

周纯敏醒来之后，也没大闹，就是默默地流眼泪，看了眼病房的情景就猜测道自己晕倒后发生了什么事情，伤心，自责，尤其看到焦寒熙微微隆起的肚子时，眼泪更是汹涌。她开口的第一句话就是："一新，对不起……"她恨自己，为什么要到失去了才会懂得之前计较的那些东西实在没必要。

焦一新没说话，坐在她旁边，伸手抚摸着她憔悴的脸庞，很努力地朝她露出一个笑容，牵过她的手放在自己脸上，吻了下她的手心，只见她的泪水又溢出眼眶。

焦寒熙坚持留下来照顾嫂子，一家人也拗不过她。之前的矛盾和失去孩子的痛苦一对比，早就烟消云散了，周纯敏看着她真诚忙碌的身影心里又是一阵悔意，再没了之前的冷言冷语。

晚上回到唐家，焦寒熙累得不想动弹了，跟唐煜简单叙述了一下经过之后也不等他发表意见，就倒下睡了。哥哥一个大男人肯定照顾得不周到，她不放心，明天还是亲自去照顾为妙。

14

焦寒熙一早醒来，还是疲惫，从骨头里渗出来的疲惫不堪，她揉了揉太阳穴，强迫自己起床。走到客厅才发现王淑似乎正在换鞋，准备出门。

见她出来，王淑又折回来了，看着她欲言又止。

"妈，你今天到底怎么了？怎么一早上都奇奇怪怪的。"唐煜在客厅看报纸，觉得今天母亲很奇怪，但也不是心情不好的那种，"不会是儿子成家了，高兴过头了吧。"

"一边去。"王淑白了他一眼，"我跟寒熙有话说，你别杵在这里了。"

"好啊，有了儿媳妇连儿子都不要了，妈偏心得太快了。"唐煜夸张地叫起来，随后走到房间里去开电脑。

"偏什么心，她把你支开肯定是有什么事，但绝不是要悄悄给我传家宝之类的好事。”焦寒熙在心里回答唐煜。

王淑的神色有一丝犹豫，想了会还是开口了：“寒熙，有些事呢，我想来想去不放心。我是个直来直去的人，想什么说什么，你别往心里去。”

焦寒熙心里咯噔一下，原来前天晚上说的那些，还根本不是可以往心里去的级别啊。“嗯。”淡淡地应了一声。

得到了这一声形式上的认可，王淑就无所顾忌地说开了：“你们这一代年轻人流行什么我不管，以前那些荒唐也不去说了。你现在怀的是我们唐家的孙儿，我可不想我孙子出什么差池。你们晚上注意点，别贪图一时快活。女人最重要的还是要把孩子好好养出来，唐煜一个大男人不懂这些事，你作为女人要自己懂得。”

一席话说得焦寒熙面无血色，先是前天晚上拿着名声说事了一番，紧接着今天一早又警告自己和他儿子不要……罢了罢了，一个当妈的在儿子新婚第二天就给儿媳妇提点房里的事，这到底是遵循了什么理论。

大约看出了焦寒熙被这番话说得有些闷了，王淑放软语气掩饰一般道：“你也不要怪妈说话难听，我这话糙理不糙。现在我们是一家人了，得有一条心，这个家才能过上好日子。妈都是为了你身体着想。”

“知道了妈。”焦寒熙没有力气，也没有心情再多说一句，坐在沙发上，有些失神。

连王淑什么时候出门都没发觉。直到唐煜从房间里出来，走到她旁边才回过神来。

“怎么呆呆的，可千万别把我们孩子也教得呆呆的。”唐煜摸了摸她的头，凑上前亲亲她的脸。

一时间焦寒熙有些不适，在听完他母亲那番一家人一条心的话之后。转念一想，这样也好，她现在还真没做好跟唐煜更亲密一步的准备。不过有王淑这么插了一脚可能还不够，她心里合计着。

“唐煜，我有些不放心。等会我去医院看嫂子，顺便找徐雯的同事检查一下。”焦寒熙摸了摸肚子，说道。现在的人都有一定的常识，孕期前三月和后三月是有些危险，但中间这段时间还是相对稳定的。她得去办个护身符，也算是对婆婆的要求贯彻到底。

“我陪你一起去吧。反正今天也没什么事。晚上叫岳父岳母一起吃饭，等过几天他们回厦门后又该想念你了。”唐煜点头，确实要检查一下才能放心，而且大舅子家出了这么大的事，他还没出过面呢。

说到父母，焦寒熙心情又低落起来。前几年她也一直在外面闯荡，和爸妈聚少离多，也没这么不舍过，现在是越大越没出息了。结个婚还出了这么多事情，真是让他们操太多心了。

前天晚上的婚礼，直到最后徐雯也没等到沈锦超。聪明如她妈妈，丝毫没有对于旁边空着的一个座位表示奇怪。就这样，这事悄无声息地过掉了，徐雯只是觉得前方困难重重。

她在医院里上班有些神色怏怏的，接到焦寒熙的电话才打起一点精神:“怎么啦，新婚少妇。大清早的打电话给我，难道昨晚唐煜把你伺候得不好吗?”

“狗嘴里吐不出象牙。”焦寒熙骂道，把声音压得低低的，此时她正躲在厕所里给徐雯打电话,“跟你说正经事呢，我等会过来照顾嫂子，自己顺便做个检查，你得去帮我走走后门。”

“什么检查?你哪里不舒服，是不是昨天累到了还是你大哥家的事影响了身体?走什么后门啊，不是都办好医疗卡的，又不需要你出多少钱。”

“不是这个，是……哎，一时也说不清楚，以后有机会我再慢慢给你解释吧。反正……不管什么检查都好，我希望那个医生能写个医嘱，说我体质特殊，胎儿不是很稳定，出生前都不适合有房事。”

徐雯的嘴张成了一个O型，她感觉被焦寒熙雷得外焦里嫩了。“可是据我观察你之前的体检报告来看，你和宝宝都健康得不得了。你是在演都市言情电视剧吗?”

焦寒熙一呆，随后说道:“我是在演狗血都市言情电视剧。不管如何，这事你要帮我。”

“这……你以为现在的医生都是没有医德的吗?我长这么大还没做过写虚假医嘱的事，现在还要去求别的医生写，还是这种事，你让我的老脸往哪里放啊。”徐雯着急，这事虽然也不是什么设计利益的事，但说起来也太丢人了点。

被威逼利诱了一通后，徐雯磨磨蹭蹭走向了妇产科。

昨天硬把刘医生拽过去之后，徐雯也觉得自己有点不好意思，今天他正好当值，看来又要麻烦他了。之前她就想着，以后必要会有事麻烦到妇产科，要预先打好关系，所以里面的每个医生都很熟了尤其是刘医生，一度大家都以为她想从普外科跳到他们妇产科来了。

她在办公室找到了当值的刘医生，按下心中的丢脸感，她一口气把这个事情说给了刘医生听，刘医生一听立马吹胡子瞪眼说道:“你你你，让我干这种不靠谱的事情?”

“大慈大悲的刘医生，前辈，你就帮了这个忙吧，这又不是什么不好的事情。说不定我朋友心理有问题，如果那个后发生什么事情也不好啊。现在只是需要一个官方证明而已。日行一善啊前辈！你昨天当了一把大善人，今天就再帮我一次吧，下次带好菜给你吃。”徐雯坚持不懈死缠烂打。

“好了好了，你把名字告诉我，我就卖你这个人情吧。”刘医生有些扛不住徐雯的强势求情。

最后事情总算如焦寒熙所愿般地发展下去了。

刘医生是医院妇产科的资深老医生，很多人就专门到医院找他看的。他给焦寒熙做了个彩超，观察了许久，指着照片上子宫那一块某处，对焦寒熙和唐煜两个人说:“我看过你的资料，基本上属于蛮健康的。不过最近是不是累到了，胎盘有些低。”

唐煜把那张彩超图拿过来，翻来覆去地仔细看，虽然他对于这个什么也不懂，但听了刘医生的话还是很紧张:“那要怎么办，会不会有危险，要不要住院?”

“啊，不用不用。其实这在怀孕期间也属于正常情况。有些人一开始就会胎盘低，后来长长就好的。只要平时注意一点就没什么问题的。”刘医生说得也是事实。

“那需要注意些什么呢?”

“胎盘低就是胎儿位置离子宫口比较近，如果发生剧烈运动什么就比较容易滑胎小产。所以……”刘医生一脸严肃地看向焦寒熙，说道:“你平时要多休息，不能做剧烈运动。你的身体素质原本也不错，不需要多锻炼了。还有，尽量避免房事，可能会伤到胎儿。”

徐雯抽空陪他们一起，她在旁边等得急死了，都想上去给刘医生一拳提醒他了，总算最后，他把关键性的话说出来了。

随后又讲了一堆平时要注意的事项，就这样结束了这次产检。

去嫂子病房的路上，他们两个都有些尴尬，虽说早就领证，但那种事，还真一次也没有过。沉默了半晌，唐煜先开口：“寒熙，放心啦，这么多年我都等过来了，还在乎这几个月吗？我可不是禽兽，只要你在我身边好好的我就满足了。”

焦寒熙依旧觉得很尴尬，就嗯了一声。

唐煜在病房客套了一番，觉得自己好像有点多余，呆了一会儿就离开了。焦寒熙打开母亲煲的鸡汤，一勺一勺地喂着嫂子，担心嫂子会触景生情，她一直强忍着没再流露出伤心的神色。

王淑对于她总出门的事情倒也没说什么，毕竟儿子才新婚，不便于现在就闹矛盾，加上她还得去厂里做会计，也就没心思计较这些了。

焦寒熙一直照顾到嫂子出院，焦一新发现她把住院费交了非要还，被她制止了。陪着大哥大嫂回到家，她一时也不想回唐家，总觉得那里没有家的味道。想了想决定先去自己的公寓，父母还住在那里。

原本唐煜的意思是，租到这个月底就把那房子退了，反正焦寒熙搬过去和他们一起住，再过一阵子装修好房子就搬到新房子里去了。

然而，沈秀梅和老伴商量了一下，又把房子续租了几个月，还亲自找了房东交掉那几个月的房租。沈秀梅的说法是，可能过段时间还会来住，尤其是女儿到时候快生产了肯定要过来照顾，住上个把月。万一到时候一时间找不到合适的房子也麻烦，还不如把这里一直租下去。而且他们置办了一些物品，打算买给他们新房子里去的，现在新房还没装修，唐煜他们家也不宽敞，这里租了还能堆堆东西。

其实焦寒熙心里隐隐有些高兴的。自己在这里住了两年多，一下子离开也有些舍不得，隔壁就是房东家，那房东太太人很好。在这两年房价物价猛涨的情况下，她都没给焦寒熙涨价，说是家里也不缺这几个钱，就想找个爱干净讲卫生生活习惯好人品好的房客，对于焦寒熙她很是放心和满意。

看着已经出嫁的女儿，沈秀梅心里非常不舍。好在女婿也是老实人，应该不会亏待她。唉，现在的年轻人，搞也搞不懂他们心里想的什么。她在心里无奈地感叹。

焦寒熙粘着母亲不放，沈秀梅就趁机给她讲了许多做人媳妇要注意的事情。虽说现在是二十一世纪，不比她们以前那样封建，但有些道理是亘古不变的。还讲了一些老家的事情给她的，教育她对婆婆要孝顺，当成亲妈妈那样，跟唐煜也要好好过日子。她一一答应下来，如果现在还要反驳的话，母亲要怎么能放心得下自己，安心回家。

这几天她几乎是累出本了，回到唐家，她先洗了澡，打算解决个人卫生就躺倒。

他们家房子是七十五米，两个卧室，一个客厅，一个卫生间一个厨房，还有一个小阳台。一个卫生间只能轮流洗澡，焦寒熙怕让婆婆多等不好，就迅速解决了个人卫生问题，出去叫婆婆洗。

走到外面发现没有人，王淑的房门掩着。焦寒熙一阵头疼，又来了。每次她单独拉着唐煜或者她讲事情，准没好事，这次又不知道是什么事情。本来没兴趣也不屑听的，但有几个不和谐的声音透过房门传来，什么大闸蟹，什么浪费之类的字眼，便鬼使神差地走到门边。

“妈，不是我喜欢铺张浪费，阳澄湖大闸蟹也算苏州一特产，在别的地方吃不到这么正宗的蟹，寒熙爸妈就来那么一次，而且很快就走了。就算是奢侈一顿也不为过吧。”唐煜的声音有些气急败坏。

“哼，不是说不能带他们吃好的，是你有必要选择那么贵的饭店吗？别的饭店就没有阳澄湖大闸蟹吗？巴巴地开到李公堤是要摆阔还是什么，这不是浪费是什么。”王淑的声音透着浓浓的不满。

“不是这意思，既然要吃就吃得正宗一点。外面很多饭店卖的都是假的，拿外太湖蟹在阳澄湖里养一天就当做阳澄湖蟹卖了。那家店是我们单位经常去的，质量绝对有保证。”唐煜继续耐心地解释。

“什么太湖阳澄湖，不都是苏州的蟹么，有什么区别。你和她一起后就变得大手大脚。”

听了两句焦寒熙便离开，不想继续听下去了。她突然感到一阵恶心，连忙走到卧室睡下。

她从大学开始就在苏州，五年制的专业，毕业两年多，一共呆了七年。对于苏州已经很熟悉，各地的美食特产也都尝遍了，唯独这蟹，从小就不爱吃。剥起来太麻烦，而且她身体偏寒性，一吃这种寒性重的东西就拉肚子。久而久之对蟹再无好感，所以这次父母来苏州几天丝毫没有想起带他们去吃些。刚才唐煜带他们到那里的时候，焦寒熙还一阵感动，感动于他的细心体贴。

这感动还没持续一天，就被她听到那些话。好心情实在难以再持续了，忍不住想起父母第一次见到王淑的那天，她爸爸毫不犹豫地拿出七万块来，现在吃几个蟹就搞得这么严重了，到最后罪魁祸首还是自己。王淑自己赚钱养家不容易，她爸妈就不是辛苦工作赚钱的吗？

努力排解着自己的不良情绪，焦寒熙做着深呼吸让自己冷静下来。“什么都是浮云，什么都是浮云。”她不停给自己做着心理暗示。

算了，这几天她就单独带爸妈去吃些好的吧，省心又省力。下一秒钟，她又睡过去了。

时间过得飞快，让人想抓住都来不及，转眼就到了她父母回厦门的日子，她给父母买了两张从上海出发的机票。

那天一早，唐煜就开车载他们到了上海，提前在机场等候。焦寒熙使劲忍住不哭，生怕他们放心不下自己，眼睛都憋得红红的。

唐煜一直搂着她，不时安慰一下：“等你把孩子生下来后，想爸妈了我就陪你回去看他们。或者，等你爸妈退休后一起搬过来。”

就唐煜而言，确实是真心待自己爸妈的，焦寒熙心里很感动。

将要进入安检的时候，沈秀梅开始抹眼泪，这是焦寒熙再也忍不住掉下泪来。旁边两个男人只好各自劝慰。

从上海回去的路上，焦寒熙已经收起悲伤。日子还是要过下去的，除了坚强起来别无他法。她在车上想了很多，从今以后跟老公婆婆住在一起，势必会遇到更多问题，一定要学会理性处理事情，万不可一时冲动。

一旁开车的唐煜，用余光看到焦寒熙眼睛闭着不出声，以为她刚哭累了，这会儿想睡觉，就把衣服脱下来披在她身上。

剩下的假期焦寒熙就彻底宅在家里了，只偶尔去看望一下大哥大嫂。唐煜有时候会出去办点事，王淑很早就去那个小公司上班了，由于是私人性质的，又是人情账，都不算是正式员工，王淑照样可以领她的退休工资。她不习惯自己闲着没什么事情做，问颜卿要事情做，颜卿以她还在休假中为由直接拒绝了她。

徐雯听说了焦寒熙处在无所事事状态求活干了以后，大骂她身在福中不知福：“我这种大医院的小医生是最惨的。整天忙得像陀螺一样，奖金还少得可怜。还要准备考研，简直就是命比黄连苦。”说着还凄凄艾艾地假哭了几声。

焦寒熙在电话那头笑出来："那你也结婚吧，十三天的婚假噢！"

听到这个，徐雯立马就蔫了，无力地说："你要是把我妈摆平，老子立马闪婚，加裸婚。"

知道她的事的确困难，焦寒熙也不想引她想起伤心的事，就说着别的岔开话题。

过了两天，大早上焦寒熙刚醒来就觉着胃口不好。王淑已经出门了，锅里有烧好的粥。实在不想喝粥，她同唐煜商量着去凤凰街的那家"熙盛源"吃早饭。那家店是苏州的老店，专卖小笼包和馄饨，非常受欢迎。

唐煜想今天也不是周末，人应该不挤，就答应了。由于那边没办法停车，两个人打车去了凤凰街。

读大学那会焦寒熙经常去熙盛源吃点心，那时候有大把大把的时间可以挥霍。有时候店里挤得没有位子也愿意排队等很久，就为了吃一碗有点特色的红汤馄饨。其实那时候慕岩每次都不愿意排队，但经不住她的软磨硬泡。后来都工作了，焦寒熙自己都没了这闲情逸致。一顿早饭而已，再也不愿意费这功夫。

八点多的熙盛源里面果然只有稀稀落落的几个顾客，基本都是老人。焦寒熙照着以前的习惯给自己点了一碗红汤馄饨，这儿的红汤馄饨里放的辣酱特别香；给唐煜点了一碗白汤馄饨，他和大部分苏州男人一样，不能吃辣。再另外点了一份小笼包，也是这里的招牌点心。

看着焦寒熙面不改色地喝着那红红的汤，唐煜一阵无奈，调侃道："酸儿辣女，看来肚子里是个小公主了。"

"嗯？还有这种说法吗？"焦寒熙从来没关心过这些，可能以前也听老人说过从没放在心上。她正吃得专心，过了一会儿反应过来，"你不喜欢女儿？"

这是中国千百年来都存在的问题，根深蒂固。

"没有啦，你生的女孩一定和你一样聪明漂亮，我疼她还来不及。我可是受过高等教育的，怎么会有重男轻女思想呢。就算我妈会有一点封建主义，到时候我们再生一个。一双儿女的话就最好了。"唐煜怕焦寒熙以为他会不喜欢女孩，赶紧解释。顺便说起想再要一个孩子，不管怎么视如己出，他还是希望能早点有个他自己和焦寒熙的孩子。

这话不解释还好，焦寒熙本来也就是随口说来。唐煜一解释她就真觉得心里不舒服了。婆婆封建思想她是领教过的，未婚先孕这一条已经是犯了她的大忌，为数不多提起肚子里的孩子她都用“我孙子”来称呼。一般老人都有传宗接代的思想，但把话说得这么直接不留余地实在让焦寒熙高兴不起来。

“我们给妈打包一份拌馄饨带走吧，有汤的不好带。”焦寒熙装作没听懂，岔开了话题。

吃完后她本想到处走走，看着街上来来往往的人群，忽然就失去了兴致。

唐煜隐隐感觉到她有些失神，但是自从婚礼过后，焦寒熙的精神状态一直不大好，也就没往心里去。他听宋腾经验之说是，孕妇什么的最容易伤春悲秋，不用太紧张，慢慢就习惯了。

自从爸妈走后她彻底闲下来，闲下来的后果是容易胡思乱想。时而担心自己之前跟进的项目有没有拿到了，甲方有没有再刁难；时而想到大哥和嫂子现在有没有从悲伤中走出来，自己还能做些什么；时而想着回老家的爸妈，偶尔还会在怅然若失的发呆中想起慕岩，随后一闪而逝。

“唐煜，我想跟你商量个事。”斟酌了许久，焦寒熙决定尽早说，反正要说，晚不如早。

“嗯？什么事？”唐煜漫不经心地看着新闻。

“我天生就不是享福的命，这几天在家快闷坏了。我想我还是回去上班吧。”焦寒熙一口气说完。

“上班？不是婚假十三天吗，你那工作又累，不趁此机会好好休息那么早回去做什么？”唐煜很是诧异，对于婚假产假几乎每个公司都一样，提前回去上班就是自愿放弃假期，没有任何奖励补助。

唐煜的意思她知道，但是她还真没算计那几天的工资。打起精神继续磨：“其实没那么累啦，卿姐知道我怀孕了，不会给我接重活。她一向很照顾我的，我回去的话也是稍微跟一下以前的项目，有几个小的项目都是我一个人跟，别人也不清楚。”

焦寒熙的声音温温的，让人产生一种她很柔弱的错觉。只有熟悉的人才懂得，这个女人是多么的坚强和执拗。

“一个知道照顾人的老板上司会让一个孕妇去出差？”

“那次是特殊情况，而且上海那么近，那边的经理又是所长的朋友，招待得很好。”

唐煜知道凭自己无法动摇她的决心，只好叹了口气道：“你这脾气啊，一旦决定的事情十头牛也拉不回来。我还不是担心你吗。咱们可说好了，你去上班就上班，不许累到我们宝宝。”说着，他假装板起脸，一本正经地警告道。

“好啦，我保证不累到自己和宝宝。”焦寒熙看着唐煜的表情忍不住笑出来。

她原本都已经忘记到上海出差那件事了，唐煜的话让她不经意想起了那个卫子涵。想起他总有种微妙的温和感，说不上来哪里不对劲，不过总算他也是招待得挺周到，当时焦寒熙还想着回去让颜卿替她说声谢谢，后来也忘得一干二净。

晚上和王淑说了她要去上班的事，她倒是没有一句反对之词。在她的观念里，没有什么国家法定带薪假期的概念，只理所当然地觉得上班肯定比在家拿的工资高，焦寒熙这边勤快她也看得入眼。

唯一不满的一点是，还在假期中的唐煜每天要接送她。原来的话唐煜单位和焦寒熙公司不算太远，绕一下也要不了多少时间。现在特意开那么两趟，让她觉得有些心疼油费。在三个人一起吃早饭的时候，王淑念叨了几句，现在油费又涨价了，公交价格下调，越来越多市民选择公交出行。

对于这样的小毛小刺，焦寒熙早就免疫了。再难听的话都听过了，哪儿还会在意这点，过了两天王淑也就不提了。

焦寒熙自愿提前销假让颜卿吃了一惊，一向敏锐的她把焦寒熙拉到办公室里仔细询问：“你跟我说实话，是不是在家呆得不开心？”

面对颜卿的关心焦寒熙很是感动，解释道：“没有不开心，家里挺好的。是我自己闲不住。反正我手头事情也不多又不累。”

这样的回答也是在颜卿的意料之中的，焦寒熙不是个轻易会示弱的人。“你这丫头，算了，多个人来帮我干活我还求之不得。”停了下又说，“还是那句话，把我当姐姐，什么事都不要跟我客气。”说完就让她出去了。

颜卿的果断利落是她一直羡慕的。尽管内心固执，焦寒熙却少了那份勇气，而有时候固执也是另一种对自己的保护。回到工作状态的感觉让焦寒熙感到安心，至少没有那么大把大把的时间去胡思乱想。

他们婚假的最后一天晚上，唐煜请了单位的领导同事吃晚饭，一来庆祝自己新婚，二来感谢领导同事平时的关照。

唐煜想接了焦寒熙下班一起过去的。和她说起的时候，她下意识地就答道:“好像没时间，下午有个会议我一定得参加，还不知道要开到几点。”话一出口把她自己也吓了一跳，觉得自己有些过分了，又开口补充，“我看吧，来得及我就过去。”

唐煜也没说什么，只叫她下班了打电话给他。

什么叫做一语成谶，焦寒熙终于明白了。那天下午都快下班了，她正在纠结，到底是撒谎撒到底逃避这个饭局呢，还是当好贤内助的角色陪老公应酬。突然颜卿把她叫去说，百德公司的人要过来，召开一个简短的会议，上次那个项目基本上已经敲定了，这次可能要谈下一个项目，而且是个不小的项目。

其实这前期沟通也用不到焦寒熙什么，不过出于百德的第一个项目是她经手的，出场一下也没坏处，颜卿这才通知她的。

百德公司的人，不用说必然有卫子涵。这个时间点过来其实是不太正式的，不过他是颜卿的朋友也就不在意那些虚礼了。

焦寒熙在办公桌面前磨蹭着，不自觉地想起卫子涵这个人，那种微妙的温和感又升起来了。她想起卫子涵送她到大巴站的那次，盯着她看的眼神有点叵测。很难找到贴切的词来形容，焦寒熙想了许久觉得有点像是审度。这个人不好相处，这是她对卫子涵的总结。

最后她决定不参加会议，去颜卿那打了个招呼，说家里有点事，如果项目上有什么事情可以随时打电话给她。随后给唐煜打电话，他已经和同事们在饭店了，让焦寒熙等他一会儿就到。

焦寒熙听出来唐煜接到她电话后的声音非常高兴，她的心里有些愧疚。唐煜明明很希望她去，却什么也不说，从不勉强她。

饭局一如既往的觥筹交错而无趣。焦寒熙等大家吃得差不多，开始拼酒的时候就和唐煜说自己先回去。

一干人正在兴头上，焦寒熙贤内助的角色已经到位了，可以提前退场。她让唐煜不要送他了，从他们所在的饭店打车回家很近，不过一个起步价。

回到家还不晚，王淑正在一边看电视一边织毛衣。她看晚上看电视几乎从不换台，固定在苏州二套——社会经济频道。那个台常年放送各种都市情感伦理剧，是中老年妇女的最爱。

她看见焦寒熙一个人回家，就问了句："小煜呢？你一个人回来的？"

焦寒熙叫了声妈，回答道："他们还在喝酒呢，我一个人先打车回来了。"

王淑的注意力终于从电视剧里拔出来了，又像自言自语又像对焦寒熙说道："小煜这工作什么都好，就是应酬不完，老是喝酒多伤身，喝少领导又不让。"半晌又说道："家里买了房子又要装修，马上又要养孩子要花更多钱，能省的地方就要省。下次唐煜不在的话你打电话给我，我开电动车去接你，这打的钱一次次地也不少呢。"

这话让焦寒熙心里一阵抽搐。原来婆婆是心疼这十块钱打车费了。电动车？电视里报纸上报道的电动车车祸还少吗？她可不想让自己肚子里这可怜的小生命还没出生就回去见上帝了。

好在她现在已经对婆婆的各种惊人之语形成一种免疫了，但是为了日子更太平些，她费力地寻思着什么说辞。

"知道了妈。因为我的工作有时候要去见客户嘛，所以公司有一定额度的交通费可以报销。"焦寒熙搜肠刮肚，干巴巴地解释着，这理由亦真亦假。

"省着点总归没错。"王淑扔下一句话，不再理会她，继续回到自己的电视剧里。

她的态度焦寒熙不甚在意，自顾自地洗漱睡觉。

焦寒熙不知道的是，让她有微妙的温和感的那人，今天又将她审视了一番。

卫子涵没有把车开到他们公司去，就停在了酒店停车场。因为住得酒店离公司极近，他放下行李后步行去公司找颜卿。过马路的时候，看见焦寒熙在门口的路边等人，估计是等她丈夫来接她。紧锁着眉头，一脸哀凄的表情。一个下班要回家的女人是这样的表情说明什么问题呢？他在心里冷笑。

第五章　婚姻需要的是亲情，涉及的不是两个人，而是两个家庭的事情

15

焦一新和周纯敏也各自销了假，回到了工作岗位上，毕竟，日子还是要过下去的。周纯敏也不知道是不是因为错失了一次当母亲的机会，现在特别想要对焦寒熙好一些，尤其是对她肚子里的孩子。

她把保险箱打开，挑了几件自己以前的金饰，找了家金店重新打了一个镯子，是当下流行的款式。

当焦寒熙高高兴兴地带着镯子上班下班，开始过恢复正常的日子后，被眼尖的王淑发现了。“你不是说你不戴首饰吗，怎么现在又戴了，金价这么贵，你真是不把钱当钱花!”她正在熨衣服，一件枣红色中长呢大衣，熨得很是仔细。

焦寒熙没吭声，唐煜替她答道:“是嫂子送的。妈，有什么高兴的事情吗?”他记得这件衣服母亲只有过年才舍得穿。

她把衣服小心地收起来，面色已经沉了下来，不高兴地说道:“星期天你二叔家那个弟弟的儿子一周岁生日，请咱们去吃饭呢。寒熙，那你嫂子怎么不早些送呢，婚礼上连个像样的首饰都没有，你让客人们怎么看待咱们家呢！还有一件事，你大哥大嫂的那份礼金什么时候补上啊?”

要不是为了自己结婚这档子事嫂子的孩子也不会没了，提到这个就来气，焦寒熙冷冷地回了一句:“妈，是不是补上了你就把当初我爸拿出来的七万马上还给我爸呢?”

“怎么说话的。”王淑瞪了她一眼，心下想着，这一来那岂不是亏

大了，鬼才会还钱呢。

唐煜眼看着前阵子和睦的家庭气氛即将被打破，急忙转话题，“屁大点的孩子还办什么生日啊。满月酒都吃了没多久吧。”他一共有两个叔叔，二叔家的弟弟和他年纪差不多大，早早就结婚了，去年这会生了个女儿。三叔家有两个孩子，大的是个女儿，后来又生了个儿子，就是给唐煜当伴郎的那个。他们母子和三叔家要亲近一点，和二叔家却不大来往。

焦寒熙不明白这里面有什么是非曲直，保持沉默，王淑也想借着唐煜的话把礼金的事情遮掩过去，焦一新家没出礼金这件事虽然可恨，总比还钱强。

沉默了一会儿王淑开口道：“可能另一个意思是新媳妇上门吧。他们孩子周岁，你们是哥哥嫂子，还要准备好红包。对了，星期六有空就去买件像样的衣服，怎么说还是新婚，不能穿的太随便。”

焦寒熙点头应下。原先也没指望父亲的钱能拿回来，以后自己多赚点给爸妈养老吧。心里对王淑的说法感觉有些奇怪，这有点不像王淑的风格。忽而又想起，婚礼那天她特意关照自己不许在亲戚面前表露出来自己已经有身孕的事情，现在去的话铁定是掩饰不过去的。算了，反正她自己不在意。

果然，吃过饭，王淑收拾好衣物就盯着她的肚子出神。焦寒熙被她看得心里不舒服，就直接说道：“妈，要不我就不去了。不然他们问起来我的肚子也不好说。”

王淑没有料到焦寒熙这么直接，有些讪讪地说：“当然一起去。到时候孩子生下来总是要知道的，现在去见见也好。到时候他们问什么你别多嘴，我来说就是了。”

话说到这份上，焦寒熙心里大约明白了。王淑肯定是在担心那边亲戚会有不好听的话说出来。她只能安慰自己，天将降大任于斯人也，必先苦其心志，劳其筋骨……

星期天他们一家三个，不对，是四个，早早地去了唐煜二叔家里。王淑心里打算着。以唐煜二婶的性格，被她知道焦寒熙早就有身孕的事情，一顿尖酸刻薄是免不了的。假如在饭店里话说出来人多耳杂的，还不如在家里说个够。

果然，一阵寒暄过后，二婶就对着焦寒熙露出惊异的神色了，但是也不开口。

焦寒熙展开一个单纯的笑容说:“二婶，我已经四个月了。上次婚礼人多事多也没顾得上说体己话。”

对于焦寒熙的大方，二婶反而不好意思多问了，只是在一边说:“这可是大喜事啊，双喜临门，现在的年轻人都赶这时髦。”

焦寒熙微笑得体又礼貌，王淑表情松缓了一些，讲了些别的事情扯开这个话题。

一向尖酸的二婶也很配合地讲起家里琐事，让王淑觉得，可能她当奶奶了，性格也宽厚了些。虽然按辈分来说王淑还比她大，但是她讲话难听性格又锱铢必较，王淑还真是有些怕她。

很快，王淑便发现自己想错了。有些人性格不堪，那么永远都是那么不堪。他们今天也没有请很多宾客，就几个比较近的亲戚在饭店里吃了两桌。吃好以后，年轻人各自活动去了。二婶拉着王淑，说是要带她去一家卖毛线的店去挑毛线，可以选点给宝宝织点衣物准备着。

“大嫂啊，虽然你比我大几岁，这当奶奶的经验啊可是得像我学学。”二婶拉着王淑，很是亲热。

“那敢情好，我还真需要人指点一下呢。我媳妇家里人又不在这边，到时候手忙脚乱就不好了。”王淑附和着。

二婶说起了自己家那孙子的事情，说着说着语调一变:“我说大嫂啊，我们可是自己家人。怎么小煜临到结婚前没多少日子才通知我们。然后没多久，才让我们知道唐煜也要当爸爸了。你这是把我们当外人啊。”她的语气透着不满，佯装生气。

“妹子啊，你可别往心里去。唐煜他就只有你们两个叔叔家最亲近了，怎么会把你们当外人呢。这婚事本来就有些仓促，两个孩子不懂事，悄悄谈了许久也是后来才告诉我。有孩子也是意外的事情，想着反正年纪也差不多，就赶紧办了。”王淑面子上有些挂不住，把早就想好的说辞讲了一遍，说得还挺顺。

“什么？你是说你也才知道不久？”二婶放下了手中的毛线，再也没有心思挑毛线了，拉着王淑一副不问清楚不罢休的样子。

“也没什么。一下怀上也好，有些人家想要的时候怀不上才着急。”

“他们处了多久啊。我记得今年清明给大哥上坟的时候小煜还嫌太早不肯找对象，怎么转眼间孩子都在肚子里三个月了？这速度也太快了点，而且没名没分的就有了，这姑娘的品性……”

“现在的年轻人不都流行闪恋闪婚。他们两个感情好就好。我们长辈当然尊重他们自己的想法。”王淑心里已经不高兴了，碍于面子不好发作。

“重点不是这个啊，大姐。”二婶一脸严肃，“我的意思是，你儿媳妇太突然了。小煜是个什么性格你不知道啊？这孩子从小就是最稳重的，怎么会做出这种事。”她自以为聪明地揣摩着，“依我看那，是你这媳妇手段太高明，把小煜这老实孩子哄得团团转，都有了小的才告诉你。大姐啊，你可别太伤心，这儿子养大了迟早要娶了老婆忘了娘的。不管你对他付出多少心血。尤其是你，大哥走得早，你一个人拉扯小煜多不容易。”

二婶像机关枪一样巴拉巴拉说个不停，毫不在意身边的王淑脸色越来越差。王淑也是尽力在忍耐，二婶说的这番话她早就想过千万遍了。所以对待焦寒熙也一直没什么好态度。只是因为儿子无比坚持才妥协。本来已经结婚，她只好劝自己往好的方面想，而且这么多天生活在一起，她也渐渐感觉到焦寒熙不是她想像中的那种女人。然而今天这番话从别人嘴里说出来，王淑心里的那根刺又开始隐隐作痛。冷冷地应了一句：“小煜是个孝顺的孩子，他毕竟是唐家长孙，早点开枝散叶也好，我也算对得起老唐了。”

“哟，大姐您可别恼。我这人就是说话直，可没什么心眼。”二婶为自己辩解，“我也是关心小煜才多嘴的。我想说的是啊，你这媳妇孙子都来得那么突然。媳妇是真的，孙子可不一定是真的。我告诉你啊，以前村西那杨二家还记得吗，最穷的那家。讨不起本地媳妇，就托人说了一个外地的，那外地女人长得也很标致，可是结婚没满半年孩子都生下来了。”

“够了，你到底想说什么？当年你说我说得还不够吗？现在又要怎么说我儿子说我孙子。”二婶的话戳到王淑的痛处，再也忍不住发火了。

“好好，您不爱听我就不说。当年我那时年轻不懂事，瞎说了几句话，大姐你就别记恨我了。现在我可是真的关心小煜才说的。忠言逆耳啊。你们这孤儿寡母的，可不要被人骗了。很多外地女儿有的是心机手段。我看你还是找机会跟小煜问问清楚，不要劳心劳力最后养的还不是唐家的种。”

最后那几个字深深地刺中了王淑。她回到家里大哭了一场，心里恨着。恨唐煜爸爸走得那么早，恨儿子为了这个女人屡屡不听她话，最恨的还是这个当了自己儿媳妇的女人，让她颜面扫地。唐煜是遗腹子，她这辈子听那些风言风语听够了。

在那样一个年代的乡下，女人毫无地位可言。唐煜爸爸是在工地上从楼上摔下来，撞到了头去的。那时候王淑才怀上唐煜，还没告诉家里长辈。她本来可以选择打掉孩子改嫁的，没有孩子容易些，但她没舍得，毅然顶住了娘家那边的压力把唐煜生下来了。也因为这个搞得和娘家那边关系破裂。

王淑怀孕期间异常辛苦。工作不能停，不然孩子生下来也养不活。还沉浸在失去丈夫的悲痛中，又不敢让自己太伤心，怕胎儿受到影响。最难过的是唐家对她的怀疑。她说唐煜是遗腹子，也没有什么证据可以证明。那时候在乡下，一个村上一家出了点什么事，没多久全村的人都知道了。人多口杂，难免会有好事生非的。谣言传来传去地就算是假的也让人心存芥蒂。就这样，王淑忍受了近一年的指指点点，终于把唐煜生下来。

让她欣慰的是，唐煜和他爸爸非常像，那眼睛鼻子活脱脱就是个小翻版。唐家二老这才相信唐煜的的确确是他们大儿子留下的遗腹子。谣言不攻自破，渐渐地也没人再嚼舌。虽然最后真相大白，但是王淑受够了这种感觉。现在焦寒熙有身孕的这件事让她心中那些痛苦和凄苦的过去又翻腾起来。

彻夜难眠，第二天帮他们准备早饭的时候王淑又再厨房抹了一番眼泪，把早饭往他们桌上一扔就说厂里有事先去上班了。她只是想避开儿子和媳妇，她自己都深知没法控制自己的情绪，一看到焦寒熙的肚子就想起二婶的刻薄的话，眼不见为净最好。

唐煜和焦寒熙面面相觑，不知道又是哪里惹到她了，昨天的满月酒就板着脸面色不善，回到家二话没说就进屋睡觉了。莫非是更年期综合征？改天给婆婆买点静心口服液吧，焦寒熙在心里想。考虑到手头那几个刚重新接轨的项目，王淑的举动实在是没工夫去揣摩了。她匆匆地吃了早饭，抱着一大摞资料等唐煜开车。

唐煜帮她开好车门，看她抱着那么多书，心疼地问道:“老婆，你每天都加班到那么晚，为什么回家了还要看资料?”

“加班是因为图没画完，回家看资料一方面是找灵感，另一方面我明年要考注册建筑师，该准备起来了，那么多门课，好多东西都忘了。”

“钱够用就好了，身体垮了怎么办，总不能赚了钱没时间花，你这样我压力很大。”

焦寒熙瞪他一眼，嗔道:“我不多赚点奶粉钱谁出啊，我也不可能指望你妈的退休工资，你的工资还要还房贷，估计还完连生活费都没了，你说吧，我是不是应该多赚点?”

唐煜赧然，跟同龄人一比，他还算优越的，可是在焦寒熙面前，自己就抬不起头了，在房子和物价面前，自己就什么都不是了。

相对无言，到达十全街后，唐煜把车停在路边，想起今天有饭局，说道:“我今天晚上出去吃饭，估计不能来接你回家了。”

“OK，我待会儿打车回去就行。拜拜!”

说完焦寒熙就抱着资料小步跑向了办公楼，唐煜打开车窗喊着:“走慢点，当心肚子!”

16

“寒熙，上次上海那个写字楼的已经通过审批了，算是告一段落。新区学校的项目什么时候能结束?”颜卿手里拿着一堆图纸，还有甲方的修改意见，头发乱糟糟的，应该是一晚上都在公司。

焦寒熙左手键盘点快捷键，右手鼠标控制光标，一点都不停顿，眼睛看着电脑屏幕，答道:“二轮的成果已经出来了，过几天叫郑阳去汇报就行，我这个样子就不去贻笑大方了，免得说卿姐你欺负一个孕妇。”说到这里，她的嘴角微微上扬，做喜欢的工作，和相处融洽的同事一起，即使累一点，心里也是快乐的。

颜卿随手拿起一支马克笔，在图上圈圈改改起来，笑道:“瞧你说的，你要是想休产假，只要是经过中华人民共和国劳动法同意的，我绝无异议，叫你少加班的好像是我吧，啧啧，怎么好像是我逼着你加班的样子呢，既然这样我就不客气地压榨你了，要不对不起你的‘贻笑大方’是吧？上海那边有个新项目，还是做大型公建，你这方面比较有天分，做的也不少，这个五星级酒店还是你来负责吧。”

点鼠标的手停了下来，焦寒熙转过头，想了想，说：“五星级？好像太大了点，我可能驾驭不了。加上一般这么大型的项目跟打持久战似的，我到时候还得生宝宝坐月子什么的，应该会有影响，要不还是……”

“我也是这么说的，可是……”颜卿也不想强人所难。

焦寒熙心里讶异，也说不清是什么感觉，直直地看着颜卿，用眼神询问她原因。

“其实是这样的，你还记得百德公司吗？你上次做的那个项目他们很满意，这次他们公司指明要你做负责人，我也解释了一下你的情况，他说中途可以让我代理，不过……项目负责人还是你来做。”

焦寒熙十指交叉，抵着自己的下巴，慢悠悠地说：“可是我还没考上注册建筑师，资历不够。这么大的项目我当然是很希望能负责的，但是……我怕能力不够。”

颜卿轻拍桌子，“你想做就可以了，有什么解决不了的到时候丢给我就行了。这事就这么定了，我呢，也终于可以跟卫子涵交代了。学校的就让郑阳接着负责吧，你就别参与了，没那么多精力。卫子涵过几天过来商量一下起步阶段的事项，你这几天研究一下初步构思，还有上次那个刚交还给你的项目还是我来做吧，这样就不算强人所难了是吧，嘿嘿。”

话都被她说完了，焦寒熙无奈地看她一眼，双手一摊，“我就谨遵所长的安排了。”

颜卿下午就回去补觉了，焦寒熙从资料室拿了几本厚重的旅馆建筑合集，好几百页的铜版纸，她觉得手头有些发酸，怎么怀孕之后力气还比原来小了呢，看来还是要多吃点。

“寒熙姐，你怎么还不回去，姐夫今天不来接你？”郑阳比她小一届，性格很活泼，干活起来丝毫不马虎。他收拾完东西准备回家，办公室后半段的灯已经熄了。

焦寒熙看了下时间，一眨眼都十点多了。“他今天有饭局，我再看一会儿资料，你先回去吧。”

“不行，我这么有风度的一个男人怎么能留下一个孕妇独自在公司加班呢。这么晚了路上也不安全。走吧，不要这么拼命了，你不累肚子里那小家伙也累了！”

焦寒熙被他拉离了座位，既感激又无奈。等车的时候她才发现外面风很大，估计冷空气就要来了。他们拦了一辆出租车，郑阳先送她回家，自己再回家。

“打车总安全了吧，郑阳，真的不用送了。”

郑阳坚持要送她，“现在出租车又不是可以完全信任的，公交车都会有危险呢，出租车还有很多黑车，据说黑龙江那边就出过事，一个女孩子晚上一个人打车，就再也没回去。就当我顺路好了。”说完对司机说，“师傅，我不是说你哦，我就是想送她回去而已。请别见怪。”

下车的时候郑阳扶着她走到楼梯口，把楼梯的过道灯打开，才跟她告别。焦寒熙用钥匙打开门，看到王淑在客厅正襟危坐，直视着门口的她。

“妈，这么晚了怎么还没睡啊？”打个招呼，对长辈的礼貌不可少。

王淑的语气比平时更冷：“这么晚了你还在外面花天酒地，我怎么睡得着？”

累了一整天，疲惫加上怒火，焦寒熙不想再忍气吞声，直接回嘴：“你哪只眼睛看到我花天酒地了？”

“哪只都看到了，我刚在窗口看得清清楚楚，你敢说刚才跟你一起打车的那个不是个男人？他还送你到楼下，走个楼梯用这么久吗？照我说，说不定在卿卿我我呢。哼！”

焦寒熙气的怒火中烧，肚子抽了一下脚步一个踉跄差点站不稳，她一手扶着墙，一手指着王淑：“说话要有凭据，含血喷人不是什么本事，你看我不顺眼干脆直说好了，干嘛不说出来，说啊！看不顺眼干嘛还要同意这门婚事，你要是再果断一点我也不必受这窝囊气，你以为我稀罕你儿子！”

“你终于露出本性了吧，竟然还嫌我家小煜不好，说到底你骨子里就是个水性杨花的贱人，肚子里也不知道是谁的种。天天大老晚上拿加班做借口，其实肯定在外面鬼混！”王淑已经站起来两手叉腰了，对焦寒熙的敌意加上二婶的话还有自己的怀疑占了上风，完全地口不择言了。

“我要是在外头鬼混那房贷的钱谁来付，还能让我指望你吗！我告诉你，我肚子里的不是唐煜的种，这下你满意了吧。全天下的女人谁敢跟你抢儿子，你怎么不干脆自己嫁给他呢?”愤怒在唇枪舌剑中升级，一般吵架的时候说出口的话，都是不经过大脑的，可是这些话的杀伤力却是丝毫不弱。

两个人争吵了一会儿，王淑越吵越激动，转身去拿鸡毛掸子。焦寒熙挺直了腰杆，恢复了一些理智，冷冷地说道:“你要是把首付的钱还给我，那你这一掸子我没意见。我可不是花钱买罪受的。很晚了，你不休息别人也是要休息的。要吵架找别的中年妇女吧，恕不奉陪。”

回到房里，唐煜睡得跟猪似的，这么大动静都没听到，焦寒熙俯下身，闻到了酒气，难怪。她简单地洗漱了一下，往床上一躺，试图强迫自己睡着。

翻来覆去地睡不着，焦寒熙觉得自己愈发难以在这个房子里生活了。可是新房子还没拿到，眼下还得跟婆婆在一个屋檐下生活。只要一想到婆婆就在对面房间，中间只隔着一个客厅，就感觉像是她的目光能穿透两面墙，直直地盯着自己。

她从床上爬起来，走到窗边，一把掀开窗帘，月光洒了一地。秋天的寒意借着月光一点点地渗透进来，焦寒熙觉得愈发冷了，身体微微地有些哆嗦。她慢慢地坐到地上，身体开始发抖，光裸的脚掌开始痉挛。“唐煜……”喊了一声，唐煜依旧在沉睡中，似乎是没听到。

焦寒熙挪到他身边，拽了他几下，唐煜慢慢地转醒了，呢喃道:“怎么了，大半夜的?”

“我冷……”

“谁让你到处乱跑的，天这么冷，赶紧睡吧，乖。”说完眼睛又重新闭上，继续睡觉。

焦寒熙又推了他几下，见他没反应，就放弃了。她其实没说完，因为脚抽筋，她现在根本就站不起来。努力地把脚放到怀里捂暖一些，等到钻心的疼痛过去了，焦寒熙发现自己的眼眶灼热无比，跟深夜的寒冷形成了鲜明的对比，眼泪忽的流了下来。她干脆抱着自己的双腿，反倒不再留恋温暖的床。

半夜两点多的时候，窗外已是漆黑一片，她察觉到了肚子里的孩子的不安分，艰难地起身回到床上，盖好被子，脸朝着外侧躺着，却是再也睡不着了。

等到天亮以后唐煜从睡梦中醒来，焦寒熙还是睁大着双眼盯着天花板，唐煜还在犯着迷糊，依着本能的生理反应将她搂在怀里就往她脸上亲去，一边亲一边还不住地抚摸她的身体。

焦寒熙本不想拒绝唐煜的求欢，毕竟是抱着跟他过一辈子的心态结婚的，自己也从心底愿意接受唐煜，奈何身体比心理更诚实，她实在强迫不了自己做出回应，只能把眼睛闭上，装傻。

唐煜彻底清醒了，满腔的热情化成了灰烬，道："你就这么不待见我？抱着你就跟抱着一具尸体似的，我这么努力就只能得到你的冷冰冰的脸色吗？你倒是说啊，你还要我怎么做？"

她无言以对，闭着眼把头偏向一边。

"你睁眼看看我啊，我为你倾尽了所有，你现在连看我一眼都不愿意？你心里还是想着慕岩是吧，你给我看清楚，你嫁的不是他，是我唐煜！你睁开眼睛看清楚！"

焦寒熙的眼睛慢慢睁开，泪痕斑驳的脸色又划下两道崭新的痕迹。嗫嚅着开口："对不起……我还没准备好……"

唐煜一拳打在床板上，闷不吭声地坐在床头。过了许久，他深呼吸，冲着自己的脑门锤了一拳，压抑着说道："你再睡会儿吧，看样子应该是一晚上没睡。睡醒了出来吃早饭，我先出去了。"

唐煜还没走出房门，王淑就从外面一把把门打开了，身上还穿着睡衣，批了一件罩衫匆匆过来的，进门就问："这怎么了，好端端怎么那么大动静，谁凿的床，这床好几千呢，坏了可怎么办！"

焦寒熙本打算听唐煜的再休息会，一听到王淑又是满嘴有关"钱"的话语，眼睛一下子瞪得滚圆，冷冷地说："是我凿的，要我赔吗？"

唐煜本来很糟糕的心情这下子还要调节她们的婆媳纠纷，更加头疼了。他按着太阳穴对王淑说："妈，是我捶了一下，不小心而已，别大惊小怪的。"

"大惊小怪总比睁眼说瞎话强吧，既然不是你凿的那干嘛承认，撒谎很有意思？还是这就是你的素质？"

焦寒熙冷笑了一番，"对，我就这点教养，所以没本事学会含血喷人，不分青红皂白。你们娘俩好好过，我就不打扰了。"掀开被子套上衣服，在他们母子惊异的目光中焦寒熙夺门而去。

摔门的声音传来，唐煜才从震惊中回过神来，转头不解地看着王淑，在他看来，母亲大人再有理今天也有点过头了。“妈，你这是发什么神经?”

王淑红了一夜的眼睛立马又泛起眼泪，凄苦地诉说道:“你结婚之后，妈对你们不够好吗，准备吃的准备穿的，你的好老婆什么事情都不用做，妈只是跟她讲道理，她倒是二话不说就出走，妈在你眼里就只会发神经吗?”

唐煜一下子又觉得自己理亏了，他只是不明白这是怎么了，自己只是去了趟饭局，回来早早地睡了，醒来之后一个个的都跟兔子似的红着眼睛，还都不做解释。“我是态度不好，我的亲娘大人，你们俩这是怎么了，就不能和平共处吗?”

“怎么了? 别人家儿子娶了媳妇那叫光宗耀祖，你娶了媳妇，我只能遭到别人的指指点点，妈二十多年前受的苦现在又要多受一遍。说你媳妇两句怎么了，老人家年纪大了总会爱唠叨，你们也不能不体谅啊，我把你养这大容易吗? 别人家儿子有的妈也都给你准备了，什么都不敢缺了，就怕被人看笑话，现在还是被人笑话了。我还是收拾收拾敬老院去吧，免得你的好老婆看我不顺眼影响了心情，还影响了唐家长孙的健康成长。我就不在这边丢人现眼惹人嫌了，我这就走，这就走……”这一番话她说得声泪俱下，好不感人。

唐煜忙劝住她，“妈，看来是寒熙不懂事，你别动气，气坏了身子怎么办，我知道你这些年不容易，我怎么会让你去敬老院呢，我只要还能养得活自己，就绝对不会让妈你受罪的。”“唐家长孙”这四个字让唐煜有些无地自容了，骗得了别人骗不了自己，说不介意肯定是假的，可是有些事情根本无力改变。想到早上焦寒熙的反应，他愈发觉得这次是她不对，还让他误会了自己的母亲。

“她还指责咱娘俩坑了她的钱，叫她付了首付。上次办婚事收到的礼金现在都收回来了，你看吧，要不先把钱还给她爸妈? 买个房子让女方出钱都是我们的不是，我们没本事，哎，都怪妈没本事，没法多帮你存点钱，哎……”

“寒熙怎么能说出这些话呢，咱家的情况她又不是不了解。首付她付房贷不是说了我来还吗？怎么还这么计较。我这就去找她回来给你认错。”首付的事情对于唐煜和焦寒熙来讲都是心里的一根刺，站在唐煜的角度，他也不希望自己那么窝囊，可是……

“小煜，妈跟你说，你绝对不可以去请她回来，一个男人，要是让女人骑在头上了，那还像什么话。她有本事！有本事这辈子都别回来了，直接死在外面得了。”王淑擦干眼泪，一边往厨房走，一边冲着客厅里的唐煜说。早饭还是得准备的，媳妇不吃那就算了，自己的宝贝儿子还得吃早饭。

唐煜讷讷地说不出反驳的话，心里面又希望能把焦寒熙劝回来认错。毕竟新婚没多久，老婆就离家出走，这不只是自己心里不好受的问题，被别人知道了要被说成什么样？“妈……你就算不满意寒熙这么做，也得考虑下你孙子的安全问题啊，要是没吃饱穿暖可怎么办，现在天气越来越冷了，她早上穿得那么少，孕妇着凉感冒了又不能随便吃药。寒熙肯定不懂照顾自己，你放心吗?”

“我当然不放心，可是这不是她无理取闹的借口。一个人乱跑就算了，竟然还敢拐带我孙子一起跑，太不像话了！你绝对不能再这么姑息她，看看把这个家弄成什么样子了，一天天鸡飞狗跳的，还活不活了?”王淑越说越起劲，干脆放下手中正在淘的米，甩掉手上的水珠，重新回到客厅，坐在唐煜对面，又语重心长起来，“不要怪妈太霸道，你自己说说看，才进门几天，就不给咱娘俩好脸色看，以后等我孙子出生了，她不得仗着孩子更猖狂。女人呢，总是离不开男人的，你就等着看好了，过不了几天，她就会回来认错的，趁此机会好好挫一挫她身上的戾气。”

即便心中不大情愿，唐煜还是觉得王淑的话说得有道理，沉默地看着自己的母亲红红的眼眶却目光炯炯，无言以对。悄悄给焦寒熙发了个短信叫她回家认错，这样还不至于和他妈妈的关系太僵。

17

一天过去了，两天过去了。焦寒熙连一个电话都没有打过，唐煜心里的不安更甚，他终于等不下去了。

“对不起，您拨叫的用户暂时无法接通……”一直是这样的忙音，唐煜甚至开始怀疑，焦寒熙是不是把他拖黑了，越想越害怕，失去焦寒熙的不安立马占了上风，当天一下班就奔着沁苑小区去了。焦寒熙的父母走之前买了许多东西没地方放，又交了半年房租一直没退掉房子。

门铃按了一遍又一遍，还是无人应答，倒是把隔壁的房东大叔吵得开门了。“喂，对面很久没人住了，你找谁啊？”

除了回这儿焦寒熙还能去哪里？唐煜不相信，问道：“不可能啊，她这几天应该回来的，应该是你们没留意吧。”

房东太太放下碗筷，走到门口，认出是唐煜，说道：“咦怎么是你？你们不是已经结婚了吗？丫头还拿喜糖给我呢。”

“大妈啊，我和寒熙闹了点误会，我来看看她有没有回来这边。”唐煜小心翼翼地说道，生怕房东太太看他不顺眼，知道焦寒熙的下落也不告诉他。

“哼，闹什么误会。我一看你这样子就知道是你欺负丫头了。我告诉你，寒熙丫头在我这住了也有两年了，她的品性我还不清楚吗？肯定是你这小子做得太过了。你走吧，丫头没有回来。”

他讷讷地不知道说什么，只能用沉默寡言来回应，心里不是很信房东太太的话，焦寒熙除了这还能去哪里呢。房东太太的眼神立马变成了鄙视，放出话来：“不相信的话，我可以马上开门给你看。哼，连自己老婆都留不住，现在的男人啊……”

唐煜的脸色更难看了，但是为了能找到老婆，也不敢反驳什么。只得低声下气地说：“大妈，我是真的担心寒熙，她要是回来这里您一定马上通知我，拜托了。”说着拿了张名片给她。

房东太太动了恻隐之心，想想这么大晚上的外面天又冷，这小伙子也不是一点良心也没有，就说道：“丫头不是有个哥哥吗，会不会去他家里了。”

这话把唐煜惊醒了，他居然把焦一新给忘了。

匆匆地告辞，就直奔堂哥家，周纯敏打开门，一脸疑惑地望着他。“怎么是你，寒熙呢？”

“寒熙不在这里吗？”唐煜也吃了一惊。

“怎么回事？”开始学着做菜伺候老婆的焦一新从厨房出来，有点搞不清眼前的情况。

唐煜没觉得自己有什么做错的，就直说了事情的原委。“我以为她在这边，想让她回去跟妈道个歉，她真的不在吗？”

焦一新听完二话不说伸出拳头打在唐煜胸口。一把揪着他往墙上退去，凑得很近，狠狠地道：“道歉？唐煜，你魔障了吧。整件事情我只听出来一个事实，你们母子俩把我妹妹逼得离家出走，还想让她道歉？你倒是有脸说！”说完又是一拳。这件事情的原委他早已知晓，焦寒熙之前知会过他不要告诉唐煜她的行踪，他只是没想到话从唐煜嘴里说出来，事实就被歪曲了，冲动之下就动了手。

周纯敏吓得后退了几步，远离男人们的打斗圈，试着劝架：“有话好好说，别动手啊，说不定有什么误会呢。你们都别动手，我这就把寒熙找来。”

“别打，寒熙的性子你还不清楚吗，我妹妹的为人大家有目共睹，不用给这个混蛋找借口！离家出走，她得委屈成什么样子才会离家出走，你个混账东西！”一拳又揍下去，尽往不容易被发现伤处的地方打。“为了嫁给你个混蛋，把我们家搞得乌烟瘴气！”又是一拳。“她要是真的行为不检，什么样的男人找不到，会嫁给你这种人渣？”再一拳重重地打下去，打得唐煜都没力气回嘴。孩子的事情他积压了一肚子怨气，正愁无处发泄，唐煜正好撞在了枪口上。

电话还没打通，周纯敏看这边的情况有些严重了，也顾不得害怕冲上去拉开了焦一新。“行了，教训一下就好了，再打得出事了！”

唐煜吐出一口血沫子，捂着自己的胸口，恶狠狠地道：“操！你们焦家都不是什么好东西，老子不是来这里吃拳头的。妈的！”

焦一新还想动手，被周纯敏死死抱住了，回头劝着唐煜：“小唐，他在气头上什么事都做得出来，你赶紧走吧，寒熙不在这儿。凡事好好说清楚，别让误会越来越大，快去吧！”

唐煜带着一身伤灰溜溜地离开了沁园小区，心里都是气，但是焦寒熙还是得找。既然不在焦一新家，那只可能在徐雯那边了，他火急火燎地闯进了徐雯的女子宿舍，好在职工宿舍的宿管阿姨并不如大学里的宿管那么严，而且楼下就是男子宿舍，也管不住。

“徐雯！给我开门，寒熙在不在你这里？寒熙，开门！”

“哪知疯狗在乱咬人啊，老娘在背书呢！”徐雯开门就冲他吼道，手里厚厚的病理学当面就砸向他的头顶。

唐煜一闪躲过去了，问道："徐雯，寒熙是不是在你这里，让她跟我回家吧。我也不要她认错了，跟我回家就行。我受不了没有她的日子了。"

"寒熙离家出走了，你竟然让她离家出走，你他妈还是个男人吗？给老娘说清楚，你干了什么蠢事？"徐雯一把把病理书扔在地上，质问他。

怎么好像错的是他一样，唐煜也不清楚事情怎么就演变成这个样子了，真是跳进阳澄湖都说不清了。"我什么都没做啊，寒熙跟我妈吵了一架，是她自己无理取闹，我妈还哭了一整天呢，怎么好像是我犯了滔天大罪。冤枉啊我！"

"寒熙没事还能去误会你家那个恶婆婆？她忍让的还不够多？你们娘俩坑了她的钱还坑了她的人，如今怎么说都有理。是你妈跟你说寒熙无理取闹的还是你自己看出来的？"看着唐煜目光闪烁的样子，徐雯愈发气势凌人，"你他妈又是听了你妈的一面之词吧，我们家寒熙看来是连解释都不屑了。你说说你，你怎么总是听你妈的一面之词，不听别人的呢？唐煜你吃脑残片了吗？"

面对徐雯滔滔不绝地质问加指责，唐煜回想当时的情景加上之前夜里寒熙一个人哭泣的样子，心里已经动摇了，面上还是反驳了一下："可是寒熙那天早上说的话却是很过分……"

"很过分？那你妈说的话肯定更过分了。寒熙有这么不堪吗？你他妈自问一下，当初是谁死乞白赖地非要娶她，你当时是怎么跟我保证的？早知道这样，我死活都不会同意给你接近寒熙的机会的。我当时肯定二了，竟然忘记了打探下你小子的妈是个什么德行。"

"徐雯，你不要太过分了，我妈行得正坐得直，你又有什么资格在这边指摘她，不就是仗着自己是寒熙最好的朋友吗，你不也是听寒熙的一面之词？说不定是她把我妈说得很不堪呢，我妈哪有你说得这么不好。"徐雯的话说得有些过了，触动了唐煜的底线。

徐雯扔了个白眼，冷哼了一声，道："寒熙可从没在我面前嚼舌根，我这只是跟你妈接触了几次看出来的。寒熙的性子你还不了解吗？她性格不好你会死皮赖脸地追着她吗？别给脸不要脸。我告诉你，我不知道她在哪里，就算知道，我也不会告诉你。滚，这是我的地盘！"说完直接把他推出了宿舍，重重地甩上门，坐在床上吹鼻子瞪眼的生气。

过了会儿，她拿起手机，开始打电话。"寒熙，你在哪儿呢，你们家杀千刀的唐煜都杀到我这边来了，你离家出走怎么都不告诉我一声，我好伤心！”

“我就是怕他找到我才没找你的，原先的公寓也没回去。我现在在公司旁边的酒店住着呢，本来不想让你操心的，现在既然知道了，你过来吃晚饭吧。”

“那到时候细说，我要跟你控诉唐煜的恶劣态度！”

“嗯，你来了打我电话，别告诉唐煜。”

焦寒熙在电话另一头无奈地叹气，家家有本难念的经，这也太难念了。她承认自己太年轻，心高气傲，年轻气盛，可是这是这个年纪的人的特点，没有了这些，生活还剩下什么激情，还追求什么样的明天？她回到会议室，抱歉地笑笑：“不好意思，我们继续。”

卫子涵把桌上的图纸翻了过来，道：“我看你很累了，这个项目也不急于一天两天的，先休息会吧。明天再讨论。”

“也好，那卫总先跟我说下意见吧，我正好想想初步构思里还有哪里需要改进的，以便明天交流的时候更有效率。”

“总体来说，关于你说的结合地块所在区域的历史特色做中式的建筑这一点，我觉得思路不错。不过它周边的建筑风格偏向于现代化，会不会忽略了与周边的和谐？”卫子涵看着她，嘴角习惯性地噙着一抹淡淡的微笑，客气而疏离。

收拾着桌上的图纸和文件，焦寒熙低头思索了一下，从容地答道：“中式不一定是复古，现代中式不是更好吗？不影响和谐的条件下独树一帜，贵公司的主旨也是希望这样吧。不过这种风格的细节很重要，我回去好好想想，明天再议。”

“去哪儿吃晚饭，我请。”卫子涵提着公文包，很绅士地问道。

“佳人有约了，不好意思。”俏皮地一笑，焦寒熙忽然想到，作为一个已婚妇女，这样是不是有点……不合身份？

还没给她足够的自省时间，卫子涵就道：“我还要在苏州待很长时间，作为地主，焦寒熙小姐，介不介意把佳人介绍给我认识一下？”

官大一级压死人，这还说的是同一阵营的，现在是地主和包身工的社会关系，焦寒熙怎能拒绝。“好吧，邻居先生，待会儿还得麻烦你当一回司机，我们都是贫困的无车一族。”

“荣幸之至!”

“喏，佳人来了，重口味，小心被雷得外焦里嫩哦。”焦寒熙站在Q7车前，和卫子涵一起等着徐雯，看到了熟悉的身影，她朝着卫子涵打趣道。

徐雯原本打算高喊着“城门失火”的口号上前的，现实看到了一身银色西装的卫子涵，再看了眼奥迪Q7，改成了一声口哨。“帅哥，怎么称呼?”

卫子涵很有涵养地一笑，道:“鄙人卫子涵，不知阁下……”

“徐雯，你可以叫我蚊子。”说完凑到焦寒熙耳边悄悄道:“这哥儿们眼力不错啊，是少数在我称呼了他帅哥之后没有叫我‘美女’的，姐准予其直呼我的绰号了。你怎么勾搭上的，从实招了吧。”

“啊呸！你又皮痒了吗？那是甲方大人，衣食父母，你可得好好伺候，要不我的饭碗不保，你干儿子以后的奶粉钱怎么办?”撞了她一下，继续咬耳朵。然后瞥了卫子涵一眼，对方正饶有兴味地含笑看着。焦寒熙心中又漏了半拍，仿佛有些微微的后怕，她不敢去深究怕的是什么，尽可能远离加控制便好。

三人去了新开的休闲文化广场，徐雯的同事强烈推荐有家胖姐鱼庄的菜做得不错，焦寒熙和徐雯都抱着一种尝试的心态进去的，至于卫子涵，他自然是没意见了。

离家出走后心情不顺，焦寒熙的胃口一直不太好。难得今天工作上洽谈得顺利，又跟志同道合的人一起，大有大快朵颐的决心。

“别跟我抢酸菜鱼！寒熙，小心吃成胖妈。”徐雯用筷子抢着盘子里仅剩的酸菜鱼，龇牙咧嘴地威胁道。

“一边去，先不说我天生丽质不怕胖，最关键的是我已经有人接收了，胖妈就胖妈吧，倒是你，你先把你的终身大事解决了再来跟我抢鱼吧，胖姐!”焦寒熙跟她抢得起劲，已经忽略了还有个人在一边看着。

徐雯不甘示弱，继续跟她筷子大战，嘴上继续说:“胖姐就胖姐，老娘要是真成了胖姐，那我家太后也就对我不报指望，我就可以顺顺利利做警嫂了。嘿嘿!”

可惜两人的筷子功夫都不到家，被半路伸过来的一双筷子夺了去，“鱼快凉了，我就不客气了。”卫子涵露出一个狡黠的笑容，看的焦寒熙和徐雯咬牙切齿。

吃罢晚餐，焦寒熙脸上浮现出几分倦色，卫子涵主动把账结了，“我是先把你们送到酒店，还是先送蚊子？”

“酒店就行，我还要跟寒熙说私房话呢，待会儿自己回去就行。”徐雯答道。

把她们送到酒店门口，卫子涵对焦寒熙说：“我还有些事要处理，你要是对项目有什么想法可以随时打我电话，或者就在酒店客房的会议室也行，反正就在你隔壁，倒也方便。”

“明白。卫总放心，对待这么大的项目我绝对认真，还请多多指教。”

卫子涵有点无奈，“不是说了不要加我‘卫总’吗，怎么总是记不住呢。你们慢慢聊，我先离开了，再见。”也跟徐雯打了个招呼，“蚊子，下次有机会再一起 happy。”

看着 Q7 彻底离开视线，焦寒熙原先放在工作上的心思重又回到现实中，有些问题还是要面对，挽着徐雯往客房走，问道：“唐煜跟你说什么了？”

“具体的他没说，究竟发生了什么事情？看他的样子似乎觉得是你不对，误会了你婆婆，瞎了他的狗眼，这怎么可能呢。我才喷了他妈几句，唐煜就像竖起了毛的公鸡，一副要跟我拼命的样子。我说话一向有点冲，尤其是对着唐煜这种软柿子，不过他不分青红皂白地维护他妈让我很蛋疼。”徐雯扫视了一圈客房的环境，还算干净整洁，也不缺什么，看到床上散落的无数本资料她就不由得皱起眉来。

焦寒熙往小沙发上一躺，似乎很不愿回想那天的事情，断断续续地说着：“他妈也不知道受了什么刺激，无缘无故不给我们好脸色看，我已经够小心翼翼了，简直是飞来横祸。她总是在那边算计着几块钱几十块钱的，本来想忍忍的，可是这种小市民作风让人很烦，闹心得根本没心思做设计。最过分的是我累死累活加班到大老晚，唐煜有事没来接我，郑阳不放心我一个人，就送我回去，被他妈妈看到了，非说我和郑阳有一腿，新仇旧怨的，我当场就和她吵翻了，还口不择言了。后来她开始讽刺我不是什么好鸟，道德沦丧，各种不堪，我一怒之下就说孩子不是唐煜的，也不知道她当没当真。再后来我就直接无视他回房睡觉了，哪知道她早上又冲进来惹是生非，唐煜又护着他妈，我看不下去就出来了。有一点我还是很佩服的，他妈妈可以不用脏字就把你说得一文不值，连渣滓都不如。大致就是这样，你有啥独家见解吗？”

“噗，我就说他被蒙蔽了双眼还有双耳吧，那现在怎么办？”徐雯主动收拾起床上的书，真是一本比一本重。

焦寒熙也不理会这些，拿出包包里的图纸开始研究起来，一边看一边回答：“最近太忙了，没工夫搞家庭斗争，太拖我后腿了，走一步算一步吧。就希望他晚点找到我，让我多点时间好好工作，所以我把他拖黑了。你可千万别告诉他我在哪里，我对唐煜本身是有感情的，可是恼他一位护着他妈，让我无法立足。除非他能改变这种现状或者说是本质，要不我还是在酒店住着吧，这个酒店是单位以前设计的，跟单位有优惠协议，又离得近，环境也不错，你也经常能来看我，不是很好吗？”

“苦逼的人各有各的苦逼，你会不会怪我当初让唐煜接近你？”徐雯犹豫了一下，还是问出了这个问题。

焦寒熙从图纸堆里抬起头，吃惊地望着徐雯，道：“怎么会呢！这都是我自己的选择，唐煜也算是个良人，忽略他背后的情况。而且怪谁都不会怪你啊，我知道你是真心为了我着想，不用操心我的事情了，还是研究下怎么摆平你妈吧。既然不肯妥协，那就准备好誓死奋战的策略吧。”

“这得等阿超出差抓逃犯回来再从长计议了，我这边一个人干着急一点屁用都没有，战线这么复杂，两个人力量大一点。哎，跟我说说，那个卫子涵怎么回事，他看你的眼神不正常哦！”徐雯的关注点开始转移到新的话题上，目光炯炯。

焦寒熙嗔道：“说什么呢，我要是甲方也目光炯炯地看着你，想着剥削你的每一分剩余价值。你八卦别人就算了，干嘛来八卦我这个已婚妇女？小心我饶不了你！”

“解释就是掩饰，凭我对你这么多年的了解，加上同榻而眠的交情，你心里肯定有鬼，你没发现你自己都不敢回应他的目光吗，你在害怕吗，寒熙？”徐雯调皮的神色忽然又严肃起来，对一个知己，她的一举一动，一颦一笑都有其特定意义，熟悉焦寒熙身体语言的徐雯自然能看出这其中的不同之处。

焦寒熙本想回避这个话题，可是徐雯担忧的眼神让她不能拒绝回答。眼睛还是盯着图纸，却看不进去，半晌，她想了下措辞，才答道：

“我不想否认他的魅力，我就不信这么优秀的男人对你没有吸引力，骗鬼鬼都不信。只是人最伟大的不就是自律吗？婚姻本来就要面对各种各样的诱惑，我必须强迫自己在这个诱惑稍有苗头的时候就掐断它。所以……这就是你看到的。这个项目到开工至少要持续个半年多，我得在心里想好怎么跟这样的甲方相处才不会失了分寸，乱了阵脚。”

“他要是早点出现就……”

“雯雯，别说……什么人在什么情况下出现都不是我们能决定的，我们只能够做出选择和取舍，并对其负责。你选择了什么注定要失去另一些东西，就像你铁了心同沈锦超在一起，就要面对你妈妈的阻力还有以后为他担忧的风险。这个话题我们就不要谈了吧，剪不断理还乱，再加上卫子涵我就该风中凌乱了。我们还是关心下宝宝的事情吧，比如说满月的时候你要送什么，到时候负责的医生什么的，是吧？关心眼下才是要紧。”

徐雯把书整理完，抢走了她手上的图纸，“既然你都这么说了，那就不要想工作的事情了，来讨论下我干儿子未来大计……”

徐雯没到九点就离开了酒店，焦寒熙窝在被子里，笔记本电脑在书桌上放着舒缓的对胎儿有益的音乐，嘴里叼着一支铅笔，手上拿着彩色的马克笔，在图纸上迅速地勾画着。突然一阵急促的敲门声传来，她放下手中的东西，下床开门。

“寒熙，我……”门只开了一条缝，唐煜在门外想要挤进来，一脸懊丧。

焦寒熙的疲惫之色更甚，淡淡地说道：“有什么事就在门口说吧，我还不打算跟你回去。有些问题如果你还没有意识到它的严重性，那我更没有请你进屋的必要。”

唐煜强行伸进来一只手，握着她的胳膊，压下心中的不满情绪，把对焦寒熙的重视放在第一位，恳切地说道：“我知道是我不好，我不该只顾着我妈的情绪忽略了你，还不给你解释的机会，这样对你太不公平了，对不起，是我让你受苦了，你打我或者骂我一顿吧。不管怎样我都没怨言，只要你能原谅我。”

她尝试着挣脱了一下，未果，便放弃了挣扎。“下次你妈再无缘无故地指责我，唾骂我，请问，你会怎么做？”

“我妈怎么会骂你呢，她只是年纪大了喜欢唠叨，苦了大半辈子不舍得浪费钱而已，老人家不都有点这样的吗，她的出发点不都是为了咱俩好吗？你就体谅一下吧，好不好，寒熙？”唐煜夹在两个人中间，手心是肉，手背也是肉，他不明白为什么不能和平相处呢，大家的共同目的都是希望这个家好好的，又是什么原因产生了分歧？他的眉头紧锁着，十分纠结。

焦寒熙对他的这种他“体谅”的论断开始产生免疫，反驳道：“为什么总要我体谅她，我可是什么都没做错呀，却还得背黑锅！我的工作很忙，没有多余的精力处理这些鸡毛蒜皮无事生非的琐事，如果回去了还是维持现状，那我肯定还是会搬出来的，何苦折腾呢？”

唐煜再次试图跟她进屋说，周围有人不时的朝过道里看两眼，他觉得非常没面子。不过焦寒熙丝毫不相让，拦在门口，撑着精神直视着他。“再过一个多月就要交房了，到时候我们简单装修一下就搬进去，只剩这几个月了，就不能再忍一下吗？看样子这次是我妈不对，我代她向你道歉，老婆，为了我再忍一下吗……”

她冷笑了一下，道：“只是这次是你妈错了吗？你给我把话说清楚！”孕妇的情绪本就容易激动，愤怒的情绪在特殊的生理状况下被扩大，焦寒熙觉得自己快要失控了。

“好好好，别激动，会伤到宝宝的。咱们进屋说清楚行吗？过道里冷会着凉的。”

焦寒熙用力挣脱他的手，反手把门关上了，和他站在过道里，道：“有什么话就在外面说清楚，不要总想着息事宁人，我忍得够久了，我的个性在一点点儿被抹杀，这样一个没有棱角的我，如果只是平平凡凡混日子的话没问题，可是我不要这样的安于现状，我不希望我的一辈子无所作为你懂吗，你究竟懂不懂我，唐煜？”她说完这番话的时候已经有些歇斯底里，单手撑在门框上，看到卫子涵正在过道口，看着这边。眼神似乎是有些担忧，有些关心。

“我懂……我都懂，若不是懂你又怎会千辛万苦地把你娶回家。我答应你，会好好劝劝妈，不让她无故惹你不高兴。要是再有这次的这种事情，你直接休了我好了，我绝对不拦着你。老婆，这样行不行？”

唐煜近乎乞求的眼神又让焦寒熙想起了结婚前的回忆，那些感动加上内心的柔弱，她终于松口了，“真的最后一次了，唐煜。等下帮我收拾东西。”她拿出外套口袋里的门卡，重新打开客房的门，等唐煜进屋后立马把门关上了，刚才这么狼狈不堪的样子被卫子涵看到了，不知道会不会影响工作，又或者……影响他对自己能力的看法？

她疲惫地坐在沙发上，用力地甩着头，头发比夏天的时候长了很多，如同接踵而来的烦恼一般凌乱无比。

王淑看到唐煜把她带回家，脸色“刷”一下就变了，正要开骂，唐煜立马把她拉到了卧室里，把门掩上。焦寒熙看到他们母子又开始上演“密谋”的场景，大感无趣，拿着轻便的东西回房了。

“妈，寒熙知道自己错了，只是拉不下脸跟你认错，你就消消气吧，就当为了儿子的幸福，好不好嘛……”唐煜这次连小时候的拿手本事“撒娇”都用上了，可谓无所不用其极。

王淑对他的这招丝毫没有抵抗力，努努嘴，道：“看在你的面子上，这次就这么算了。不过，小煜，那天她可是说孩子不是你的，你跟妈说，怎么回事，无缘无故怎么会这么说呢？”

唐煜顿了一下，解释道：“她都跟我说了，那天不是被妈你的话气到了吗，孕妇本来就有点神经质的，就想着跟你顶嘴，所以说了气话，你也别放在心上了。”

王淑心里还有有些犹疑，二婶的话还是挥之不去的出现在她脑海中，不过唐煜解释的也有道理。“你就会帮着她说话，这么大的事，料想你也不会骗妈。不过她的脾气你可得好好磨磨，调教调教。”

“知道了妈。不过妈，寒熙答应我以后会收敛的，你能不能也对她好点，毕竟我们才新婚吗，以后要走的路还长着呢，互相退让一下。这样以后孙子出世了，寒熙肯定放心把孩子交给你带，不是蛮好的吗，是吧？”孙子是王淑的软肋，唐煜在路上就想到了用这个来说服王淑。

果然奏效了，碍于面子，王淑还是附加了一句：“本来就应当我带，难不成她还想跟我抢孙子？想得美。”

唐煜见事情这么安然解决了，不觉松了一口气，好久没见到焦寒熙了，今天一定要抱着自己老婆好好睡一觉。

这件事和以往的任何一次争执一样，悄无声息地过去了。但是焦寒熙心里明白，有些东西，再也回不去了。

第六章　女人若在失意的时候把自己贬值嫁了，后果将会是万劫不复

18

在公司里面，同事们知道焦寒熙是孕妇也都很照顾，画图策划什么的尽量让她做得少一些。加上颜卿是真的对她好，经常劝她多休息，工作放一边。

一天下午，她正在改一个图，改得忘记了去吃晚饭。颜卿正好刚从办公室出来打算吃了晚饭再加班，看见焦寒熙还在那边工作。

“我说好妹妹啊，你要不要这样拼命。搞的好像我这个当上司的真有那么残忍压榨孕妇。”颜卿走到她背后说道。

焦寒熙被突然出现的颜卿吓了一跳，回头看是她，好笑地放下图，说道：“你应该感到高兴才是，小的在你领导下兢兢业业怀孕也不忘为您打拼江山。”

“好了好了，别贫了。你的功绩我记在心里，现在最重要的是去吃饭。”说着，拉过焦寒熙一起去吃饭。

走向食堂的路上，她总觉得把什么重要的事情忘记了，可是脑子里都是大酒店的构想，也没空间再去想一些别的事情。

唐煜出了包厢，又给焦寒熙打了个电话，还是无人接听。他不知道的是焦寒熙之前开会的时候把手机调成了静音，一下午忙着改方案彻底忘了把手机调成正常模式。

无奈地把手机放回口袋里，回到包厢，走到李局面前，道：“局长，我老婆今晚要赶项目，明天就得汇报，实在是抽不开身过来，还请

见谅。”

“你这媳妇怎么总是不出来跟同事们见见面呢，这样感情会生疏的，你回去得好好教育，女人没必要把事业看得这么重，女人嘛，要守本分，顾家。”

“局长说得有理，我回去一定教育教育她，待会儿我多喝几杯，代我媳妇祝您福如东海寿比南山。”这是李局的生日寿宴，因不是大寿，所以只宴请了六桌比较熟络的亲戚朋友。

李局笑得眼睛眯成一条缝，睁开眼看了眼包厢内的几桌人马，道：“等我儿子和未来儿媳到了咱就开始吧，小唐你也去坐吧，待会儿多喝几杯!”

唐煜回到自己的位子，李局比较器重他，把他安排在主桌上，现在还空着三个位子，一个是原先留给焦寒熙的，看来得找人补上了，还有两个想来就是李局的儿子和未来儿媳了。

他身边的位置最后留给了宋腾，又过了会儿，包厢门被打开，姗姗来迟的两个重要人物终于露面了。李局的儿子唐煜是见过的，挺英俊的一个小伙，就是个子不太高。不过有李局这样的一个父亲就等于给他镀上了一层黄金，让人嫉妒得很。

跟在李局儿子身后的人让唐煜差点从椅子上摔下去，这不是徐雯吗！他睁大了眼睛，还用力擦了一下，再看过去，还是徐雯，没错啊！

宋腾看他失态的样子，悄声问道：“哥儿们，怎么了，总不会是你旧情人吧?”

“这情形，比旧情人还严重呢。”唐煜嘀咕了一句，绞尽脑汁想不明白这究竟是怎么一回事，难道她和那个小警察分了？这也太快了吧，或者是脚踩两条船?

徐雯看到唐煜，脚步一顿，双目一睁，在众人察觉前恢复了正常神色，眼观鼻鼻观心地坐在了李旭边上，假装不认识唐煜。

她要真成了李局的儿媳妇，那就更加得罪不起了。唐煜心里想着，收起自己吃惊的表情，免得再被其余的同事看出不对劲的地方。

酒过三巡，唐煜喝得不少，脑袋已经有点晕乎乎了，眼角瞟过徐雯的位子，她正拿着手机准备出去接电话。不知怎么脑中的醉意一下子就没了，他的心思不自觉地放到了徐雯身上。忽然听到门外徐雯的声音高了八度，很清晰的一句“受伤了”就见包厢门又被打开，徐雯神色焦急地对李旭说着什么，李旭站起来，对着李局道:“爸，徐雯的一个亲戚受伤了，现在在医院，我送她过去一趟，你们慢慢喝，我一会就回来。回来再自罚三杯。”

“去吧去吧，要是事情严重的话你陪着小徐，也不用回来了。别让我未来儿媳一个人面对，人家是女孩子，好好照顾她。”

“知道了，爸。”李旭揽着徐雯就出了包厢，唐煜的目光一路跟随着他们直到离开自己的视线。

徐雯在出租车上急得眼泪直流，不停地催着司机开快些。李旭在她身边安慰着:“别着急，应该没事的，只说受伤，没说在手术那就应该没出大事。别着急，乖。再把事情跟我说一下，我来帮你理理思路。”

“刚才他警局的同事给我打电话，也没怎么说清楚，周围好像挺吵的，还有警笛的声音。因为我的号码在他的快速拨号第一位，所以先联系了我，只说受伤了，送去我们医院了。”徐雯接过李旭递的纸巾，狠狠地擤了把鼻涕。

李旭听到“快速拨号第一位”的时候目光闪了闪，手臂在徐雯背上拍了拍，继续说道:“你现在干着急也没用，等下我们到了医院再想一切能想到的办法吧。有你这么好的姑娘喜欢他，他一定吉人天相，有没有给他打电话试试?”

徐雯这才发现自己被这个消息打击得近乎痴傻了，竟然没在第一时间给沈锦超打电话！急急忙忙掏出手机拨号。

没过多久电话就通了，沈锦超的声音里抑制不住的疲惫，“喂……”

“你怎么样，没事吧?”

“手臂挨了一刀，现在正在包扎，不严重，你别担心。”

“怎么能不担心呢，我马上就到了，你等我。”

徐雯和李旭一下出租车就急急忙忙往急诊室跑去，夜晚的路灯光被行道树遮挡了大片，灯火通明的急诊室前的阴影显得愈发得阴森，徐雯一个不小心就被树影里的台阶绊倒了，李旭眼疾手快地将她拦腰抱住以阻止她摔向地上，灯光迷离下的徐雯没有了往日的霸气，借着浓厚的酒意，李旭重重地吻了上去。

徐雯睁大着眼睛，一动不动，直到口袋里的手机疯狂地震动起来。

她这才后知后觉地把李旭推开，心虚地接通电话，声音有些抖："阿超，我……到了。"

"是吗。我打电话是想跟你说，已经包扎完了，现在在同事车上，局里开车来接我了，还有些报告需要回去签字。"

"啊？可是我都到了……"如果在平时，她肯定会大吼一声"给老娘过来"，可是今晚的情况，到嘴边的话没说出口。

沈锦超沉默了一阵，问道："你一个人来的吗，要不我现在叫同事调头？"

看了眼身边的李旭，只觉得对方眼神亮亮的，在黑暗里也看不真切。她往边上走了两步，声调低了点，"一个人，算了，那我明天去看你吧，好好养伤。"

李旭见她挂掉电话，问道："要我陪你进去吗？"

"不用了，他已经走了。你爸的寿宴我就不回去了，你早点过去吧。我先回家了。"

李旭坚持要送她，徐雯道："我又不是你真女朋友，没必要这么周到。李公子，以后还请注意保持距离，要是引起不必要的误会，就我这样的，一个人回去很安全。再见。"

苦笑了一下，酒意被徐雯的一番话驱散了些，李旭无奈地说道："那至少让我把你送上出租车吧，免得我家老头子问起来不好交代，我喝多了酒脑子不清醒，撒谎容易穿帮。"这次她没拒绝，两人一起往路口走去。

沈锦超还维持着打电话的姿势，从急诊室旁边的树影里走出来。左手绑着绷带，脸上尽是痛心疾首的表情，刚包扎完他就不顾医生的嘱咐冲到急诊室外边等她过来，可是等到的却是她和别的男人卿卿我我的样子。他希望是自己失血过多眼花看错了，可是那个电话却是实实在在的，最最心痛的莫过于到了现在，她竟然还想着隐瞒他。

唯一能活动的右手抓紧手机狠狠地摔在地上，塑料的手机壳瞬间四分五裂，崩落进花坛的阴影里。

焦寒熙到家已经快九点了。王淑雷打不动地坐在电视机前看苏州二套，焦寒熙礼貌地问候了一声，转身进了浴室。本想打过招呼就自动消失在婆婆视野里的，焦寒熙洗完澡刚想回到房间，王淑却又叫她了。

"兵来将挡，水来土掩，"焦寒熙挂起面对甲方的笑容应了声。这是两人经过那次事情后第一次真正说话。

可能王淑也经历了一番心理斗争，她开口的时候也有点神色尴尬："前几天是我多心了，但是你也不能用这种态度跟我说话。还有，再怎么样，你也不能说孩子不是唐煜的这种话，这要是传出去像什么话。"

几句话听的焦寒熙一愣一愣的，硬是没反应过来。还以为她想开口道歉来着，原来绕了一圈还是指责，想让她认错。消化了一下她话里的意思，猜测估计唐煜后来又把这件事瞒了下来。焦寒熙有点厌倦这样的谎言，但又不得不继续下去。她明白一旦说破，这好不容易维系的平衡会立刻打破。

忍下了王淑话里的指责，她回答道："妈，这件事我们都不要提了，就当没发生过。那天也确实是我口不择言，以后不会了。"这要是在以前，焦寒熙是无法想象自己也会歇斯底里的与一个长辈吵架，那天真的是气疯了吧。

王淑脸色变了变，犹豫了一下，还是往下说："我还是那句话，你别怪我太苛刻。我们家家教是极严的，本不容许这么出格的事情发生，但是已经是事实了，那也只能接受。都这时候了，不要讲些有的没的，白白惹人笑话。"

深深的无力感再次把焦寒熙包裹住了，她轻声说道："我知道了。"然后再也没有力气多说一句。

回到房间，拿出手机一看才发现有无数条来自唐煜的未接来电，她这才想起来今晚是李局的生日寿宴。既然都这时候了，再去也于事无补了，也罢，去了还不知道要面对怎样的局面呢，与其花心思应酬，还不如把精力投入到更加远大的设计中去。

晚上躺在床上的时候，焦寒熙再一次无眠。关于现在和未来，思考了许多次了。有些东西渐渐清晰起来，但她不敢说，也不敢深入地挖掘。一种叫做道德和责任的东西束缚着她，束缚着心里那颗瘤。翻来覆去还是睡不着，干脆拿了资料继续研究，顺便等唐煜回家。

等到唐煜到家的时候，家里古老的摆钟刚敲了十二声，他走进卧室，见焦寒熙还在躺着看资料，犹豫着要不要把今晚饭局上遇见徐雯的事情告诉她，看她一门心思对着工作的态度，想想还是算了，明天早上再说吧。

第二天一早，焦寒熙正准备出门，唐煜叫住了她，欲言又止的样子让焦寒熙皱了皱眉，这一皱眉，把唐煜已经到嘴边的话给憋回去了，收拾好东西跟上她的脚步送她上班，一路上相对无言。

19

“你好，请问你是？”焦寒熙看着来电显示上的本地的座机号，疑惑的接起来。

“焦寒熙，我是沈锦超，你快下班了吗？”他本想这个事情就此了断，可是心底的不甘心占了上风，他不想就这么结束了这段经历了那么多波折的恋情，那些奋斗很艰辛，若是没有了目标，一切都变得索然无味。下了很大的决心，他最终拨通了焦寒熙的电话。

她怀疑是不是看错了，再看了眼来电显示，问道：“怎么是座机，难道我犯事了？”

沈锦超闻言先是愣了一下，却硬是没笑出声。“不是，有些事情想问你，我在去你家的路上。”

“什么？我还准备加班呢，是急事吗，雯雯呢？”

“这事有关她，我想去你家找你谈一下，可以吗？”

她从沈锦超的声音里听出了一点点凝重，便答道：“好，那我一会儿就下班。”

一个小时后，焦寒熙到了家，沈锦超正在楼下踱着步子，穿着警服，左臂还绑着绷带。

“这么冷的天，怎么不先上去等呢？”焦寒熙招呼沈锦超上楼，开门后给他倒了杯热茶。王淑似乎去买菜了，但唐煜在家里。

沈锦超多看了几眼客厅里的另一个人，唐煜，不过对方完全没有要回避的意思。考虑到他是焦寒熙的丈夫，沈锦超也就不坚持要他回避了，喝了口茶开口道：“我昨晚，看到……徐雯和另一个男人在一起，很亲密。你知道那个人是谁吗？”

焦寒熙被他出口的第一句话吓了一跳，徐雯和一个男人很亲密？如果有的话自己也应该知道的，难道是那个什么局长的儿子？“你是不是看错了？”

“我还给她打了电话，是她本人，那个男人，亲了他。我今天来只是想把这事弄清楚，不想自己活在谎言里。”

她这下有些傻眼了，就算是假扮情侣，这也太……过火了吧，还被沈锦超看到了？眼皮又开始跳了起来，她一边按着眼睛一边说：“她之前有跟我说过在帮一个朋友的忙，偶尔要假装一下那人的女朋友，具体是谁我也不清楚，她这么喜欢你，不会对不起你的。”

“这可不一定，我想，那个男人，我认识。”唐煜一直都没有说话，默默地听着，忽然蹦出来这么一句，让人猝不及防。他心里倒是舒坦了不少，这事终于说出来了，憋在心里可真难受。

这句话的后果简直就是砸进了水中的一颗巨石，溅起了水花无数。“唐煜，怎么回事？”

“你们说的那个男人，是我们局长的公子李旭，我昨晚在局长生日寿宴上看到了他们，徐雯却装作不认识我的样子，不过有一点沈警官说的没错，他们状似亲密。”

“说什么呢你，他俩是假扮的，还有，这事你昨晚怎么没跟我说？”焦寒熙的脸色越来越冷，唐煜的这番话只会让这情况越来越复杂，更加不容易善了。

唐煜“嗤”笑了一声，道：“这戏作的也太真了点儿，我是没看出来一点点的假意。我昨晚想跟你说的，你的心思都在你工作上面，哪有工夫理会我？”

“沈锦超，你别听他胡说，还不是他们局长眼神比较毒，所以要演的逼真一点，顺便也能骗过徐雯的妈妈，她的为人你最清楚不过了，她有这个胆子脚踩两条船吗，你说是吧？”横了唐煜一眼，焦寒熙试图把沈锦超的情绪劝得稳定些。

沈锦超已经放下茶杯，站起身来，苦笑着对她说：“该怎么做怎么想我心里有数，今天来只是想知道那个人是谁，究竟是什么情况，现在，需要知道的我都了解了，那就告辞了，不用送了。”说完就落寞地离开了，打着绷带的手臂让这背影愈发得凄凉了些。

待他一走，焦寒熙再也按捺不住自己的怒意，有些近乎怒吼了：“唐煜，你说话注意点分寸，劝和不劝离的道理你不懂吗？徐雯难道不是你朋友吗，你知不知道这样说只会让她越抹越黑，哪有人这么说自己朋友的！”

“若要人不知，除非己莫为。再说，我觉得李公子不错啊，有个局长老爹，攀上了这根高枝有什么不好，总比嫁给一个小警察过苦日子强吧，我这是为了她好，反正迟早是要分的，宜早不宜迟。”

“你简直是不可理喻！局长儿子有什么了不起，不喜欢的话在一起那就是受罪，徐雯在乎的是那点利益吗？”提前回家真是一个错误的决定，现在满肚子的怒气无处发泄。焦寒熙觉得现在的状态就是个氢气球，再来点明火就爆炸了。

唐煜觉得她这是对李局的儿子有偏见，对公务员这个行业有偏见，继续争锋相对地说道：“你想得太天真了，不只是利益的问题，天天过着朝不保夕的日子，再多的感情都会变淡的，没有一个稳定的经济基础有什么资格谈感情。再说，感情是可以培养的，你现在不是嫁给了我吗？那徐雯为什么不可以考虑李公子呢？你倒是说说，李公子有什么不好的，除了他家世背景好了点，这是多少人争着抢的男人，在你眼里倒成了缺点了。”

焦寒熙被他说得哑口无言了，她确实说不出那个李旭有什么不好，只是直觉上，觉得徐雯应当和沈锦超在一起，就像自己的一个未完成的梦，现在连唯一延续这个梦的希望都破灭了。这个话题再说下去就不仅仅是徐雯和沈锦超的问题了，势必会提到慕岩，焦寒熙按了按眼睛，不想再争辩了，扶着腰径自回了卧室。

王淑很快就回来了，两个人在饭桌上几乎没说话，王淑看出了一些端倪，问道：“你俩这是怎么了，寒熙，你才回来就跟小煜闹别扭，这日子还过不过了？不想过就干脆别回来！”

焦寒熙张了张嘴，能说什么呢，说今天的事情是唐煜的错？这事情一说出来王淑肯定也是和唐煜一样的观点，还是算了，多一事不如少一事。“我身体不太舒服，先回房了。”

王淑还想叫住她，唐煜道了句：“妈，随她去吧。”

吃过晚饭，唐煜给宋腾打了个电话：“宋哥，出来陪哥们喝酒吧。”

宋腾正闲在家里无聊呢，二话不说就同意了，还说他开车过来接唐煜。

自从唐煜结婚后，两个人已经很久没有好好喝一杯了，就开车去了李公堤的“乱世佳人”，消费水平相对其他酒吧偏高。两人坐在吧台的地方各自点了杯酒，唐煜在昏暗的环境里内心阴暗的情绪开始爆发，直接点了一杯威士忌，一大口喝了下去，被呛得一阵咳嗽。

宋腾在一边调侃道：“没喝过这么烈的酒吧，照我说，这威士忌就跟烈女一样，你不能对她来硬的，只能慢慢柔化，最后击垮她，体会到其中美好的滋味。”

唐煜总觉得他的这番话有嘲笑的意味，回想到最近焦寒熙对他的态度，越想越憋屈，依旧我行我素地一大口，喉咙像是被烈火烧过一番，脸立马就变得火红。宋腾拍拍他的肩膀，“哥们，怎么跟个毛头小子似的，哥哥我这是好心指点你，别赌气呀。”

“你他妈才毛头小子，你全家都毛头小子！”酒精的快意一下子冲上脑门，他这才察觉到自己最深的窝囊之气来源于哪里，是来自焦寒熙，他付出一切只得来了她近乎施舍的婚姻，放下防备换到的却是她的毫不在乎，以后也未必能改变，还得帮别的男人养孩子。越想越觉得丹田之处的怒火有燎原的趋势，又狠狠喝了一口。

宋腾狐疑地观察着他的神色，觉得这里边大有文章。凑近了问道：“你该不会还是个雏吧？孕妇不是性欲旺盛吗，她这都没让你得手？”

唐煜看着杯中酒，焦寒熙就像这酒杯中的冰块似的，让这酒更烈了，可是冰块却丝毫不融化，苦笑了一下，毕竟宋腾是知情人，他就没隐瞒：“之前去看医生说胎儿有点不稳定，即使身体没问题，我觉得寒熙也未必愿意……宋哥，我是不是特窝囊？”

宋腾的目光随着酒吧里转动的彩色灯光一起旋转闪烁，心里面做着挣扎，一方面唐煜是他的好兄弟，出于道义他应该劝他把家庭和睦放在第一位，可是另一方面，他嫉妒唐煜娶了这个娇滴滴的媳妇，虽然带着个拖油瓶，可是焦寒熙这么个水灵灵的人物，换了是他也会神魂颠倒，尤其是跟家里的黄脸婆一对比。知道事件真相的时候，宋腾心里幸灾乐祸，而如今，这种嫉恨得逞的快感显然又占了上风，他跟唐煜碰了碰杯，啜了一小口芝华士，这才开口道：“你确实够窝囊的，女人是不能惯，你越惯她她的心思就越不在你身上。现在的医学水平生活质量，哪儿有胎儿不稳的说法，该不会是弄虚作假坑你的吧？”

弄虚作假？徐雯是个医生，说不定……唐煜越想越觉得这可能性很大，随着冰块划入胃中，带出一阵阵寒意，闷声继续喝酒。

宋腾见自己的话起了作用，继续道："或者有没有可能她心里面还是放不下孩子的亲爹？毕竟血浓于水啊，越是得不得到的就越是迷恋，你自己就是个最好的例子。好好想想吧，小唐，哥哥我是不愿意看你被个女人玩弄于股掌之间才这么说。"

"宋哥，那我该怎么做？"唐煜充血的双眼求助地望着宋腾，期望从这边觅得一份良方，可以让自己摆脱如今尴尬的局面。

这个问题倒是不容易回答，什么都不作为也就只能维持现状，过分了容易出事情，要是最后事情真闹大了也不好办。斟酌了一下，他选了个折中的说法："对于弟妹呢，你首先心里要抱有信任，不过怀疑的部分呢，也还是需要验证，那就心理上信任，行动上怀疑吧。多观察观察，如果弟妹是真心跟你过日子，你肯定能体察出来，如果不是……那这个就不用哥哥教你了。干杯，一醉解千愁！"

两人开始冷战，唐煜不愿意先开口，宋腾的话让他觉得自己这次说什么都不能先低头，焦寒熙也懒得理会，有些事情各自看法不同，思维模式不同，不是那么容易就能沟通，还是冷几天再说吧。

社保局正好有个考察活动，唐煜听说了立马就去找李局申请，李局还拍着他的肩膀说"前途无量"。出去散散心也好，或许心情就好了，唐煜这么想着，跟家里说了一声就出差去了。

金闻区警察局，徐雯一脚踹在他们的大门上，大吼一声："沈锦超，你给我出来！"

警局的人纷纷侧目，有几个刚分配进来的已经跑进去报告了，"沈哥，门口有个河东狮，是不是你家那位？"

沈锦超正单手拿着报告看着，闻言抬起头，皱了下眉，挠了下自己的板寸，无奈地往门口走去了。"徐雯，有事好好说，有必要跟警局的门过不去吗？"

徐雯被他不冷不热的语气气着了，正要上去揍他，看到他的绷带扬起的手就放下了，语气不善地问道："为什么不接我电话，不是说了昨天我来看你吗，竟敢关机，你什么意思？"

"我的意思很明显，我们完了。"还是冷冷的语气，冷漠才是掩饰悲伤的最好办法。

徐雯的表情顿时变得有些痴傻，她不大相信自己听到的，瞪大了眼珠子望着沈锦超，一个字一个字地问:“你、说、什、么?”

“咱俩完了，那天你去医院的时候，我都看到了。你还想说什么，想说你们只是在做戏？结果却是假戏真做了？我还打听到了对方的家世背景，比较合你妈妈的心意吧，我祝你们携手共创更好的未来!”

“你怎么可以这么说我，我这么做不都是为了你吗，我为了你不惜跟我妈反目，可是她是我的亲妈，难道我还真的跟她断绝母女关系？相亲有什么错吗，我是被逼的。你要是有本事我至于这样吗?!”女人一旦被愤怒冲昏了头脑，就会管不住自己的嘴，当话一出口的时候，徐雯都不知道自己说了什么。

沈锦超苦笑着后退，靠着警局的玻璃门，牵动了伤口，可是这疼痛根本比不上心灵的创伤,“你说的对，是我没本事，我配不上你。所以，你还是找那个局长儿子去吧，我放弃。”

当着这么多人的面，有警局的同事，有看热闹的犯人和路人，徐雯浑然不觉，不甘地问道:“说放弃就放弃了？我们之前熬了这么久，付出了这么多，你怎么可以放手？不就是出现了一个比你有钱有势的路人吗？你的斗志都哪里去了?”

“不是因为这个人，比起这个人，最让我心痛的是你根本就不信任我，你相亲的事有跟我说过吗？瞒着我相亲，瞒着我跟别的男人出席晚宴，在公共场合卿卿我我，那下次是不是瞒着我领证了?”

徐雯眼泪都快掉出来了，刚说了一个“你”字，就被沈锦超打断了:“徐雯，别说了。我本来就觉得未来很渺茫，发生了这样的事情，我就更看不到咱俩的未来了。看在过去的情分上，就这样吧。不要再来警局了，我不希望情场失意不算，还要搭上我的饭碗。”他用右手使劲按在自己的伤口上，让这疼痛再猛烈一些吧，不猛烈怎么能让她去追求更美好的未来呢?

沈锦超决然离去的背影让她无从应对，一个人傻傻地站在警局门口，直到天色渐渐地暗了，周围的看客早就散去了，她才惊觉自己的身体都凉了，再凉也没有心凉。拖着沉重而僵硬的步子，一步一步往出口的方向走去。

焦寒熙看到徐雯失魂落魄地出现在她们公司的时候，就猜到发生了什么。现在说什么都是多余的，她只能陪在她身边，帮助她渡过这个难关，就如同曾经无助的自己。

20

唐煜从南京考察回家的那天，早就把之前的不愉快抛到脑后，他今晚可是有个好消息要宣布。王淑已经烧好了晚饭，好几天没见到儿子，菜相当丰盛。

焦寒熙到家的时候还不算太晚，和平时加班相比已经是非常早了，还带了几个熟菜。唐煜看着自己母亲和老婆总算回到和睦状态，脸色露出欣慰的笑容。他其实一直不太理解为什么明明是很孝顺懂事的焦寒熙会和自己母亲相处得不好，看来是磨合期的问题。

吃饭的时候他讲了讲单位里的事情，王淑喜欢听这个。

"对了，我这次去南京考察还有个收获。"唐煜吃着饭突然放下了筷子，声音里有抑制不住的高兴，"南京总局的一个主任很赏识我，告诉我一些内部消息。"

王淑一听来精神了："什么内部消息？"

看着唐煜得意的样子，焦寒熙也被勾起了好奇心，等着他的回答。

"刘主任跟我说，我们苏州所有区的社保局在年前会有一次岗位调整，我们局应该也会有，可能不会多，但是肯定会有升职机会。"唐煜一脸兴奋，仿佛升职位置就像留给他的一样。

"阿弥陀佛，老唐你可要保佑咱们儿子被选上。"王淑也非常高兴，对着空气念叨了两句，又给唐煜碗里夹了两块肉，"儿子啊，多吃点，吃饱了才有力气去动脑筋。"

过了一会儿，她又觉得有些不安："你们李局长不是一直很关照你吗？怎么他都没有和你透一下口风呢？这消息会不会不可靠啊？南京那边那个刘主任是什么人啊，咱们又没给他什么好处，他为什么要把这么重要的事情讲出来。"

"哎呀妈，你就别疑神疑鬼了。"唐煜失笑，"这事可是高度机密，南京总局才批下来的，可能李局长都还不知道呢。是那天我和刘主任喝酒，他看我喝酒爽快很对他脾气。喝多了又高兴就说给我听了，还说有机会会去帮我提一下出点力。"

“原来是这样，这刘主任可真是你的大贵人，事成之后一定要好好答谢他。”听了唐煜的解释，王淑提着的心又放下来了。饭还没吃饭，就去房间里找香火，在唐煜爸爸的相片前点炷香。

点好了香后，王淑又开始盘算要给局里领导送礼。送哪些人，送多少，这些都是要算好的，多不得，也少不得。还有南京那个刘主任，到底要不要塞个红包感谢一下。

一边静静旁听的焦寒熙终于忍不住，嘴角抽了抽，她大概明白唐煜的工作是怎么得来的了，心里有种淡淡的排斥感:“我觉得，还是先去打听清楚比较妥当。那刘主任也是酒喝多了说的，万一根本没有这件事，会给领导留下不好的印象的。”

王淑瞪了她一眼，仿佛是焦寒熙阻碍了唐煜升职的道路一般:“你怎么尽扫兴，人家可是南京总局那的主任，能瞎说吗?”

“妈，寒熙说得也有道理。我们不能莽撞，送礼也要看准了才能送，不然就是打水漂了。明天我去问问李局长有没有这事，问清楚了再行动。”

听到儿子也这么说，王淑点点头，没再做声。

焦寒熙在心里抽自己耳光，暗骂自己嘴贱。

唐煜的心情十分好，趁着王淑洗碗的时候，抱住焦寒熙亲她。面对突如其来的亲密，焦寒熙有些不知所措，身体也很僵硬。其实她和唐煜在一起这么久，他对她又无微不至，她已经习惯他的存在，习惯和他之间的一些亲昵举动。但是发生了那件事后，她的身体不自觉地排斥起来。

强忍着那股抗拒，焦寒熙努力想着怎么顺其自然地推开他。双手想推他肩膀的时候，碰到自己的肚子。“哎呀。”她双手捂住肚子，轻轻叫了一下。

唐煜立刻放开她，扶她在沙发上坐下，紧张地询问她怎么样。

“宝宝好像在踢我。”焦寒熙摸着隆起的肚子。其实她早就有感受到宝宝的动静了，一直没有告诉过唐煜和王淑。

在她的想像中，爸爸隔着肚子听宝宝动静的举动是件很浪漫的事情，和她现在的状况完全背离了，所以她选择独自感受这份喜悦。

唐煜果真把耳朵凑到焦寒熙肚子上，听了半天也没动静。焦寒熙只好说:“现在还有点早呢，只是很偶然才能感受到一下，刚才不知怎么就动了一下。”

唐煜这才放开了焦寒熙，并没有感到失望:“肯定是咱们小宝贝听到爸爸回来了，又只顾着和妈妈玩，吃醋了。”随后又对着她的肚子说道：“宝宝乖啊，不要闹你妈妈，出来以后爸爸带你吃好吃的，玩好玩的。”

这时王淑正好从厨房间出来，看见唐煜的举动就说道:“你还叫你儿子乖，你不知道你自己当年有多闹腾。在肚子里的时候还不停翻身，闹得我又难受，你爸又走得早，身边都没个安慰的人。”

“妈，你辛苦了。我一定会好好努力赚钱孝敬你的。”唐煜站起来抱住自己的母亲，理了理她的头发。

他们的家庭比较特殊，焦寒熙是了解的。王淑一个人顶着打压把唐煜生下来抚养长大确实不容易，想到这里的时候焦寒熙就不忍心和王淑置气。她真不是个没孝心的人，她一直认为父母是这世上最伟大的人，只是这婆媳关系，她已经尽力了。

这个周末焦寒熙没去公司，在家里整理这个礼拜做的东西。她之所以喜欢这个职业，是觉得这是个靠实力说话的职业。虽然为人八面玲珑在哪里都会混得好一点，但做建筑规划的，最终靠的可不是一张嘴，而是要切切实实拿出方案来。做得好还是不好，一眼就看出来了，不是靠一张嘴皮子能过关的。这样脚踏实地的感觉令她安心，即使累一点也不怕。

可是唐煜的性格，在大学里的时候也不是了解得很多，只觉得这个挺能言善辩的，也有些能力，还难得的不像一般男人那样浮躁。后来越了解，发现和自己越南辕北辙，根本不是一个世界的人。

就拿这次职位调动的事情来说，母子两个一听到这个消息第一反应便是往哪个领导那送多少礼，实在让焦寒熙不喜欢。

摇摇头赶走自己的不快，她告诉自己不要去管这件事，如果最后事情没办成，搞不好还会怪到自己头上来。

她把这周做的东西整理好后，开始查阅关于现代复古风酒店的例子了，毕竟细节的地方比较有难度。卫子涵还没有把具体的要求告诉她，她只是想提前做一下准备，好到时候不那么没底，丢了颜卿的脸。

“不是说你不接新项目了吗？怎么又在找资料了?”焦寒熙正看得

认真的时候，身后突然响起了唐煜的声音，被吓了一跳。

她关掉了正在浏览的网页——五星级酒店设计图，从电脑前离开，说道："没开始新项目，我就是随便看看。"她的话半真半假，这个项目的合同还没签，从法律角度看就是没有开始。卫子涵那天和她讨论了一下具体方案之后人就不见了，应该是回上海公司去了，毕竟他是那边的总经理，不可能长期驻留在外地。

"今天有什么收获吗？"焦寒熙故意挑唐煜感兴趣的岔开话题。

果然，唐煜听到她问这个就注意力完全被转移了，压低了声音说道："我问清楚了，确有其事。李局长开始还不肯说，我暗示会好好答谢他以后，他就把什么都告诉我了。"唐煜很是得意。

焦寒熙猜到会引出这样的话题来，她努力压下自己心底的厌恶，装作感兴趣地问："哦？那他说了什么？"

"李局长说，这次我们局分配到了一个很好的职位，是政策法规科科长。这等于在我现在职位的基础上连跳三级啊！"说着，唐煜抑制不住自己的激动心情，就像这个职位已经在他手中一样。

"那太好了，要真成了是要好好答谢李局长！"焦寒熙附和地说道。每每提到李局长，就会想到徐雯的事情，让人很难有好感。

唐煜抱住她亲了一口："我的傻姑娘啊，怎么能到事情成了以后才谢呢。都是要之前把礼送到了才能成啊。你要不送，被别人捷足先登了哭都来不及。好在我这次知道得早抢占了先机，成功的机会比较大。"

她对这些官场的规矩多少知道一点，但并不想去搞懂。

晚上王淑回来之后，唐煜自然又把那番话跟她讲了一遍，王淑也是激动得厉害，吃完饭就想着送礼的事情了。

这回焦寒熙很识相地没有发表不和谐言论。可能自己常年钻在图纸中，又不参与公司的业务谈判，对这些社会规则确实一窍不通。她暗自想道。

周一再去上班的时候，焦寒熙看到了卫子涵，颜卿把办公区最里面一间放资料的小间收拾出来，作为卫子涵办公的地方，他似乎已经确定要长期驻扎在这里了。

焦寒熙刚到公司，放下包，桌上的电话就响了，心里有些奇怪，这电话可掐得真准时。接起来是一个声线拉得有点低的声音："焦寒熙，我在里面等你。”

焦寒熙抚额，有些无语。讲这种没头没尾的话，必然是卫子涵无疑，早在她第一次去上海在二号地铁站前面就领教过了。同样无语的是她能理解他的意思，无须多言。

她把周末在家里找的一些关于复古建筑的资料打了出来，拿上一支笔进去了。

“卫——子涵。”焦寒熙看见他下意识了想喊“卫总”，突然想起那天他再一次警告她不要喊卫总就临时转变方向决定直呼其名。话一出口她就后悔了，还不如喊他卫总。怪就怪他的姓太奇怪，她舌头打结了下喊出来就像是：喂，子涵。感觉像是在叫他小名一样。

卫子涵坐在那忍着笑点点头，显然是什么都看穿了。她厚着脸皮当做什么也没发生，坐到他对面的椅子上。

“现在我们来正式谈谈这个项目吧。你们的具体要求是什么，最好把书面文件提供给我。”焦寒熙用工作中一贯的严肃态度问道，“对了，什么时候签合同？”

那天敷衍唐煜的时候焦寒熙就想到了，虽然颜卿和卫子涵都确认了她作为这次项目的负责人，但是项目的合同她还没见到过。

开始谈公事了，卫子涵也收起了笑，恢复了他一贯的冷静表情。思考了一会儿开口：“这个项目比较复杂。我要一条一条和你说。首先，我们现在还不会签合同。之前和你说过了，这项目是要做一个五星级酒店。我想你自己也清楚，正常情况下你们公司是不可能这么轻易地接到这种级别的项目，至少要跟别的大型设计院一起竞标。从营销学来讲，这次合作只能算免费试用期。换句话说，整个设计方案要基本成型，并且得到了董事长的承认才会签合同，不然，就是无用功。”

听卫子涵说完，焦寒熙才反应过来。这种合作条款是从来没有过的——把东西做好了，给甲方看过满意了才签合同，那他们乙方规划院不是要亏死，哪有这么不平等的合作？

看出了焦寒熙的疑惑，卫子涵解释道：“这个项目本来是要给深圳一家比较知名的规划院做的，但是他们院的风格太过现代化，我们董事长不是太喜欢。我跟他推荐了你们院，他也看了你上次做的‘空中之楼’项目还是很满意的，就答应让给你们院一次机会，条件就是方案基本成形他满意后才会签合同。我知道这样的方式对你们来说风险比较大，但是豪赌才会大胜不是吗?”说着眯起眼睛看了一眼焦寒熙，“所以这个项目，诚信不是问题，关键就是方案的质量。你总不会对自己没信心吧?”

他讲了一大堆，焦寒熙总算听明白了，就是要“先验货，后收款”。假如客户不满意，就血本无归。转念一想，颜卿既然把这个项目交给她，必然是知道情况并且同意的，不需要她操心。难为卫子涵费了这么大劲解释。

焦寒熙有点不好意思:“我懂了，那就先干活。”

卫子涵还没说完:“其次，关于要求，也没有很确切的书面文件。”

合同就算了，要求模糊不清的话确实难做,“没有要求怎么做?”

“有我啊。”卫子涵言简意赅,“我会随时和董事长联系，尽量把那些确定的想法元素做成文件。你先设想一个大的框架把他撑起来，再慢慢放东西进去，就好像先把建筑的结构确定了，至于外部材料的选择，你自己的创意可以发挥到极致。随时加要求，随时修改。”

“好，还有别的不寻常之处吗?”尽管卫子涵描述得那么飘渺，她相信自己听懂了。

“最后一项，我不是你们所谓的甲方。”卫子涵语气放松下来，这最后一条是顺便告诉她的。

“咦?你不是甲方?”他说的每一个消息都让她吃惊一下。

“我是百德公司的总经理，‘空中之楼’是我们公司和你们签的，这个你肯定清楚。”卫子涵拿起了焦寒熙刚刚打出来的关于复古建筑的资料，一边看一边说,“现在这个项目是属于百利集团下的，董事长就是汪董，你也见过的。百德的董事虽然也是汪董，但这是两个独立的公司。”

又是一番云里雾里，焦寒熙走出他办公室的时候还处于愣神状态，最后总结出来一点。“商人就是花花肠子多，无商不奸!”

她也不急着找资料了，卫子涵说下午先带她去选定的地址现场看一下找找感觉。据说汪董事长看中的就是她作品中那份灵动。

焦寒熙一向习惯早早地来到办公室。他们在办公室谈了半个小时左右，出来后才看见其他同事陆陆续续到了，各自开工。她看见颜卿办公室的灯亮了，就直接转个弯进去找颜卿。

她想把这项目的情况给颜卿讲讲，刚开了个头，颜卿就朝她摆摆手："你是这个项目的负责人，大小适宜你一个人决定就好。遇到搞不定的事情再跟我汇报好了。特殊性卫子涵应该和你说了，我想着你应该不会有意见，就应下来了。这可是一个巨大的机会，做成了你的名气在业内就打响了。"

焦寒熙眨了眨眼，装作担心的样子："万一做不成呢，那我不是连孩子的奶粉钱都赚不到了。"

"去去，你胆子越来越大了啊，所长大人面前都敢装模作样了！"

在办公室里，不管是拼命赶图还是闲下来上网打发时间，都让焦寒熙感到惬意。

吃饭前郑阳拿了个图过来问她意见，她稍微研究了一下就导致吃饭时间晚了。吃好了再去找卫子涵的时候，他似乎已经等了很久。

"抱歉卫子涵，让你久等了。孕妇胃口比较大吃饭需要久一点，你懂的。"她毫无诚意地道歉，有意无意地强调了自己孕妇的身份。说实话在单独面对卫子涵的时候她是有些怯的，尤其上次被徐雯说了以后。

"吃饱点才有力气干活。"卫子涵毫不在意，拿起外套和她一起出门。

焦寒熙坐在Q7后座，舒展了下手脚，闭着眼睛静静享受，过了许久才回过神，发现车子开了那么久她和卫子涵还没交谈过。想着要不要找点话题，她想问酒店的地址在哪里，又一想，到了就知道了。继续享受沉默。

她没有特意去记路线，只知道卫子涵一直在往北和往西开，那就是新区很接近无锡的地方了。卫子涵特意放慢了车速，车上载着个孕妇，而且是新项目的负责人，他比平时更加谨慎。

"到了，下车吧。"卫子涵把车停稳，才去叫后座那个已然有些瞌睡的人。

焦寒熙猛地清醒。发现目的地已经到了，有些羞赧，居然听着音乐差点睡着，太丢脸了，简直对不起她的职业素质。

她惊讶地发现来到了太湖边，车子停在一条水泥都没铺的路上，前面是一大块空地，后面就是太湖，视野甚是宽广，顿时给人一种豪迈之气。

卫子涵望着太湖，说道："你站在这里看这片太湖，能感受到什么。"

焦寒熙站在湖边，呼吸着弥漫着青草芬芳的空气，试着把自己融进这片湖里，半晌说道："渺小。感觉自己太渺小。"

"那你试着想像，如果站在高处俯视呢？"

她又想了一会儿，道："君临天下的豪气。"

"对，就是这种感觉。"卫子涵的声音有些激动，他难得会显露自己的真实情绪。"汪董要的就是这种效果。他想打造的五星酒店，要有一种古代宫殿般的磅礴之气。全国各地的五星酒店大差不差，拼的都是高度、广度、设施豪华。我们要做的就是，第一眼看上去气势就能镇场。你可以参考一些北京的宫殿和苏州园林的风格，做古建筑的话这两个城市是最好的。北京偏硬气，苏州偏柔和，中和一下最好。除了外观大气之外，功能的要求要偏商务。重点要放在会议功能上，要有一个主打的大型的会议室，要庄重，面积宽敞。这是主要面向国内政府会议的。还要多个面积不同的紧凑简洁的小型会议室，是面向外国商人。中国人喜欢宽敞，外国人则更注重节奏效率。"

卫子涵一口气讲了许多，把他从汪董那了解到的信息加入自己的想法描述给她听。

焦寒熙站在他背后，看着眼前的男人，朝着太湖，讲着自己的见解。冬日的阳光照耀在他的头发上显得格外耀眼。那一刻她仿佛被蛊惑一般，心里只觉得卫子涵瘦削的身姿格外挺拔，有种王者之气，眼前太湖的磅礴融成一幅画。

"说说你的想法。"卫子涵回过头，看着焦寒熙，眼睛格外有神。

焦寒熙心中一凛，立刻回神。思考了一下立即开口，不想他察觉自己有任何不自然："你的想法我可以理解，我觉得和我上次提过的那个意见很符合。外观打造的中国风一些，给人一种区别于一般酒店的感觉，宫殿这个想法极好，霸气又有代表性，里面可以划分成若干区域，依照功能不一样采取不一样的风格。会议室要现代化一些，强调效率和节奏。套房和餐厅还是可以采用古风的，不管是招待外国友人，还是中国官员，都是一种别样的服务，关键只要把两种截然不同的风格自然地糅合在一起就好。我回去就试着把功能结构图大致画一下，不过可能会久一点，我现在的身体状况已经没法长时间劳作了。”

“时间上你完全不需要担心。对于百利集团来说，这个项目还没正式提上日程，我们是超前准备。”

两人交换了一些意见后，对彼此都由衷地佩服起来。焦寒熙发现卫子涵不仅是个商人，他在各个领域都有涉猎，和他聊什么他都能发表一些不同于大众之流的见解。

卫子涵此时对焦寒熙的欣赏又添了几分，之前对她的印象只是认为她性格坚毅，工作颇为认真细致，很有能力。现在发现，她真的有一种一般国内建筑师缺少的灵气。就是这个词“灵气”，汪董第一眼看到“空中之楼”对她的评价。有些人天生就对艺术有着高于常人的敏感，而焦寒熙恰好是那种能把灵感很好地表达出来的人。

在酒店建造的地方勘察了一番后，他们又去附近转了转。旁边就是太湖大道，虽然地处郊区，但是交通是极便利的。太湖大道一直往东开就上北环了，开到国道也很方便，而且这里离无锡很近，往西北方向不远就是苏南硕放机场。

这么一番考察下来，时间已然不早，下班时间都过了。卫子涵开车的时候问她，要不要直接把她送到家里。焦寒熙想起王淑和唐煜，立刻摇摇头，说就去公司。卫子涵便不再多说。

回到公司的时候快六点了，卫子涵并没有回公司，把她送到就走了。办公室里没什么人，这个点上，就算要留下来加班的也去解决晚饭了。她看见颜卿办公室的灯还亮着，就敲门进去了。

“现场勘查得如何?”颜卿一见她主动问道。

“有钱人真有钱！那地广阔得跟什么似的，重建阿房宫都不在话下。”焦寒熙一屁股坐在沙发上，她其实是想和颜卿闲聊。

颜卿看出了她的意图，把桌上东西收收坐到了她旁边，开聊:“那当然，你以为谁都有能力投资造五星级酒店啊!”

“早上卫子涵说，他并不是我们的甲方，那他出现在这里干嘛?”这点焦寒熙不是很明白，卫子涵说他的公司和现在的甲方公司是独立的，那他现在是什么身份呢?

“傻妞，不管他的公司和现在的甲方公司是不是独立，你只要知道大老板只有一个——就是汪董，而卫子涵是他的得力干将。understand?"

"卫子涵很能干吗?"

"那当然。我最初认识子涵的时候，他只是百利集团的一个小职员。汪董是新加坡人，你知道，那些新加坡老板最不信任中国人。他们宁可花高于正常薪酬几倍的钱去请新加坡或马来人当主管，也不愿意提拔有能力的中国人。卫子涵是真的有能力，他在百利当主管的时候是第一个也是唯一一个纯正的中国人。后来汪董又建立了百德公司，直接授权他当总经理了。"

焦寒熙一阵欷歔:"哇，江山代有才人出啊，原来卫子涵这么传奇。"

"少贫。这个酒店的项目你觉得怎么样?如果到时候太累身体受不了的话一定要跟我说，别硬撑。不管怎么样身体是最重要的。"颜卿知道她和唐煜的婚姻并不是那么幸福，很是心疼这个妹子。偏偏她还是那种加起班来十分忘我的好员工，还要她这个老板来提醒她注意身体。想了想又说:"和卫子涵合作你会很愉快的，而且能学到不少东西，不管是专业方面，还是人生体悟，他话不多，但说的都是很有用的信息。"

这点焦寒熙深有感触,"但是跟这么优秀的人合作，我压力很大啊!"

"哈哈，别急别急，你不是一个人在战斗。"

第七章　美好婚姻的理想条件是良好的感情基础，以及契合的价值观

21

王淑在家里清算了一下存款，除了留下一笔以防万一的钱，最近交了不少房贷，还得留一笔装修费用，家里就不剩多少钱了，不过职位调动这事可是重中之重，该去哪里借呢？

焦寒熙平时不在家里吃晚饭，唐煜也经常和同事饭局，像今晚一样，就她一个人在家，没事做就会打开保险箱清算一下账目，这个习惯延续了很多年。寻思了半天，她忽然灵机一动，收拾好碗筷就出门了。

坐公交到了沁苑，虽然没去过焦一新家，但是焦寒熙和唐煜提过几次，她早就把地址记下了。周纯敏正窝在沙发上看电视，焦一新还在书房写一个编程，他俩对王淑的突然造访都有些吃惊。这母子俩，怎么都是电话都不打一个直接杀过来的。

“寒熙他哥，跟你商量个事呗。”王淑一进门就开门见山。

上次的事情焦一新还余怒未消，又不能把事情搞僵了让妹妹难做人，就问道：“什么事？”

“是这样的，小煜他们局里最近有个职位调动，需要打点一下上面的人，你也知道我家的情况，寒熙他们的房子马上就要交钥匙了，然后钱就不够了，所以我就想，先问你们借一点儿钱周转一下，等这个职位结果出来了，不出三年，就能把钱还了。你觉得怎么样？”

前仇旧恨加在一起，焦一新一直把这个事情的根源算在了王淑非让寒熙一个人出首付这件事上，而且结婚前叔叔又拿了一笔钱出来，王淑

这么做实在是欺人太甚，真不把焦家的人当人了。“王阿姨，寒熙结婚前我们就借了十万块给她和唐煜买房子，想必这事你也知道的。别的钱呢实在是没有了，你可别忘了，要不是这十万块，我的孩子可不会白白的没了。别说没有，就算有，我也不会借的。您请回吧。”

“不就是问你借点钱周转一下吗，又不是多大的事，至于说得这么绝吗？你家的人一个比一个没素质，真是的！”王淑联想到儿媳妇前阵子离家出走的事情心里就冒出了一团火气，忍不住抱怨起来。

焦一新不怒反笑，做出“请”的姿势站在门口，说道:“对，我们焦家的人都没素质，总是跟傻子一样被人骗，把钱借出去了一笔又一笔，估计也没有拿回来的可能。不过没素质归没素质吧，我们至少不在伸手问外人要钱，要了一次又一次，你要是看我们家不顺眼，那就请走好，不送。”

近乎逼着王淑出了门，焦一新狠狠地把门甩上了。周纯敏依旧在沙发上蜷缩着，看着他的一脸怒色，道:“别跟一个老太婆一般见识了，小心她把气出在寒熙头上。”

“你说得对，回头你跟寒熙把这事说一声，免得她没点心理准备就遭到那死老太婆的攻击，我这几天要把程序做完，应该没什么时间陪你一起去了。”

“我晓得，放心。”日子好不容易恢复到平静而温暖的状态，她可不会允许王淑把这一切都打乱了。

“嫂子，你怎么又送东西过来，上次送的还没吃完呢，下次不准这么跑来跑去了，我哥会心疼的。”周纯敏带着水果直接出现在了她的办公室，上次焦一新揍了唐煜之后他们夫妻俩就没再去过唐家，也想着能不去就不要去了。

“你哥恨不得自己送来呢，这些可都是为了小外甥准备的，所以你不能自作主张不接受。对了，我今天来还有件事需要跟你说一下。”

今天是周末，加班的人不算多。她把边上的椅子拉过来让嫂子坐下，示意她接着说。

“你婆婆前些天来家里借钱了，被一新赶了出去。说是为了小唐的工作，也不知道他们在家里有没有为难你？”

焦寒熙顿时有种五雷轰顶的感觉，又借钱！关键是还向哥哥借，为了唐煜的工作，如果他们去唐家的亲戚那里借钱，她就不说什么了，自己也管不了。嫂子的事情才过去了没多久，他们怎么好意思的？焦寒熙冷笑了几声，对周纯敏说：“哥哥要是真借给她了我就可以去跳阳澄湖了，我婆婆口风守得挺紧，一点都没透露，估计是没借到钱不好意思说。那这事就这样吧，我也懒得回去和他们吵，只是又让你们生气了，真是不好意思。”

“没事，看到你婆婆被你哥赶出门，我觉得特解气，这么想是不是很过分？”

两人笑成一团，驱散了这事情带来的低气压。

与此同时，周末被锁在家里的徐雯就显得很暴躁。沈锦超连续几天的不理会态度几乎让她抓狂，她不明白这么深的感情怎么说结束就结束了，如果真这么轻易，那还是爱情吗？

母亲付遥冷着一张脸，手里拿着报纸，坐在客厅里，眼光不时地瞟向即将暴走的徐雯。见她又试图出门，问道：“你这是去哪里？”

“我去找沈锦超，我不允许就这么不了了之了。妈，我警告你，不要阻拦我，我真的会跟你断绝母女关系。”

“你要是真有这个魄力早就断绝了，现在你们都闹成这个样子了才想着断绝，你也太后知后觉了吧？徐雯，你是从我肚子里生出来的，你有几斤几两我还不清楚吗？马后炮可是你的拿手好戏，妈也警告你，你今天走出这个门，别说你自己没有回家的路了，我会让沈锦超也没了前途，你信吗？”付遥的态度比以往更具有压迫感，徐雯的父亲在书房探了个头又缩回去了。

徐雯急得团团转的脚步顿住了，她难以置信地望着自己的母亲。“你还是我的亲妈吗？”

付遥把报纸放下，语重心长地说道：“徐雯，你告诉妈，从小到大，我给你选的路，有哪条是错的，让你少走了多少弯路？你告诉妈，这里面又有多少是你愿意的，可是结果不都是好的吗？你早就习惯了跟我作对，觉得我做什么决定都是为了让你反抗，包括谈恋爱也是。妈不是反对你谈恋爱，谈个一两个也没什么，女孩子多点经验以后不容易吃亏，可是不能太认真。你要知道，自己陷进去得太深了，你就输了。”

“妈……可是我真的很喜欢阿超，你就不能成全我们吗？”

付遥笑了一声，问道："真的有这么喜欢吗？那为什么还同意去相亲，试着和李局的儿子在一起，你以为你们的那点把戏真能瞒过我们吗？真那么喜欢你早就离家出走了，你倒是跟妈说说，你放不下的是什么，优越的家世背景，安逸的生活条件？既然放不下的是这些，那为什么舍近求远，不直接找到捷径呢？"

徐雯被母亲的一番话说的无法反驳，字字句句都是针对自己，简直就是把自己剖开了放到解剖台上，肮脏恐怖的内里被展现出来，把她自己吓了一跳。

付遥看着女儿的反应，继续添了一把火："妈妈告诉你，女人可比不得男人。结婚就像是女人第二次投胎一样，选错了后悔一辈子。什么风花雪月在现实面前都是空的。今天你敢保证你最重视的是爱情，那三年后、五年后呢？你能保证自己，还能保证沈锦超也和你一样以爱情为重吗？警局也不是一个纯白的地方，你不会不懂。你回房好好想想，想清楚了告诉我答案。"看到徐雯有些呆滞的表情，付遥露出了一个成竹在胸的笑容。

第二天焦寒熙回到家里，发现气氛不对劲，王淑和唐煜的脸上都笼着一层阴云。她敏感地猜到，可能是职位调动的事出了纰漏，最近他们操心的不就是这件事吗？

吃晚饭的时候焦寒熙也不敢多问，按照以往的经验来说，但凡她开口，婆婆总会把她的意思曲解到不堪的那个方向去。王淑草草地扒了几口饭，就扔下碗筷回到自己房里把门锁了。焦寒熙吃得也不多，待唐煜吃好后她自觉地收拾干净。

回到房里的时候，唐煜躺在床上，衣服也没脱，眼睛闭着一脸疲惫的样子。"老公，发生什么事了？"她在床边坐下，双手按上他的头部，轻轻地按摩。

唐煜沉默了一会儿，开口："升职那事，没成。"

果然，和她猜想的一样。她小心斟酌着措辞安慰他："没关系的，又不是只有这次机会。这次不成还有下次嘛。只要努力了就好。"

"你不懂，有些东西不是努力了就有结果。"唐煜坐起来，情绪有些激动起来。"和我一起被提名的是小顾，无论学历还是资历他都差我一头。我原本以为就自己局里的领导决定的，最多苏州市局的领导。自己局里两个局长我都打点过了，市局的话，局长没有人引荐，想打点也没有门，但是书记是李局长的老同学，那边也送了不少。没有想到这次的调动完全没有经手市级领导，是省里直接定下名额。那姓顾的肯定连省里都打点好了，不然怎么一下子就出来名额确定是他。都怪我，都怪我没有打听清楚。”说着他捶了几下头。

焦寒熙看着他痛苦的样子也有些心疼，轻轻抱住他：“唐煜，唐煜，不要怪自己了。这样的状况你也没有办法啊。不要难过，以后还有机会的。”

“可是那些钱都打水漂了。”唐煜说完，又颓丧地倒下。

焦寒熙一阵苦笑，这不就是她当初担心的事情吗。有些地方官场风气就是这样，老百姓又有什么办法？“不要为那些身外之物伤身伤心了。钱没了还能赚，最重要的是我们一家人好好在一起。你要打起精神来，好好劝劝你妈。年纪大的人一般更难想开，万一她被气得身体不好的话损失更大了。”

听了焦寒熙的一番话，唐煜觉得好多了。虽然还是有些郁结于心，但那些道理毕竟听进去了。他觉得去劝劝母亲是非常有必要，她年纪大了可经不起什么病痛，现在生个小毛小病去医院就要几百几千的。

唐煜早早地睡着了。这几天他为了调动的事情也是各种奔波，请客吃饭娱乐送礼，精力也付出了不少。现在一切结束了，他累得只想好好地睡一觉。

身旁的焦寒熙瞪着双眼睡不着，开始胡思乱想。唐煜的人生观价值观和她背离得太严重，恍惚间想起了卫子涵，这两个男人是两种极端吧。当初慕岩是怎么样的呢？她现在已经成功地把慕岩隔离在她的回忆之外，轻易不去触碰，可是依旧很清楚他是个极霸道的性格，喜欢把一切都按照他的想法安排好。喜欢他的时候，总是一味地迁就。现在已经跳出来后她才发现，在慕岩身边的自己，或许也不是真正的自己。什么时候才能脱下虚伪的面具，做一个坦荡洒脱的人。

在心里想着白日里看到的那片无边无际的太湖，焦寒熙构思着临湖的宫殿睡去。

这件事就在一家人小心翼翼地掩护下过去了，谁都没再主动提起。加之家里面迎来了另一个需要全家关注的重心——房子。

房子在十一月中旬的时候如约拿到了钥匙，焦寒熙这才知道，王淑之前厚着脸皮借着她的名义叫吴立翔学长放他们提前进行装修，吴立翔倒是爽快地答应了。等她进去实地看户型格局的时候，前期的装修已经完成得差不多了，空气中弥漫着涂料的刺激性气味。这些都是唐煜在负责，尽可能选一些有毒物质含量比较低的涂料。她转了几圈，把大致的尺寸记下来之后就没有再去看过，想着等到装修后期按自己的想法做一些室内设计。

等到装修进行到需要铺地板地砖的阶段，焦寒熙在饭桌上提了一下自己的设想，虽然没有特意画图纸，但心里面已经勾勒好了蓝图。唐煜和王淑都表示赞成，没太大意见。结果到了选材料的时候，她把看中的是带耐磨层的软木地板，跟他们一说，王淑死活不让买，非让买便宜的暗沉色强化木地板。家具也是，焦寒熙提到想去宜家购置一些，在宜家官网上找了一些样图让她们一起看。王淑一看标价又是一口否决。“小煜要是这次能升职的话呢，你们买好些的家具我没意见，现在升官是没希望了，那就节省点儿吧，说不定明年用得上呢。”

焦寒熙试图改变他们的这种想法，道：“钱是赚出来的，不是省出来的。该花钱的地方就应该花，建材这种东西的甲醛含量区别极大的，那些劣质的基本都是甲醛超标。对人的身体不好，尤其是宝宝。”

王淑不屑地看了她一眼，“这就是你不懂事了，既然要当妈了，就要学会勤俭持家。甲醛多得话，多买点活性炭，晚点住进去不就行了，又不是没地方住，也不差这几天。你说是吗，小煜？”

唐煜最近的心情不是很好，主要是由于年终评选的事情，究其原因确实是因为没有送礼，毕竟他的职位就是这么上去的，如果当时手头宽裕多打点一些的话说不定。算了，明年肯定还会有机会，把希望寄托在下一次吧。心里打定主意后他说道：“我觉得妈说得有道理，能省则省吧，家里条件又不富裕，还要还房贷呢。”

“行，我没意见，你跟妈决定吧。我有点不舒服，先去躺会儿。”明白了他们的想法后焦寒熙不再多说，扶着肚子慢悠悠地回房了。

王淑和唐煜现在对她时不时地不舒服习以为常。既然她不再反对，那就按照他们自己的想法来买。他俩开始看王淑从蠡口家具城拿的宣传册研究哪个省钱，哪个性价比高。

大致敲定了之后唐煜回到房里，发现焦寒熙正枕着靠垫看资料。“老婆，我跟妈选得差不多了，你再来审核一下吧。”

“既然你们都决定了，那就这样吧，不必给我看了。”

毕竟是两人的新家，以后要厮守的地方，他还是希望焦寒熙能喜欢，再次劝道：“跟你想要的其实差别并不大，等以后有钱了咱再换，怎么样？”

她书放在一边，侧过身继续看。“你不是要升官发财吗，还得准备着钱，到时候还得再准备，哪年哪月才能有闲钱？就这样吧。后天一轮方案要出成果，我没精力研究这些。”

唐煜心头升起一股无名火：谁不想买好的家具，谁让他经济能力有限呢，赚得比焦寒熙少了一大截，至今自己的工资只够还房贷的，生活费什么都用焦寒熙的。这对一个男人来讲简直是奇耻大辱，这种窝囊的情绪滋生了很久，一点点蔓延起来，他强压了下去，冷声道：“你就一门心思做你的设计吧，别的我和我妈操心就行了。”说完就转身出了卧室。

焦寒熙也没理会他的态度，少投入一分心思，就少两分伤心。

唐煜越想越觉得不爽，一个电话就把宋腾叫去了“乱世佳人”，两个对生活不满的男人聚在一起买醉。

连续几天他都跟宋腾混在酒吧里，焦寒熙对他一身酒气回家只是皱皱眉，也没多问，这让唐煜心中的不信任更严重了。宋腾之前那番话一字一句在脑海里重播，像是猫爪子一般挠着自己的思绪，看着焦寒熙的一举一动他都觉得自己是多余的，在她心里还是占不上多少地位。

某个夜晚，他刚要出门去酒吧，王淑有点看不下去了，问他：“小煜，你这孩子最近怎么总是晚上出去，有这么多应酬吗？我怎么觉得有点不大对劲呢？”

“今天宋哥请客，我也不好推辞，公务员就是应酬多，妈你就多多谅解嘛。”

王淑不高兴了。

“三天两头出去已经有点频繁了，你这怎么天天出去？你媳妇怀着孩子呢，有空多陪陪她，影响了我孙子的健康我为你是问。今天早点回来，知道了吗？”

唐煜回想了一下，觉得自己确实有点过分，便应下了王淑的嘱咐。

在酒吧晃了一圈，突发奇想想去看看加班中的焦寒熙。自己似乎已经很久没有去接加班的她了，今天正好没喝酒，就开车过去陪她加班好了。

轻车熟路地走进设计院，焦寒熙在的办公室只开了前排的几盏灯，人影稀疏，看不真切。还没走到办公室门口，就听到焦寒熙的声音传来："你这个时候跟我说这样的话又有什么意思，该挽回的时候你又在做什么，你有考虑过我当时怎么熬过来的吗？"

从门口望过去，焦寒熙似乎低着头，中长的头发遮住了表情，另一个声音在她不远处说道："点点，我要是知道你当时……我是不会去法国的。只怪当时的我太年轻气盛了，现在想来真是对不起你。"

唐煜如遭雷击，不可能……他什么时候回来的……这简直是噩耗中的噩耗，他仓皇地后退了好几步才站定，又有些近乎猥琐地往前挪了几步，试图听得再清楚些。

"你也知道说当年？这个词一出口就是过去时了，再也无法挽回。我曾经为了追逐你的脚步，一度以你的梦想为梦想，最后得到的只是一些支离破碎的回忆，你走的时候连个背影都不留给我。这样的决绝当年的我可做不出来，不过现在的我还是能做到的。因为我是一个母亲，为了我的孩子我必须坚强，这也就是你之前那个问题的答案。"

"你撒谎，虽然我已经半年没见过你，可是你每次对别人撒谎都敢看着人家，对我你就做不到了。你敢看着我，用孩子的名义说你心里没有我吗？坚强不是一个人抚养孩子的理由，不要敷衍我，点点，这只会让我心寒。"慕岩站在焦寒熙身后，手搭上了她的肩膀。

焦寒熙浑身颤抖了一下，声音也有些发抖："就算你一下飞机就直奔我这边，就算你悔不当初改过自新，可是我现在是有夫之妇，我以法律的名义告诉你，孩子的爸爸不会是你。你死心吧。"

唐煜在门口听得很清楚，焦寒熙的态度是向着自己的，可是不排除她故作坚强的可能，如果孩子可以归慕岩倒也不错，以后就不会再有麻烦了。慕岩这个人简直是焦寒熙的毒药，在她心里慕岩和自己孰轻孰重，唐煜用脚趾想都知道是慕岩。

他踮着脚尖走到楼下，给焦寒熙发短信：老婆，我今天来接你，已经到楼下了，等我一会儿。

果不其然，办公室里唯一的两人看到他的出现都是一惊，焦寒熙似乎根本没看到短信，慕岩一惊之后迅速就恢复了从容的神色，看向唐煜的目光里带了点轻视的意思。

三个人都默然了，最先开口的是慕岩，冷笑了一声，道：“我怎么也没想到竟然会是你，不过我还是很感激你这段时间替我照顾寒熙和我们的孩子。”

焦寒熙怎么也没想到会出现这样的场景，根本不知道怎么应对，干脆出现一条地缝让她钻进去吧。她谁都不去看，眼睛盯着依旧明亮的电脑屏幕。

“我是寒熙的丈夫，我们可是受《中华人民共和国婚姻法》保护的，你又是以什么立场站在这边，请把你的手从我妻子的肩膀上拿开。还有，孩子是我和寒熙的，你最好别打什么坏主意。”输什么也不能输了气势，唐煜在心里给自己打气，这个情景总是要面对的，只是没想到来得这么早，那就当一回真的勇士吧。

“《婚姻法》？寒熙嫁给你是一时的权宜之计，没有照顾好她是我的不对，我会用以后的时光来补偿她的。谢谢你这段时间帮我照顾老婆孩子，我一定重谢唐先生。对了，孩子的父亲是谁，等生下来后做DNA就清楚了。小孩还是在自己的爸妈身边成长才会健康，不劳你费心了。”

慕岩的一番话如万箭齐发一般将他打回原形，再加上一个凌厉的眼神，唐煜一下子就落了下风，难以应对，只能强调：“寒熙现在心里的人是我，我们根本不可能离婚，你别痴心妄想了。”

“你才是痴人说梦吧，寒熙心里的人是谁全学校都知道，不用我再强调了吧。有些人身在梦中不知醒来，我呢，好心给你提个醒，趁早清醒，别到时候认不清什么是现实。”他不再看唐煜，把焦寒熙的头发撩起来，有点惋惜，“是为我剪的吗，你看头发还能重新长长，我们也一样能够重新开始的。”

唐煜一把冲上去揪住慕岩的衣领，斥道：“畜生，把手放开，我他妈的跟你拼了！”

慕岩用力地把他推开，身高一米八二的慕岩占有绝对优势，他居高临下地看着唐煜，冷笑了一声：“狗急跳墙了吗？原来才这点能耐，我的命比你的金贵多了，我出了事寒熙和孩子可怎么办。你说呢，唐先生？”

唐煜再次于愤怒，冲上去揪着他的衣服就要打，慕岩也不是省油的灯，常年健身的他体格比唐煜结实，应付得很自如。

焦寒熙拽过自己的包捂着嘴跑出了办公室直奔洗手间，浑身撕裂般的难受，干呕了一阵，看着镜子中脸色惨白，发丝凌乱，无比狼狈。洗了把脸，她看都没看洗手间外两个担忧的男子，从他们身边径直离开了。她现在谁都不想理，她需要休息。

22

唐煜追出去的时候焦寒熙乘坐的出租车已经扬长而去了。她本想找个地方躲起来，一想到躲得了一时躲不了一世，中途又让司机改到回唐家。开门的时候王淑倒是态度不错地道了一句："回来啦？"焦寒熙勉强一笑，直接回房了。

两室一厅的房子迅速就凸显出了其劣势，她不想面对唐煜的时候连个可以单独躲藏的书房都不存在。披了厚厚的珊瑚绒毯子，坐在写字台前，桌上凌乱地摆放着最近常翻的案例，规范，铜版纸上的图片似乎失去了往日的立意，看上去只是一片花花绿绿，扎眼地铺满了视野。揉了揉酸涩的眼睛，焦寒熙撑着额头闭目养神，等着面对唐煜的归来。

"你打算什么时候告诉我他回来了？"唐煜的声调前所未有的冰冷，连同冷酷的气氛一起忽然出现在她身后。

"现在。"她把椅子转过来面对他，眼神里波澜不惊，看着他沉默的怒容，解释了一句，"我也是刚才才知道他回来了，至于孩子的事情，我也不知道他从何而知，你想知道的是这个吧？"

"我想知道可不只是这些，我更想知道刚才我跟慕岩对峙的时候，你为什么不站出来替我说句话，一句都没有。"他把重音放在了"一句"这个字眼上，失落的神色越来越深，懊恼地坐在床上，一拳凿在床板上，隔着被子还是能听到很重的碰击声。

焦寒熙攥紧了拳头，不卑不亢地答道："我的丈夫跟别人拳头相向，还是先出手的那个，我这人有一个很大的缺点，帮理不帮亲，这个解释你还满意吗？我真的不喜欢那种野蛮人的解决方式，有什么事好好说不行吗？其实我更希望你问的是我最后会怎么做，不知道是你太信任我还是太不信任我。呵……"她苦笑了一下，还能怎么说呢？曾经刻骨铭心的恋人，再相忘于江湖也不可能装作不认识，或者当做敌人。

唐煜被她的话刺激地想起了宋腾在酒吧同他说的那些，又联想到之前那次她和母亲的争吵，冷笑着问："我懂了，原来你一直在怪我帮着我妈不认理了？我妈百分之两百的心思都在我身上，你呢，别说百分之五十，连三十都不到吧？慕岩说得对，你为什么不敢看他？"

焦寒熙怔了一下，脸色越来越白，越来越冷："原来你早就在外面了，那你为什么不早些进来，说到底还是不信我，既然不信，我再解释又有什么用。难不成，你想看着慕岩将我夺回？"说完看着唐煜千变万化的神色，她转过身不想再看，趴在写字台上，感受着眼泪一点点地渗出来。

唐煜仰面躺在床上，思绪变得凌乱起来，他忽然不懂自己了。这么做究竟为的是什么呢？颓丧地盯着天花板，往昔的甜蜜和艰辛回忆涌入脑中，在自己意识到说了什么之前已经开口了："答应我不要在见他。"原来这才是内心深处最大的恐惧，他害怕慕岩的一个小小举动就将他的梦想和未来打碎了。

焦寒熙依旧维持着趴着的姿势不动，认真地思考着这种可能性。以慕岩的性格，不达目的誓不罢休，果断决绝，这件事情肯定没这么容易了断的。还要考虑到孩子的事情被慕家二老知道的后果，这样的家庭背景，肯定不会允许存在一个可以分他们家家产的孩子流落在外，至于会做出什么，焦寒熙难以想像。至少有一点，慕岩，不可能用不见他这种逃避的方式就能把那些问题解决的。

唐煜等了半天没听到她吱声，翻滚的情绪一点一点冷却下来，最后冰冷如石块。他把自己裹进被子中，也不想再等她的答案了。侧着身子躺着，苦涩的泪水好几次差点涌出来，都咬着牙逼回去了。

许久之后，焦寒熙拉开被子的一角，躺在他身边，她知道他没睡着，开口道："我……"

唐煜闷在被子里说："你不必说，我知道了。"

两人背对背，各自朝向一边，迎接另一个黎明的到来，伴随着曙光，还有更多的狂风暴雨在后头。

情绪的起伏不定或多或少影响了工作进度，焦寒熙这几天对着电脑总是走神，心里的大石头太沉了，压得灵感和精力都找不到出口。

"寒熙，前台刚才通知我，小慕又来了，现在被门卫大叔拦在楼下呢。天色也不早了，你是叫唐煜来接你还是需要我出面挡掉他？”颜卿看出来她这几天心不在焉不在状态，也不点破，她相信焦寒熙自己可以调节。

焦寒熙略显无助地望着她，声音有点哭腔，问道：“卿姐，你说我该怎么办？”

颜卿拿过她的鼠标，把文件保存了下，按下了关机键。“怎么办不是我能帮你做决定的，不过逃避永远不是解决办法，也不是我所寄予厚望的五星级酒店负责人会做的事，不管你去不去见他，今天都不要再画图了，好好休息一会儿，理一理思绪。寒熙，问问真正的你自己，该不该下去。”

唐煜已经跟她冷战好几天了，只是在王淑面前还是正常夫妻的样子，姑且不要叫他来了。焦寒熙把五指插进头发里，一顿乱揉，咬在嘴唇上的牙齿再用力一些就该流血了。“卿姐，可以帮我下去带句话吗？”

颜卿点点头，帮她整理凌乱的发丝。

“我今天的状态跟他说不清楚，改天，帮我约他改天再见，告诉他，我不会放弃坚守的位置，但是我也不会逃避了。”

颜卿看着她憔悴的面容和愈发凸显的颧骨，心里揪了一下，忍住鼻腔的酸意转身下楼。慕岩还是以前的样子没太大变化，双手插在口袋里，脚尖踢着地上的小石子。“小慕，好久不见。”

“颜所长？怎么是你？她还是不敢见我？”慕岩把手从口袋里伸出来，表情无比认真，“我是真的有事找她，你放心，我不会乱来的。”

慕岩的气势似乎没以前那么凌人了，看来出国的这半年他应该吃了不少苦头，面容上多了几分通晓世故的沧桑。同样的时间，在焦寒熙脸上留下的更多的是憔悴。“寒熙身体状况不大好，精神上也面临很大压力，看在过往的情分上，多给她一些时间，不要这么逼她成吗？”

“我没有逼她，我是为了……”

颜卿打断了他的反驳，“我知道你们这些男人都打着为她好的旗号，其实都只是在逼迫她。电话我是不会给你的，你明天也不用来了，过几天她会见你的，我也会帮你劝劝她。”

“真的？多谢。”慕岩已经吃了好几天闭门羹了，有点不大相信，不过颜卿一向不会乱说话，既然她这样讲，那寒熙肯定也同意了。

“不客气，多为她着想一些。还有，她让我转告你，她不会放弃坚守的位置的，这其中的含义你应该能明白。言尽于此，我就不送了。再见。”

下完逐客令，慕岩也不好意思多留，回头望了眼楼上的办公室，黯然地离去了。颜卿正要往回走，眼角瞄到一个鬼祟的身影，虽然没看真切，不过十有八九是唐煜。叹了口气，她决定这个插曲还是不告诉焦寒熙了。

回到楼上，她走到里边的小隔间，敲门之后进去。“子涵，方案不急着这一天两天吧，我替寒熙请几天假，你就多宽限些日子吧。”

卫子涵把手从笔记本键盘上拿开，道:“这不像你的风格，颜卿，我记得你可是从来不拖延的，怎么这次还主动要求拖延时间呢。”

“我相信你也看出来了，寒熙最近的状态有……失水准。就算勉强能合你的要求，也不会有太优秀的发挥。她的事情有点复杂，尤其是出现了一个会影响她全局的人物，她这几天都快心力交瘁了。哎，我都看不下去了，恨不得把那两个男人都拖出去斩了。”

卫子涵若有所思地支着头，右手中指的指节有节奏地敲打着办公桌面。“颜卿，问你个问题，你觉得焦寒熙这个人，最适合的位置应该在哪里?”

颜卿对他忽然问的这个问题有些不解，皱眉问道:“位置?”

“我的意思是首先作为一个建筑设计师，她的才华有目共睹，其次作为一个女子，结合现代社会的责任和强弱势的对比，怎么样的……取舍和把握对她来说比较适合呢?”

她终于听明白这一番隐晦的云里雾里的问话，坐在他对面的座位上，一边思索一边回答:“虽然这想法有点自私，我更希望她不被私情困扰，毕竟作为一个女人，一旦被家庭孩子束缚住，真正能投入到事业和梦想中的精力就不剩几分了……不过她的情况有些特殊，换作我可能处理的更糟糕，你也知道我总是硬碰硬，不听劝。嘿嘿。”

“不听劝也有不听劝的优势，优柔寡断会阻碍前进的脚步，要不是你的横冲直撞的勇气，现在的所长肯定不是你了。不管是以朋友还是……项目委托方的立场，我都希望设计师可以保持在最好的状态，你不妨把她的复杂的情况向我描述一下，我们一起看看有没有什么能帮她摆脱困境的方法。”

颜卿陷入了长时间的沉默。

卫子涵轻咳了一声，道：“你也不愿意看着她被束缚住不得挣脱吧？现在是分水岭的关键时期，设计行业，退一步得到的绝对不是海阔天空。”

鉴于卫子涵的可信度，颜卿大致将焦寒熙的情况向他描述了一番。心里叹了一声：寒熙，也不知道这么做是对是错，不过设身处地地想想，一时的退让会让你在未来的日子里心里充满不甘。说得差不多的时候，颜卿仔细地端详着卫子涵的神色，忽然张大了嘴，“你该不会……”

卫子涵微笑着把食指按在自己嘴唇上，道：“你知我知就可以了，放心，我虽不是圣人，但绝对是君子。”

她哀叹一声自己怎么没早些看出来其中的端倪呢，不过私心里，她竟然不觉得这有什么不好。两人讨论了一阵，她突然问道：“之前给你看的企划案，可行吗？”

“你的可行性报告都写得这么清楚了，你说呢？我是举双手赞成的，不过这个事情最大的契机还是让焦寒熙好好发挥，拿下这个五星级酒店的合同，最后的总战略目标是一致的，其他成员，你开始行动了吗？”卫子涵又开始露出那商人的浅笑，颜卿真想冲过去撕开这层表皮，看看他最骨子里的想法。

“我本想这几天跟寒熙说这个事情的，但是……先等她解决了眼下的两尊大佛吧。对了，我刚在楼下看到一辆车，很像他老公的。似乎是在盯梢，真是什么人啊，这种事情都做得出。”

卫子涵刚准备喝口咖啡，手一抖，洒出来一滩，“真是……不知道说什么好。”

站起身，准备离开这个临时办公室，颜卿深吸了一口气，道：“这个时代对女人是不公平的，事业上哪有男女平等，男人加班叫做有出息，女人加班却只会被说成不顾家，真是个可悲的时代，找不到两全其美的中间值。”

沉默地擦掉桌上的咖啡，卫子涵目送着颜卿离开。两全其美也不是不可能，关键是能不能抓住一闪而逝的机遇。谋事在人，成事在天而已。

焦寒熙下班的时候，吃惊地看到唐煜的车在公司外头，他正躺在座位上听着音乐。安静地打开副驾驶座的门，自己扣好安全带。唐煜一声不响地发动车子，疾驰而去。

打开家门，王淑正在客厅看着家庭伦理电视剧，顺便等他们。看着焦寒熙走进屋就说："你肚子都这么大了，晚上少去加班，要加就周末去吧，工资周末可是翻倍的。"

"妈，你没看出来寒熙就是不想待在家里才去加班吗，再说她加班没工资的。"唐煜口气有点冲，颜卿和慕岩说的话他都听到了，焦寒熙还是决定去见慕岩。

王淑一下子就从沙发上跳了起来，"什么！没加班费那还去加班干什么，你脑子有毛病吧！"

这家人总是雪上加霜，却不知道雪中送炭，胃里一阵抽搐，焦寒熙想要进洗手间，孩子踢了一脚让她一个没站稳直接吐在了客厅。王淑别提有多不高兴了，正要发作，焦寒熙用纸巾捂着嘴道："加班费没有，可是有项目提成，提成的数目比起工资可是多多了。"

唐煜也不去扶她，就坐在椅子上，冷冷道："不只是提成吧，加班时间还能见见旧情人什么，一举两得。"

"小煜，你说的是真的?!"王淑听完，脸色黑得难看，她快步走到他俩对面，郑重地问道。

唐煜跷起二郎腿，冷冷地看着焦寒熙，答道："亲眼所见。"

王淑扬起手重重打了焦寒熙一巴掌，焦寒熙差一点就要摔倒地上，她下意识地伸手抓住所有可以攀附的物体，牢牢地靠在了餐桌上。红色的五指印在惨白的脸上格外清晰，她扶着桌子坐了下来，重重地呼着气，瞪着王淑。

王淑还觉得下手不够重，疾言厉色地骂道："我早说过你这狐媚子不是好东西，还没结婚就把肚子搞大了，毫无羞耻之心，你有没有听过'水性杨花'这个词语，说的就是你!"

焦寒熙看着王淑不断张合的嘴，胃里又是一阵难受，摸出手机，按下快速拨号。"雯雯，快来唐家，救命。"她睁着血红的双眼一个字一个字地说完，右手紧紧地捏着手机，所有不敢放开桌子的边沿，喘着气试图平复身体内部的难受。

唐煜觉得王淑的一巴掌有点过了，加上焦寒熙现在的样子……有点可怕，问道:“寒熙，你……没事吧?”站起来想要去碰她。

“滚！别碰我!”

屋子里顿时就静了下来，王淑停止了谩骂，像是看怪物一样地看她。一个女人，怎么可以对丈夫说出“滚”呢，她脑子一下子转不过弯，忘记了该怎么教训她。

徐雯很快就到了唐家，踹开门就进去了。看了看“现场”，立马扶起焦寒熙往门外走。

王淑这才回过神，怒道:“往哪里去，你是我唐家的媳妇，哪是你说走就走的，今天不把话给我交代清楚别想走出这个门!”

“滚你娘的，死老太婆。你唐家的门槛我们不稀罕!”临走的时候徐雯替好友踹了一脚门。

公寓那边太久没收拾没法住，焦寒熙就在徐雯宿舍窝了一晚上，疲惫得一沾枕头就睡着了。

第二天一早徐雯劝她别去上班了，焦寒熙不听劝，说:“现在还能支撑我的就是工作，还有你们对我无私的维护，雯雯，别担心。之前那段时间都走过来了，这世界没有过不去的坎。约好的事情一定要做到，这是我做人的基本原则。你去上班吧，抱歉我自己的事一团乱麻，你和沈锦超……我也帮不上什么忙。”

“咱俩还讲这么见外的话，那我送你去上班，不过只有敞篷电动车哦。”努力地调节着气氛，徐雯终于看到焦寒熙的脸上有些笑意了，这才放心地去车库开电动车。

到公司，打开电脑，倒了杯开水吃了几片产前维生素。脑中的混沌渐渐有了清晰的纹路，可是具体的形态她还看不透。

初步成型的方案还有太多地方需要细化，她马不停蹄地把能驾驭的地方都画了。眼前一阵眩晕，原来已经连续工作快三个小时了。这个时候办公桌上的电话响了,“一起吃午饭，我在楼下。”

莫非百利董事长又冒出新的要求了？焦寒熙简单收拾了一下东西，去洗手间洗了把脸，看上去精神好些了才下楼。

卫子涵竟然带她去喝粥！焦寒熙虽然也不解，却也没多问。只是讨论一些公事:“是汪董发布最新指令了?”

“焦寒熙，你最近有没有照过镜子？”

“嗯？”咽下一口粥，她摸了摸自己的脸，语气有点怯生生，“最近好像有点营养不良，吸收不好。真有这么丑吗？”

卫子涵敛去了职业化的微笑，正色道：“不要故意曲解我的话，你照镜子的时候，镜子里的人还是焦寒熙吗？还是‘空中之楼’的主设计师吗？你的眼睛已经没有了往昔的神采。工作以外的生活固然很重要，却也不是你自甘堕落的理由。请问，焦寒熙女士，你还清楚自己想要什么吗？”

连珠炮似的问题一下子把她问懵了，最近好像确实丢了什么很重要的东西，难道已经严重到连自己都丢了吗？

卫子涵继续道：“真正能成功的设计师的作品里都渗透着一种叫做‘灵魂’的东西，他们都是清楚自己目标的人，你不能因为外界的因素而丢了自我，那样跟行尸走肉有什么区别。不用我说，这肯定不是你想要的生活吧。”

焦寒熙抬眼认真地看着他，虚心地听着。他喝了口茶，清了清嗓子，“作为一个女孩子加上即将成为一个母亲，家庭现在占的比重非常之大，这是人之常情。可是当这一因素成为拖你后腿的阻力，你不能总是忍让，委曲求全。一个有‘灵魂’的设计师不能这么没骨气，看清楚现实，三十岁之前不把事业拼出来，以后就更没希望了。你好好自省一下，你的自我在哪里。”

一种醍醐灌顶的感觉溢满了身体，焦寒熙终于恢复了自我意识，眼前顿时一片清明。她真诚地笑了，感激道：“卫子涵，谢谢你。”

23

午饭过后，焦寒熙一个人出来步行散散心。工作日午后的园林没有节假日那么拥挤，晒着微有暖意的太阳，她开始思考。

她知道有些东西改变了，一些沉睡在体内的想法渐渐苏醒，成形。心里有些苦涩，如果早点想清楚，何苦会走到这一步。然而，不走到这一步，她也不会真正理解一些事情。可能某些人某些事真的是命中注定，逃不掉，躲不开。

她不想做一个背信弃义的人。对唐煜和王淑，她有着最大限度的宽容和妥协。但是，此后的妥协是建立在不失去自我的基础上，她可以毫不干涉他们的想法、行为，只求自己活的最真实。

同样的，她不会是一个盲目天真的人。对于慕岩，再也没有怨恨，当年那份挣不开的迷恋也早就在现实的生活中打破湮灭。而他们之间，是真正要做个了断的。

她也曾在心底里问过自己，对于卫子涵她有着什么样的感觉？正如那天对徐雯说的，这样一个优秀的男人，说他对自己毫无吸引力那是假的。在现实这张巨大的网中，她已然坦荡地把他归结于良师益友的地位。

隐约怅然若失的同时有着一丝庆幸，她不愿再触碰爱情这种东西。她有一个孩子，完全属于自己，足矣。

焦寒熙是在网上营业厅翻查了去年的通话记录才找到了慕岩的号码，觉得十分讽刺。那个号码曾经烂熟于心，甚至不用想就能按出来，现在却是一点印象也没了。她相信慕岩不会换掉那个号码。

打过去，很快就接通了。久违的声音传过来:“点点，我就知道你不会那么绝情的。你在哪里，我们见见好吗？我知道以前是我不好，至少给我个机会弥补。”

慕岩一番话把焦寒熙心里堵得难受，定了定神，说道:“没什么好不好的，我现在过得很好。我确实想跟你见一面，有些事情好当面说清楚。别的就不用多说了。”

“点点！”慕岩不吃她那一套，在一起时间那么久，他对焦寒熙也是极了解的，她过得好不好一眼就能瞧出,“好好，我什么都听你的，你定时间吧，我随时有空。”他深知焦寒熙固执的脾气，有些事情认定了就是个认死理的主，他不想在电话里就惹的她不快最后连面也见不到。

焦寒熙把时间约在了周三早上，原本那天下午是要去附一院体检的，在颜卿那边已经请好假了。自从那天在唐家闹僵后，唐煜又是一番道歉，她没回应，依旧遵循着自己的行程表过日子。不过唐煜对她的下班后的时间看得非常严，有时间就会打电话。

新岛咖啡的包厢里，早上时间，除了他们没有别的客人。她十分清楚自己的心意，再见到慕岩，有的只是对往事一去不复返的感叹，再无任何波动。

一见到焦寒熙，慕岩克制不往地想上去抱她。可是看见她眼里的抗拒，生生忍住了。“点点，我，我很想你。”

心里泛起一阵苦涩，当所有一切物是人非之后，再听到慕岩说这样的话，焦寒熙只觉得生活更加讽刺。

硬起心，焦寒熙一副公事公办的样子：“慕岩，这次叫你出来是想和你把孩子的事情讲清楚的。我不想否认这个孩子在血缘上与你有关，但是你实在没有必要揪着这点不放。孩子还没有出生，他不会知道自己生父是谁。以后你也会有自己的家庭自己的孩子。互不往来，对我们谁都好。”说完这番话，她闭上眼，不爱了，心还是有些钝痛。她年少时付出的所有感情，在今天被她挥断得一干二净。

慕岩半天没说话，开口也带着沙哑：“互不往来。焦寒熙，你怎么能这么狠心！”他一把抓住焦寒熙的手握紧。“你怎么能怀着我的孩子说出这样的话。你是真的爱上那个唐煜还是中了什么邪！”

焦寒熙瑟缩了一下，想抽出自己的手失败了，强迫自己冷静地说：“慕岩，你冷静一点。我想得很清楚了，我们并不适合。撇开唐煜，撇开我肚子里的孩子，就算你那时候没有独自去法国，我们也不会有结果的。”

“你强词夺理。我知道去法国是我不好，但是那时也有赌气的成分在里面。你敢说那件事你就一点错也没有吗？我只是离开了一会儿你就敢带着我的孩子嫁给别人，焦寒熙我真是把你宠坏了吗！”慕岩说着一阵怒气上涌无法平静地说话。

见慕岩又回到了他一贯的强势作风，焦寒熙反而平静下来，“不是，没有别人我们也不会在一起的。我们的性格不合适。当年那个迷恋你的焦寒熙只是为了迎合你才一味地顺从，什么都按照你的喜欢来。但那并不是真正的我。在恋爱时我可以迁就你，但是那并不是长久稳定的生活，我终究会觉得累。我想要的是平静的生活，有梦想有追求，并不需要太多心动。”

看着焦寒熙眼里的痛苦，慕岩也有不忍心，语气软了下来：“那我改好不好，以后不会再那么强势，我什么都听你的好吗？”

焦寒熙低低地笑起来：“慕岩，我已经不是当年那个能把情话当饭吃的小女孩了。我们是真心爱过的，这段感情不含杂质没有利益关系。现在结束了，好聚好散不好吗？这样等我们老了以后回忆起来还是美好的。”

“别和我扯那些有的没的，我只知道我慕岩想和你焦寒熙在一起，和我们的孩子在一起。滚他妈的回忆，我可不信文艺青年那一套。点点，回来好吗？我不会在意唐煜，我知道他是没办法从我手里把你抢走的，你嫁给他也是我的错。我们就当什么也没发生过，重新开始，我保证会给你幸福的。”

孩子的爸爸在自己面前信誓旦旦地说着誓言，这原本是多么浪漫幸福的事情。可惜，只是表象。“慕岩，放过我好吗？我的幸福不是由别人给的。不管是你，还是唐煜都不能决定我的人生，我是属于自己的。”

慕岩迷茫了，关于唐煜，他是有百分之百的把握，焦寒熙嫁给他顶多是因为感动感恩，他无法赢得她的心。不然在大学时候，他就不会对这个暗恋她女朋友的男人毫不在意了。可是焦寒熙所说的属于自己到底是什么意思。

“你还是不相信我？不要紧，我会用时间来证明一切的，只要你给我机会。”慕岩决定不管怎样，先把她争取回来再说。

“不，你还是没有懂我的意思，求你放过我吧。我这次约你见面的目的是希望你以后不要出现在我的孩子的世界里，我希望我的孩子有个正常的家庭。”

“我不会答应你的，这个孩子姓慕。就算你现在极力否认事实，到孩子出生后，我一定要认回他，不要逼我采取法律手段。”面对怎么也说不通的焦寒熙，慕岩真的有点生气了。

听到这话焦寒熙脸色惨白，她怎么能忘了，狠是慕岩天生的性格。“你何苦要逼我至此……”突然肚子一阵抽搐，可能感受她情绪的波动，胎儿也有些影响。

“你怎么样点点？”看见焦寒熙皱着眉捂住肚子，一副痛苦的表情，他再也坐不住，上前搂住她。

焦寒熙抗拒地推开他，用尽力气调整好自己的情绪：“慕岩，我们在一起将近五年时间，从来没有提过什么要求。现在我求你，我求你好吗？放过我和孩子吧。”

看着焦寒熙眼里的决绝和坚毅，慕岩有些醒悟到，焦寒熙再也不是和他在一起时那个把他放在心里第一位的点点了。他有些害怕，如果再执意纠缠可能会逼她作出伤害自己的举动。忍住心里的不舍，“点点，我答应你，不会逼你。但是你也要答应我，不能就这样让我出局。就算你不顾念我们这么多年的感情，你也要顾念一下肚子里的孩子。亲生爸爸才会对他最好，你也不想以后孩子受到冷遇嫌弃是吧。”

他拿孩子来试探焦寒熙，果然，她的眉头出现一丝忧虑，察觉到她的松动心里松了一口气，不敢逼太紧：“我这次回来还剩不到十天的假期，很快就要回法国，我答应你这段时间不会再来找你了。我这次回去办理辞职的事，宝宝出生前一定回来，到时候我们再谈好吗？不许不答应，不然我天天跟在你身后，跟你到公司，跟你到唐煜家里！”

焦寒熙见他答应不会再纠缠，就点了点头，至于他过完年到底怎么样，以后再说。眼前她是一点力气也没有了。

“胎儿好像有点不稳的样子，我陪你去医院检查一下好不好？”慕岩从焦寒熙的表情上就知道她哪里不舒服。

“你不是说不会来烦我了吗？”焦寒熙瞪眼，她迫不及待想摆脱这个大麻烦。

“就这一次好吗？我一天都没有尽过当爸爸的责任，看在孩子的面子就让我陪一次吧，我保证规规矩矩对你以礼相待。不要对我那么残忍。”慕岩哀求她，自动退开一步举起双手表示诚意。

看见慕岩眼里的哀求不像作假，焦寒熙心软了，点头答应。

看着慕岩扶着焦寒熙出现在她办公室门口的徐雯目瞪口呆，张着嘴久久无法合拢。半天才反应过来，一把推开慕岩，用所有人都能听见的声音，悄悄问：“孩子爸临时换人了？”

“什么话！这事很复杂，我一时半会儿说不清楚。他只是来陪我做产检，马上就会滚回法国。”如果可以，焦寒熙希望能离他越远越好。

慕岩对着徐雯展开一个友好的笑容。

徐雯似懂非懂，对慕岩的示好压根不领情，用鄙视夹杂着敌视的眼神把他扫射了一番。

慕岩只得苦笑，看来他已经把焦寒熙最好的闺蜜得罪彻底了，要赢回她的心又多了一个障碍。不过认输绝对不是他慕岩干的事，他一定不会罢休。

只是常规的产检，之前在新岛咖啡的那一阵抽搐也随着情绪的平静消失了。刘医生说孩子很健康，但是大人一定要避免情绪波动太大，不能过于忧虑。这不仅仅是刘医生从报告中分析出来的，任谁看了焦寒熙，都不会忽视她眼里的忧伤。

她点点头，感觉有点累。坐在等候区等化验报告的时候，闭着眼睛一句话也不想说。徐雯陪了她一会儿就回到自己科室忙了。慕岩坐在旁边，也不敢开口和她说话。看着她疲倦的样子，第一次产生了怀疑。是不是自己真的错了？可是，除了自己，谁还能给焦寒熙幸福？

过了很久，徐雯匆匆过来，一脸焦急地看着焦寒熙，指指手机，又指指慕岩，用眼神示意她把慕岩支开。

焦寒熙愣了一下，大概知道定是唐煜打来的，她对徐雯说了句没事就接到她的手机，确实是唐煜。

“寒熙，你去体检了吗？怎么手机关机了。”唐煜的声音有些急切。

她一只手翻了翻包里的手机，一看果然关机了，估计没电了，“我在医院呢，手机好像没电了。检查一切正常，报告很快就能出来了，拿了就结束了。”

“那就好，那我现在过来接你。我请好假了。”

“好，你慢些开车，不着急。”

慕岩在一旁听见焦寒熙轻声细语地和另一个男人讲话，那些曾经只对着他才有的温柔体贴，那些属于一家人的幸福，竟然发生在他心爱的女人和别的男人之间。一种名为嫉妒的野草疯狂地长满了他心口，挤得他一句话都说不出口。

过了很久，他终于恢复了一些理智，对焦寒熙说道：“既然他过来接你，那我先走了，省的他看见我又狗急跳墙对你不好。”

听到这话焦寒熙有些诧异，原来慕岩也有为别人考虑的时候，她倒是没有想隐瞒什么，毕竟她心里无愧。不过慕岩早点离开是最好的，两人碰头又剑拔弩张也令人头疼。

唐煜赶到医院的时候，看见焦寒熙一个人坐在等候区。夕阳的余晖落在她身上，染成平静恬淡的橘色，那一刻，一种心动和怜惜的感觉又重新回到他心里，在日常生活中差点磨光的感觉，

“老婆，好了吗？”唐煜走到她旁边，声音都放轻了生怕打破眼前

的平静。

焦寒熙回过头，朝他笑了下，拿起旁边的包说道:“好了，我们回家吧。”家庭和睦是要一家人一起维护的，她这几天看唐煜表现还不错就选择性地忘了那天晚上的争吵。和和睦睦，就不能斤斤计较。

温馨的字眼，却让唐煜心底有种莫名的不安。他觉得焦寒熙和平时有些不一样，有些像他最初在大学里认识她的时候那种留不住抓不牢的感觉。“她已经是我老婆了，谁也抢不走。”他安慰自己。

二人到家的时候王淑还没有回来，房子装修之后，王淑每天都会过去监工，到家的时间比平时晚了。

焦寒熙觉得时机正好，就对唐煜说要和他好好谈谈。

“唐煜，我知道慕岩来找我这件事让你一时难以接受。但是我们已经是夫妻了，对彼此要信任。我和他之间真的没有什么了，即使他有什么想法，我也不可能动摇的。我希望我们之间能互相坦诚，不然以后的日子也没办法过。”

唐煜被她说得有些羞愧，想起那次和慕岩掐架，确实自己的怀疑作祟才会反应那么过激，“我也是太在乎你了。那混蛋又用那种话来激我，我一时控制不住自己的情绪。我相信你，我以后不会怀疑你了。”

“你是我的丈夫，我不想欺瞒你什么。我今天和慕岩见过面，我想和他做个了断。我已经把话都说清楚让他死心了。你对我有什么疑问或者不满的地方一定要直接跟我说，猜忌是破坏感情最有效的途径。我不想我们之间变得貌合神离。”焦寒熙把心底的话说了出来，卫子涵和她聊的那些话已经让她决定对自己的生活作出抉择，然后直面。早上和慕岩谈过，更是坚定了她的信念。最后再给唐煜一次机会，也是给自己一次机会。如果自己努力过了，还是不行，至少了无遗憾了。

“寒熙，我知道，我知道了。我们好好生活。”唐煜听得很动容，抱住她说道。其实他最大的心结就是觉得焦寒熙不在乎他，从她的话里听到她是想和他好好生活的，也就放心了。

家里恢复了宁静，唐煜不再说一些含沙射影的话来试探，连王淑的态度也不那么苛刻了。或许王淑一心放在装修上面，也没了心思去挑焦寒熙的错。

第八章　隐藏的矛盾和猜忌最后还是会转变成台面上的家庭纠纷，躲都躲不过

24

新房子的整个装修过程都非常迅速，从水电、木工、建材、刷墙、贴砖，快餐式整了一番。这点让焦寒熙既惊叹又无语。能省略的地方就省略，能简化的地方就简化。最后的结果就是，能住人，但实在无法让人有拿到新房的喜悦。

唐煜和焦寒熙一起去看的时候，估计他心里也有数，并没有说什么话，只是待王淑不在的时候，悄悄对焦寒熙解释般地说道："老婆，对不起，你要体谅一下妈。我知道这房子的装修你肯定不会喜欢，等我们有了钱再好好装修一番。"

没钱这么实际的问题焦寒熙当然也知道，心里叹了口气，说道："没关系，我知道家里的情况，等有钱了再说吧。"有钱了当然首先是去给你买职位。这句话她没说出来。

在王淑面前，唐煜表现得很喜欢这房子，焦寒熙也跟着附和几句，她想着，不管如何这里宽敞一点，和王淑抬头不见低头见的几率也可以减少一些，人要学会知足。

她拉着唐煜去花鸟市场买了许多盆仙人掌，又买了很多活性炭放在新房子里。听王淑的意思是希望在过年之前搬进去，这样还能在新房子里过个年。焦寒熙心底实在不放心，不说这装修的材料油漆都是选的一些不知名的便宜货，即使是知名品牌，她都不敢在装修完这么短的时间内入住。自己就算了，她不能拿肚子里的宝宝冒这种险。

考虑到最近三个人相处得还算平静，焦寒熙不想这么快打破平衡，她想找个合适的机会提出这个事。

看完房子的晚上，王淑多烧了两个菜，人也一直笑眯眯的，着实难得。“寒熙，你多吃点。肚子也老大了，营养得跟上。”王淑夹了一块肉放进焦寒熙的碗里。

焦寒熙着实受宠若惊，这样的待遇从来也没享受过。她感激地道谢，并把那块肉吃了，尽管自从她怀孕后基本不吃猪肉。

“新房子里家具已经买得差不多了，柜子什么能搬过去的就搬过去，还有些直接叫木匠做的。”王淑讲着装修的事情给他们听。

“再过半个月就能搬进去。”

“妈辛苦你了。”唐煜也夹了菜给母亲，“还缺什么吗?”

“其他倒也没什么，就是家电一样都没买，我手头的钱花得差不多了。家电的话主要就是缺电视机、空调和冰箱，噢，还有个油烟机这些需要买，但是省省也可以。”王淑在一边算着。

再傻再愣，焦寒熙也听出点味道来了。在经济方面，唐煜的工资是全部归他妈管理的，贷款是他们还的，焦寒熙负责水电煤和一切日常开销。当然，时不时还给他们添置衣物。

“寒熙，你觉得呢?”冷不丁地，王淑把话头转到焦寒熙，让她想装傻都不成。

“呃，你跟唐煜决定就好，我没意见。”她想到了买房子的那次事情，心里一阵恶心。这回学乖了，决定和婆婆打太极。

唐煜在一边一句话也不说。他心里跟明镜似的，他要供每个月的房贷，上次为了升职那事，花了一大笔钱，他和王淑那里实在是凑不成什么钱了。实际上，他对焦寒熙不肯把工资卡交给他母亲管理有一点介怀的，王淑是那么多年的老会计，管钱是最拿手，既然都是一家人了，何必要分开。

王淑沉默了一会儿，再度开口：“寒熙，家里的情况你也不是不知道。我这实在是拿不出钱了。这些电器家具什么的，买了全是给你们用的，我一个黄土埋半截的老人也不图什么。我也就唐煜一个儿子，我有的东西肯定全是给他的。电器的话，你有能力买多少就买多少吧，我是没能力管了。”

一席话把焦寒熙震在那里。钱钱钱，说来说去就是围绕着钱。她忍着气，心里犹豫着要不要把她和她家里拿出来的买房钱再跟他们当面算一算。看着唐煜闷头吃饭，装作不懂的样子。怒气转化成了讽刺，对自己的讽刺。

“妈，付首付的时候，我工资卡上基本都领空了，加上我爸给的那二十万，还有最后在售楼中心拿出来的那五万，我出了不少了。现在家里开销也不少，我还要为孩子生下来后的花费做准备。”焦寒熙用最平淡的语气说着，和颜悦色。

“你，你不是工资高吗？开销也花不了那么多钱，现在离孩子出生还有好几个月呢？有些东西不用那么早买好的。”王淑不死心，她就是觉得焦寒熙自己藏着钱，不肯用在这个家里。

这话让焦寒熙一阵气闷，这顿饭她再也吃不下去了。起身从包里拿出自己的工资卡，放到王淑面前，说道:“工资卡交给您，您看着办吧。我的工资除了日常开销也没花什么钱，上个月八千块存了定期。这笔钱是为宝宝出生做准备的，我不会动的。现在卡里已经所剩无几了，能买到什么电器就随便买好了。”说完她回到了房里。

不想开灯，不想看清楚这睡了将近两个月依旧陌生的可怕的房间。黑暗中的焦寒熙心再度失望到彻底，一次又一次，她都记不清多少回了。每每她想忍忍就算了，他们却一而再再而三地逼进。有个想法在心底慢慢成形，焦寒熙已经不会再离家出走或者和他们吵架。她需要找一个出口，终止这场闹剧。

把工资卡交给王淑也无所谓。他们的工资是按照底薪加自己手头做项目的钱来算，通俗讲就是多劳多得。底薪没有多少，只有两千五一个月，他们都是靠接项目过活的，不然怎么会有那么多人自发自愿地通宵加班。

焦寒熙现在手头的项目只有那个五星酒店，没有签合同的项目，等于说是空项目，没有薪酬。所以她的工资卡每月只会入账两千五。这事颜卿早和她谈过了，颜卿当然不可能让一个孕妇干白活，所以她的薪水是从公司的管理费用中支付的。那次颜卿只是跟她说一声，她的工资会单独打给她，不算作职工薪酬，故而不会和其他同事的工资一起到账，估计会晚一个礼拜，怕她担心知会了她一声。

当时焦寒熙鬼使神差了问了句，能不能打到别的卡上。颜卿说可以，她就给了个工商银行的卡号报到财务那里去。

这事实在是个巧合，当时她想着要给宝贝置备东西，又没时间逛商场，决定在网上买。工商银行卡是开通了网银的，直接把工资打过去也省去了她特意跑工行存钱的时间。

真所谓无巧不成书。

接下来几天，王淑的态度都是好的。因为她一直以来的心结解开了一些，她觉得，只有拿到了焦寒熙的工资卡，她心里才有底。

唐煜则是一副小心翼翼的样子，对焦寒熙一直赔着小心。

王淑去查过焦寒熙的账单，每个月工资收入很高。虽然卡上现在没有什么钱，想了想这几个月她在她眼皮子底下也确实是没有花什么浪费的钱。打的那几次就算了，被自己说过后她已经好多了。焦寒熙的工资每个月浮动都很大，但是从来没低于六千的，那下个月工资到账了可以先买个空调了，油烟机也是必要的。

焦寒熙现在给自己的首要任务就是保持愉悦的心情和良好的体力。不管如何，宝宝是最重要的，她听徐雯说经常生气和伤心的孕妇到时候生下来的孩子会特别丑。

当然，工作也不能放下。七个月的身子虽然有些重，好在她的工作只需要用脑，不用奔波，还可以自由安排作息。

最近卫子涵回上海了，好像是汪董有一些想法要求什么要交代给他。她有时候也不去公司，就在家里画平面图，颇有点闭门造车的味道。

一天晚上，她抱着本从图书馆借的中国古代建筑大全研究，突然的大腿抽筋，让她差点从椅子上摔下去。“啊！唐煜！”她不自觉地惊叫起来。

电脑前的唐煜赶紧到她身边，问她怎么了。

“我的腿，抽筋得厉害，疼。”焦寒熙疼得汗都出来了，她看的一些书上说过，孕妇的钙元素跟不上需求的话特别容易抽筋。

“是这里吗？我帮你揉揉。来，把腿伸直，绷紧。有没有好一点？”唐煜蹲在地上，一边哄着她，一边帮她揉着小腿。

这时，王淑听到声音冲到他们房里了。一眼就看见自己儿子蹲在地上帮焦寒熙揉腿，顿时怒气上涌，严厉地喝道："焦寒熙你这是什么意思！"

极力忍着痛的焦寒熙生生被吓了一跳，抬起头看王淑。

"我把儿子养这么大，从来没舍得指使他做这做那。你倒好，怀了孩子就了不起了，叫一个大老爷们跪在地上帮你揉腿，你是皇后还是佛爷啊，这么尊贵。"王淑的脸色差的可怕，她从第一眼看到焦寒熙就觉得这姑娘太有主见，儿子和他在一起恐怕会事事都听她的。现在眼前这种情况让她的怒气一下子全爆发出来。

听到这么难听的谩骂，焦寒熙并不生气。她冷笑了一下，推开了唐煜，慢慢挪到了床上，侧过身体自己揉起来，一言不发。

唐煜也被母亲的一顿发火惊到，回过神来赶紧解释："妈，你误会了，是寒熙小腿抽筋，我才帮她揉的。"

王淑恨铁不成钢，点了一下唐煜的脑门："你这个死脑筋，什么时候能有点一家之主的样子。"

唐煜也觉得母亲这次有些太小题大做了，劝母亲回房休息。

见儿子自己都没有这个自觉，王淑恨恨地回房间了。她的眼睛可精着呢，从头到尾一直是唐煜在讨焦寒熙欢心，焦寒熙一个眼神一句话就能把他制得服服帖帖的。他们唐家是倒了什么霉，遇到这么个会作怪的女人。

临走出房门，王淑还不痛不痒地甩下一句话："有本事的男人都会把老婆制得服服帖帖的。"

焦寒熙无语，揉了一会儿腿就钻进被子里睡觉了，反正这么一闹书也看不进去了。

突然之间，唐煜有点醒悟过来王淑的意思。这次确实是母亲反应过度，但是她话里的意思却是一点也没错。他不能再这样一味地讨好焦寒熙了。他是个男人。

25

焦寒熙这两天跑了几次图书馆，有些珍藏版的书市面上还真找不到。她在阅览室看那些不外借的资料时候，接到了卫子涵的电话。

依旧是低低的声线，简单明了，甚至连打招呼都省略了："在家里？

我过去接你。”

她放下书，慢慢走出阅览室才回答：“没有，我在图书馆。你在公司了？我自己过去吧，反正也不远。”

她猜到这两天卫子涵该出现了，他这次回来必然是有了对这个项目更精准一点的定位。

“没事，顺便而已。你在门口等我。”卫子涵不给她拒绝的机会，直接把电话挂了。

这个男人真是，他的霸道都裹着温文尔雅的外衣。这样的人往往最危险。焦寒熙的包里放了一本书，提着有点费劲。关于建筑方面的书籍都是一大本一大本的，她已经选了比较薄的。

在车上卫子涵并没有多说什么，径自开到了公司，带着焦寒熙直奔颜卿的办公室。

颜卿让焦寒熙坐在沙发上，她自己也坐到了她旁边。卫子涵站着，有点居高临下的感觉，他好像有什么话要说，神色有些严肃。

“焦寒熙，我们想对你发出一份邀请。我和颜卿打算自己开一个公司，脱离这个公司，完全独立的事务所。你有意向加入吗？”

“开公司？邀请我加入？”卫子涵的话实在出乎她的意料，她原以为卫子涵这次找他来是要说项目的要求，没想到一开口就是说邀请她一起开公司，她不可置信地看向身边的颜卿。

颜卿点点头，说道：“没错，开公司这个想法我们早就有了，这几年也准备的差不多了，主要问题缺乏契机还有缺乏人才。我们需要的合作者，不仅要有建筑规划才能，还要有敏锐的判断力和果断的勇气。”

“你觉得我有这样的能力？”焦寒熙诧异，换作在以前，她还能稍微有点这样的自信，这大半年的生活却是让她差点把自己毁了。

“你有的。你现在是一颗被蒙尘的珍珠，我期待你自己抹去那些尘埃。”一旁的卫子涵开口，眼睛直直地盯着焦寒熙。

他的眼神是焦寒熙所见的最坚毅的眼神，她没有想到卫子涵竟对她这样有信心，心里有什么东西呼之欲出。心头一热说道：“好，我加入。”

听到她的答应，颜卿和卫子涵都笑了。

“可，可是，我现在拿不出钱了。开公司是不是要一大笔钱。”焦寒熙立刻想到这个现实问题。

“哈哈，钱不是问题，卫总有的是钱。”颜卿拍拍手，站起来。

卫子涵无奈地看了她一眼，说道：“资金的问题你不需要担心。贷款能筹到一笔，我和颜卿也拿出来了点。我们成立有限责任公司，股东至少两人，就是我和你。因为颜卿现在没办法马上从这个公司离开，她只能在私下做事，毕竟设计院的人脉不能断。场地，资金，验资报告我已经准备好了，只要找个时间你和我一起去工商局注册一下公司就成立了。还有，股东是我和你，元老不会超过十个人，毕竟一个项目就像一条流水线，除了设计部门还需要结构和景观的工作才能形成一个完整的方案。等我们把前期工作稳定后，加之能接到拿得出手的项目，才会招新人，真正运营这公司。到合适的时间，颜卿再加入。”

焦寒熙再次有种自惭形秽的感觉，弱弱地说道：“那我不是白捡这么大一个便宜，一分钱都不出就当了股东。”

“那也不是。现在是我们三个人在做件事，在我们招募新员工之前，工资正常支取，分红就采取按劳分配的方法，和原始资金不挂钩。当然，我们三个人之间也要签一个合同，大家都是熟人，律师就不用请了，一式三份形式一下而已。我已经拟好了。你先拿回去看一下，不急着签。”说着他递给焦寒熙一个文件夹，里面有三份已经签好了颜卿和卫子涵名字的合同。

卫子涵停顿了一下，似乎是给焦寒熙消化理解的时间，随后继续说道：“当务之急是拿下酒店这个项目，等这个项目拿到合同之后，我们再根据需要，扩大规模。到时候会资金重组一下，分红的方式会调整，具体以后再商量，不过你到时候肯定也需要投入一笔钱。那时颜卿就能以股东的身份加入了。”

焦寒熙对这些经济方面的事懂的不太多，但是话里也听得出卫子涵计划了一个极公平的方案，对她和颜卿来说。她想着要去学一些经济学方面的知识，不能做井底之蛙。

“等等，什么叫等酒店这个项目拿下之后？难道我们做的这个项目不是我们公司的？”后知后觉的焦寒熙突然意识到了不对劲。

“当然是我们公司的。”卫子涵笑意更深了，在“我们公司”上念了重音，“等你把初稿完成并被认可的时候，百利集团就会和我们公司签合同的。”

“什么？你是说我们的新公司？”焦寒熙坐不住了，这个事实再度超出了她的想像力。回过头仔细想想，这个项目是卫子涵带来的，颜卿把它交给了她，没有签过合同也没有任何书面文件，只是她私人跟进。没想到，这是他们新公司的第一个项目。原来颜卿早就把她卖了，到现在才通知她。“你们两个好啊！早就设下了这个圈套，骗我入伙！”

“冤枉啊股东大人，一分钱不出就当股东的好事去哪里找。”卫子涵难得露出孩子气般的表情。

看着焦寒熙和卫子涵有说有笑的样子，颜卿露出了狡黠的笑容。她走到卫子涵旁边，和他重重地击了一掌：“挖墙脚成功，今晚卫老板请我们吃顿好的庆祝。”

开公司的事情风险很大，她不想和唐煜商量，王淑就更不能说了。以他们的保守送礼的作风，还不知道要把这事说成什么样的滔天大罪呢。不过这毕竟是人生大事，说不定以后的生活就天翻地覆了，还是得找人商量，或者倾诉一番。

焦寒熙自己心里很清楚，她需要的是几个赞成的人，能够支持她面对即将到来的暴风雨。焦一新听她说完，揉揉她的头发，露出一个大大的笑容，“我们焦家最宝贝的女儿，终于出人头地了。不过在哥哥心里，你还是没长大。”

“哥……”焦寒熙一头栽进了堂哥的怀抱，能够融化在亲人宠爱的微笑里，这是多么美好的事情。

周纯敏给两人切了些水果放到茶几上，从抽屉里拿出了毛线和棒针，坐在边上开始织起来。“嫂子，你给我哥织毛衣吗？”

“给我外甥织的。你明年生的话应该是春天，天气多变，现在外面的衣服感觉都不暖和，不亲切，反正闲着也是闲着，我就想先织一些。”微笑着看了她一眼，继续手上的动作。

电视节目是跟着焦寒熙的喜好点的，她一向不喜欢看言情剧，家庭伦理剧，武侠偶然会看看，更喜欢的是纪录片，实实在在的东西才能让人们有理可依，焦一新把音量调低了一点，说道：“等你的孩子大一些，这些衣服就可以继承给你的小外甥了。”

焦寒熙差点就跳起来了，兴奋地问道：“嫂子又有了吗？”

“还没，不过我们有这个打算，正在努力中。”说完，焦一新冲周纯敏投去一个暧昧的眼神，周纯敏的脸瞬间就红了，直埋怨焦一新不正经。

“嫂子，别害羞吗，加油！赶紧生一个出来跟我肚子里这个做伴，这样宝宝就不会太孤单了，我本来还担心被我婆婆带着会抑郁症呢，要是有我的小外甥做伴就不怕了。嘿嘿。”

一家人一起谈着对未来的美好设想，浑然不觉时间的流逝。

肚子一天比一天大，脚底承受的重量也是一天重过一天，焦寒熙时而会出现腿抽筋的现象。医生说不仅是缺钙的原因，现在肚子大了身子重，腿部要支撑那些重量就容易抽筋，尤其是焦寒熙这种一天到晚坐着画图，很少运动的人。医生关照她要多走动，适当的锻炼到时候对生孩子也有好处。

焦寒熙不是不爱运动，她最近着手这个项目后总觉得时间不够用，好不容易得空了也是只想坐着休息。唐煜看不过去，一定要她每天至少散一次步。

这阵子王淑已经放弃了都市伦理剧，吃好晚饭就去新房子那边溜达一圈。焦寒熙没这么好的精力，也没这么大兴趣，就和唐煜一起去过一次。

听了医生的叮嘱之后，唐煜吃好晚饭一定要拉着她下去走一圈。说起来他们结婚后焦寒熙一直早出晚归的，那些个楼上楼下的邻居都没见过她几面。有时候还在王淑面前询问，觉得她这个媳妇端的架子有些高，不屑与他们这些老邻居来往。

这天吃过饭，唐煜要拉着她去散步。焦寒熙无奈，想了想家里的洗发水、牙膏什么的快用完了，就顺手拿上了钱包打算逛到小区对面那个超市里。

一个小超市，因为开在小区对面，生意还是不错的。焦寒熙和唐煜来到买洗发水的柜子前，很不幸，她常用的沙宣被排在最下面的一排，她挺着七个月的肚子没办法弯下去拿，只能看向唐煜求助，唐煜看得好笑，弯下腰拿了两种不同的类型给焦寒熙看。焦寒熙选了一种扔在购物篮里，然后挽着唐煜去干货区那边选一些香菇。

刚走到干货区那边，就听到一个大妈和唐煜打招呼，“哎呀，这不是小唐吗？带着你的新媳妇来买东西啊。”

原来是楼下的李大妈，这个超市的客户群主要就是面向他们小区，所以在这里遇到熟人的几率是百分之百。

唐煜也笑着寒暄：“是啊，李大妈，您也来买东西啊。”

“啧啧，小唐你这媳妇可真是漂亮。哟，这肚子可得有七八个月了吧。小唐你行啊，平时看着挺老实的，原来也这么赶时髦。”

一顿聒噪的话把焦寒熙耳朵震得嗡嗡直响，她那些话虽然也没什么，但这么大庭广众之下她叫嚷得那么大声让她有些难堪。对于长辈也不能生气，只朝她笑笑打了个招呼了一声“李大妈好”。

唐煜倒也大大方方，说道：“是啊，双喜临门啊。到时候请李大妈吃红蛋呢。”

李大妈拍拍唐煜的肩，看起来很高兴的样子，开始唠唠叨叨地说起唐煜小时候的事情。听得焦寒熙头晕晕的。出来了这么久，身体开始感觉累了。随便抓了几把香菇称好了。本来想买的其他东西也不想买了，就等唐煜和李大妈寒暄结束就回家。

大概是看出来焦寒熙有点疲倦，唐煜截住话头说他们买好了，要回去了。显然李大妈还讲得意犹未尽，拿起篮子跟着他们一道去结账，一路上又讲了讲小区里的八卦，反正焦寒熙一个人也不认识，只在一旁听着。

排队轮到他们的时候，焦寒熙从她的钱包里拿出两张一百元付钱。站着后门的李大妈一眼瞧见了，又用她那粗犷的嗓门嚷道：“哟小唐啊，你这媳妇可真懂事，两百块钱说也不说就自己付了，好福气啊。你不知道大妈的那儿媳妇，精得和猴一样，平时买个内裤袜子都不肯拿出来一分钱。”

因为家里的房贷是唐煜还的，焦寒熙主动承担家里的日常开销。李大妈的话她也没放在心上，依旧是笑笑说道：“都是一家人，分什么你的钱我的钱。”

“啧啧，到底是高材生。唐煜媳妇啊，你是在单位工作的吧。真是女强人，我们家那个要是能有你一半出息就好了。”李大妈喋喋不休地说着。

这下连唐煜都有些受不了，拿好东西后就和李大妈道了再见。

他们走了几步，发现装洗发水那个塑料袋有点破损，怕东西掉出来不好拿，唐煜就回超市又买了个塑料袋，焦寒熙在路边等他。

买好塑料袋后唐煜看见李大妈还没走，在超市大门外面和另一个邻居唠嗑。他想着要不要打个招呼，走过去还没多近就听到李大妈说道他。

“孙家大姐啊，你来得太晚了，不然就能看见小唐那媳妇了。”背后说别人的声音一点也不见小。

“他们结婚那天不是看见过了吗？这有什么稀奇的。”孙大妈不以为意。

“哟，今天看看比结婚那会还好看。难怪别人都说，怀孕的女人特别有味道。”

“啐，你上哪学的这些词，一把年纪了也不害臊。这小唐媳妇不错啊，刚结婚就怀上了。唐家嫂子该烧香了，唐家有后了。”

“嘿嘿，你还不知道吧。小唐媳妇肚子已经七八个月了，说不定都不止了呢！这小唐啊，嘿嘿。”

鬼使神差般的，唐煜站着旁边听了会儿。

孙大妈听到这里，开始来兴趣了，“真的假的啊，奉子成婚啊。”

“可不是，那么大的肚子怎么能作假呢。小唐媳妇不错啊，他们买东西都是她付钱的。跟我那儿媳妇简直天上地上。”

“这样啊。该不会……”孙大妈声音压低了一点，但是依旧一字不漏地传到了有心人的耳朵里。“你还记得去年隔壁楼梯结婚的小张吗？”

“记得记得，他们家老头子没头脑，喜欢什么不好喜欢赌。输得只剩那么点破房子儿子结婚的钱也没有。哎，那小张去年结婚不是很隆重吗？那婚车都是什么宝马呢。”

“你也不想想，靠他们男方家哪结的起婚啊。小张岳父可是做工程的，做得可真是大，结婚的钱全是他们出的。开始大家都以为这小子交好运了，最后你猜怎么着？”

李大妈对这些街坊邻居的八卦最是感兴趣，“少卖关子，快说，最后怎么着？”

“他们呀，结婚没多久孩子就出生了。但是呢，那孩子不是小张的。开始还想瞒着大家，可是那孩子的长相不会骗人，眉眼之间一点小张的影子都没有。孩子生下来后也不常抱到他们张家去，基本都是在女方家。后来有一次张家嫂子不小心说漏了嘴，说嫁了个丈夫没出息，生了个儿子去帮别人养儿子。嘘，你可别去说啊。”

“哎呀呀，原来还有这种事呢。我说张家嫂子怎么从来不提起她那孙子，谁家添了孙子不是挂在嘴上，原来不是他们家的。那小张也忍的下这口气？这绿帽子戴的就这么舒畅？”

“你懂什么！那女方家有钱，他们现在住的房子车子，都是女方家里买的。”

“真是作孽啊。张家嫂子熬了一辈子，连自己的孙子都没抱到。那你说，他们唐家……我看他那媳妇也不是一般人，那气度，就跟我们家那个不一样。”

“谁知道呢。到时候孩子生下来后我们去看不就好了。我这双眼睛可毒着呢，什么都别想瞒过我。”

这番话让唐煜听得失魂落魄，心底的那些不安被狠狠击中，让他抬不起头来。

回到焦寒熙身边的时候，他脸色阴沉得可怕，一言不发，径自往家里走。

焦寒熙纳闷了，刚才还好好的，怎么回去买了个袋子就变得这样了。她想追上去问唐煜怎么回事，但是他走得太快，一时也追不上。他们就这样急匆匆地，一前一后回家了。

等他们到家里，焦寒熙累得都出了一身汗。她刚想开口问，唐煜就说：“没什么，我有点累，先去睡觉了。”

一句话把焦寒熙的疑问堵在喉咙口，说不出话来。还没等她反应过来，唐煜就进了房间把门一关。留下焦寒熙在外面，只得苦笑。既然他不想说，那她也就不问了。看着时间还早，拿过一些资料开始构图。只要把结构图准备得差不多了，她就辞职转战新的战场。

“宝宝啊，你看妈妈多勤奋，以后你要向妈妈一样自立自强。”她心里想着孩子，希望用这个来冲淡一些唐煜带给她的抑郁。

自从听到了李大妈和孙大妈的那些话后，唐煜的心里像缠了一条毒蛇一样，挣不开，甩不掉。他怕自己对着焦寒熙会不由自主地发泄怒气，最后又搞得不可收拾，就天天借口加班或者有应酬，实际找了宋腾去喝酒。

一方面他不想看到焦寒熙伤心的样子，毕竟这个女人是他爱了那么久，梦寐以求的。另一方面，他害怕到时候孩子生下来会有闲言闲语。他是公务员，有头有脸，倒是让他怎么在同事面前做人。而且，母亲是最受不得那些闲言闲语的，如果到时候闲言闲语传到了母亲耳朵里，不知道她会有什么反应呢。

这种矛盾深深地折磨着唐煜，他又想不出办法来解决。只能用酒精麻醉自己，拖一天是一天。

焦寒熙早就察觉到唐煜的不对劲了，但是她刚想问什么，就被唐煜生硬地打断，几次下来她也不再问了。加上项目的事情也让她忙得没办法去操心其他了。现在的她，只一心想把这个项目做好，做自己真正想做的事情。

26

“我不同意！”王淑右手猛拍桌子，木质餐桌上还未来得及收下去的碗被震得滚动了一下，终于滚下了桌面，发出清脆的撞击声。

焦寒熙不紧不慢地吃了几口早饭，把筷子往旁边一放，调整了一下坐姿，道：“我不是来征求你们同意的，这是我的工作，我只是告诉你们我的决定。仅此而已。”

“有你这么跟长辈说话的吗！我不同意是为你好，眼看着今年说不定又要金融危机了，谋个稳定的工作有多困难你到底懂不懂？真是身在福中不知福。”她看焦寒熙的神色不为所动，继续劝道，“你现在的工资不是挺多的吗，开公司，现在满大街都是创业的年轻人，除了有家底的你看看究竟几个是赚大钱的，能不能回本还是问题呢，到时候要想再回去就不可能了。”

唐煜也觉得开公司风险太大，补充道：“你现在呆的设计院规模已经很大了，不是说今年还要扩大吗，这样的大公司管理模式和业务方面都相对成熟，重新开始都得一步一个脚印地摸索，你的肚子都这么大了，经不起折腾，再过个两三年，你们所长已经把新公司开起来并且初具规模了你再跳槽比较好。”

“就是就是，小煜说得有道理，那么多人羡慕设计院的工作，你可千万不能出来！”

早就想到会面对这样的局面，她也没指望他们会同意。有些赌气地说道：“辞职信我昨天就递交上去了，现在也不可能再拿回来。”

看到他们母子双双变了脸色，肚子里的宝宝一个旋风腿，似乎是在表达自己的痛快，焦寒熙忍住了些微的笑意。把碗筷放进厨房，扶着肚子，走到门口，回头看了他们一眼，道：“还有些工作没交接完，我还得回去处理一下，我先下楼了。”

唐煜过了一会也下楼了，送她上班：“你的辞职信是昨天什么时候递的，说不定你们院长还没看呢，你就说弄错了，试试能不能追回来？”

“昨天中午去的院长办公室，估计他已经看了，我今天都做好院长找我谈话的准备了。如果你觉得还房贷有压力，我有一笔奖金还没下来，数目不小。实在不行，我可以问我爸妈先借了周转一下。”

“我在乎的不是眼前这些钱，是你的身体还有前途。开公司太没保障了，万一亏了你的事业也就毁了，而且园区科技园那边有点远，你一个人跑来跑去太危险。说不定你们院长还没拆开看呢……”他还是不想放弃，心中为她的自作主张烦恼着。

这个决定焦寒熙是经过深思熟虑之后才敲定的，梦想就在触手可及的地方，焉有为了求安稳而放弃的道理？如果为了求安稳，她当时可以直接去一家普通的外资设计公司，过着不常加班的安逸生活。“现在才七个多月，还有一个多月的时间可以开始前期工作。在生宝宝前，卿姐不会让我太累的，而且，由于刚起步，项目都是靠交情和以前的诚信度积累的，暂时不会太多，我只需要负责其中一个，反而比现在轻松。老公，你是不是应该表示赞成？”最后附上甜甜地一笑，让他不好拒绝。

果然，唐煜没再反驳，把心里的不高兴都掩盖了起来。

焦寒熙到了办公室就跟颜卿商量了一下，着手开始准备。辞职信也迅速地写好了，理由很简单：把所有的精力从工作转移到孩子身上。院长的目光无比深沉，看得她觉得都可以把她凌迟了。终于，院长点点头，道：“孩子出生了记得请我喝满月酒。”

一出院长办公室，焦寒熙也顾不上身子的沉重，落荒而逃般的回到办公室，摸着自己飞快的心跳，大叹院长真是个老狐狸！

新公司的策划其实早就开始了，颜卿和卫子涵在几个月之前一切都准备妥当了，工商局那里也通过关系了，只缺去注册签字这一道工序，什么审批之类都不在话下，公司需要的元老也在随时待命。

卫子涵是个行动派，在焦寒熙辞职的那天下午就带着她去工商局把手续办妥了，随后直接载她到他们的公司。

焦寒熙看着“时空建筑”的标志时，眼泪簌簌地落了下来，转眼看颜卿，也是泪流满面，不过大家脸上都洋溢着幸福的笑容。

办公室不大，就是普通的写字楼里的几间，可是这里比起唐家，更有一种“家”的归属感。

为了庆祝公司正式落成，卫子涵联系了那些必要的人打算当天立刻就设宴庆祝。

在庆祝公司成立的宴会上，焦寒熙发现大部分都是熟面孔，另一个所的所长，郑阳，结构和景观那边常合作的同事，甚至有吴立翔。“学长，你怎么也……”

“在房地产那边闲的骨头都快散架了，大好青年就应该出来闯闯，所以我就来了，哈哈，小师妹我们以后就是同事啦，来，干杯！”吴立翔拿着酒杯和焦寒熙装着营养快线的酒杯碰了下。

卫子涵有些姗姗来迟。他抵达酒店的时候菜已经上了五六个了。“不好意思，飞机晚点了，我自罚三杯。”小杯的白酒，眼都没眨就下肚了。

颜卿站起来，脸上红红的，不知是喝酒的缘故还是心情激动，“为了在这个时间聚在一起的各位，为了时空建筑，为了大家的理想，我先干为敬。”一口气灌下去，面上的红光更多了几分，又给自己倒了一杯，道：“喝完这杯酒，大家从此就是一家人，一荣俱荣，一损俱损。我颜卿三生有幸，可以和各位一起共事，并且在自己磨掉激情之前得到这个契机，创造这个奇迹。来，干杯！”

一桌的九个人把酒杯碰在一起，仿佛球场上，队员们互相打气的阵形，杯子形成的圆圈只是一个圆点，从这个圆点开始，迎接的将是更加崭新的未来。

对外的董事长是卫子涵，不过焦寒熙知道，颜卿的地位差不多跟他平起平坐，负责对内管理与项目审核，真正的决策权在颜卿手上，而卫子涵，主要负责的不是决策，而是业务洽谈。

看着大家笑得这么开怀，连卫子涵都一改往日熟悉的微笑，变成了咧开嘴露出一口白牙的大笑，焦寒熙眼眶立马又湿润了起来，跟颜卿碰了碰杯，一切尽在不言中。

搬到时空上班后，焦寒熙受命建立一个完整的公司管理系统，颜卿的要求是：把目光放长远些，现在只有元老，明年就不是这个规模了。她一边继续着酒店的方案设计，一边研究着一些优秀境外事务所的管理模式，前所未有的斗志昂扬，丝毫不觉得疲惫。

晚上她搬了个水盆泡脚，随着肚子越来越沉，脚底承受的力度也越来越重，每天回到家脚底都有些浮肿。她一边泡着脚，一边对着正在玩电脑游戏的唐煜说："我发现当自己开始接触公司的管理层之后，眼界就变得更宽广了。以前只知道埋头画图，沉浸在一个狭窄的领域里，现在发现，有很多知识都是有关联的，还是博闻强识好，生完孩子后我要多学习一些。唐煜，你在听我说吗？"说这话的时候，她想到了卫子涵。是卫子涵给了她这样的启发，每每和他聊天，都能受益匪浅。让她在佩服之余，有种想追赶的劲头。

唐煜似乎沉浸在电脑游戏的厮杀中，其实他都听进去了，虽然为她现在不错的精神状态高兴，可是唐煜心底蔓起了一层酸意，自己的老婆原先是工作优秀，很有发展，现在竟然跟别人开起了公司，听上去还一副风生水起的样子。自己呢，还是拿着那点薪水，投资在升职上的钱都打了水漂，职位不动，薪水也不可能加，只能一天天混日子。他该怎么回答呢，说听到了，然后发现自己愈发渺小卑微了？还是假装没听到她说的吧。

焦寒熙见唐煜不搭理他也就不自讨没趣了，早早地洗漱完躺在床上准备休息了，养足了精神才能更好地工作，明天将会更美好，宝宝，晚安。

唐煜趁着她睡着了，又溜了出去，约了宋腾买醉。两人俨然成了乱世佳人的常客，连酒保都会客气地和他们打招呼。"宋哥，我从没觉得自己这么渺小过，真的，特渺小。跟老婆一比，她是大象，我窝囊得像只老鼠。要是别人问起来，你老婆是做什么的，我该怎么说，很自豪地跟人家说，她非常有能力，开公司吗？"

"别想这些不开心的事情了，我们是出来 happy 的，何苦自虐呢。

喝酒喝酒！”这么一对比，宋腾发现自家黄脸婆好歹层次不够高，这样显得自己形象很高大，这也是难能可贵的一个优点了。

越喝越觉得自己没用，唐煜道：“我也不想自虐，可是每天开车接送她上下班，看到她和同事谈笑风生一个个神采飞扬的样子，别提多闹心了。回到家心情还能好吗？”

宋腾的眼睛里闪过一丝邪恶的光亮，凑近他，小声道：“哥明天带你去另一个酒吧，我以前常去的，你下午就不要去接你老婆了，就说公司聚餐，我带你见识下真正的夜生活。”

反正在家也是自我鄙视，还不如出来狂欢，唐煜想都没想就应承下来了。

带着一身酒气回家的时候，焦寒熙睡得依旧很香。他低下头想去吻她，她似乎感觉到了浓重的酒气，皱着眉偏过了头，他的兴致一下子就没了，往她边上一倒就闭眼睡了。

早上正要出门，王淑叫住了他们，“寒熙，既然你去园区那边上班了，跟小煜又不顺路，要不开电动车去上班？”

“妈，我现在这么大的肚子怎么开电动车？唐煜要是觉得这样太麻烦的话我自己打车去公司就好了。”

王淑迅速阻止了，“打车怎么行呢，打车不是更贵？家里现在经济负担很重，油价虽然略有下降，可是还是很贵，现如今还要绕到园区去……我的意思是我可以早上开电动车送你去上班。”

焦寒熙的好心情立马被打散了，又是舍不得这点油费。“妈，你要是心疼这点油费，我可以让同事来接我，你看这样你满意了吗？”

“同事，你那边都是男同事吧？”王淑的脸色更不悦了，“水性杨花”这个词语再次蹦进了她的脑海中。“算了算了，你们都把我的话当耳边风好了，反正我在这个家里一点地位都没有，你们自作主张就好。”

收入和成就的对比，让原先对这点钱不太看重的唐煜，现在觉得钱是个非常非常重要的东西。不管是社会地位还是家庭地位，都是要靠钱来衡量。他观察着焦寒熙的神色，愈发觉得她的表情里带了几分轻视和鄙夷。这让他更加坚定了晚上不去接她的决心，把她送到公司就说了今晚有饭局。焦寒熙忙着公司的事情，根本没有考虑过唐煜会撒谎的可能性。

“她没怀疑你吧?”宋腾迎面就问了这么一句。

唐煜有点心虚地往身后看了一眼，答道:“没。宋哥，咱今晚去哪儿?”

“有点耐心，肯定是个好地方，包你乐不思蜀地忘了你老婆的存在。”

两人沿着酒吧一条街走着，路灯下的踪迹影影绰绰，拐进了一条小巷子，再往前走三三两两的亮着一些灯，大多才开始营业。最后宋腾停在了一幢相对独立的房子前，品红色的霓虹灯写着“情缘”两个大字，黑暗中边上的招牌看不清，似乎是个会所。“到了。兄弟，抬起头，别一脸憋屈，咱们是来找乐子的，抬头挺胸，进屋!”

“等等……这毕竟离十全街很近，会不会遇到寒熙的同事?”

宋腾拍了一下他的头，斥道:“是不是男人? 来这里的人都是抱着相逢是缘的态度，就算遇到熟人也能相逢一笑泯恩仇，怕什么!”

唐煜壮着胆子走了进去，里面的灯光很亮，不像一般的酒吧。一楼沙发中间的桌子上都放着许多杂志书籍，大厅里的人们似乎都在聊着天。

“宋哥，好长时间没见到你了，怎么想起来这边了呢?”一个穿着服务生制服的女孩子走上前，引他们进去，看上去年纪很小，化了淡淡的妆。

“当然是太久没见你，有些想念的缘故了。今天给你介绍一个我的哥们，唐煜，他可是个年少有为的优秀青年哦。”三人挑了个角落的位置坐下，宋腾向唐煜介绍道，“这可是我认的妹子，徐华旭。这我最铁的哥们兼同事，唐煜。”

“唐哥……”说完徐华旭就抿着嘴笑了，笑的非常腼腆，“这么称呼好像有点歧义，不介意我叫你煜哥哥吧。”

唐煜的脸“刷”地红了，不好意思地点点头。徐华旭将聊天的话题引到了唐煜的工作上，一脸崇拜地看着他，“我毕业了也想考公务员呢，不过现在竞争压力大，好困难啊，总觉得考不上，怎么办才好呢。”原来她是个大学生。

“简单! 叫你煜哥哥给你开小灶补习呗，唐煜，你可别藏私，我出去接个电话，你们接着聊。”宋腾用力地按了按他的肩膀，拿着手机离开了。不久，一条短信发到唐煜的手机上：家里黄脸婆又闹事，先回去救火了。单我买完了，好好玩！

少了宋腾在场，唐煜有些尴尬，不过徐华旭一点都不怕生，渐渐的，唐煜放下了防备，相谈甚欢。

大厅里的客人三三两两的离开了，有些结伴上楼了，有些一起出门了。徐华旭看了眼时钟，焦急地道："宿舍大门快锁了，我得赶紧回去了。"

"我都快忘了大学生活了，记得那时候晚上查寝要是不在是会记过的，现在还这样吗？"唐煜陪她一起出门。

外面竟然下起了雨，天气预报说冷空气要来，竟然准了。"这个传统从古代中国的宵禁就开始了，到现在还保持着，真不知道该说是历史的进步还是守旧。怎么下雨了，我好像没带伞……"她望着唐煜，眼里闪着柔弱的光，在霓虹灯的照耀下有些迷离。

唐煜脱下了外套披在她身上，道："跟紧了，我送你回去。"引着她往停车场走去。

将她送到宿舍楼下的时候，徐华旭感激地说道："今天真是谢谢你了，煜哥哥，你的手机号多少，改天请你喝奶茶，贵的我也请不起，不介意吧？"

唐煜爽快地跟她交换了号码，看着雨有变大的趋势，赶紧回到了车里。回家的路上，他想起来，今晚真的一次都没有想起焦寒熙。真是个不错的夜晚。

天气算是正式入冬了，伴随着严寒的到来，焦寒熙对工作的热情愈发高涨，每天都容光焕发，卫子涵对她的方案也相当满意，等着汪董过目。而唐煜，明知道不应该再去"情缘"，可是那个环境给人的感觉太温暖，太让人念念不忘了。他经常不自觉地看着手机，终于在元旦前，他等到了徐华旭的电话。

他像个大学生一样蹲在街边喝着六块钱的奶茶，觉得无比暖心，还能驱散这个冬天的寒意。徐华旭蹲在他旁边，眼睛笑的像是弯弯的月牙。焦寒熙对喝的饮料要求极高，自打工作之后，对咖啡的依赖更甚从前，对其品质的要求也就更高，非进口咖啡豆不喝。唐煜忽然觉得，喝着廉价奶茶的女孩子，也别有一番风情。他开始自问，为什么自己原先眼中只容得下焦寒熙呢?

“煜哥哥，等我毕业工作了，一定请你喝高档一些的奶茶，不过现在我还得打工挣生活费，只能委屈你啦!”

他笑着说不介意，笑容里有着自己都没有察觉的宠爱。“为什么喜欢喝奶茶，你不喜欢喝咖啡吗?”

“咖啡那么苦，喜欢喝咖啡的人心里肯定也是苦的，为什么不让自己觉得甜蜜一点呢，是吧?”伴随着甜甜的笑容，唐煜的心里仿佛也融入了几分甜蜜。

上大学的时候是不常和女孩子相交，加之心中有了焦寒熙，更没心思去认识别的女孩子。头一次，被一个年轻而美好的女孩子崇拜地看着，消失了很久的自信渐渐回来了。

临别的时候，徐华旭踮着脚站在宿舍楼下，羞怯地低声问:“你元旦前的晚上有没有空，可不可以一起吃晚饭，我在这边没什么朋友，不想一个人等待末日 2012 的到来。”

他选择隐瞒自己已婚的事实，应道:“好。”

徐华旭跳起来在他嘴角迅速一吻，一溜烟跑进了宿舍楼。唐煜怔在了楼外，完全忘记了正处在严寒中，等反应过来的时候手指已经微微僵硬了，心里却是暖洋洋的。

唐煜的 2011 年，就在这样的羞愧、担心和刺激中，彻底被抛在了身后。

徐华旭给他的温暖和刺激让他流连忘返，渐渐地有点无法自控，开始盼着焦寒熙加班，经常用宋腾当借口。宋腾还调侃他:“你小子真是艳福不浅，人家华旭虽然对我客客气气的，可不会请我喝奶茶，哥哥我真是羡慕嫉妒恨啊。”

“宋哥，我是不是不该再见她?”

宋腾眉一挑，道:“你小子二了吧，哪个男人没几个红颜知已啊。真是……这不是犯贱是什么，该玩的时候不好好玩，没得玩了心里又心心念念，别这么窝囊行不行!”

在宋腾的鼓励和心里的诱惑下，唐煜去“情缘”的次数越来越频繁。随着 2012 的到来，寒假也近在眼前了，唐煜珍惜着和徐华旭相聚的时间，愈发地沉迷其中。

第九章　压垮婚姻的最后一根稻草可能只是一个虚构的情敌

27

再有两天就放年假了，唐煜看着这天气，一天比一天冷，窗外下起了淅淅沥沥的冬雨。徐华旭回了老家，他这几天每天都按时回家，看到焦寒熙波澜不惊的脸心里就一阵发虚，莫名地排斥回家。

拖到最后一个才出公司，外面的天色已经全黑了，乌黑的夜幕和冷雨，没了暖意的路灯，这个冬天真漫长。唐煜想着，抬头看到路灯下的一个身影，穿着风衣，在雨夜里冲他招手，是徐华旭。

他对她并不曾太过思念，只是这样地出场总是会让人惊喜万分，当徐华旭浑身湿漉漉地跳到他身上将他抱住的时候，那种被宠爱被深爱的感觉战胜了其余的一切，让他明知前面是个火坑还是义无反顾地跳了。

一进宾馆的房间两人就像发疯的野兽一般撕扯着对方湿漉漉的衣服，徐华旭笑得无比妖媚，这场游戏对她来讲越来越有意思了。不入虎穴焉得虎子，她笑容里的真心又多了几分，手上的动作愈发犀利起来。

唐煜喘着粗气滴着汗水找不到门路的时候，徐华旭心下大吃了一惊，还有一丝丝鄙夷，面上却是笑得更妩媚了，一手搂着他，一手引导他如何继续。

他觉得这辈子从没尝过这么美好的滋味，汗水划过眼前，模糊了视线，再看清的时候，身下的人仿佛变成了焦寒熙，他的动作一下子就怔住了。

徐华旭推了他一下，唐煜一回神，抱歉的一笑，却发现她的食指指着地上的衣服。他一下子没明白过来，知道徐华旭维持着两人的姿势，伸手从他的外套里拿出手机，递给他："老婆大人来电了。"

焦寒熙被一阵突如其来的脚抽筋惊醒，看了眼时间，九点多，身边空空如也。临近假期，酒店的项目也进入了中期修改阶段，最近倒是不太忙，等着百利的意见，加之身体的因素，她一回家就早早地睡了。捞过手机给唐煜打了个电话，过了许久电话才被接起，问道："今天怎么这么晚，还有活动？"

"对，这不是快过年了吗，局长提议多玩会儿，后来去唱歌了，我现在在KTV外头呢，你身体不舒服？"他额上的汗水以更快的速度渗出，身体的某个部分还在徐华旭体内，这种得到和占有的感觉让他幸福得不能自拔，声音都有些发抖。

"还好，就是醒来看到你不在有点担心。那玩得高兴些，我和宝宝先睡了。"

"嗯，晚安。"唐煜匆匆地挂掉了电话，把手机扔回不远处的衣服堆中，焦寒熙的电话无疑是个重磅炸弹，他望着承欢身下的徐华旭年轻的脸蛋，内心迅速地做着斗争，最后低头吻了上去。偷情的快感刺激着他的感官，愈发狠劲起来。

这个年过得特别早，过完元旦一下子就除夕了，让人有些措手不及。过年也没什么特别的，唐家这边的亲戚家互相吃年夜饭的也就是两个叔叔家。唐煜的应酬也比往年更多，经常半夜三更才回家，有时候直接第二天才见到人影。他解释是因为焦寒熙肚子大了，他半夜喝了酒味道也不好闻，又怕伤着她，索性就住在宋腾家了。

焦寒熙没去深究，肚子沉了她夜里睡得不踏实，如果唐煜半夜吵醒她的话就很难入睡了。再者，宋腾她是见过的，和唐煜是很好的哥们，在他家借宿几天也没什么好担心的。

一向护着儿子的王淑这次倒是有点意见了，时不时指责儿子不该天天那么往外跑，酒喝多了还伤身体。

在家里经常看不见唐煜人影之后，婆婆儿媳居然没有发生什么矛盾争执。她们直接达成了一种微妙的平衡，加上孩子离预产期越来越近，王淑也渐渐开始忽略了听到的那些闲言闲语。原本的猜疑先搁在了一边，就等着肚子里的小家伙出世。

过完年正常上班之后，唐煜不再去宋腾家借宿。但是早出晚归的现象依然持续，一个礼拜都不会在家里吃两次饭。早上送焦寒熙到园区科技园是没有问题，晚上却是麻烦了。科技园到他们家连直达公交都没有，免不了要打车。这点又让王淑非常不乐意。

离预产期还有两个月，焦寒熙已经有点行动不便，王淑每次看见唐煜早早出门送她去园区科技园的新公司就忿忿的。唐煜没解释没安慰，他们之间有些什么正在改变，一种说不清道不明的隔阂越来越深。

对于这种反常焦寒熙问过他，他只是说他要准备新一轮的竞职，在单位里学习。焦寒熙没有去深究他的理由，对于唐煜眼底的闪躲，她除了失望还有心凉。这更加坚定了她想做好这个项目的决心。

一段好的婚姻是会让两个人一同上进，朝着相同的人生理想迈进，而不是互相扯后腿！这句话是颜卿在公司落成宴上说的，她当时稍有醉意，但一字一句吐得异常清晰。

这个道理她懂，本着息事宁人的心，焦寒熙现在选择沉默。她打算等孩子出生后来一个了断，不管是去是留，她都不会占他们一点便宜。

焦寒熙跟颜卿和卫子涵提出，方案的最后一部分她想在家里完成。反正还没进入正式开工阶段，她在家里做和在公司做是一样的。

在哪里做方案是小事，但这背后的意义让卫子涵为她感到忧心。他想了想开口道:“如果你觉得交通不便的话我可以……”

“不用了。”还没等卫子涵说完，她就开口拒绝，说完才发现自己有些反应过度，便解释了一下:“不是因为交通不便，我是怕赶来赶去对胎儿不好。方案还剩一些细节修缮下就能完成了，这个月肯定能搞定。有需要的话唐煜会送我去公司的。你也有很多事情要忙，总不能让卫董做我专职司机吧。”说着她刻意放轻松的语调，开起玩笑。

卫子涵无奈地摇了摇头，也没坚持。有些事情他也懂，不想令她处境更为难，只是为她不值。

颜卿都看在眼里，生怕他们起争执，赶紧出来圆场:“你就在家里蹲着好了。现在你可是重点保护对象，不要赶来赶去那么累。”

虽然王淑的上班时间很短，但她天天跑到新房子那里看装修最后的进程，所以焦寒熙也用不着和她朝夕相对。装修差不多快结束的时候她又去看了一次，还在门口就被那刺鼻的油漆味道熏得受不了了。

有些事情可以为了让家里和平而忍下来，但有些原则性的事情是不能让步的。焦寒熙态度十分明确的告诉王淑，她不同意这么早就搬到新房子里去。怀孕的最后一个月宝宝是非常敏感的，稍有不慎就会出事。不仅是对孩子，这样浓的甲醛对大人的身体也是极不好的，犯不着为了省几个月的时间把一家人都送进医院。

她讲这番话的时候心平气和有理有据，王淑倒也听进去了。她虽然偏执了点，也不是一点常识都不懂。问过单位里一些人又问了装修工人，和焦寒熙讲得大差不差。她也不敢贸然搬进去了，只说等孩子生下来后再搬，满月酒一定要办在新房子里，不然要惹别人笑话了。

每天的吃饭时间让焦寒熙有些痛苦，到了九个月她的胃口又开始变差。即使知道这一个月一定要补充营养，但没胃口的时候自己也没办法。

吃得少的后果是焦寒熙整个人都消瘦下去，九个月身子的重量还没别人六个月的重。唐煜看在眼里不是没有心疼，劝她多吃点也没有效，心里又急又气馁，自己这个丈夫就当的这样失败吗?

王淑更是不高兴，忍不住埋怨:“你这样下去怎么行呢? 饿着了我的小孙儿不说，这楼上楼下的邻居看见了还以为我这婆婆虐待儿媳妇呢，传出去多难听。”

这就是王淑的思维模式，永远活在别人的眼光和议论中。想着她也是出于好心，焦寒熙便说道:“妈，我们都知道你烧菜是极好的，在意别人的乱嚼舌根做什么。”

“怎么能不在意呢? 我就是要做到清清白白正正直直，让别人想嚼舌都没有地方去嚼。”王淑提高了声音，强调自己的道理。

焦寒熙无语，只能尽量让自己多吃点……

新公司和手头的项目让焦寒熙忙的焦头烂额，她把所有的精力都投入在里面，顾不上唐煜时不时地欲言又止和闪烁其词，也顾不上王淑三天两头的冷脸和挑刺。

有天中午的时候，焦寒熙接到了堂哥的电话，说是在她家楼下，让焦寒熙下去一趟。焦一新已经很久没有来过唐家了，上次婆婆借钱失败后虽然他们兄妹间的关系并没有受影响，但唐家他们还是不来的。忽然说在楼下，焦寒熙心里有些惴惴的。

焦一新看上去有些沧桑，眼睛红红的。焦寒熙先开口："哥，最近好吗。要上去坐会儿吗，嫂子呢？她身体怎么样？"

"寒熙……" 焦一新开口，声音有些沙哑，"我想让你帮个忙。"

"哥，发生什么事了。能帮得上的，我一定帮。" 焦寒熙被吓了一跳。

焦一新把手里的一个文件袋递给焦寒熙说道："这阵子，你也知道，我和你嫂子一直都想再要个孩子。可是你嫂子的体质……不易受孕，自从上次孩子没了后，纯敏的心思，其实一直都有些抑郁不振。我想着，一定要做个全面的检查，好好调理调理，这样比较容易怀上。没想到……"说着焦一新的眼眶又红了。

焦寒熙把文件袋打开，是圣爱医院的彩色 B 超图，还有报告。图她看不懂，但报告里的文字让她也呆住了。

"以前也做过检查，只是说子宫壁较薄，不易受孕，但希望还是有的。可是现在，现在是一点希望也没有了。" 一个大男人，生生地掉下泪来。

看着痛苦的堂哥，焦寒熙一时不知道怎么安慰他，忍不住也湿了眼眶。

过了会焦一新就控制住了情绪，继续说："圣爱医院毕竟是个小医院，你不是有个医生朋友在附一院吗，就那次纯敏住院请的那个老医生，我想请你帮忙让他看看这种彩超图，看看大医院的结论会不会不一样，说不定，说不定就有希望呢……"

心里一阵苦涩，堂哥和堂嫂这么多年也不容易，竟然在孩子这上出了这种事情。焦寒熙应承下来，尽管心里知道多看一家医院结果也不会天翻地覆，但她宁可和他堂哥一起抱着一点点希望。

焦一新扯出一个勉强的笑容，又叮嘱了她一番，一定要照顾好自己和孩子，最后不忘记关照她，有什么事一定找堂哥，不要一个人扛着。

她心里涩涩的，回到家里画图也画不下去了，立刻打了徐雯的电话，就往附一医院去了。

赶到医院的时候，徐雯在门口等她了，电话里她已经把事情讲了一遍。徐雯让她在她办公室里等，自己拿了彩超图和报告去妇产科。

焦寒熙觉得等待的时间异常难熬，当她看见徐雯一脸失落的回来时候，心里什么都明白了。

“寒熙，刘医生是我们妇产科最有经验的医生。我们不能出正式的报告，但我请刘医生自己写了一下。其实，和圣爱医院的差不多。想再怀上，基本没可能了。”徐雯把刘医生手写的报告拿给焦寒熙，指着彩超上说，“你嫂子的子宫壁原本就薄胚胎很难附着，加上上次流产刮过一次宫。几率小的渺茫，你……劝他们领养一个吧。”

为什么生活总是这样捉弄人，该来的不来，不该来的却义无反顾地来了。焦寒熙摸了摸自己的肚子，心里有个念头忽然闪过。她谢过徐雯，收好了彩超图和报告，就给焦一新打电话。

打了很久电话才接通，焦一新的声音依旧很沙哑，他听到焦寒熙说附一院的报告结果后，久久没有出声，“算了，这也是命。我本来想瞒着你嫂子的，可是她心里也有数，打电话去了医院，现在知道了。”

“哥，你叫嫂子不要难过，她还年轻，把身体养养好，还是有希望的。”焦寒熙放心不下，想去看望一下哥哥嫂子，“哥我现在去你们家看下嫂子，你好好开导她。”

“你来帮我劝劝她也好，纯敏现在想和我离婚，说不能让焦家无后。”

焦寒熙再次被吓了一跳，但细细一想这种事也多见。她只得劝着焦一新让嫂子别冲动。

见到周纯敏，她又是一阵心疼，嫂子虽然之前和她为了钱也有嫌隙，但说起来也算待她不薄了，尤其之后对她好得更甚从前。无法生育是女人最大的伤痛，周纯敏整个人都有些呆滞了。

“嫂子，嫂子，你千万不能想不开啊。现在最重要的是把身体养好，养好了身体才有希望啊。”焦寒熙握着她瘦的指节突出的手，想把这冰冷的手捂热一点。

周纯敏摇了摇头，说道：“寒熙，你哥他是个好人。我不能害了他一辈子。我已经不可能为焦家留后了，让你大哥去找个好的吧。”

“嫂子，你别难过，一定会有转机的。千万不要想不开。”

“你哥哥是家里单传，与其让他最后左右为难，不如早点了断。”

“你又不是不知道我哥是哪种人，他不会同意的。”焦寒熙强调着，“嫂子，如果到时候真的没办法，就把我的宝宝过继到你和哥哥名下。

我一个人也不见得能照顾好他，反正我们都是一家人，一起照顾宝宝。这样大伯和伯母那边也好有个交代。”焦寒熙把那个念头说了出来。

听到这话，周纯敏先是愣住了，然后脸上出现一种异样的神采，随即又一阵担忧，张了张口，说不出话来，最后想起了什么说道：“那唐煜，他会同意吗？”

焦寒熙苦笑：“哥哥肯定告诉过你的吧，孩子不是唐煜的。”

周纯敏点点头。

“和他结婚太冲动，我们两个都太草率了。草率不计后果的婚姻必然会付出代价。我本来是想等孩子生下来再和他离婚的，现在的情况来看，可能都等不到宝宝出生了。”

话一出口，焦寒熙觉得心里有什么憋着的终于说出来了。有些事情她不说，不代表一点察觉都没有。看着一脸错愕的周纯敏，她继续道：“宝宝过继给你们对他的成长也好，小孩子要在正常的环境下成长才会健康。我……给不了。”

“可是，可是如果你以后再找……”

“不，我想我暂时不会考虑婚姻了。我现在只想好好发展我的事业。就算以后遇到了可以结婚的人，他也不见得会对孩子好。我希望宝宝能有一个完整快乐的家庭。”说完焦寒熙紧紧闭上眼，她怕自己有一丝犹豫后悔这个决定。尽管舍不得，但这却是对孩子最好的选择。

周纯敏小心翼翼地摸着焦寒熙的肚子，终于扫去了脸上绝望的神情。

焦寒熙这才发现，焦一新一直站在门边，看他激动的样子应该是全部听见了。

“寒熙，你，你真的舍得？那孩子大了以后怎么办……毕竟……”焦一新激动的话都讲不全了。

“哥，以后孩子长大了懂事了可以把真相告诉他，相信那时候他会理解我的。他有两个妈妈一起爱他，会很幸福的。”焦寒熙微笑着说。

焦一新小心地抱住这个贴心的妹妹，一句话也说不出来。

回到家，有个意外的惊喜等着焦寒熙。王淑已经在家了，那坐在沙发上和王淑聊天的，不是她母亲是谁。

沈秀梅算着女儿的肚子差不多不方便了，就一个人从厦门赶过来照顾她。怕他们麻烦，就一个人悄悄来了，沁苑小区那的房子一直没退租，她先去了那整顿好了再去王淑家。

王淑很热情地留饭，招待远道而来的亲家母。吃过饭焦寒熙怎么也不肯让母亲一个人回去，不顾婆婆神色不悦，收拾了东西说是要陪母亲住几天。直到她们母女俩一起离开，唐煜也没回来。

焦寒熙很久没这么高兴了，她想搬去沁苑小区很久了，苦于找不到借口，一意孤行的又怕王淑闹。现在母亲来了，简直为她找了个绝妙的脱身计。一旦住出去了她再也不想回唐家。有关工作的资料全部带走了，在自己的小窝工作也能随心所欲些。

唐煜回到家的时候已经十一点，王淑从房里出来，先是指责了几句他这么晚才回来，随后抱怨外加讽刺把焦寒熙和她母亲的事说了一遍。唐煜愣了许久，冒出了一句："随便她。"不再理会。

留下王淑一个人，又喜又忧。喜的是自己儿子终于不再魔障一般的被焦寒熙迷住，什么都偏袒她，忧的是孙子都快出生了，儿媳妇不重要，自己孙子是顶顶重要的。

心里开心后，胃口也变好了。沈秀梅每天变着花样烧好吃的给女儿，女儿那瘦骨伶仃的样子可把她心疼坏了。周纯敏知道自己婶婶从厦门赶过来后，也隔三差五地烧了吃的带过来。焦寒熙成了她们的重点保护对象。

舒适的环境让工作效率事半功倍，焦寒熙愈发坚定了不回去的信心。

唐煜打过一个电话来，问了下也没说什么。

28

焦寒熙在母亲和嫂子的照料下过得很滋润，很快就把中期方案呈上去了，大家都在等汪董那边的回应再进行下一步。

"她现在是待产，没有别的人选了吗？"颜卿和卫子涵坐在会议室里，商量着。

卫子涵刚从上海赶来，摇摇头，道："花了这么大的精力和时间，汪董终于点头了，这个项目不仅是时空的开门红，更是以后敲开大型公建设计的金砖。汪董是卖了我的面子才把这项目给我们的，否则压根不可能有这种机会。之前的设计负责人一直是焦寒熙，这次会议，主要是听她阐述自己的设计，主角不在这个会议也没意义开了。”

颜卿很是为难，毕竟焦寒熙现在肚子老大，着实不方便，“没得商量？焦寒熙挺着大肚子出席会议……”

“汪董不是目光短浅的俗人，你知道的。”卫子涵直接走出会议室，从打印机那边拿过一张纸，递给她。标题是《百利苏州饭店企划书之会议纪要》，列了将近二十多条，最后的一条写着：方案设计由焦寒熙负责。“你也不是不知道我的心思，要是有办法，我会不替她考虑下吗？还是你觉得我是为了增加接触的机会才这么要求的？不过我确实是一个未达目的不择手段的人，这一点我从来不否认，谁叫我是个商人呢。”

白了他一眼，颜卿自然清楚卫子涵是个怎样的人，再怎么不择手段，这家伙也是个非常护短的主，看来只能请焦寒熙出山了。“我这老脸实在不好意思……要不‘卫董’联系一下‘焦董’？”

卫子涵难得地露出了为难的神色，一脸无奈，做出一个“服了你了”的表情，拿出手机拨号。颜卿一副八卦的神情盯得他有些不好意思，走到了外面廊打，“寒熙，你明天有事吗？”

“明天？明天是周六吧，没什么重要的事，不正等着汪董的最后通牒吗，有结果了吗？”焦寒熙的声音有点紧张，这毕竟是事业上极大的转折点。

“你猜一下，结果如何？”他忽然不希望就这么直接跟她说结果，想要更多的感受一下她的期待的心情。

“卫子涵！别吊我胃口，小心我爆粗口骂你哦！快告诉我结果，知不知道欺负一个孕妇，后果很严重。”

他期待的可能就是这样闹小脾气地回话了，这才道：“恭喜焦董，咱们拿下这个项目了。不过明天汪董过来，要你出席会议，你明天能来吗？”

“有专车接送吗，我现在跟我妈住在园区呢。”

“加长林肯没有的，奥迪还是有一辆的，不知道焦大股东你看不看得上？”卫子涵满意的微笑着，在初春的空旷廊道里，看着楼下院子里的桂花树，心中想着：今年秋天，桂花的花香飘进时空的办公室，该是一番怎样的欣欣向荣。

“嗯哼，勉强能接受了，待会儿我把地址短信你，明天见，卫子涵。”放下手机，焦寒熙发现母亲正吃惊地看着自己。

沈秀梅已经很久没看到焦寒熙这么开心地笑了，现出两个深深的酒窝，“熙宝，啥事这么开心啊，笑得嘴都合不拢了？”

“妈，你女儿我，离大师梦越来越近了，哈哈，这么大的项目真的砸到我头上，总觉得像是在做梦。”顾不上行动不便，焦寒熙用最快的速度小跑着跑到沈秀梅面前，抱着她直乐。

她现在的样子像极了小时候考了“一百分”拿着卷子向母亲炫耀的时候，沈秀梅看得热泪盈眶，“嗯，我们家熙宝最厉害了，妈妈也不求你出人头地，当然这样更好了。不过要注意身体不能太累了，累到我外孙我跟你急。”

“哈哈，你外孙比我还开心呢，因为他妈妈，你女儿我，会成为一个成功的设计师，为他的将来提供更好的条件，我们这代人面临的竞争和压力都太大了，希望孩子以后可以顺一点。妈，这是不是为人父母最大的特点？”她在母亲的眼神恐吓下坐在床上不敢再一跳一跳了，乖乖地看着母亲，感悟颇深，母亲她，也是这么替自己想着，努力着，想到这里，她就把脸埋在了沈秀梅的怀抱里，“妈，这些年你辛苦了，我以后除了给宝宝创造一个更好的环境，也要给你和老爸提供更好的生活条件。”

沈秀梅爱恋地抚摸着她的头发，也不去擦汹涌的泪水，道：“你能这么想我跟你爸就满足了，我们现在过得已经很好了，你啊，就把心思都放在自己和宝宝身上就好，我们不需要你来操心的。”

“妈，今天高兴，咱们不说扫兴的话。”焦寒熙提议道。

“你这孩子，任性惯了。你给我说说你和小唐之间到底怎么回事，你俩这阵子不太对劲，哪有夫妻这么不闻不问的。再吵架置气也是一家人，如果你还想维护这个家的话，该忍的地方得忍。”

烦躁的情绪浮上心头，消去了几分喜悦：“没什么事。明天要去开会讨论这个大项目，我先去临时抱会佛脚。”

看着女儿忙于工作的背影，沈秀梅有点心酸。

看着眼前的图，焦寒熙有些心不在焉，犹豫了一下，还是给唐煜打了个电话，答应唐煜过几天和母亲一起回家吃饭。

焦寒熙主动找他，唐煜心里还是很高兴的。这阵子他忙着应付徐华旭，对焦寒熙都没关心过。尤其一想到自己的背叛，愧疚油然而生，连母亲都看出了自己的不对劲时不时地盘问他。但是出轨这种事情，像吸鸦片一般越陷越深，他无法抽身。

周六一早唐煜还没出门，门铃就响了，心想不会是寒熙和丈母娘自己过来了吧？心中如是想着，打开门一看，竟然是二叔和二婶抱着孙子。客气地把他们迎进屋，“二叔二婶，你们怎么来了，也不提前打个电话。”

“你妈和你媳妇呢，怎么家里就你自己？”二婶一进屋就在家里转了一圈，眼睛放着光到处看。

“我妈去买菜了。寒熙妈妈前阵子过来了，寒熙这几天陪她妈妈住着。”唐煜忍着不耐烦解释，二婶每次来都没好事，今天不知道又会出什么事了。

二叔抱着孙子，想起了一件事，问道：“你们不是在石湖华城买了房子吗，怎么不往里搬，还住着这小房子，搞得丈母娘来了都没地方住，招待不周了吧。”

“这不是刚装修得差不多，怕甲醛含量高对身体不好没往里搬吗，等寒熙把宝宝生下来身体恢复了再搬进去，毕竟那一地段我们都不熟悉，到时候孩子一出生手忙脚乱的反倒不好，二叔你说是吧？”唐煜语气有些转冷，这一家子是来找茬的吗，王淑年轻的时候可没少吃他们家的亏。

二婶接过了话头，“你说的也有一定道理，不过买了不住不是很浪费吗，在外人看来是你们有房子也不给丈母娘住，这人言可畏啊，堵都堵不住……对了，我这带了些水果和补品，给你媳妇买的。哎，你媳妇都快生了吧，跑来跑去不安全啊，你也不看看好。”

“二叔二婶先坐会儿喝口茶，今天留下来吃饭。”唐煜一边倒着茶，一边看着客厅里窃窃私语的二叔二婶，总觉得他们不是单纯来送补品的。

“那我们就厚厚脸皮留下来吃个饭吧。既然亲家也来了，何不叫他们一起，一家人认识认识也好。”

唐煜答应了，说等王淑回来就去接焦寒熙母女。

王淑很快就回来了，看到二叔一家，嘴角抽了抽，一下子就想起了满月酒那次的纠纷。冷着脸招呼了几句，就进了厨房不去搭理。

唐煜赶紧出门往沁苑去。

那套小公寓被她妈妈收拾得井井有条，唐煜敲门进去的第一印象就是温馨。“妈，我来接您和寒熙去我家吃饭。寒熙还没起来吗？”说完就要往卧室走。

沈秀梅叫住了他，“熙宝去公司了，说是有个重要会议，她昨天不是给你打电话了吗？没跟你说今天去开会？”

“没……怪我不好，我昨晚应该跟她说一声今天回家吃饭的。这样，我先去科技园接她吧，开个会应该要不了多久的，待会儿再回来接您，好吗？”

沈秀梅点点头，道：“就是要让你开来开去的，真是麻烦了。待会儿我会教训熙宝的，让她以后做事情不要这么说风就是雨，应该多跟你商量。那你路上开慢点。”

会议正进行得如火如荼。焦寒熙挺着大肚子，拿着颜卿网购的哈利波特魔杖，站在投影仪的屏幕前，指着 PPT 上几张建筑风格意向图，“刚才介绍的是整体的结构布局和造型上的导则，现在讲解一下建筑风格。太湖的水色偏浅，不像大海一般湛蓝，所以色调上还是保持白墙灰瓦的主要基调，不过在白墙内部，就别有洞天了。按照酒店的要求，需要大型的商务会议室，我将其与酒店的休闲功能区结合着一起设计了，大面积的钢结构和玻璃会让这个商务休闲区呈现一种现代化的锐利，这是几张效果图。目标是做出卢浮宫新馆给人的感觉，现代，但是不能离了主题的基调。”

她撑着腰换了个姿势，缓解了脚底的不适，参加这个会议的只有汪董和其助理，颜卿，卫子涵和焦寒熙，她也就不那么硬撑了，适当地提出了一些“要求”。

汪董笑得很和蔼，道：“我还在好奇你这大肚婆什么时候需要休息呢，赶紧歇着吧。听了不到一半的介绍，我对焦设计师的方案已经非常感兴趣了，为了项目的未来，你可要保重身体，后期可得出大力呢。”汪董的目光难得的没有往常的狡猾，焦寒熙放心地把魔杖交给了颜卿。

之前把该注重讲解的几点跟颜卿提了一下，加之对这个项目的了解和重视，颜卿从容的继续了这个汇报。

他们正在看细节效果图的时候，唐煜就到了。他是第一次上楼，以前只是送到停车场，一家一家找过去，终于看到了“时空建筑”，白色的墙做底，黑色的浮雕的招牌，简约而干练。他在门外候着，不好意思推门进去。会议室的窗帘被拉上了，只能看到里面的灯光很亮。他在长廊里徘徊，从口袋里摸出一包烟，自从焦寒熙搬去沁苑，他开始染上了烟瘾。突然手机震动了，来电显示：徐华旭。

他吓得赶紧把烟掐了，匆匆走到对面室外楼梯的平台上，能看到时空的大厅，靠着墙压低声音接了电话。“不是让你周末别打我电话吗？”

“你怎么能说这么绝情的话？什么叫周末别打你电话，难道只有等上床了就来找我，我想你了就不能找你吗？我又不图你钱，也不逼你离婚。你就不能多关心我一点吗？”

唐煜心里很是愧疚：“我……我老婆就快生了，我已经做了对不起她的事……”

“你已经对不起她了你还要对不起我吗？煜哥哥，我的要求真的不高。”说到这里，电话里的人已是声泪俱下。

“好，我有空就去看你。”他还不忘关注着时空的动向，看到有人影出现在视野里，忙道：“改天咱们见一面再谈，我现在有点事，等我电话。”挂了电话直接关机，往时空走过去。

会议室留给了汪董和他的助理讨论修改意见，焦寒熙准备去外面透透气，迈着小步子往长廊走。颜卿见状，先笑着把公司的玻璃门打开了，“寒熙，你可是今天的大功臣呢，我看汪董脸上写满了‘满意’两个字，说吧，有没有啥要求，卿姐我能做到的一定完成！”

一边往门外走，一边回望着颜卿，焦寒熙脸上溢满了笑容，“容我好好想想，我得为我的孩子多谋划谋划，要不定一门娃娃亲？哎呀！”一个惊呼，脚下不稳，眼看着就要往门外摔下去。

身体稳稳地落入了一个隐约有着香水味道的怀抱。那味道很别致，焦寒熙曾偷偷问过知道各种奢侈品的颜卿那是什么牌子。颜卿告诉她是Creed Bois Du Portugal，翻译过来是“信仰葡萄牙木”。

焦寒熙抬头，看到卫子涵关切的脸，这是他们两个第一次离得这么近，近的能看清楚卫子涵脸上细细的绒毛。他把她扶起来，扶着她往廊道里走去。

这一切被唐煜尽收眼底，陌生男子亲昵地搀扶，焦寒熙脸上不肯对他流露的娇羞笑容，这一幕真是温情脉脉啊！他妒火中烧，二话不说冲上前，强行把焦寒熙拉离了卫子涵。“跟我回家。”他黑着脸近乎命令道。

焦寒熙被吓了一跳，“放手，唐煜你这是干什么！我还要开会呢。”一上来就发疯，有些不高兴，手臂被他拽得生疼生疼。

“开什么会，你就是纯粹在这边谈情说爱吧，跟别的男人眉来眼去的，难怪你一心一意地要跳槽开公司，真是个发展私情的好场所！”

焦寒熙狠狠地给了他一个巴掌，握紧了发麻的手掌回了公司。唐煜恼羞成怒，一把扯住她的肩膀，扯得她脚底一个趔趄差点摔倒，幸好卫子涵就站在旁边扶住了她。

见此状况，卫子涵的怒气也上来了，怕眼前这不知分寸的男人伤害到焦寒熙，就让颜卿扶着焦寒熙去隔壁的会议室休息，剩下的他来料理。

“我们公司不欢迎你，唐先生。”

“我是她丈夫，叫她跟我回家有问题吗?”唐煜抬头挺胸地说道。

卫子涵冷笑一声:“唐先生很抱歉，这里不是你家，而是我的公司。我是这公司的董事，你的行为可能会损害我公司员工的人身安全，我有权阻止你进去。而且，就算焦寒熙是你法律上的妻子，那又如何?公民有人身自由权。”

“你是什么东西?让开!”唐煜盛怒开始口不择言。

卫子涵靠在门上，慵懒地说道:“我是谁，你心里不是有定位了吗，那我就不多做介绍了，正是如你所想。不过还有另一个身份，我是这家公司的老总，我可以决定焦寒熙的生杀大权，我还可以决定是不是叫保安来把你请走。”

“你，你……”唐煜气得说不上话了，只是用食指指着卫子涵，脸上火辣辣得痛。

“唐先生怎么语无伦次了，还是回家喝杯水缓缓再来找我聊天吧。楼下就有保安，唐先生要是不认识回去的路可以请保安带路，我就不送了。再见。”卫子涵他露出了一个挑衅的微笑。

29

唐煜看着焦寒熙进去的那间会议室紧闭的大门，觉得这辈子都没这么丢脸过，卫子涵挑衅的笑容像一把尖刀一样插在自己胸口。愤怒到极点后反而慢慢冷静下来。

“卫子涵卫董是吧。行，既然焦寒熙也不愿意跟我走，那我也不能勉强，就麻烦你照顾好我老婆和孩子了。只是请你注意点，那是我的老婆孩子，你这种有头有脸的人物别照顾得过分。”

唐煜讽刺的话语对卫子涵根本不起作用。“我只是尽到一个好上司的责任而已，不过焦寒熙也是我朋友。如果朋友有难，我可不会坐视不理。”

“好一个上司，好一个朋友！我说她怎么对我爱理不理，原来在公司里找到大金主了！”

卫子涵的话里，对焦寒熙的关心不言而喻，嫉妒缠满了唐煜的心，他开始口不择言。

“我和焦寒熙之间没有任何逾矩。我对她有什么心思是我的自由，焦寒熙她从来也不知道。请你尊重一下你妻子。”

“我去你妈的逾矩，别给老子摆出一副假正经的样子！你们要是没有什么焦寒熙会辞了原来的工作来你这儿？你的品位也真是奇特，九个月的孕妇都喜欢。”唐煜怎么难听怎么说。

肮脏的话语让卫子涵皱起眉，他不介意唐煜的粗鄙不堪，但是放焦寒熙回去面对这样一个男人他实在不放心。“只有自己内心肮脏的人看出来的世界也是不好的。你这般语出不逊，是用你的思维模式来看待别人呢，还是你的经验之谈？”卫子涵用平静的口吻说着，对付疯狗最忌控制不住情绪。

唐煜的涵养可没那么好，他被卫子涵的话堵的接不下去，越发笃定了他的猜测。他想直接揍上去，但对着比自己高一头的卫子涵他也不敢贸然上前，只是翻来覆去地咒骂着。

卫子涵看了下时间，最后一轮会议差不多该开始了，他可不想让汪董一群人看见这种闹剧，他们没有这么多闲情逸致来陪他胡闹。

保安及时赶来了，唐煜见继续僵持下去也无益，又骂了几句愤愤的回去了。

他疯了一样在高架路上加速开车，几次差点和前面的车追尾。开进小区门的时候，车子的反光镜擦在了小区门口的护栏上，唐煜也没心情理会。

走到门口，深深地吸了一口气，他强迫自己冷静下来，还要进去面对母亲和二婶他们。

一进门，王淑看见是他一个人回来的，脸色瞬间变了。一旁嗑瓜子的二婶放下了手里的瓜子拍了拍手，站起来张望了下："哎，小煜，你的小媳妇呢。不是去接她了吗？难不成你们吵架了，她不愿意回来？我跟你说啊，孕妇的脾气……"

"二婶你多心了。"唐煜打断二婶的话，"寒熙的妈妈身体不好，她要在旁边照顾走不开。这次让二婶白走一趟只能对不住了，到时候宝宝生下来了一定叫二婶过来。"

二婶有些讪讪的，眼珠子转来转去，始终觉得有些不对劲，一时也想不出说什么。

知子莫若母，唐煜的话骗骗二婶还可以，但绝对瞒不过王淑的双眼。她怕二婶又说出什么难听的话来，说道："既然这样，那我们开饭吧。来了这么大半天了，早该饿了。"

一边热情地招呼着他们吃饭，一边讲些生活里的琐事。

王淑知道，她那不懂礼数的儿媳妇又出幺蛾子了。做人嘛做人不乖巧，工作嘛工作不省心。然而她知道二婶一家来也没安什么好心。不得不强装笑颜和应付着这难缠的二婶，心里把她这个不知好歹的儿媳咒骂了不知几遍。原本一向客气温和的唐煜今天一句话也不说，气氛闷闷的。

二叔抱着孙子在看电视，一会儿逗一下孙子，一会儿插进她们妯娌两个的谈话里。王淑暗地里给唐煜使眼色，想问焦寒熙为什么没有回来，唐煜心里头烦着，假装没看见。偏偏那一对是不懂看人脸色的主，他们看不懂，或者假装看不懂王淑摆出的送客姿态，还在那有的没有扯东家长西家短。

一下午就在这有一搭没一搭的闲聊中过去了，看着太阳渐渐落山，二婶二叔终于告辞了，王淑连假装客气的挽留都不说了，生怕他们再留晚饭。

他们一走，王淑脸上的笑容再也装不下去了，瞬间变得阴沉可怕。她压抑着怒气问唐煜:“你的好老婆呢？这么大老远地请她过来见见亲戚都请不动了吗？她还当不当自己是这个家的人!”

唐煜本就被卫子涵气得不轻，回到家又不得不忍着应付二婶他们，心里的憋屈积累到了极点，听了母亲的质问也不回答，随手拿起桌上的茶杯往地上摔去。

杯子使劲砸在地上发出巨大的碎裂声，玻璃碎片溅得到处都是。两个人同时愣住了，王淑半天不敢说话，生怕刺激到儿子做出什么异常的举动来。唐煜看着地上碎片失神了片刻，随后拿起一件外套出门了。出门前闷闷地说了一句，我去散散心。

过了很久，王淑才回过神，默默地把地上的碎片扫干净，随后回到房间关了门，趴在床上号啕大哭起来。

唐煜毫无目的地开着车，等意识到的时候发现自己开到了徐华旭的学校。他把车停在路边，心里稍微犹豫了下就打了徐华旭的电话。

接到唐煜电话的徐华旭很是惊喜，刚才唐煜对她的态度很不耐烦，让她以为唐煜对她已经厌倦了，正在那边生气，没想到唐煜一会儿这就来找她了。她心里非常得意，唐煜家里的大肚婆哪比得上年轻漂亮的自己！

他们来到“情缘”里喝酒。一般她和徐华旭会在“情缘”里喝酒喝到十一点，然后直接去楼上开房间。

上面的宾馆和情缘酒吧是一个老板的，里面的房间有豪华的套件也有普通整洁的经济房。有些客人想请姑娘出台的一般直接上楼，方便又安全。

八点多的时候，客人只有三三两两的几个，大家来这儿都是玩夜场，九点过后客人才会多起来。唐煜兴致不高，喝了两杯酒就拉着徐华旭去上面的房间。徐华旭还没玩够，为了迁就唐煜就拉着他一路蹦蹦跳跳上去。走到走廊转弯口的时候不小心撞到了另一个女孩。

“咦，美美？你们这是要出去?”那个女孩显然是徐华旭的朋友，她熟稔地打着招呼。

“是啊，老喝酒也没意思，我们出去找点乐子。”那姑娘嘻嘻哈哈地说着。

一直闷头走路的唐煜这才抬起头，尴尬地发现，和徐华旭打招呼的女孩手里挽着的竟然是李旭——他们局长的儿子李旭。

唐煜下意识地被吓了一跳，来这里的时候他一直小心谨慎，就怕被熟人看见。没想到在房间外面也能撞见熟人，而且还是自己顶头上司的儿子。

随后他马上冷静下来，在这种地方相遇，唐煜他自己在干什么，对方也必然也在干什么，他根本不用怕。硬着头皮打了个招呼，毕竟是上司的儿子，谦逊一点没错的。

显然李旭要比唐煜老练得多，他点了点头，走过去给唐煜点了根烟，自己也点了一根靠在墙上抽起来，丝毫不在意这种情况下遇到熟人。

男人和男人之间有时候不需要说什么，一根烟，所有一切都达成默契。大约看出唐煜脸色不是很好，李旭猜测他估计刚来这找乐子不久，也不再停留，拍拍他的肩说了句："玩得开心。"拉过身边还在聊着天的女人就离开了。

徐华旭和美美什么也没问，既然在这行，就必须遵守这一行的规矩。即使客人和客人之间认识打招呼的，除非他们主动介绍给她们认识，不然她们不能问也不能打听。

唐煜被提起的心稍微放下了些，在心里分析了一下，既然李旭自己也在这找乐子，那他肯定不会说出去。而且他刚才的态度很是友善，说不定以后还能和李旭打好关系，让他在李局长那边更受关注点。

他心里一会儿盘算着怎么利用李旭这层关系，一会儿又想到焦寒熙今天让他颜面扫地实在可恨，徐华旭在一边叽叽喳喳说着什么他也没听进去，惹得徐华旭不停闹他。唐煜决定暂时不理会那堆乱糟糟的事情，关了灯抱住徐华旭不停地索取，发泄着心中那股邪火。

徐华旭娇俏的容颜和眼里对他的迷恋让唐煜有种深深的满足感。

没错，焦寒熙是他心里深爱的那个女人。但是纵然她有千般优秀万般好，也比不上一个崇拜自己，能让自己体会男人自尊的女人好。

只能当摆设，又对自己不屑一顾的妻子，要了干吗？不如离婚算了。这念头猛一冒出来，唐煜自己心里也颤了一下，身体一个哆嗦，掐住徐华旭肩膀的手的力气不自觉加大。他不敢去深入地思考这个念头，不想这么快面对，便放纵自己沉浸在眼前的欢愉之中。

此时的徐华旭早已沉浸的肉体的满足之中根本没注意唐煜的不对劲，只感觉肩膀上有些疼痛娇哼了一声继续缠住他。她隐约感觉今天的唐煜有点邪气，这种邪气却让她感觉唐煜比往常更有男人味了。

时空里面，最后一场会议终于结束。汪董对焦寒熙的设计很是赞赏，加之他们的讲解具体到位，整个过程他都非常满意。

会议结束后当场就决定和“时空”公司签下这个项目的合同。常规合同是早就拟好的，另外又加了几条细则作为附加合同。“百利”那边的律师是集团的一个专用首席律师，“时空”这边委派的律师是卫子涵的一个律师朋友，焦寒熙在公司落成宴那天见过。

合同全部拟好之后，他们正式签合同。

焦寒熙看着汪董挥笔在甲方下面签下了一个龙飞凤舞的名字，心里一阵激动，脱口而出：“汪董，谢谢你给我这个机会。”

她的话把众人都惹笑了，汪董笑着说：“小焦，你可是让我刮目相看！这项目非你莫属。”

焦寒熙被夸得非常不好意思，她在乙方下面慎重地签下了自己的名字。看着签完的合同，莫名有种感动和辛酸，对这个项目她倾注了太多心血和感情，是她感情的一个重要寄托。

汪董还急着赶回上海处理事情，他们约定下次再找时间吃饭庆祝。卫子涵送汪董出去，临走的时候关照了颜卿照顾下焦寒熙。

合同签好的一瞬间，焦寒熙一根绷紧的弦终于松了下来。刚才的讲解是高强度工作，比设计方案那会儿还累，加上还要花费心神努力让自己不受唐煜搅和的影响，突然放松下来的焦寒熙觉得特别累，一句话也说不出，就坐在会议桌前面一动也不动。

她的努力和艰难颜卿都看在眼里，但是涉及家务事的她也帮不上忙，只紧紧握住她的手，给她一些温暖。

会议室的门很快又被推开，卫子涵回来了。颜卿和焦寒熙都很诧异，汪董明明有事情要交代他，怎么这么快就结束了。

看着颜卿疑惑的眼神，卫子涵略有些尴尬地说：“汪董看出我不在状态，就放我回来了。”

颜卿心下了然，看了看眼神还带着迷离的焦寒熙自觉的退了出去。

“你去办公室的沙发上休息会儿，我再送你回家。”卫子涵看着她极差的脸色眉头皱得不行。

“噢。不用了，你现在就送我回去吧，麻烦你了。”焦寒熙深吸了一口气站起来。

看着焦寒熙身形都不太稳，却仍要强撑着，卫子涵既心疼又无奈。只得上前扶住她，走到车边。“对不起，让你这么辛苦。”

“不，我要谢谢你。谢谢你和颜卿把我带进了一个不同的世界。”焦寒熙说的不是客气话，是她真正心里所想的。

在卫子涵刚要发动车子的时候，焦寒熙突然说：“卫子涵，你送我去吴中区，桂花新村吧，吴中大道一直往北到底。”

“焦寒熙，”卫子涵提高了声音，打断她的话，“不管是和解还是讲理，你觉得你现在的状态适合去那边吗？”

焦寒熙垂下头，卫子涵显然很清楚她的事情，她也不觉得意外。“不是适合不适合的问题，有些东西必须去面对，人活着就无法逃脱责任。”

车子行驶在东环快速路上，车里一片静默。没有音乐让气氛有些严肃。

“焦寒熙，”许久，卫子涵突然开口，“今天我是故意惹怒你丈夫的。”

焦寒熙心里突的一下，想了想说道：“也不尽然，我们的问题是早就存在的，就算你推波助澜也只是起到了导火索的作用。”

“我知道会给你带来不少麻烦，但是我不会道歉。我想做的就是让你们的矛盾公开出来，逼你直接面对那些问题，好好做一次抉择。你也说了，你不是喜欢逃避的人，为什么又逃避到了现在呢？”卫子涵答非所问地说着，把盘旋在他心里的话全部说了出来。

“你不要再说了，我的事情我自己会解决。”焦寒熙不想听卫子涵说下去，也不敢再听。一个慕岩，一个唐煜，已经让她累得不想再和任何男人扯上关系。

很快车子开到了桂花新村。这个小区已经很旧了，路灯有几盏坏的没有修，好的那些散发着暗黄的光，在黑暗中感受不到一丝光明。

她下车的时候，卫子涵叫住她：“寒熙，”然后把右边座位前的置物箱里拿了一个文件袋递给焦寒熙，“这个给你，路上小心点，我就不送你进去了。”

焦寒熙点头，也不问里面是什么，和他道别后就慢慢往家里走去。

看了看时间，已经快九点了。焦寒熙站在门外，觉得推门进去就是另一个世界，一个令她失去自我甚至让人窒息的世界。一为天堂，一为地狱，关键在于自己的选择。

30

鼓起勇气开门进去。屋里一片漆黑，没有任何声音。焦寒熙把灯打开，径自坐到沙发上休息，今天她是真累了。唐煜不在家她一点也不意外，他早出晚归，甚至不归有一阵子了。刚才在楼下没有看见他的车，就知道他又出去了。

这时，王淑听到动静出来，见回来的不是自己儿子，随口说了句：“回来了。”转身回房去。走到一半又折回来，对着焦寒熙说道：“你自己想怎么样我不管，你肚子里怀的可是我的孙子。”

焦寒熙一阵气结，她不想与王淑再起什么冲突。耐着性子解释：“今天的会议非常重要，实在脱不开身，改天我亲自去二叔家赔罪。”

面对焦寒熙的解释王淑不置可否，看看时间已然九点，想起唐煜出门时的不对劲心里非常担心：“小煜后来没去找你？”

“没有，他没说去哪里了？”焦寒熙有些诧异，唐煜一向是个孝子，出门都会报告一下自己的行程。当然，最近这段时间除外。

其实猜到焦寒熙不会知道的，王淑只是想证实一下自己的猜想。儿子儿媳之间出问题了，一向敏感的她早就察觉到了。但愿那浑小子不要干出什么出格的事情，他现在是有头有脸的人，可丢不起这面子。要是儿子一早听自己的话，不要和焦寒熙这女人在一起该多好。

“可能去宋腾那里了吧，我打电话问问。”对王淑的迁怒焦寒熙从来不放在心上。

不再理会焦寒熙，王淑带着自己的忧愁和怨恨回到房里。

并不宽敞的房间只剩下焦寒熙一个人，空荡而寒冷。她根本就不打算打电话给宋腾，他知道唐煜并不在他那里。

焦寒熙苦笑着，唐煜实在是个不会扯谎的人。她为数不多的几次晚上打电话给他，他的理由都是在宋腾家，而有一次恰好徐雯告诉她，宋腾的孩子发烧，正在他们医院里。一直隐忍着不说是不想让大家太难堪，因为知道这一切很快就会结束。

焦寒熙给母亲打了电话，说今天住在唐家了。接到女儿的电话，沈秀梅的担心却一点也没有减少。叹了口气无奈地摇摇头，这儿女的事情只能他们自己去解决。

突然想起自己下车前卫子涵给了她一个文件袋，打开来心里一惊。里面整整齐齐放着的，赫然是离婚协议书的表格。焦寒熙的心像是被狠狠地刺了一下，令她喘不过气来。

文件袋里面除了离婚协议书的表格，还有一个便签条，上面写着：一个名字——曹静芝，跟着一个电话号码。还有一句话：曹律师对民事案件非常有经验，希望对你有帮助。

即使知道这是无可避免的路，她依然无法面对这样直接的冲击。离婚这个想法是她心里最隐秘的黑暗。她想，又不敢。不，不是不敢，是过不了自己这一关。现在卫子涵帮她把这条路赤裸裸地展现在她面前，焦寒熙息事宁人的心彻底被打破了。

这一夜，她睡得很累很累。

第二天大早唐煜就回来了，荒唐了一晚上的他心里充满了愧疚。回到房里意外地看见焦寒熙睡在床上，窗帘外透进来的光折射在她瘦削的脸上，在睡梦中还皱着眉。

下一秒怒气又回到了唐煜心中，她是有多不满意嫁给了他唐煜，睡在他们的新床上还皱着眉。又联想到昨天在她公司受到的屈辱，克制不住地把门狠狠一甩。

极度疲惫的焦寒熙一开始根本没有察觉到有人进来，重重的摔门声音把她惊醒了。看见是唐煜后她从惊吓中缓过来：“回来了。”也不是询问，就像礼貌的招呼。

现在的唐煜对焦寒熙的任何举动言语都深深不满，她淡淡的一句问候又给他心里添了不少堵，开口讽刺道：“老公一夜未归，你就不担心地问问吗？”

“难道不是在宋腾家？”焦寒熙装出惊讶的语气。

唐煜一时语塞，不知道该怎么接话。即使知道焦寒熙不会发现自己的事情，刚从徐华旭身边离开的事实令他有些心虚。

一边躲避着焦寒熙的目光，一边把身上满是烟酒味的衣服脱下，唐煜恶狠狠地说道："昨天的事情你要给我个交代。你和那卫子涵之间到底什么关系？和别的男人一起羞辱你丈夫的感觉好吗？"

"你说什么？"焦寒熙不可置信地看着唐煜，无法想像这样的话会从一个受过高等教育的公务员嘴里说出来。

唐煜把焦寒熙难以置信看成了心虚："怎么，被我说中了？也是，你当然看不上我这种每个月只有固定工资的小公务员，现在出现了个开公司的金主就迫不及待了，还巴巴地辞职了去他公司，焦寒熙你真是好手段。"

没想到唐煜变本加厉地说出那些话，焦寒熙听得脸色苍白，嘴唇哆嗦着说不出话来。曾经打动她的心让她鼓起勇气嫁的男人，现在正对着她用最肮脏的语言来泼污水。这是多大的讽刺！

一心只沉浸在报复快感里的唐煜只觉得憋了那么久的窝囊气终于发泄出来了，他一直觉得焦寒熙有点高高在上，让他无法把握。或许是自己爱她太久太多，一种卑微感始终折磨着唐煜。

"行，如果这就是你的结论的话我也没有办法。"焦寒熙有气无力地说道，她开始感觉身体不舒服。昨天发生的事情太多，晚上又噩梦连连压根没休息好，一大早还被唐煜一顿污蔑，太多太多的事端把她逼得无路可走。"原来这才是你心里对我的想法。"焦寒熙扯出一个勉强的笑容，失望到极点的她没有力气为自己争辩一句。

看着眼里渐渐失去神采的她，唐煜开始有点心慌，他是为了报复才说了那么刻薄的话。但眼前的情况不容他退缩，如果现在他向她服软的话，那么他将一辈子抬不起头来。唐煜想起了宋腾经常给他灌输的思想，女人不能对她太好，你对她太好她就不把你当回事了。为了掩盖心里的不安，他刻意提高了声音："焦寒熙，我唐煜可不是傻瓜。今天我们把话说开了，你以后要是不安分守己的话这日子也别过了。"

被逼到没有办法的焦寒熙心里除了讽刺便没有别的感觉了。这样也好，唐煜提出来好过她自己提。与其闹到最后大家面子上都不好看，不如好聚好散。焦寒熙恢复了一贯的冷静和坚强，绽放出一个意味深长的笑容说道："如你所愿。"她拿过包里的文件袋，拿出那份协议书递给唐煜:“我们现在就签，你不必再忍受我了。”

《离婚协议书》五个黑体字深深地击中了唐煜，脑子里轰的一声，全变成了空白。他刚刚只是想威胁一下焦寒熙，想让自己以后在她面前更有气势一点。万万没有想到他刚说完，焦寒熙就把协议书送到了他眼前。

半天，他才找回自己的声音，指着焦寒熙说道:“你到底还有多少惊喜等着我！早就和那个野男人商量好了要和我离婚是不是，离婚协议书就准备好了，办事效率这么高还真是你的风格。”

唐煜气得在房间里走来走去，绞尽脑汁地想更恶毒的词语去骂焦寒熙，但是看着焦寒熙空洞的神情好似全然不在意他的指责，一阵无力和心痛覆满了心头。

就算和徐华旭厮混，就算见到卫子涵这么大的威胁，唐煜都没有真的想过焦寒熙会真的准备离婚。以她极负责任心的性格离婚不是一个容易接受的办法，所以他才肆无忌惮地拿这事威胁她。没想到反而打了自己的脸。

“你想离婚是吧？你想离婚，好跟了那开公司的老板去是吧！我偏不让你如意。”唐煜气急败坏地吼着，一把扯过离婚协议书，狠狠地撕碎，不停地撕着直到全部粉碎成很小的碎片扔在地上。

他看着焦寒熙脸色苍白一句话也不说，开始以为她后悔了，没想到她蹲了下去，捂着肚子，皱着眉像是忍着巨大的疼痛。

焦寒熙甚至没有力气挪到床上，她凭着仅存的意志控制住身体慢慢蹲下去，她不能让肚子里的宝宝有事。眼前唐煜的身形模糊起来，他的声音不停围绕在耳边，听不清是什么。下一秒，失去了意识。

苏州市母子医院的病房里，沈秀梅看着躺在床上的女儿不停抹眼泪。第一次，她开始后悔让女儿来这个远离他们的城市发展。等女儿醒了，她要想办法说服她生完孩子回到厦门去。一切都可以重新开始。

医生办公室里，一位有点年纪、戴眼镜的女医生正在训导唐煜:“离预产期还有一个月，这个月是最危险的阶段。孕妇不能情绪激动不能伤心劳力，你看看你老婆，这些忌讳她全占了，你这丈夫可真是。”说着一阵摇头。自己身为女人，她最看不惯那些在老婆怀孕期间还不当一个好丈夫的男人。

唐煜被说得脸上一阵红一阵白，又没办法反驳，只得听医生的教诲，完了问一句:“她没什么大碍吧？宝宝健康吗?”

医生脸色总算缓和了一点，这男人还算有点良心，懂得关心老婆孩子:“暂时没事，她只是一时血气不顺，观察两天没问题就能出院了。小伙子我可警告你啊，这最后一个月如果发生意外是非常容易早产的。虽然凭现在的医术早产也能母子平安，但孩子容易先天不足，以后恐怕体质不会好的，对大人的身体也有很大伤害。”

唐煜一句反驳的话也没有，态度恭敬地听医生讲了很多。焦寒熙晕倒，他何尝不心疼。当时只是被气疯了才讲出那些话来。冷静下来想想，就算那卫子涵对焦寒熙有什么不轨心思，以焦寒熙的人格，她根本不会给他机会。说到底，他的心里是不愿意放开她的。

他在焦寒熙的病房外面向里面探望，焦寒熙还没有醒来，丈母娘在照顾她，心里的恐慌让他甚至不敢推门进去。有种强烈的感觉告诉他，这次可能真的要失去焦寒熙了。

当年看着焦寒熙和慕岩在一起他也没有多么不甘，他的喜欢是一种远远地观望和欣赏。一旦得到后再失去，不甘心被放大了千百倍，他痛恨这种挫败感和无力感。对了，他有办法留住她。突然想到办法的唐煜心里放心了一些，他不能就这样认输。

焦寒熙在医院躺了两天，沈秀梅和大嫂周纯敏轮流照顾她，她们看着焦寒熙尖尖的下巴心疼得不行，又不敢问她发生了什么，生怕引她情绪伤心。

从焦寒熙住院开始，王淑没有露一次面。那天早上她被两人吵架的声音吵醒了，在门外听到了部分内容，后来又看见了地上那些撕碎的纸。气得头晕目眩，恨不得一头撞死。

她在心里打定主意，等焦寒熙把孩子生下来后，无论怎样让他们都要离婚。王淑现在只恨自己当时没有坚持不让焦寒熙进门，造成今日的家门不幸。那女人肚子里的孩子是唐家的子孙不能流落在外，到时候孩子一定要争取到，至于那女人有多远滚多远才好。儿子这边，就算自己以死相逼都要强迫他作这个决定。

唐煜一下班就赶过去，焦寒熙既没有对他发火，也没有理会他，完全把他当无关紧要的人。他心里着急着，又不敢表现出来。

沈秀梅看着女儿对女婿不理不睬，也不动怒也不生气的样子心里很不好受，她的熙宝是承受过多少失望才造成了今天这种局面。

尽管猜到了唐煜也有问题，沈秀梅看着他连续两天在焦寒熙面前关怀备至小心翼翼的样子有些心软。吃过晚饭就找了个借口说要回家一趟拿些东西，把空间留给了他们两个人。

“寒熙，对不起。我不该说那些混账话，你原谅我吧。”唐煜当然懂得把握这个机会，在焦寒熙的病床前哀求道。

唐煜的道歉让焦寒熙心里泛起一阵苦涩，他们之间的矛盾没有吵架原谅这么简单。她整理了一下思绪开口：“唐煜，我没有怪你。我们之间不合适，就这样吧。”

“不，我会给你幸福的。寒熙，不要对我这么残忍，那天，那天我也是因为太在乎你才会口不择言的。再给我一个机会吧……”唐煜情绪激动，紧紧握住焦寒熙的手不肯放。

焦寒熙摇了摇头，苦笑道：“你怎么不明白，我从来不是那种为了逼你道歉故意生气威胁的人。我和你本就不是一个世界的人，我知道你对我是真心的，但婚姻不是靠爱情就能维持的，再多的情啊爱的都会在现实的柴米油盐中消失殆尽。”

她的一席话把唐煜说得哑口无言，好像不是这么一个理，却无从反驳。他试着想像没有焦寒熙的生活会变成怎样？不，不能放手。人一旦对自己妥协了一次，就会次次妥协，那么他就真的输了，输给卫子涵，输给生活。

回到家他一个人想了很多，想通了很多事情，愈发坚定要挽回焦寒熙的心。自己仕途的不得志和焦寒熙工作的优异让他的心理变得扭曲，只沉浸在嫉妒和自卑之中，对她的感情也被那种魔鬼般的猜忌侵蚀。然而，在他们面对离婚这个字眼的时候，他感到了前所未有的恐惧。他不能失去她。

实在不知道，原本好好的两个人怎么会变成这样。唐煜想不通的那些事情觉得先搁置起来，当务之急是要挽回焦寒熙的心。那么，他和徐华旭之间必须要有个了断。当初会和徐华旭来往，完全是因为心里苦闷和空虚，加上小女孩对他的迷恋和崇拜让他有着深深的满足。但这一切都只是一场短暂的游戏。唐煜清楚地知道，如果不把徐华旭解决，他和焦寒熙之间可能真的会无法挽回。

在焦寒熙出院的前一天晚上，他带了一万块钱找到了在“情缘”的徐华旭。

此时的焦寒熙是真的不在乎了，看透彻了心就晴朗了。失去意识前的最后一刻，她想明白了，她的人生应该是怎样的。从此以后，她不会依附于男人，这个世界上可以全心全意去相信的，除了自己就只剩家人。

她没有告诉徐雯自己晕倒的事。最近徐雯自己的事情都一团糟，没必要再多事让她担心。颜卿那边没有瞒过去，自然而然卫子涵也得到了消息。

电话里，焦寒熙斩钉截铁地拒绝卫子涵前去看她。“不方便。我们以后会保持长期合作的工作关系，该避嫌的地方还是避嫌的好。”

卫子涵的话里听不出喜怒：“真是笑话，没有嫌疑为什么要避嫌。难道说你真对我动了心，不敢见我了。”

焦寒熙一向说不过他，只好保持沉默。她是真的不想见他，不想他看见自己的狼狈，也不想面对那些理不清的思绪。

“寒熙，我尊重你的意愿，一直一直。”卫子涵的声音放得非常温柔，带着某种诱惑的意味，“不要怕我，我对你没有什么企图，只希望你好好的。公司可不能缺了你这员大将。既然你不想见我，等会儿让颜卿看看你吧，也好让我们放心。”

温润如水的声音让焦寒熙有种想哭的冲动，曾经也有人待她这样关心这样温柔，到最后全部演变成尖刀插入她心口。努力克制着，她不想自己一而再再而三地陷入那种看不见挣不开的迷雾里。

“卫子涵，离婚协议书，再帮我打一份。”无力去分辨他的话究竟什么意思。

电话那头传来一阵笑声：“你知道我上次给你的那份是什么时候打的吗?”不等焦寒熙回答便说下去，“那次是我在苏州第一次见到你。”

“给我项目那次?”焦寒熙搜寻着自己的记忆，她记得第一次在苏州见到卫子涵是在颜卿的办公室里，他们让她负责这个大项目。

“不，在这之前。”卫子涵否定她的话，“刚结束空中之楼的时候我去颜卿那初步商讨这个项目，你没参加那次会议。我到公司门口已经六点多了，那时候我在车里看见你在路边等车。当时我就想，一个怀着孕等丈夫来接她回家的女人为什么一副很不开心眉头深锁的样子？有着这样的心情，离婚是或早或晚的事情。会议结束后我就下载了《离婚协议书》放在车里。”

卫子涵的话把焦寒熙惊呆了，她使劲回忆着。没错，有一次颜卿告诉她百德公司的人会来讨论一些事情。那天正好唐煜请同事和上司吃饭，焦寒熙本意不愿意去，又怕唐煜有想法。那样的情况下，她神情会开心才怪。

事到如今，她也不想再解释什么。也许，这一切都是注定的。

“我没有想到的是，会这么早交给你。”卫子涵的声音平稳而坚毅。

他是一个商人，他从不否认自己的手段有时不够光明磊落，但只要能达成目的。

第十章　婚姻战争没有赢家，只有两败俱伤

31

年关过后，警察局内难得地有了一阵短暂的悠闲。过了年前那阵刑事案件多发期后，现在的刑事部门显然轻松得很。当然，个别部门依旧忙碌。

和徐雯分手之后，沈锦超仿佛没了牵挂一般，工作起来比之前更努力。什么危险都不怕地往前冲，他不怪徐雯的选择也不怪徐雯妈妈的偏见，他现在什么都不想考虑，只想好好做好自己的工作。

“队长……你不是在跟我开玩笑吗?”沈锦超一脸匪夷所思地看着给他下达命令的队长。让他审个犯人抓个逃犯什么的他非常积极，队长居然让他外借一天去支援别的组。这个别的组，是扫黄组。

队长解释了一番今天晚上会有一个大行动，人手不够需要刑事组支援之后，就把他踹了过去。

无奈地摇了摇头，沈锦超早早的去扫黄组的队长那报到，并详细了解今晚的行动和具体计划。

有一处窝点他们已经盯了很久，之前也有悄悄地探访过两次，但是对方好像提前收到了消息一般，规矩的不得了。他们不信这里没鬼，终于一个线人给出了一个可靠的消息，今天晚上“情缘”将有一场狂欢会。

扫黄组的人盯了这窝点很久的人当然不可能放过这个千载难逢的好机会。

晚上九点，沈锦超看着“情缘”的大门直皱眉。这个酒吧他经常

路过，因为地处十全街，离徐雯医院和焦寒熙以前的公司都很近。从外面看装修得还挺高档正派，没想到是一个涉嫌卖淫的窝点。

盛装打扮的徐华旭早早的来到了“情缘”,今晚这里有一个狂欢会。按照惯例是年前就会举办一个狂欢会，由于去年的除夕来的特别早，就拖到了年后。今晚“情缘”的大老板也会出现，运气好的话能拿到数目不小的压岁钱。

这样的狂欢夜她想叫上唐煜一起，还没打过去，他就先打来了。徐华旭心里很是甜蜜，她知道唐煜和家里的老婆最近越来越不和，他陪她的时间就相对多了。说起来唐煜是个不错的情人，人长得高大帅气，性格温柔体贴，对她花钱也不吝啬。

徐华旭在“情缘”坐台已经有两年多了。她和几个同学在这当陪酒小姐，偶尔也出台。来这里的人基本都点档次，并不是那些三教九流都能进的。她们几个学生妹作为特色服务一般很受欢迎，一般客人都不会强迫她们做什么，一切随缘随性。遇到个别难缠的客人,“情缘”背后的势力也会帮她们解决麻烦。徐华旭一般也就陪客人喝喝酒调调情，遇到自己顺眼的又情趣相投的才出台，而唐煜正是她喜欢的那一型。

“你说什么?”徐华旭气得脸色发青，几乎咬牙切齿道,“什么叫以后别再找你？什么叫当做从来不认识?”

她满心欢喜的把唐煜叫来，想和他度过一个欢愉的夜晚。等来他第一句话竟是要和她划清关系，一腔欣喜被一盆冷水浇得一点也不剩。

唐煜不敢看徐华旭的脸，原本这应该是一场银契两清的交易，却在他一时的贪恋中变得有些不一样。他从包里拿出刚取的一万块钱放在徐华旭手里,“华旭，对不起，我不是什么好男人。我们之间就到此为止吧。这钱你拿着，给自己买点东西。”

看着唐煜拿出来的钱，徐华旭的脸色变了又变，最后笑着把钱放进了她的 PRADA 包包里，顺手点起一根烟，狭长上挑的眼睛在烟雾吞吐之间打量着对面的男人。酒吧里的音乐开始大起来，人渐渐多了，DJ开始放一些慢摇预热气氛。

“你是顾客嘛，顾客永远是上帝。”徐华旭露出轻佻的笑容，她今天刻意画了浓妆，在酒吧暧昧的灯光下显得格外妖娆。涂了豆蔻红指甲油的手指抚上唐煜的脸，她用柔情的能滴出水的大眼睛看着唐煜，红唇充满了诱惑，“我们一起快乐了那么久，今晚算最后一次，不收钱的。”

他们离得很近，徐华旭的气息充斥在他周围，他的心不可抑制地躁动起来，鬼使神差地点了头。

酒吧的狂欢刚刚开始，音乐已经变成重摇滚，台上有两个女人穿着比基尼跳热舞，台下的人疯狂地欢呼尖叫。

两个人在这狂热的气氛里悄悄出去，转身到了楼上的套间里。

可能因为清楚这是最后一次放纵，唐煜在徐华旭身上驰骋的时候感到了前所未有的快感和刺激，只觉得徐华旭比之前更柔弱无骨，所谓温柔乡也就是如此。

十一点，酒吧内的声音嘈杂的连外面都听得很清晰。扫黄组负责这次行动的队长打了个手势，一群警察冲进了酒吧里。

每个警察都举着枪，一边喊着：“警察！保持安静！”一边直接踢开了角落里一扇暗门，往楼上冲去。他们以前就吃了这样的亏，不知道楼上还有房间，只在楼下酒吧搜查过两次，每次都无功而返。这回他们得到了确切消息，楼下确实是做酒吧生意的，基本没有出格的事。但楼上，是一个卖淫据点，而老板是同一个人。

扫黄组这次带足了人马，很快，房间里一对对都被扭了出来，排好队蹲在墙边登记。

沈锦超不是主力，他主要负责给那些姑娘做现场笔录。一个意外的身影让他怔住了。徐雯的现男友——李旭。传说中的官二代富二代，他万万没有想到，会和前女友的现男友在这样的情况下相遇。没有幸灾乐祸，更没有仇恨，沈锦超心里只有悲哀。相爱了那么多年的女友，选择了一个家世背景一流且嫖娼被抓的男人。

尽管心里掀起了惊涛骇浪，面上却不显不露，不动声色的继续自己的工作。他可以不和徐雯在一起，但他一定会让徐雯知道真相。

很快，另一个熟人的脸孔让沈锦超这样自恃冷静的人都不淡定了。蹲在最角落的那个男人不是唐煜是谁！

沈锦超震惊地掉下了手中记录的本子，一动不动地盯着他看了许久，希望那是自己的幻觉。李旭这种人出现在这里他还能理解，可是唐煜这一出，实在超出他的接受范围了。

他的异样太明显，旁边的同事都发现了不对劲，顺着他的眼光看过去瞬间明白了。那个人肯定是沈锦超的熟人。同事接过沈锦超的记录本和笔，说道:“我来吧。那哥儿们是你熟人？其实也不是什么大事，最多关几天罚点钱。我们的目标可不是那群顾客，这群人身价应该还不低，不能得罪得太过，你去帮他通通关系的话很容易的。”

看着唐煜目光涣散地蹲在那里，沈锦超摇了摇头，“认识而已，不熟，无所谓。”他也不坚持，把手头的工作交给了同事，自己下楼察看撤退路线。

原来这世界有那么多黑，沈锦超在心里叹气。

在医院里观察了三天，焦寒熙终于被批准可以出院了。收拾东西的时候她心里有些担心，卫子涵之前在电话里说要去接她。焦寒熙态度坚定地拒绝了，但又想到以卫子涵的性格他才不会管自己希不希望看见他。前一天唐煜也说会请假来接她，她没做声。这次的晕倒事件让焦寒熙在心里已经作出了决定，与其忍着熬着过下去，不如快刀斩乱麻。趁孩子还没有出生，离婚应该相对简单一些。

本着好聚好散，又有很多事情要商量的心理，焦寒熙觉得有必要和他心平气和地谈一次。心里想着千万不要让卫子涵和唐煜再次碰头，不然再次闹起来的话谁都不好看。

然而，一切都很平静。卫子涵没有出现，唐煜也没有出现。沈秀梅办好了出院手续后回到病房里帮女儿收拾东西，看着她心神不宁的样子，觉得不能再继续这样下去了。不管是好是坏，总要有个决断。

“寒熙，我来接你了。”颜卿人未到，声先至，随即风风火火地进来了，看到收拾东西的焦寒熙母女松了一口气,“还好总算赶上了。”

接着亲热地和焦寒熙妈妈打招呼，帮她们提东西，趁着焦寒熙妈妈不注意的时候悄悄对她说道:“你可别太感动啊，我可是受人之托，你要感动得以身相许什么的千万别搞错对象。”

焦寒熙被颜卿的话弄得哭笑不得，避开她的调侃:“我们的项目怎么样了?”

颜卿扶着大肚婆小心翼翼地往医院外面走，一边说道:“项目的事情你就不用操心了，反正上次设计已经在汪董那里过关了，接下去就是深化细化。时间久着呢，你生完孩子回来还是能跟上进度的。对了，这个项目取名叫‘太湖之星’,太湖之星大酒店!”

“太湖之星。”焦寒熙重复了一遍，觉得这个名字和她的设计很相映，原本这酒店就临着太湖，她的设计中几处都让视野落在太湖之上，让太湖的宽广和绵远悠长把酒店的氛围衬托的愈发气势磅礴。

“是卫子涵起的。汪董一下就批了。”

听到颜卿三句话不离卫子涵，焦寒熙明白了，赶情卫子涵今天派颜卿来做说客的啊。她们聊着工作的事，一会儿就到了停车场了。

看见了车，焦寒熙先是吓了一跳，卫子涵那辆霸气的 Q7 停在那边，仔细一看，车里并没有人。“不用找了，今天是我开了他的车来的。”颜卿得意地开口，“我早就想开一把他的车了，这混蛋之前死活都不肯，把他的车宝贝的什么似的。今天我一说去接你，我那个 smart 小车待产孕妇坐了肯定不舒服，他二话不说就把钥匙给我了。”

“好了好了，你可以把钥匙晚点还给他，过足了瘾再说。”焦寒熙赶紧截住话头，扯了她一下衣袖，生怕她继续说下去。悄悄地看了一眼旁边的母亲，妈妈微笑着什么也没问，只叫颜卿慢慢开。

焦寒熙不去理会卫子涵到底要干嘛，只是唐煜令她觉得有些反常，已经说了要去接她，即使临时有事也会通知她的，那么离婚的事情还得让她往他们家亲自跑一趟。也好，到时候让堂哥陪她一起去，有些她的衣物书籍收拾出来。

警察局内，颇有收获的扫黄小组按着规矩把抓到的人员一一记录收押。沈锦超过了最初震惊的阶段，就缓过神来，自嘲地想到：这次类似串场的任务真令他“惊喜”连连。

对涉嫌卖淫团伙的人，自然要严格处理；对那些作为“嫖客”被抓的人，处理相对宽松。记录，采集血液样本，关押五到十天，交了罚金就能出去了。沈锦超找到了扫黄组的大队长，第一次利用自己的职务之便行了一回便利。他请队长帮他个私人的忙，那些被抓的嫖客中，有个叫李旭和唐煜的，先收押了不让保释。

从警察局下班出来已经凌晨四点，沈锦超揉了一下稍微有些酸涩的眼睛，决定回家睡一觉，然后把徐雯找出来告诉她真相。他可以不和徐雯在一起，但是他不想眼睁睁看着她把自己托付给这样的人。

躺在床上的沈锦超无法入睡，除了李旭的事，他还为唐煜的事头疼。说起来焦寒熙和他认识的时间也不算短了，算得上是个关系不错的朋友。平时因为徐雯的关系也和他们接触过，对唐煜印象也不差，但是就凭着那一点——老婆马上就生了，他还在外面做这种事，沈锦超对他极度鄙视起来。

本来想第一时间就告诉焦寒熙真相的，一想到她那九个月大的肚子，沈锦超犹豫了。

徐雯本来不想见沈锦超的，她自己还没有想清楚，到底要怎么处理自己的事情，可是听沈锦超的语气好像并不是为了他们之间的事情才找他。

“我想告诉你一件事，没有别的意思，只是希望你好好考虑你现在的那个对象。”沈锦超没有多说一句废话，不待徐雯的回答就说下去，“昨天我协助扫黄组抄了一个窝点，不少人被抓，其中正好有个叫‘李旭’的。”

沈锦超的话如重磅扔在她头顶，徐雯惊的脚底一滑，差点摔倒在医院门口。

“没有错，就是他。有时候有钱有势也不一定是良人，我们毕竟相识一场，我不希望你嫁给那样的人。”

徐雯脸色白了白，还是控制住了情绪，自嘲般说道：“他那种背景，干这种事也不奇怪。”

沈锦超犹豫了一下，还是说了，“还有一个人你听了肯定更吃惊，唐煜也被抓了。”

“什么？”徐雯再也控制不住地叫出来，“怎么可能……李旭那种花花公子就算了，唐煜怎么可能做这种事？”

“可能不可能的都已经发生了，焦寒熙是你好朋友，你看要不要告诉她。”沈锦超皱起眉。看看时间，就说了再见便离开。

对着徐雯不是没有心痛，但是他必须把那些心痛和失望藏起来，总有一天，他可以靠自己的努力得到想要的东西。

徐雯回到医院立刻向主任请了假，出发去焦寒熙现在住的沁园小区。就在沈锦超找她之前，刚接到焦寒熙的电话，说她已经打算好和唐煜离婚了。

32

离预产期只剩二十天了，焦寒熙彻底窝在家里待产。她又下载打印了一份离婚协议书，签上了自己的名字，以她现在的状况也不可能亲自到民政局去。唯一令人奇怪的是，唐煜的电话怎么也打不通。每次打过去都是关机，打到他单位被告知唐煜请了年假。又不想打给王淑，就拖延了几天。

徐雯一路风风火火地赶去焦寒熙家，她被沈锦超的话给震惊到了，李旭这种人就算了，看着就是个轻浮的。亏的唐煜在追求焦寒熙的时候还一个劲地保证会对她好给她幸福，结婚不到一年就出轨，还找小姐，她要尽快把这个真相告诉焦寒熙，让她坚定离婚的决心。

看着徐雯突然出现，跑得气喘吁吁的样子，焦寒熙以为她又和沈锦超出什么问题了。

“寒熙，你听我说。”徐雯一边喘着粗气一边把焦寒熙拉到阳台上，避开焦妈妈，“我要告诉你一件事，你要做好心理准备。”

看着徐雯一脸凝重的样子，焦寒熙知道这事和自己有关，心里隐约有些猜测，点了点头。

“唐煜他，他劈腿了。”艰难地吐出这几个字，徐雯一手虚抱住焦寒熙，防止她受刺激过度摔倒。

但是徐雯错了，她想象中的吃惊愤怒伤心都没有出现。

焦寒熙一脸平静，带着些自嘲的神色说道：“怎么连你都知道了，他已经那么嚣张地出双入对了吗？”

徐雯愕然了，“你，你早就知道了？”

苦笑了一下，她慢慢说道：“你以为我是傻子吗？每天和他睡在一张床上，我怎么可能会不知道。没有拆穿他，是想到可能那女人能给他我给不了的东西吧。也无所谓了，反正我会离婚，就这几天吧。”

这一番话让徐雯消化了很久，随后幽幽地说道：“你肯定不知道我是怎么知道的。昨天李旭和唐煜在同一个声色酒吧，被沈锦超扫黄抓起来了。”

这下焦寒熙没有辜负徐雯的期望，她惊得目瞪口呆，半天没反应过来。她觉得这个世界疯狂了，唐煜他……再不济也不至于去找小姐吧。还有李旭，以他的背景愿意跟他的女子有一大堆，怎么会一起去那种地方……最令人无语的是两人一同被沈锦超抓住。

“徐雯，你不是来跟我说笑话的吧。”焦寒熙抓住她的手掐了一把，徐雯疼得龇牙咧嘴，看来不是做梦。

已经不知道用什么态度面对这件事的徐雯有气无力地说道："你想看证据的话，沈锦超可以给你。我先走了，我要把这事告诉我母亲大人，看看她给我找的好对象有多好。"

焦寒熙一个人陷入了沉思……她发现唐煜不对劲有一段时间了，早出晚归，时常夜不归宿，说借宿在宋腾家，这个借口实在有点拙劣，只是当局者迷而已。

又想到这件事万一留下记录，那唐煜的事业可就毁了。自己马上要离开他，那么……想办法帮他一次吧。

她先打电话给宋腾，宋腾支支吾吾地说唐煜被派去考察了，走得匆忙，也不知道什么时候回来，一连串鬼话连篇。

焦寒熙听得只冷笑，讽刺他道："你还真是唐煜的好兄弟，什么都扛着顶着，那你就帮唐煜准备好万把块钱，他考察回来需要用。我会再联系你的。"说完把电话挂了。

电话那头的宋腾无比心虚，唐煜早就打电话告诉了他真相，他也去警察局帮他疏通关系了，单位这边还没有收到消息，应该警察局那边的记录还没上报。焦寒熙的一通电话让他心里愈发着急起来，看来瞒是瞒不住了，帮他祈祷这事尽量不要扩大吧。钱早就准备好了，他不再为这事担忧，坐等焦寒熙解决了去找他。

心里着急的焦寒熙挂了宋腾的电话后马上打给沈锦超问这件事。沈锦超倒不意外她会打过来，徐雯是个藏不住话的主，如果是可以说的肯定第一时间就会说。"焦寒熙，这事是真的没错。这一次我们逮捕了不少人。我现在跟队长打过招呼让他不能被保释提前出去，我想知道你的想法，一定程度上我可以帮到你。"

"什么？你让他们不放唐煜。"焦寒熙听得笑了，突然之间想明白了宋腾的态度，唐煜肯定会第一时间求助他，到今天也没放出来肯定是被人使绊子了，原来这使绊子的人就是沈锦超，"沈锦超，谢谢你，虽然徐雯那样……但是我们还是朋友对吗？"

沈锦超有些不好意思，"当然是朋友，唐煜太不是人了，应该给他点惩罚。"

"对了，听说被抓的还有个人。那你和徐雯之间……"想了想，焦寒熙还是决定问一句。

“我和徐雯还是朋友。”沈锦超倒是回答得很爽快，“我们是真心相爱过的，后来的分手也不是一个人的错，只能说我们有缘无分。徐雯已经作出过自己的选择了，我也有了我的答案。”

“好吧……不管怎样，祝福你。”如果是以前，焦寒熙一定会觉得这样的错过太可惜，不应该发生，明明两个人各自进一步就完美结局了，可造化偏偏要作弄人。经历了这么多以后，她看清了，不管是唐煜和她，还是徐雯和沈锦超，这样的结局才是必然。现实生活没有那么多罗曼蒂克，有的只是一步步妥协。

犹豫了一下，焦寒熙开口：“你再帮我个忙吧……让唐煜出来吧，再不出来，他的一生真的就毁了，他的档案上面会有记录吗？”

沈锦超诧异：“你不恨他吗？可是为什么？他做了这种事你还想着帮他。”

“呵呵，就算对他的一点补偿吧。我打算和他离婚了。不是因为这件事，之前早就打算好了。毕竟夫妻一场，能帮他就帮一次吧，留下记录的话他的工作人生再也没有机会了。我也不想看他这么惨的下场，他本性不坏，就是一时走错路而已。”

沈锦超很无奈，他有些无法理解焦寒熙为何处处维护这个做了天打雷劈的事情的丈夫，是不是女人都这么傻。不过既然焦寒熙都开口了，他准备回去就和队长打个招呼，这不是什么大不了的事情。

徐雯觉得这个世界真是可笑，自己的前男友抓到现男友在嫖娼，这里边究竟有多少巧合多少故意她已经不想去追究了。一夜之间，世界天翻地覆，自己的心也一下子苍老了好几岁。从焦寒熙那出来后，又匆匆赶回家里。

母亲大人已经在家了，她尽量用轻松的语调把这件事情描述了一遍，当然，她没有提到唐煜。

她的母亲付遥，显然这辈子都没碰到过这么丢脸的事情。她可是已经把李旭当成了自己女婿的不二人选，出了这种事情就像被人狠狠甩了一巴掌。

付遥脸色阴沉得可怕，徐雯仿佛看见了她的怒火在头顶熊熊燃烧。母亲向来是个强势的人，对工作家庭任何事情都喜欢那种自己主宰一切的感觉。正因为这样，这次的失败令她超乎寻常的愤怒。

徐雯缩了缩脖子，逃回了自己的卧室，她需要好好整理一下自己的思路。这件事情让她看清，幸福是要自己争取的，等待和拖延都不可能解决问题。一直以来她都是在等母亲松口，等沈锦超想出办法，自己却不曾真正努力过。

想通了以后，她觉得告诉母亲自己不会再受她摆布。从卧室走到客厅，看到母亲付遥正冷着脸打着电话。“出了这样的事情你倒是给我个说法！你让我怎么跟我女儿交代，她以后还怎么做人？”

“不要跟我说现在的年轻人玩得开，我付遥没这么好打发的，李局长，这事不可能这么善了，咱们走着瞧。”一脸怒气发泄到了手机上，直接朝地板上砸了下去。

徐雯捡起地上的手机递给母亲，道：“何苦跟手机过不去呢，摔坏了心疼的还是自己，有本事就去砸李家的东西。”

“你是想跟妈说妈没眼光，给你挑的人是个混蛋吗？”付遥其实很担心女儿现在的心理状况，可是作为家长的架子，让她不愿意低头。

徐雯摇摇头，神情出乎意料的平静，全然不像往常一般暴躁，“本来就是逢场作戏，就算后来我在你们的安排下和他在一起，也没付出什么感情。至于李旭会做出这样的事情，是的，我早该想到了，那人本来就不是什么好鸟。妈，你也不用自责了，反正我又不喜欢他。”

“你真的无所谓？”付遥有些不相信。

“当然无所谓了。”对李旭，徐雯自然是无所谓的态度，只是自己，真是可悲啊，她落寞地想着，说到底还是自己没勇气去争取，舍不得放不下，自然得不到。

见她笑得没心没肺的样子，付遥看着有些心疼。“妈再帮你看看，这次一定擦亮眼睛先弄清楚对方的人品再给你介绍。”

“妈，你怎么还不明白？这事不是你的错，错的是我。错就错在我当时没反抗，谁都怪不了。如果我和沈锦超还有机会，你可不可以答应我，不要再阻拦了。”

“到这个时候了你还是想着那个小警察，妈妈的苦心你不懂吗？”付遥没想到她会说出这番话，压下去的怒火又有反复的趋势。

“妈……这么多年我就真心喜欢过这么一个人，之前因为你们从中作梗加上我自己意志不够坚定，我已经错过一回了，现在你要是还反对，加上这次的事情，就更没希望了。妈，你就行行好，让我自己做一回主吧，你难道想看你唯一的女儿一辈子活在悔恨里吗?”

两颗硕大的泪珠从眼眶里滚出来，付遥没想到一心为她谋划换到的是她这样的话语，可怜天下父母心，掏心掏肺地想把天底下最好的找给她，可是她不领情，总是执著于不切实际的人和事，浪费了她的一片苦心。“好……好得很，我再也不管你了，希望你到时候不要后悔今天说过的话。”捂着心口，费尽了力气才把这话说出口。

徐雯的眼里也流出眼泪，不是她不孝，是她不能把自己的一生赌在一个不认识的人身上。明天一早，她就会去找沈锦超，不管用什么办法，她都要去求他原谅。

沈锦超的效率很高，很快他就给了焦寒熙回应。说局里已经疏通过了，只要付保释金就能马上释放了。

考虑到这件事要尽量低调，不能让唐煜单位的人知道，焦寒熙叫了她堂哥过来帮忙，从宋腾那边拿了钱和她一起去警察局去领人。

车上后，焦寒熙仔细地看了看唐煜，这两天他像是一下子苍老了许多岁，眼窝深陷，眼睛布满红红的血丝，胡子也长了更显得脸色泛青。他整个人都混混沌沌的，处于失神状态。叹了口气，焦寒熙无奈地说道:“先去我那边洗个澡打理一下吧，你这样回家的话妈肯定会担心的。你放心吧，妈那里没有告诉他。单位那边也不知道。”

像是没听到一般，唐煜毫无反应，依旧是出神发呆的模样。

焦寒熙也不再言语。前面开车的焦一新重重地哼了一声表示不满。他接到妹妹的电话，很是焦急的样子，说要他帮忙。他急急忙忙地过来，还以为妹妹出了什么事，压根没想到这一出。难怪那天妹妹说那种话，宁愿让孩子过继给他们好有个完整的家庭。原来，她早就知道了这一切，心里愈发心疼这个妹妹。

送到了楼下，焦寒熙让堂哥回去了，她打算等会儿和唐煜把离婚的事情也谈好了，堂哥在可能不大方便。

到了家里后，唐煜终于有些回魂。焦寒熙家里没有人，沈秀梅被她支去嫂子那里拿东西。

清理了一番的唐煜有了些精神，但是人瘦了一圈。他吃着焦寒熙下的面，突然想到了什么，把筷子往桌上一摔。“焦寒熙，是不是你？你叫沈锦超故意为难我，让我没法第一时间出去对不对？你好毒的心，为了想和我离婚想出这么恶毒的法子。”

听到这样的指责，焦寒熙整个人愣住了。她一开始根本不知道这件事，后来知道了也是请沈锦超帮忙让他尽快出来，到了唐煜这里，却被他说成了完全相反的事实。按下心中的悲凉，她解释道：“是徐雯告诉了我这件事，我知道后马上就找沈锦超让他帮忙放你出来。你放心，你单位里不会知道这件事的，不会对你的工作有影响的。”

唐煜的眼里闪着痛恨的光芒：“你这是打一棒子给颗糖吃吗？要不是沈锦超使绊子为难，宋腾早就把我保出来了。你敢说沈锦超不是你指使的？要不是你指使的，为什么他们送上门的钱都不收呢？”

知道和他完全讲不通，焦寒熙放弃了继续解释的想法，拿出了早就准备好的离婚协议书，说道：“这份协议书我已经签好字了，你去办一下吧。”

唐煜不可置信地看着她，面部变得扭曲起来：“你说什么？你还真的是铁了心要和我离婚？”

“唐煜，你冷静一点想想好不好。”焦寒熙现在体力有些跟不上，刚去警察局跑了一趟，又多说了几句话现在就觉得很累，她努力调整着呼吸，“我们两个真的不适合，不是因为这件事，也不是因为上次那事，和其他人更是无关。是我们两个的问题。”

“我们两个有什么问题？你敢说不是为了卫子涵？还是说，你恨我……不，寒熙，你要相信我，我只是去喝酒的，我和她没有什么，这一切都是个误会，我们可以重新开始的。”唐煜开始恐慌起来，他不能让自己失败的这么彻底，焦寒熙绝对不可以让她离开。

失望的神情再度覆盖在焦寒熙脸上，今天她已经过度劳心劳力，但是无损她的坚定：“我只说最后一遍，这是我们两个的事情，与其他任何人无关。婚我是一定要离的，你现在同意最好，我们好聚好散。不同意的话我会找律师，相信现在的情况是对我有利的。顺便告诉你一下，我已经决定把我的孩子过继给我大哥大嫂了，所以，最后趁孩子出生前把手续都办好。”

“砰！”唐煜把一个杯子狠狠地摔在地上，“律师！过继给你大哥大嫂？焦寒熙你还真做得出来。我从没想到你是这样狠心的女人！你是从什么时候开始谋划的呢，竟然把我瞒得死死的。好，你要离婚我就答应你，等你生完孩子我们就离婚。但是，孩子得归我。”

“唐煜！”焦寒熙忍不住惊呼，“你发什么疯，这孩子根本不是你的！”

“谁能证明孩子不是我的？笑话，我是你的合法丈夫，你肚子里的孩子不是我的是谁的？你想要离婚就别想要孩子。”唐煜的眼神愈发凶狠，他已经被逼得没有退路了，他知道焦寒熙的弱点在哪里，不惜用孩子威胁她。

这时，门突然打开了，焦寒熙和唐煜同时怔住，门外站着的，是沈秀梅和王淑！

33

徐雯想了一晚上，越发坚定了自己的信念。她本来是想一大早就去找沈锦超的，无奈医院有事走不开。好不容易挨到了下午，清闲一点的时候向主任请假。主任有些不满她的连续请假，她也管不了那么多了。

一路上电话都快打爆了沈锦超还是没有接电话，她心里隐隐有种不安的感觉。一直以来都是沈锦超在为她努力，现在，轮到她自己努力的时候了。车窗外是午后料峭的春寒，万物尚能复苏，感情呢，还有机会吗？

徐雯去警察局找他的时候心里一点把握都没有。她这次客气地询问了沈锦超的办公室在哪里，推开门，喊了声“阿超……”忽然就不知道该如何说下去。

沈锦超办公桌上的东西被整理得井井有条，装在几个盒子里，正在弯腰整理抽屉里物品的身穿警服的男子闻言站起来，问道：“你找沈哥？”盯着徐雯瞧了会儿，恍然大悟道，“你不就是上次跟沈哥闹起来的泼……”

“沈锦超人呢？”徐雯忽略掉小警察没说完的那个字，直奔主题。

“沈哥申请调到徐州去了，该不会是为了躲你才去徐州的吧？我靠，沈哥这么牛！”他的嘴张成一个O形，瞪着圆圆的眼睛警觉地望着徐雯。

不顾小警察的阻拦，徐雯开始翻沈锦超的柜子，里面的文件，都是些已经结案的案子。“什么时候走？”

“今天下午的车，喂喂，你还没回答我是不是又来找沈哥的麻烦呢。”小警察试图跟徐雯抢夺箱子里的东西，结果越抢越乱，原先整理好的结果一下子就都毁了。

有一箱是个人物品，大多是办公用品，还有一个木质相框，照片里是他穿着警服的飒爽英姿，那时的沈锦超刚破了一个大案子，记了功，笑得特别开怀，露出洁白的牙齿。连这张照片都没带走，徐雯不由得心慌意乱了。“几点的车？”

小警察不想再被她糊弄过去了，抱紧了箱子，道：“你先回答我。”

“我不是找他麻烦。我是想把他追回来！你到底说不说，你不说我就闹到你们领导那里去！”捏着相框的手一用力，背后的塑料支架一不小心就断裂了，掉落在地上，轻轻的，几乎没什么声响。就像是心碎的声音，碎裂了，就补不好了。

“下午……下午两点多的。”话刚说完徐雯已经飞奔出了办公室，小警察暗叹：真是个风一般的女子。

沈锦超坐在候车厅的椅子上，看了眼手表，再过十五分钟就检票了。行李很少，只带了些换洗的衣服，装在一个轻便的旅行袋里。

队长告诉他有这个职位空缺的时候他犹豫了，背井离乡这四个字说起来轻巧，这背后的艰难却是难以形容的深刻。

短短几个月，就有了物是人非的感觉。如今，他即将升到队长，虽然是去徐州，但是好歹达到了当时设定的目标。可悲的是徐雯已经不再是他的女朋友，队长这个职位对他的吸引力也不如从前了。

静坐了十分钟，准备排队检票。想这么多又有什么用呢，计划永远赶不上变化。他提起旅行袋，跟着人群往检票口走去。

“阿超！”气喘吁吁地跑进候车厅的徐雯一眼就看到了正在前进的沈锦超。

停下了脚步，往旁边站了站，等她过来。问道：“你怎么来了？”

“你真的要去徐州吗？不能为了我留下来吗？我妈不会再为难我们了，我和那个李旭真的没什么的，你留下来，好不好？”

沈锦超皱皱眉，如果她早几天这么说，或许，一切就都不一样了吧，所有的一切，都抵不过时间的冲刷。笑了笑，道:“调职的文件已经下来了，现在想要调回来也是不可能的，这不是儿戏，不是说风就是雨的生活。我必须对我的工作负责，现在值得我负责的也就只剩这个了。你明白吗，徐雯?”

“我不明白。阿超，我就是想跟你在一起，这次无论发生什么都改变不了我的决心了。”徐雯拽着他的风衣，不肯松手。

沈锦超抽了抽手，没挣脱出来，便放弃了，道:“可是我没有信心了，雯雯。”

“我有信心就行了，你回答我，你还爱不爱我?”这句话已经是她最后的希望，如同救命稻草一般重要，徐雯急得眼泪簌簌地流了下来。

“爱，可是在遭受一次次的挫折后，它在生活里的分量只会越来越少，如果它只是作为调剂品，生活会很美好，可是我为它背负得太重了，已经不想再承担。”沈锦超说得很慢，仿佛说出这番话已经费劲了他的力气，“发生了这么多事，先不说我们之间还能不能回到过去，以我现在的能力，只能给你温饱，这样的结果我自己都会鄙视，在我有能力负担起一个人的幸福之前，爱情对我而言，还是作为奢侈品比较好。”

她把包里的相框拿了出来，放在他眼前，那时的笑容现在看来，格外刺眼，一遍遍的提醒着自己那是回不去的美好。徐雯看着他眼中的挣扎，道:“那我陪你去徐州，我们一起奋斗。”

沈锦超从徐雯手上拿过相框，将目光转移到她的脸上，其实他很少看到徐雯哭，遇到天大的事她都会以乐观的心态大事化小小事化了，虽然很莽撞，但还是保持着内心的纯良。这个世界怎么了，一点一点腐蚀着仅存不多的美好，他伸手擦掉她的泪痕，道:“你还是小孩子心性，徐州不是说去就去的，背井离乡是个怎样的概念你还不明白。雯雯，不要等我，我连个承诺都给不了，找个更优秀的男人吧。”

“这句话简直是全球最坑爹的台词了，我不信这个，我会等你的!”徐雯忽然多了一股置之死地而后生的勇气，眼里的执著都坚定了几分。

沈锦超没回答，检票口排队的人群已经散去了大部分，广播里的公告再一次提示从苏州开往徐州的列车已经开始检票，他把相框放回徐雯手上，提着简单的行李，跟上了队伍的尾梢朝站台走去，再也没有回头看过她一眼。

被阻拦在检票口外面的徐雯无声的流泪，她不怨他，更不会放弃他。

焦寒熙家里，四个人各怀心思地对峙。

唐煜不知道母亲在门外听到了多少，一瞬间，他的凌人的气焰消散了。“妈……我……”唐煜嗫嗫道。

“混账东西，你是不是想气死我。”王淑冲过去打了唐煜一巴掌。其实她和沈秀梅在门外听了很久了，他们说的那些话被她听个一字不漏。

由于唐煜两晚上都没回家，也没有一个电话。她心里放心不下，担心唐煜是不是被焦寒熙使了手段留在她家里，就控制不住地跑来找唐煜了，在楼下的时候碰到了沈秀梅正好从外面回来就一起上楼。走到门口还没开门就听到了里面的争吵声，她多了个心眼制止了沈秀梅开门的动作，就拉着她在外面听。

沈秀梅由着她，她也想知道到底发生了什么事情。这几天女儿心事重重的样子，却一个字也不肯向他透露。

从两个人的对话中，王淑隐约猜到了唐煜可能做了什么不好的事情。还没来得及多想，就听到焦寒熙再次提出要离婚，心里怒火中烧，赶紧叫沈秀梅开门，还没来得及进去，就听到了那个惊天消息——焦寒熙肚子里的还是不是唐煜的，不是他们唐家的！

这个真相简直要把王淑气疯了，她狠狠地打完唐煜一巴掌后身体瘫倒在沙发上，手指不停哆嗦地指着焦寒熙，用尖锐的声音骂道：“都是你这个女人，你就是想要来害我们家是不是。怀着别人的孩子嫁到我们唐家，你，你安的什么心？”

看着王淑出现在门口，焦寒熙就知道今天这事不会那么简单终了了。然而现在的她，不会再畏惧。

“阿姨，趁着今天我们两方家长都在，把话都说清楚。”焦寒熙打起精神，不慌不乱地说道，“我肚子里的孩子的确不是唐煜的，这点我没有任何愧疚也不想隐瞒什么。唐煜一早就知道，他要求我不把这件事说出来，所以才一直瞒着您。现在我和唐煜的婚姻已经走到尽头，我希望我们能和平离婚，我想这样的结局也是最合你意的。”

说完，焦寒熙走到她母亲身边，用愧疚的眼神看着她。她没有对不起唐煜母子，没有对不起慕岩，唯独对不起的，是自己的父母。

沈秀梅什么话也没说，她的心疼多过伤心。自己的孩子不管犯了什么错，做父母的第一时间想到的都是怎么帮她去弥补而不是责怪。她心里已经有了决定，这里的事情了解后，等女儿把孩子生下来，要么让焦寒熙回到老家厦门生活，要么她和焦寒熙爸爸一起来到苏州照顾她和孩子。

唐煜在一旁一声也不吭，拧着头不看王淑。就这样大家沉默了几分钟。

最后还是王淑耐不住气，“离，这婚马上就离！从此各走各路再不相干！”

“妈，我……”

“你给我住口！”王淑不让唐煜说下去，“看来是我把你给惯糊涂了，这点好歹都分不清。娶了一个让你当王八的老婆进门，直到现在还依依不舍。你到底吃了她什么迷魂药！马上离婚，要不你就别再叫我妈了。我就当没生过你，这就跟了老唐去，我这一生也对得起他了。”说着王淑开始哭起来。

见到母亲哭了，又说出那么重的话，唐煜慌了，不住地安慰母亲：“妈，我听你的，我什么都听你的。”自己的事情再怎么样都比不上母亲，他唐煜再不济也不能当一个不孝的儿子。

唐煜把扔在地上的离婚协议书捡起来，签上自己的名字，对焦寒熙说道：“如你所愿，我们现在就把离婚协议书签好，马上就去办。”

他们按着格式一项项写好，焦寒熙的签名是一早写上去的，白纸黑字让唐煜看得透不过气来。事情已经闹到这步，他也只能放手。写到财产分配的时候，他脑子里有什么闪过。把那张表格抽过来，说道：“焦寒熙，我是公务员，离婚对我来说名誉会受损，尤其是你马上就生了，我的工作也会受到影响。给我几天时间，让我去处理一下。”

焦寒熙有了唐煜的保证，她不怕这个婚离不了了，再等几天也无妨。

王淑一脸不满，瞪着唐煜说道，“你什么意思，先把协议签好，再去安排也来得及。这事拖着，指不定出什么幺蛾子。”王淑对焦寒熙恨极了，一刻也不想拖延让他们离婚，她深深地认定焦寒熙就是来祸害他们唐家的。

“妈，我们先回去再说。”说着唐煜拉着他母亲离开了，没忘记把那份写到一半的离婚协议书拿走。

看着唐煜神色有些异样，焦寒熙在心里生出不好的预感。这事要怎么处理，离婚就是离婚，难道还能找什么借口能让离婚变成一桩好事吗？唐煜这个理由有些牵强。

一开始还没注意，等唐煜拉着王淑离开的时候焦寒熙就发现不大对劲了。唐煜低着头，再也没有看向她。毕竟一起生活了这么久，她多少有些了解唐煜的性格习惯。当他在撒谎的时候，是绝对不敢和她眼神接触的。

她拿起电话打给卫子涵。

“有什么可以帮忙的吗？”

这是电话接通后卫子涵的第一句话，活生生把焦寒熙噎住了。许久，她才能说出话来：“卫子涵，我需要你的帮助。”

电话那头传来低笑，带着一丝得意。

“上次你给了我一个律师的号码，我弄丢了。你再告诉我一遍吧。”焦寒熙现在已经不去思考卫子涵会怎么想了，她只想顺利地把婚离了。

一时间卫子涵没有说话，焦寒熙感觉到手机震了一下，好像是收到一条短信息。还没来得及看，卫子涵说道：“我刚把曹律师的号码发给你了，你放心，她对离婚案非常有经验，尤其是在保护女人利益方面。对了，那个号码是我的私人号码，对你随时开机。”

愣了愣，焦寒熙才反应过来。也对，成功人士都会用两个号码，工作号和生活号分开。她选择无视卫子涵的话说道：“谢谢你，没什么事了，再见。”

“寒熙！”卫子涵叫住她，“你遇到什么困难的话可以来找我，我会帮你的。”他的语气无比真诚。

说不感动是假的，焦寒熙心里暖暖地，之前为了和卫子涵保持距离，她刻意地对他冷淡甚至有些排斥，现在她真心实意地道谢：“卫子涵，谢谢你。现在没有什么困难，我只是想咨询一些事情，需要你帮助的时候我会毫不客气地开口。”

“好。”挂了电话，卫子涵点了一根烟。然后拨给他的律师朋友，曹静芝——专门处理离婚案，以保护妇女权利出名的金牌律师。

被一连串事情搞得头晕目眩的焦寒熙此时再也支撑不住了，她牢记着上次医生给她的忠告。如果再让自己过度疲劳或者情绪不控制住，那孩子很危险。

她打算好好睡一觉，明天打电话给那律师了解一些事项。

看着这个自小有主意的女儿，沈秀梅自责的厉害。再怎么有主意，还是一个涉世未深的女孩子。她最后悔的，就是对女儿太放心。

当焦寒熙睡得迷迷糊糊的时候，被电话声吵醒了。努力睁开眼睛，接了电话："卿姐，怎么了？"

"寒熙，你还好吧？"颜卿的声音充满了关切，让人心里一暖。

"我没事。唐煜已经答应我离婚了，这几天里就能办好了。"焦寒熙坐起来，脑子恢复了一些清明，"卿姐，找我是有什么事吗，莫非是项目出了差错？"

"不是……寒熙，你想不想见一个人？"颜卿的声音有些凝重。

心里咯噔一下，焦寒熙一下子猜到了颜卿想说谁，一时间不知道怎么说。

颜卿自然知道焦寒熙目前的状况很混乱，和唐煜之间的事情已经搞得很复杂了，到时候离婚还要商议孩子的事情。这时候，这孩子的亲生爸爸出现了，她光是想想就已经焦头烂额了。

"慕岩，他回来了吗？"焦寒熙艰难地问道。

"是的，他是今天刚下飞机的。直接来公司找你了，你要是不想见他，我就帮你回绝了吧。"颜卿非常担心焦寒熙。

思索了一番，焦寒熙说道："没关系，我们迟早要见一面把事情都讲清楚的，躲得了一时躲不了一世。"顿了顿继续说道："你不用理会他了，这事我自己处理就行。"

"好。"颜卿也发现现在的焦寒熙有些不一样了，比以往更有勇气面对那些困难，"寒熙，一定要保护好自己。"

真挚的友谊在严寒的夜里显得格外温暖。

焦寒熙拨通了慕岩的电话，她知道这个号码肯定能找到慕岩。"慕岩，我们见一面吧。"

34

王淑非常生气，她以为自己儿子还是放不下那个女人。直到家里她都没理过唐煜一句。她现在除了痛恨焦寒熙的欺骗，还痛恨自己当初的心软。

唐煜无奈，把那张签到一半的离婚协议书摊开来给王淑看，王淑不解。他指着《财产分配》那一栏说道:“妈，离婚不是那么容易的。除了解除婚姻关系，还要对共同财产和孩子进行分配。所以，我才借口拖延几天，我们先商量好财产怎么分配。”

王淑如梦初醒，咬牙切齿道:“我说她怎么巴巴的要嫁给你，原来打的是这主意。”说着冷笑数声，“恐怕她这如意算盘要落空了。哼，以为我们孤儿寡母的好骗是吧，我让你悔不当初。”

正在担心房子事情的唐煜对王淑的话感到不解:“妈，在女方有孕时离婚本来就对我不利，而且现在法律上又说不清孩子是谁的。那房子写的是我们两个人的名字，这……不好办啊。”

签到财产分配这一栏的时候，唐煜就立刻想到了房子，之前在宋腾的提醒下，他们是有想过把房子写在母亲名下。后来买房子也折腾了一番就给忘了，最后还是写了两个人的名字。他现在才知道后悔，这真是一语成谶，说什么来什么。

他看向母亲，意外地发现王淑没有丝毫的难过，反而是得意的神色。

“你这个死脑筋哪儿懂考虑那么多，要不是你妈我多想一步，你被人骗了还得帮别人数钱。”王淑点了一下唐煜的脑门，把房产证拿过来，“现在知道你妈妈多聪明了吧，这房子呀，是在我一个人名下的。”

“这，这怎么可能……那天，那天明明是我和寒熙签的名字。”唐煜看着房产证上王淑的名字，激动得话都说不全了。

面对儿子的头老实劲，王淑简直有种恨铁不成钢的感觉:“那天你们签完合同不是就马上走了吗，那合同还在我手里，自然是我想写谁的名字就写谁的名字，除非售楼处不想做这个生意。”

这个事实把唐煜当场愣住，不知道心里是喜还是悲。如果放在当时王淑告诉他这件事，说不定他还会觉得愧对焦寒熙而去把名字改过来。

然而到了今天，王淑这一看似不厚道的举动，却可以挽救他们家的财产。

“妈！谢谢您为我操心这么多。”唐煜鼻子酸酸的，自己不仅没让母亲过上无忧的生活，反而让她时时担心，真是太不孝了。渐渐的，他心里也有些责怪自己对焦寒熙的鬼迷心窍。

“傻儿子，妈就只有你一个儿子，不为你想还能为谁想呢？”王淑揉了揉唐煜的头发说道，“以后可得长个心眼，现在的小姑娘可坏着呢。好男儿不怕没老婆，以你的条件妈肯定会帮你找个比那女人好一百倍的，清清白白的好姑娘。”

“房产证上只有妈你的名字就好办多了，房子归我们，我们要补给他多少钱呢？”唐煜说着有些心虚，这房子的首付几乎全是焦寒熙出的，现在的房价贵得惊人，以后恐怕更甚。他们的共同财产除了这房子也没什么了，拿房和拿钱的区别天差地别。唐煜知道这房子给了焦寒熙的话，他再也买不起这个级别的房子了，这次他要自私一把。

“什么，你这死脑子还没转过弯来啊？”王淑惊呼，又狠狠点了一下他的脑门，“这房子在我一个人名下，是我的房子。你没看那新婚姻法吗？如果是双方父母的财产，就算你们离婚她也分不到一毛钱。”

唐煜腾的站起来，王淑的想法还是超出了他的打算。他想着自己拿房子，给焦寒熙补偿一些钱就算了，没想到王淑根本就没打算给她钱。

不再理会唐煜的死心眼，王淑进房间把家里所有的存折存单都拿出来给唐煜看：“说实话，家里真拿不出什么钱了。大部分积蓄都用在办婚宴上了，上次你工作升职又花了不少，还有装修又是一大笔花费。还要养车，还要还房贷，你当你是开银行的啊。”

一顿唠叨之后，王淑拿出焦寒熙的那张工资卡，恨恨地一折两段，骂道：“这个女人真是奸诈。卡上就一千多块钱才给我，随后马上就换公司了，这张卡也就没用了。你看看你自己娶的什么女人。哼！她别想从我们家拿到一分钱。”

看着家里的积蓄，唐煜心里也一阵忧心。每个月的房贷就够他受了，加上装修的钱还有一部分欠着今年肯定要还清，之前他私下给了徐华旭一万块了断，宋腾帮他通关系也花了不少钱马上得还给他。算来算去，一点多余的钱也没有。真要给焦寒熙钱的话，确实有点力不从心。

良心上的谴责让唐煜不敢开口和焦寒熙商量房子财产的事情，他想不出一个合理的理由去告诉焦寒熙为什么当时明明写了他们两个的名字，最后房产证上却是王淑。

“你就这点出息!”王淑受不了唐煜的优柔寡断，事情做都做了，她就不怕说出来，反正重要的不是过程，而是结果，“你先把房子归我们写好在协议书上，我会叫她签字的。”

焦寒熙和慕岩约在了十全街上，之前公司旁边的那个咖啡厅。她正好有些资料要交给颜卿，关于“太湖之星”设计的一些细节改动。

她端过服务员刚送上来的蜂蜜水，喝了一口。发现慕岩正直直的盯着她的脸，问道:“怎么盯着我看，九个月的孕妇真有这么丑吗?”

慕岩加了一包糖，搅了搅咖啡，垂着眼道:“点点，我才走了几个月，你怎么瘦成这样了。我……当时就不该走的。”

勉强扯出一个笑容，如今的慕岩对她而言，倒像是一个许久未见的老朋友，她早已疲惫的没了那些争强好胜的想法了，“女孩子瘦一点比较好看，加上我的体质本来就不容易胖，这一点你也知道的，不说我了，这次回来你好像……变成熟了一些。”

“我说过我会改变，你想要的安稳而又上进的生活现在的我可以为你创造，点点，我这次来的目的你很清楚，给我一个我想要的答案。”他是直接用的命令的语气，不容置疑。

焦寒熙低垂着头不看他，倒是看着他手边的咖啡杯，沉默了一会儿，开口道:“你以前喜欢喝黑咖啡，我因为你的喜好改喝黑咖啡，即使我明白那不是我真正喜欢的口味，可是到后来我却真的爱上了黑咖啡，无关乎习惯，只是要到那个时候才明白这其中的滋味。现在，你喝咖啡要加糖了，而我，为了宝宝，将咖啡戒掉了，这就是我们常说的世事无常。”她抬起头，看着他的眼睛，“慕岩，在某个时间点，我们相遇，度过了青春里最美好的年月，可是在这之后，我们错过了，有各自的路要走，错失的时间差怎么也弥补不了了，你明白吗?”

手里的咖啡突然就喝不下去了，慕岩企图在她说的话里寻找破绽，却猛然想到，这样的方式不还是证明了自己不够成熟，还是想着斗气吗？深深的挫败感像是当头泼下的冷水，他看着她坚定的眼神就知道，焦寒熙说的是事实，可是这样的结果，不是他能够接受的，他会掌控自己的人生！

“我们之间缺失的这段时间，令你经历了太多，也受了太多苦。我已经在努力变得成熟，有担待了，我相信，在未来的日子里，背负着作为一个丈夫和父亲的责任，我会成熟得更快。点点，我想给你一个家，给宝宝一个健全的家庭，你也不希望孩子在一个不健全的家庭长大吧。”

焦寒熙长长的呼出一口气，叹道：“宝宝会有一个温暖而健康的家庭，我已经决定把孩子过继给我哥了。”

“我是孩子的父亲，为什么不跟我商量一下？”慕岩脱口而出，被这句话震惊到了。他从来没想过不抚养自己的孩子，或者没资格抚养他自己的孩子。

“呵……”焦寒熙调整了一下坐姿，感觉肚子里的小家伙都对这句话有意见了，继续说，“先不说你从来没有尽过做父亲的责任，根本不配当宝宝的父亲。你倒是说说看，我怎么找你商量？你一生气就跑到法国去，难道要我上门求你那本就不待见我的父母吗？”

慕岩哑然失语，愣愣地靠在咖啡厅的沙发上，眼神涣散起来。“唐煜呢，他也同意？”

“我和唐煜快离婚了，他应该没资格不同意吧。”这事情瞒不住，她也不想瞒着慕岩。“不要拿这个事情做借口来跟我争孩子，我早就不是你记忆里的那个点点了，放手吧，慕岩。”

“休想！”慕岩瞪着她，咬着牙说出这两个字。

太阳穴又开始生疼生疼，焦寒熙重重地按了下，对这样的现状感到疲惫。慕岩的性格她早就了解的不是吗，哪有这么容易放弃的？“我也没想着你今天就会同意，不过这件事，我是不会妥协的。今天来见你，还有一件事情希望你能答应。”

“什么？”他见焦寒熙的状态不大好，口气又柔顺了些。

“孩子的事情，不可以让你父母知道。我这个当妈妈的已经很不尽职了，不希望宝宝以后还要处理复杂的身世问题。你们那样的家庭，对子嗣一向看得很重的。这是我对你提的最后一个要求，希望你答应。”

咀嚼着这番话，手不由自主的又拿起咖啡杯喝了一口，然后干脆一饮而尽。苦涩而淳滑的咖啡划过舌尖，最后将这苦涩渗透到身体的每一条脉络。“我只能答应你，在你接受我之前，我不会让我父母介入。”

“谢谢，时间不早了，我还有很多事情要处理。珍重!”艰难地站起身，努力地朝慕岩微笑了一下，焦寒熙慢步向咖啡厅的出口走去。

慕岩在背后叫了一声:“点点……”

焦寒熙头也不回，她的脚步本来就很慢，自然看不出一丝停顿。

她知道一下子根本无法说服慕岩，但她更相信结果只会是必然。

回到家里，又是那种疲惫感深深地袭来。她非常想为自己和宝宝营造一个平静又和谐的环境待产，这也是当初选择嫁给唐煜的一个原因之一。无奈老天不放过她，她的一念之差给自己带来了几乎灭顶的灾难。自己的一时软弱化作无数利剑，射到了身边的人身上，让她不得不肚子这么大的时候还要面对各种烦扰事情。

突然间，一阵特殊的铃声响起，焦寒熙心里一紧，是王淑。王淑除非必要不会轻易打电话给她，每次打给她说的都不是什么好事。一听到这个铃声，焦寒熙就开始从生理上厌恶了。

接通了电话，她什么话也没说，等着王淑告诉她必然到来的坏消息。

王淑没有料到焦寒熙接了电话会不开口，两人短暂的沉默了几秒。很快，王淑就打破这种尴尬的气氛，抢占了话机主动权。“我打电话来是想告诉你一件事，关于离婚协议上财产分配的事情。”她的语气强势而果断。

顿时，焦寒熙明白了什么。原来唐煜那天签到一半就不想签的原因在这里。难怪要拖延几天，是好有机会私下和母亲商量了再作决定吧。现在是他们母子商量出答案了，结果还要母亲来出面告诉她，那显然是对自己不利的。

“悉听尊便。”焦寒熙很平静，她在心里叹气，唐煜这种性格也是她最不喜欢的。一点魄力也没有，什么事都要通过母亲来决定，到最后有了决定还不敢亲自和她谈。结婚需要用房子来换得母亲同意，离婚还需要母亲出面商量房子的事情。这样懦弱没担待的性格，究竟能成什么事？已经是二十八岁的男人还这样，即使是到八十二岁也不可能改变了。

她很清楚，他们的共有财产也就一栋房子值得争一争，而她根本没打算要那房子。因为买房子产生了太多事端，加上装修的矛盾，那房子对她而言只是个房子，毫无家的感觉，焦寒熙不稀罕。

“我告诉你，你怀着别人的孩子嫁进我们家，本来就是你不好。让我们以后要怎么面对亲戚和街坊邻居。现在离了正好，但是你要净身出户，房子没你的份。”王淑的语气咄咄逼人，完全不是商量，而是强取豪夺。

早已习惯王淑说话难听的焦寒熙也不再计较她讲话有多难听。再难听的都听过了，但是该得的东西还是要得的。“房子我也没打算要，你们拿去好了，我只是想把我的钱拿回来。首付四十五万里面我拿出来了三十八万，婚礼我爸还拿了一笔钱出来。我也不想算得那么清，给我三十万就行了。”

“什么？三十万？”王淑尖叫起来，“你不如去抢！想都别想！”

焦寒熙没想到王淑连这些钱也不愿意拿出来，语气变得严肃起来。“王女士，我要向你澄清几件事情。第一，我并没有用欺骗手段来怀着孩子嫁入你们唐家，是唐煜求我我才答应他的求婚的。请你不要一而再再而三地用这件事侮辱我。”说完喘了一口气不给王淑插话的机会继续道：“第二，现在是我们在协商财产分配，不是你说怎样就怎样的。把账算算清楚的话，那房子按照市价算的话首付得超过六十万，优惠的十五万多也是因为我的关系。不说这一层，四十五万首付的房子你们拿走，就得把三十八万还给我。婚礼是你们家出钱办的，礼金也是你收的，那些钱我就不去算了。我爸妈和大哥大嫂给我置备的嫁妆首饰也都给了你，这些日子的开销全是我支付的，那么请问，我现在要求三十万有什么不妥。还有第三，我和唐煜先生离婚，商量财产分配的事情也应该我和他来商量吧。一个成熟正常的男人让自己母亲和妻子协商离婚事宜，这不是笑话吗？”

从来也没有听焦寒熙这样讲话的王淑当场愣住了。一直以来焦寒熙因为她是长辈，而且经历很不容易而处处忍让，从来不和她争执什么，生怕唐煜夹在她们俩中间为难，这不代表她焦寒熙是个傻子。

半天，王淑才消化过来，带着恼怒用比之前更加大声的声音说道：“好个伶牙俐齿。你是大学生我自然说不过你，反正我的答案是不会变的。你一分钱也别想从我们家拿到。我告诉，房产证上是我王淑的名字，你讨不了好去！而且孩子不是唐煜的，我们没有亏待你什么！”

“你说什么？房产证上为什么是你的名字？”焦寒熙心里生出警惕，“首付的钱大部分都是我拿出来的，而且那天合同是我和唐煜签的。钱或者房子怎么算我都可以分到一大半，你现在是什么意思。”

“没什么意思，就是你别想再要钱。你想和唐煜谈是吧，我答应你，明天我们会带着协议书和证据去找你的。这婚给我赶紧离，晦气！”说完她把电话啪地挂断。她要赶紧和儿子商议，教他明天怎么说，千万不能被那女人绕进去。

35

心里愈发感觉不安，焦寒熙连忙打了曹律师的电话。她之前已经向她咨询过一次，大致讲了一下自己的处境，曹律师告诉她情况是对她有利的，应该没什么问题。假如有问题她会来帮她处理的。

在电话里也讲不清楚什么，而且听王淑的口气好像房产证被动过手脚了。曹律师说索性明天她也到场，顺利签好离婚协议的话就最好，如果有什么纠纷的话她也好从法律角度帮她维护权利。

焦寒熙心里一阵感动，她明白曹律师对她这么热心全是因为卫子涵的关系。她又承了他的情了。摇了摇头，这个男人比慕岩还要强势霸道，偏偏还能让别人觉得他有理有度。果真不简单。

第二天一大早，曹律师就到了。一头整齐的短发，一副黑色边框眼镜，职业西装，整个人显得十分干练。沈秀梅赶紧端上了热茶，就进小房间了，不在外面妨碍她们。

曹律师迅速地熟悉了一遍整个事件，心里有了把握，他们母子无非就是在购房合同上动了手脚，这也不怕。钱大部分是焦寒熙拿出来的，这是铁板钉钉的事实，她始终是有理的一方。

不一会儿，门铃响了，唐煜母子到了，她们严阵以待。

等他们进门，焦寒熙就开口介绍：“这位是曹律师，我特意请来为我们的离婚协议做个公证，顺便给我们提供一些法律参考。”说完转过头看向唐煜母子，“这两位是我要离婚的对象以及他的母亲。”

曹律师客气地同他们打招呼，表示可以开始了。

被抢占了说话先机的王淑感觉非常不悦，她完全没料到焦寒熙会请一个律师到场，出乎计算外的情况多少令她有些不放心。她开口壮大自己的声势："请了律师最好，我今天就是要拿法律来说事。"

说着，王淑从包里拿出来一本房产证摊开来，在焦寒熙面前晃了一圈直接呈现给曹律师看，"喏，这房产证清清楚楚地写着我王淑的名字。那就是我的个人财产，并不是他们两个的共有财产，所以根本不能分给她。不要欺负我老太婆不懂法律，我对新婚姻法熟着呢。"

听完王淑的一番言论，曹律师示意焦寒熙别说话，她微笑了一下说道："王女士，我想你所说的应该是新婚姻法中'婚后若一方父母出资为子女买房，若离婚，则谁父母出资房子归谁。'这一条吧？"

"没错，就是这一条，你清楚就好。这房产证可真真切切的，就算闹到法院也是我有理。"王淑得意地说道，昨天她特意把新婚姻法又读了一遍，把这一条背了好几遍。就算曹律师不提，她也要背给他们听。一旁听着的唐煜面上隐隐有些尴尬，低着头一声不响。

曹律师并没有一丝慌神，"这条规定是没错，但是王女士你的理解有问题。这里说的是父母出资，可没有说房产证上是谁的名字就算谁的。据我所知，这首付的四十五万焦小姐出了三十八万，怎么算这房子都应该归她，大不了她再拿七万给你们。你说着房产证上只有你一个人的名字，这是怎么回事呢？当时是唐先生和焦寒熙一同签的名字，最后却变成了你的房产，如果要求调查的话，说不定可以告你一个诈骗罪，售楼处那边肯定有记录的。"

律师毕竟是律师，说的话有条有理，句句切中要害，句句都戳在了王淑的心窝上。

她的脸色瞬间变苍白了："你，你，这房子是我的，你们别想要花招。"

摇了摇头，曹律师继续说道："请你冷静一下。我是焦小姐请来的没错，但请相信我的专业素质，我不会因为偏袒任何一个人而违反法律。这是对法律和我自己的侮辱。"

这下王淑也想不出什么对策来应付，拿出了他们私自写好了财产分配的离婚协议书，死死地盯着那些字。

自觉理亏的唐煜终于不好意思再胡搅蛮缠下去，道理他不是不懂。焦寒熙出了那么多钱，就算她们在房产证上做了手脚，终究还是不可能糊弄过去的。因为手头实在紧他才同意母亲用这种方法来争这个房子试试，现在一切都到尽头了，再继续下去只会让他更不堪。

“妈，”唐煜艰难地开口，“算了吧。我们给她钱，这件事到此为止。”

王淑依旧盯着那份她理想中的、却无效的离婚协议书，使劲想着还有没有什么办法挽回局面。

听到唐煜都松口了，焦寒熙在心里松了一口气。如果不必要，她根本不想请律师到场也不想撕破脸面。毕竟唐煜之前对她很好，他们只是不合适，夫妻一场没必要为钱财争得你死我活。

如上次帮唐煜处理被抓的事情一样，她始终不忍心看着他太难堪：“我也不想多要钱，之前就说过了，三十八万中，我只要三十万。不管怎么样，我要把我大哥和父母的钱还了。唐煜，不是只你一个人要孝顺母亲，我也有父母。”

说着，焦寒熙上前想从王淑手里拿过那张离婚协议书，想马上签好了这件事就结束了，她和唐家母子的牵扯也就结束了。

沉浸在自己臆想的世界里的王淑看见焦寒熙想来拿走她手里的离婚协议书，一下气得不行，奋力地推开她，死死护住那张纸。焦寒熙挺着那么大的肚子，脚还浮肿，本就不太稳当。被王淑用那么大的力道推了一把，脚下一软身体向后倒去。她甚至来不及反应，脑子里瞬间被恐慌占据了，双手下意识地撑开试图阻止自己的身体着地。然而，手臂的力量哪里能撑住这样的重量，身体无可避免地倒地。倒地地瞬间，焦寒熙心底一片悲凉，最后的意识是对宝宝说的对不起。

“寒熙！”唐煜看见焦寒熙滑倒惊呼起来，想冲过去扶住她，无奈来不及。他看着焦寒熙下身缓缓流出血液，害怕得腿都软了。

此刻王淑也呆住了，她没有想害焦寒熙。她只是因为生气想把焦寒熙推开，她根本不知道自己做了什么。

在场的人中还是曹律师最冷静，她立刻打了急救电话。然后拿来毛巾为焦寒熙擦拭，然后打电话给卫子涵，让他在把医院的病房安排好。

很快，焦寒熙被送往了医院。她的羊水破了，需要马上做手术把孩子剖出来。

医院里，卫子涵和唐煜一同守在急救室外面。护士拿来了手术协议书问哪位是病人的丈夫签一下手术协议书。

唐煜刚要上前接过手术协议书，卫子涵一把推开他，狠狠地说：“你有什么资格签？把她害成这样你还有脸说自己是她老公吗？你放心，曹律师已经正式受理这起离婚争议案了，房产诈骗，谋妻害子，我保证会让你倾家荡产身败名裂。”说完，他毫不犹豫地在产前协议上签下了自己的名字，所有细则都没看，在那条“如出现意外时保大人还是保孩子”后面写下了“保大人”。写完马上交给了护士，不浪费一点时间。然而，略微颤抖的指尖暴露了他内心的紧张和恐慌。

唐煜一下子面如死灰，卫子涵的指责击中了他的要害，他呆呆地坐在椅子上失神。

看着眼前这个自私又懦弱的男人，卫子涵心里的怒气一阵阵上涌：“唐先生，这里面的女人和孩子从此与你无关，她们的安危我会负责。你不必多此一举待在这里了，有空不如回家与你母亲商量一下怎么应对离婚起诉。”说完也不理会他的反应，他没有耐心再等候在外面。直接找到了院长办公室，十分钟后，他穿上了消毒过的手术服进入了手术室。

此时，焦寒熙的大哥大嫂也赶到了，找到了正六神无主的沈秀梅，听她讲了事情的经过之后都对唐煜母子恨得咬牙切齿。

焦一新立马就想冲上去揍唐煜，被沈秀梅拉住了，她严词厉色地让唐煜离开，从此他和焦寒熙再没有一丝关系。

唐煜见自己确实呆不下去，就灰溜溜地走了。他想解释自己没有想到会让焦寒熙这样，却无从解释起。

陪在手术室里的卫子涵并不比在外面等候更放心，他只能远远地观看。看着鲜红的血和数个医生不停忙碌，他的心紧紧揪起来。

“焦寒熙，你一直都很坚强，一定能熬过的。”他在心里默念道。

觉得已经过了几个世纪般漫长的时间后，一声婴儿的啼哭打破了压抑的气氛，医生们也仿佛松了一口气，脸上都挂上了笑意。

卫子涵忍不住冲到前面，看见一个个皱巴巴红彤彤的婴儿被抱在一个护士手里擦拭血迹，小小的腿蹬着，小小的嘴巴一瘪一瘪哭喊几句，眼睛紧紧闭着看不出什么样子。

“恭喜你喜得千金。大人身体状况有点危险，但是小心看护应该没生命危险。”一旁的医生擦着额头的汗，对他以为的孩子的父亲说道。

卫子涵不住道谢，请他们安排加护病房，要求最好的照顾。

抱孩子的护士看着这位父亲如此关心这母女俩非常感动，要知道女人生孩子都不容易，重视到这程度的也并不多见，心里对卫子涵有了好感，看着他看向孩子的急切眼神开口道："要不要抱一下你的小千金？"

"可以吗？"一向沉稳冷静的卫子涵有些局促，他不知道这么小小弱弱的婴儿能不能抱。

"当然可以，虽然是意外早产，但这孩子还是很健康的。这样抱，轻轻的。"护士指导着卫子涵，小心地把孩子交给他。

抱着一个小生命的卫子涵特别小心翼翼，仿佛捧着珍宝。

睁开眼睛的焦寒熙见到的第一个画面是：卫子涵小心地抱着她的孩子，轻声说道："乖女儿，叫爸爸。"

心里仿佛有一处最柔软的地方狠狠被撞击了，那一瞬间焦寒熙的心被满满的柔情填满了。刚才如地狱般的疼痛消失了，身体依旧有着说不出的疲惫。但是看到孩子平安，所有一切都是值得的。只是她怎么也不会想到，陪在她身边，第一个抱孩子的人竟然是卫子涵。来不及多想，累到极致的焦寒熙就进入了梦乡。

再次醒来的时候，看见母亲坐在旁边，穿着一身白色隔离服，正在照看放在一旁的宝宝。心里微微有些吃惊，环视这个房间，明亮宽敞，有独立的卫生间和水池，甚至微波炉都有，母亲还穿着隔离服。很快她心里就明白了，必定是卫子涵让她搬进了最好的病房。

微微叹了口气，这个男人总是对她关怀备至的令人说不出拒绝的话。努力地张口叫了一声："妈。"

一心看着宝宝的沈秀梅一震，回过头，发现女儿已经醒了，顿时满眼泪水。泣不成声道："你这孩子，你，你是要吓死妈啊。你知不知道妈有多担心，你要是出了点什么事，让我怎么活。"

"妈，对不起，又让你担心了。"焦寒熙也哽咽起来。

"别哭别哭，女人生完孩子千万不能哭，不然眼睛就毁了。"沈秀梅轻轻地帮女儿擦去泪水，自己也擦干了眼泪露出笑容，"瞧我，怎么哭起来了，宝宝很健康。"

"妈妈，抱给我看看。"焦寒熙有些激动，她还没仔细看过自己的孩子。这样一个从自己肚子里出来的小家伙，到底是什么样的。

沈秀梅轻轻抱起孩子，放到女儿的床边。

现在的焦寒熙还没有力气抱起孩子，她轻抚着孩子稀疏柔软的头发，心里念着，“孩子，妈妈总算没有失去你。”心里满满的都是感动和怜惜，庆幸自己当时在最艰难的时候都没有想过要打掉她，这是和她生命相连的孩子。

不久，徐雯和卫子涵也进来了。卫子涵已经在病房陪了她一夜，早上沈秀梅过来了他才去休息。徐雯则是接到电话匆匆赶来的。在外面卫子涵已经将大致的情况同徐雯讲了一遍。徐雯气得浑身发抖，恨不得立刻提刀宰了唐煜。又想到焦寒熙的身体比较重要，赶紧换了隔离服进病房看她。

看到焦寒熙好好地躺在床上，徐雯悬着的一颗心总算放下来了。在病房里陪了焦寒熙一会儿后面带怒色出去了。

她一个电话打给唐煜，破口大骂起来。“唐煜你不是人！焦寒熙哪里对不起你了，你要这样害她和孩子。你他妈的还是不是人，禽兽还知道要保护幼崽，你禽兽不如！你就想着钱是吧，焦寒熙拿出来的钱凭什么要都归你？我警告你，你去嫖娼被抓的丑事焦寒熙会帮你瞒着，我可不会。你就等着身败名裂吧！”说完挂了电话，没有给唐煜任何反驳的机会。

骂完依旧不解恨，徐雯大口喘着气，忽然察觉到身后有人，回头一看是卫子涵。看着他莫测的神色，徐雯知道他都听见了。

“抱歉，不是故意偷听你讲电话的。”卫子涵耸耸肩，一脸无辜地睁着眼睛说瞎话。

“无妨，反正我说的都是事实。”徐雯只是吃惊了一下，她倒不介意这话被人听去，反正她已经打算不让唐煜好过了。

“那么，你介不介意我帮助你让他身败名裂呢？”卫子涵狡黠地笑着，眼里透出商人的精明。

反应过来的徐雯连忙说道：“不介意不介意，没有人会介意的。对了，寒熙身体还不好，这种小事就不要告诉她让她伤神了。”

“懂了。”

两个人合作愉快，心照不宣地笑起来。

36

慕岩这段时间一直在上海，毕竟家在那里，还有很多事情需要处理。他接到颜卿的电话时脑子里轰的一声，直接抢过了父亲司机小刘的车钥匙发了疯般地驱车往苏州赶去。他好恨，恨自己为什么离得这么远，恨每次发生事情的时候都不在她身边，他的点点，该对自己多失望。

一路猛踩油门，旁边车辆的喇叭声和骂声他都置若罔闻，下了高速之后更是一路闯红灯。匆匆赶到附一院，车就直接停在路边了，也不顾路口的交警已经向这边跑来，慕岩拔了钥匙就往医院里飞奔，路上给颜卿打电话询问："寒熙呢，有没有事，宝宝怎么样，现在在哪里？"

"这么多问题你让我先回答哪一个？母子平安，恭喜你，是个千金。现在在加护病房，你进了住院部问问护士就能找到了。"

等不及电梯，他一路跑楼梯上了五楼，脚步忽然就慢了下来，越是接近病房就越是不知道怎么继续走下去。

不需看门牌号他就知道焦寒熙在哪个病房了，徐雯正像一尊门神似的守在病房外面，不时地往里看两眼。

"徐雯。"慕岩叫了一声。

徐雯闻声望过去，没想到是他。说来她和慕岩将近一年没见过了，上次慕岩回来也只是见了焦寒熙。岁月在男人脸上留下的痕迹永远都那么浅，可是给女人带来的伤痕却是深深地刻在了眼神里。"你现在来干嘛？这是老娘的地盘，没我的允许谁都不准进去探视。"

"我……让我看一眼寒熙和孩子好不好，就一眼。"

徐雯现在唯一能想到的一句话就是"岁月是把杀猪刀"，她甚至不敢想像，有一天，慕大才子会低声下气地求她，让他看一眼病房里的寒熙。使劲地眨着眼，徐雯这才相信这是真的，指了指病房门上的玻璃道："在外面看吧，你还没换衣服，办手续，暂时不能进去。"还有一句话徐雯吞进了肚子，她很想再说一句：看之前先做好心理准备。

慕岩走到病房门前，心脏剧烈跳动，深吸一口气往里看，病房里的景象令他说不出话来，是震惊，愤怒，不甘还是恍然？

病房里，卫子涵一手抱着孩子，一手拿着奶瓶，动作轻柔地喂着，抱孩子的姿势看上去很僵硬，似乎没什么经验的样子。孩子被裹在粉色的小毯子里，软软的一小团，看不清五官。

喂了一会儿，把奶瓶放到一边，他抬头看着病床上的焦寒熙，帮她调整输液的速度，然后把孩子轻轻地抱到她怀里。

焦寒熙的脸色还是很憔悴，但脸上的表情洋溢着快乐的神采。她侧过头，吻了下孩子的额头，然后望着卫子涵，笑容很温暖。

这笑容，对门外的慕岩而言，不仅仅是温暖，它包含了太多信息，归结为两个字：幸福。他怔怔地倒退了两步，不敢再看里面的情景。“那人……是谁？”

徐雯努努嘴，眼睛望天，表情变了又变，这才说道：“那是……寒熙新公司的老总卫子涵，他们一起开的建筑设计公司。你别告诉我你不知道？”看着慕岩的表情她才反应过来，“也是，你怎么会知道呢，你都知道些什么呢？对了，慕大才子，忘了告诉你，里面的卫子涵，论资产论人品论能力没一样比你差的，而且人家没有门第之念哦，最最重要的是，他从没让寒熙受过半点委屈，寒熙出什么事他都是第一个赶到的，这一点，你这辈子都赶不上了！”

“寒熙……喜欢他吗？”这话问出口他就有点后悔了，凭自己对寒熙的了解，如果不喜欢，又怎么会与他如此亲密，还有宝宝。那个男人，是真的对她好吧。别人对她好一分，她会回报三分，面上虽清冷，心里却是记着人家的好。尤其是心如死灰的时候，身边出现一个这样优秀又体贴的男子，与唐煜天差地别。慕岩第一次失去了信心，他感觉自己要输了。

“你不会自己看吗，你又不是不了解寒熙。”徐雯冷冷地说了一句，这近一年来寒熙受的苦，究其原因慕岩才是罪魁祸首，看着他现在的情景徐雯还是觉得不解气，态度自然不会好道哪里去。“我警告你，焦寒熙好不容易得来的幸福，你要是真的为她好就不要再破坏了。她要的你给不起，有别人会给。”

慕岩失笑，原先的坚持和希望，来时的焦急和心痛，都在这一笑声里化作了怅然。他悠悠地开口：“在哪里登记，我想抱抱孩子。”

登记过后，他敲了门才进去。卫子涵看到慕岩，只是惊异了一下便猜到了来人是谁，冲他点了下头，问道：“来看孩子的吗？”

焦寒熙静静地看着他，眼神温和。

慕岩点点头。卫子涵小心翼翼地抱起孩子，亲了下孩子的额头，对吃饱快入睡的孩子道：“宝宝乖，听爸爸话，让这个叔叔抱抱，不要哭。”焦寒熙手指微微一动，斜睨了卫子涵一眼，没说话。

慕岩闻言心下又是一顿，前阵子只知道焦寒熙要和唐煜离婚，原来连孩子的父亲都找好了，这下他真的连最后翻本的机会都没了。接过孩子的时候，慕岩有些不知所措，卫子涵在一旁指正他抱孩子的姿势，还不时提醒道：“小心我家小公主！”

怀里的婴儿因为早产的关系只有一点点五官还没长开，但是眉眼里已经能看出焦寒熙的影子了，秀气的眉毛，高挺的鼻子，嘴巴像自己，有点薄。

孩子忽然睁开了眼睛，大大的，乌黑乌黑。他以为孩子会哭，却没有。她只是努力地睁开眼，看着这个世界的一切，看着抱她的人。初为人父的喜悦他这才体会到了，这种血脉相连的感觉，让他有种想要流泪的冲动。

宝宝，对不起，都是爸爸不好。你以后一定要听妈妈的话。在心里对孩子说着这番话，慕岩知道自己和孩子相聚的时候不会太过漫长。“宝宝的名字起了吗？”

卫子涵接过话，答道：“还没，打算等寒熙身体好些了再一起决定。”

慕岩再次审视了一下这个陌生的浑身散发着凌厉气势的男人，他知道自己输的彻底，再没有翻盘的机会了。他输的不是人，是时间。

和孩子共度了一个美好的下午，离别的时候总是会到来。慕岩明白事情已成定局，无谓的挣扎只会让大家都痛苦。“能让我和寒熙单独待一会儿吗？”

卫子涵看了焦寒熙一眼，对方点点头，他说道：“我就在外面，隔音效果比较好，有什么事就敲门，或者按床头的铃，知道吗？”这才放心地出门。

慕岩抱着孩子走到她身边，眼眶湿湿的，脸上有着笑意，“点点，宝宝长得很像你，以后肯定很漂亮，希望她会像你一样才华横溢。”

“谢谢。”焦寒熙的身体算是稳定了，不过开口说话还是会很吃力。

把孩子放回焦寒熙怀里，他低头吻了吻焦寒熙的眼睛，感觉眼泪即将涌出来，迅速回身，道：“点点，我想，这是我最后一次叫你这个名字了。祝你幸福。”

焦寒熙没说话，眼角有泪滑过。

慕岩走出病房，和门外的卫子涵握了握手，慕岩对他说:“好好照顾她。”

“我会的。”

回到病房，卫子涵看焦寒熙在逗着孩子，问道:“为什么不揭穿我?”

“你好心帮我我怎么能不领情。”

他们之间是因为误会分手，现在以善意的误会做结局，应该是最好的结果了。她刚想解释，就被卫子涵打断了。他的手指按在她的唇上，阻止她开口解释。“很多事情不必说出来的，用心看就能明白。”

卫子涵一向是个行动派，他联系了曹律师，不多会儿就把这件事办妥了。

在家惴惴不安的王淑收到一张法院的传单，是离婚起诉，上面的原因让她差点晕过去。焦寒熙起诉唐煜欺骗她钱财，在她孕期嫖娼，事情败露后动了杀机害她早产差点丧命。

简单的几条已经足够唐煜在牢里呆大半辈子了。王淑吓得话都说不出来，一屁股瘫倒在地上。闻声出来的唐煜看见母亲倒在地上，赶紧过去扶她，拿起地上那张传单，也惊呆了。

“孽子，孽子!”王淑捂住心口，她觉得一条老命快交代过去了，“你有没有干过那种下作的事情。”

“妈，我完了！我这辈子都完了!”唐煜承受不住大哭起来。

对儿子怒火中烧的王淑听到他哭得那么凄惨又心疼起来，她掐了自己一把努力让神智清明起来。她知道，目前能救儿子的只有焦寒熙了。

她哆嗦着手指给焦寒熙打电话，苦苦地哀求她放过唐煜，什么房子财产都可以给她，再无一丝往日盛气凌人的气焰。

莫名其妙接到王淑电话的焦寒熙，从她语无伦次断断续续的哭诉和哀求中听出了事情的大概，心下明白肯定是卫子涵做的。她答应王淑会撤诉，让她不用担心。心里非常无奈，虽然摔倒的那一刻因为害怕失去宝宝而对王淑有些恨意，后来母女平安了她也就不想计较了。没想到卫子涵手段这样凌厉，令她对王淑和唐煜产生了一丝怜悯。

知道事情越早处理越好，焦寒熙忙把卫子涵叫来，希望他能撤诉，放过唐煜他们。

“不行，一想到他们差点害死你和宝宝，我就不想原谅他们。”卫子涵可没有妇人之仁，他的一贯理念就是对待敌人要一击毙命令对方再没有翻身机会。

“子涵，就当是为了宝宝积福吧。”焦寒熙不放弃，继续劝说。

许是被焦寒熙温柔的语气打动，许是真的想为宝宝积福，卫子涵第一次放弃自己的计划。

最终，唐煜的事情瞒下来了。房子还是给他们母子，但是他们要给焦寒熙三十八万，打了欠条，答应搬进新房子里把老房子卖了就还钱。原本卫子涵想为她争取更多的，焦寒熙拒绝了。她只要拿回自己的钱就够了，从此与他们再不相干。

春天的气息终于来临，出院后她在家里坐月子，抱着孩子在阳台上晒着太阳，阳光的味道很舒服。回首这一年，恍如隔世。

“宝宝，妈妈向你保证，我们以后会过得更好。”焦寒熙终于露出舒心的笑容。

徐雯从主任办公室出来，大大地松了一口气，这一次，她是真正斩断了自己的后路，逼得自己只能，破釜沉舟。母亲那边，还是等事情成定局再无法更改的时候再告知她吧，不过有一个人，自己需要去告别。

“悦悦，让干妈抱抱！”徐雯抱着焦悦，觉得自己都溢满了母爱，对着这么一个不哭不闹又可人的孩子，是个人都会想要把全天下最好的送给她的。

沈秀梅在厨房忙活着，阳台上还晾着几块尿布。焦寒熙悠闲地躺在床上看著书，看到徐雯的到来一点都不意外，“来啦？你就应该趁着她嫂子不在的时候多抱抱，要不根本就抢不到抱孩子的机会。”

这段时间焦寒熙似乎圆润了些，真是印证了那个成语“心宽体胖”，她抱着孩子往焦寒熙身边一坐，沉默了一会儿，开口道：“寒熙，我要去徐州了。”

“我还在好奇你到底打算什么时候告诉我呢，一个人在外边要多加注意，毕竟人生地不熟，又没什么人互相照应。”

“你怎么知道的？”她本来还在为难该怎开口才能减淡离愁别绪呢，结果早就被看穿了。

焦寒熙摸了摸床头柜上的奶瓶，已经降道差不多温度了，递给徐雯，道:“你每次来看悦悦的时候，都一副生离死别的脸色，我又不是瞎子。想去就去，趁现在还年轻，免得以后后悔。你只要知道，不管怎样，我们都支持你。”

“我们？该不会是包括卫子涵吧？”她的神色带上了调侃，气氛一下子轻松起来，心里的凝重也被扫去了大半。

焦寒熙被她忽然蹦出来的这句话噎得哭笑不得，“你满脑子就只有这些东西吗，有空还是多想想怎么搞定你家沈警官吧。”

“走一步算一步咯，反正我没有回头路可以走了。寒熙，我舍不得悦悦，怎么办？”

“有舍才有得，我把她十月怀胎生下来的都舍得过继给我哥了，你有啥好舍不得的。逢年过节的你还是要回家的，到时候再来看呗，记得带礼物和压岁钱哦！”焦寒熙望着她，眼睛弯弯地笑着。

“NONONO！这些都不算什么，我得给悦悦带个干爹回来！”

徐州市青年派出所，沈锦超刚带队执行任务回到警局，看到风尘仆仆的徐雯正拎着大包小包的行李在门口站着，看到他，笑得格外灿烂，“阿超，我来了。”

他愣住了，用力地眨眨眼，确是徐雯，仿佛是瘦了些。同事们好奇的眼神围着他转，盯得他不好意思了，徐雯倒是大大方方地上前，挽住他的胳膊，对着他的队友们道:“各位同志，你们队长我先借走了，明天上班再还给你们！”

“那咱们就恭送沈队和嫂子了，两位领导请好好玩！”沈锦超身边的一个警官开口说道，还不忘了朝他们敬了一个礼。

沈锦超无奈，挠了挠自己的板寸在目光下挽着徐雯提起她的行李，两人一道离开了警局。

“阿超，这个队长当得愉快吗？”她心里其实在打鼓，现在这样，有点半强迫的性质在内，不过听着“嫂子”的称呼，她心里还是很受用的。

毕竟自己是从小警察一步步熬出头的，沈锦超没什么背景，自然不会带什么官架子，虽然才上任一个多月，但已经和下属们打成一片了，手下的警员们仿佛都是以前的自己，看着他们上进的表现，沈锦超也觉得非常有干劲。调整了一下提行李的手的位置，他微笑着答道："不错，我挺喜欢这个队伍。"

徐雯侧头看着他脸上的笑意，觉得这样温馨的场景似乎已经很久不曾出现了，愈发珍惜起来。"我申请了徐州医科大学底下的附属医院，过几天去面试，你觉得怎么样？"

他初来乍到，就选了个离警局很近的旧式公寓租了下来，两人走了一会便到了。他放开手，从口袋里掏钥匙，低头开门，神情隐匿在楼道的阴影中，声音也变得有些冷了，像极了这空气里的春寒："这是你的事业，我并不能帮你做决定。如果你觉得好，那便是好的。"

"你又不是不知道我来这儿是因为你，老娘自然觉得这个职位不如以前的好，可是这个职位可以让我在你身边，而且自由自在。天高皇帝远，多美好。况且，老娘又不想做女强人，沈队长要是再霸气一点，就是叫我乖乖在家当家庭主妇我也愿意！"

房子虽然有些旧了，被沈锦超收拾得一丝不苟，水泥的地上不见一片垃圾，卧室的被子叠得跟豆腐块似的，房间里散发着阳光的味道。他把她的行李放进卧室，打开储物柜，又搬出一套被褥抱到客厅的沙发上，这才接上徐雯方才的话："徐雯，我现在只能努力把分内的事情做好，别的什么都不敢保证。如果以后我还是个小队长没什么作为，根本给不了你优越的生活条件，你又没吃过苦……"顿了一下，他在沙发上铺好被褥，继续道，"再说，你哪天要是变成了'小女人'，这肯定是世界末日来临了。"

后面的话越说越小声，说完的时候徐雯已经一个箭步冲上去用力一跳，狠狠地将他扑倒在沙发上，瞪着眼睛，道："老娘愿意跟你吃苦跟你受罪，老娘不做小女人又怎么了，你难不成还指望我小鸟依人？下辈子吧。这辈子呢，我就赖定你了，沈大队长！"

狭长的沙发深深地陷了下去，沈锦超盯着压在自己身上的这个女人，发觉自己的心依旧跳的很快，他肯定这不仅仅是因为被忽然扑倒的缘故，一段这么多年的情，哪能这么容易消逝的呢。徐雯的刘海落在他的眼睛上，有些痒，手脚被制住了，他有些不自在，试图挣扎。

"阿超，现在这样算不算孤男寡女，共处一室，月黑风高，干柴烈火？"看着沈锦超微微变红的脸色，徐雯继续说道，"这事就这么定了，从此我就是这个家的女主人了。阿超，地主婆主动对你投怀送抱，你要是想当什么柳下惠，就不能怪老娘了。”

他看到徐雯眼里的光彩格外灼人，就像最初见到她的样子。不过徐雯的这番话实在是……他赶紧转移话题:“还没吃饭呢。”

“老娘决定先吃了你!”说罢直接低头吻了上去。

沈警官挣扎了下，脱离了她的“虎口”,喘息道:“沙发太窄了，去卧室!”

被他抱着走向卧室的时候，徐雯心底的不安才真正放下，从此，她就真的有个和沈锦超一起建立的“家”了。

这是焦寒熙坐完月子上班的第一天早晨，颜卿坐在 Q7 的后排，从后视镜里可以看到卫子涵的眼睛，问道:“卫老板，你打算什么时候行动?”

卫子涵神色不惊的开着车，答道:“顺其自然，等水到渠成的那天到来。公司才起步，我也不想给她压力。”

“嘿，你是害怕寒熙会拒绝吧，卫狐狸，别人可能被你骗了我颜卿可不会，你心里早就打算好了吧，快说!”

卫子涵淡淡一笑，腾出手从车子抽屉里拿出一张“太湖之星”的效果图递到后座的颜卿手上,“这个项目完工的那天吧，很快的。”

颜卿再次对卫子涵的老谋深算叹为观止，连这项目的优势都能占了，不得不佩服。手机震动了一下，她看了眼短信，道:“我等下还有点事，你把我扔到苏大东校区那边就行，晚点我打车回公司，顺便给你们创造单独相处的机会，不错吧。”

他回头别有深意地看了她一眼，没说话。继续开车，到了苏大东校区的月台，目送颜卿下车，离开的时候从反光镜里隐约能看到车站月台上有个一身儒雅的男子正在等着她。

那人正是慕岩，颜卿与他一起去了附近的咖啡厅，她点了份早餐。慕岩只叫了一杯黑咖啡。

“小慕，准备回法国了?”这段日子慕岩经常会去看望焦寒熙和悦悦，她没想到他这么快就要离开了。

慕岩抿了一口咖啡，淡淡一笑，道:“不是，回上海。毕竟是自家，机会也多。抽空我会过来看寒熙和宝宝的，还请卿姐帮我多多照应。”

“这是自然，不用你说我也会对她们好的。”焦寒熙早产的事情是她通知慕岩的，于情于理，她觉得都应该让孩子的亲爹知晓，虽然私心里，她认为卫子涵这个狐狸更适合焦寒熙。

慕岩点点头，仰头饮尽杯中咖啡，许久不喝黑咖啡，原来跟记忆中的味道还是一样的香醇，心中在苦笑，人这种生物，总是要失去了才知道珍惜。“到时候如果有机会可以合作的话，希望卿姐多多关照。”

“我还希望慕大才子以后多帮忙呢，你前途不可限量，我看好你。”颜卿还有个问题没好意思开口，她很想知道慕岩打算怎么处理自己的感情问题。

颜卿是真心的看好自己，慕岩很清楚这一点。不过她的似笑非笑的目光让慕岩心中了然，却也不想作答。感情的事情，他习惯埋在自己心底，天天挂在嘴边的深情在他看来究竟还是不如沉默来得真实。“时间不早了，我还得早些赶到家里吃午饭。卿姐，我先送你。”

将她送到科技园，颜卿问道：“要去公司坐会儿吗？寒熙今天销假上班。”

“不必了，我赶时间，替我问好吧。再见。”慕岩与她告别，车子直接驶出了科技园，往高速公路的方向开去。相见不如怀念，还是不见了吧。

“太湖之星”启动的那天，时空的主创人员一起去剪彩。午后，颜卿与吴立翔忙着周旋在领导们中间。焦寒熙一向不擅长这些，她悄悄离开，往太湖边走。卫子涵眼尖，立马溜出去跟上了，陪她在太湖边漫步。

“子涵，大恩不言谢。”离婚的具体事宜曹律师帮了大忙，这件事情，她一直没有正式开口朝卫子涵道谢过。一方面是因为工作繁忙没有时间，另一方面，焦悦出生已经近半年了，她明白自己心中这才真的放下了，提起这件事才不会太难受。

“你可以选择以身相许。”卫子涵看着她的神色试探性地说道。

“别开玩笑了，如果早几年遇到你说不定还有机会，如今……我也没这个心思了。”

卫子涵认真地看着她，夕阳的光彩在她眼里落下斑斑点点的光痕，“你错了，我很庆幸是在这个时候遇见你。早几年，我还不具备如今的能力，甚至没有想要安定的念头，那时的你也没经过风浪，追求的还是比较浮华的东西。只有在当下，这样的你是我想要争取的，这时的我才是可以为你创造未来的人。一念之差，一个转身，可能就错失了。我是个懂得抓住机会的人，不用急着回答我，我们还有很漫长的时间可以等待。首先要等待的，就是‘太湖之星’建成的那一天。”

焦寒熙看着卫子涵眼角的笑意，仿佛融进了广袤的湖水中，连同这夕阳，令这个黄昏愈发的温暖，多彩。

她指着湖面，道：“你看，太湖这么广阔，大海就更不用说了。如今我的只设计了‘太湖之星’，我以后还想设计临海的别墅，如果有机会更想做一些像是博物馆一类的建筑。我的野心很大，可是在面前还是一样渺小，儿女情长就显得很微不足道了。子涵，等待是一道枷锁，对彼此都是。”

卫子涵没回话，把眼光转向夕阳下的湖面，目光沉静。

焦寒熙也不再说话，欣赏着这难得的好景色。如今的她对感情已经有些避之唯恐不及。再好的人，她也有些不敢相信了。而且，作为一个女人，真正值得依靠的还是自己的一技之长，和亲人。

未来的路还长，她还有梦想去追求，还有孩子要照顾，至于男人吗，排队去吧……